EISTOD

## Das Buch

In diesem eisigen Winter wundert sich zunächst niemand, als in Zürich immer mehr Obdachlose erfroren aufgefunden werden. Doch dann entdeckt ein Gerichtsmediziner bei einem Toten Spuren eines rätselhaften Gifts. Die Ermittlungen führen Kommissar Eschenbach ans Biochemische Institut zu Professor Winter, der als Anwärter auf den Nobelpreis gehandelt wird. Hat sein alter Schulfreund tatsächlich etwas mit den Toten zu tun? Eschenbach werden Hinweise zugespielt – womöglich hat Winter biochemische Substanzen zur Folterung islamistischer Terroristen entwickelt. Und warum ist Winters Assistent plötzlich wie vom Erdboden verschluckt? Je weiter Eschenbach mit seinen Nachforschungen in die besseren Kreise vordringt, desto mehr sieht er sich mit Intrigen, Lügen und Korruption konfrontiert.

## Der Autor

Michael Theurillat, geboren 1961 in Basel, studierte Wirtschaftswissenschaften, Kunstgeschichte und Geschichte und arbeitete jahrelang erfolgreich im Bankgeschäft.

Von Michael Theurillat ist bei uns im Hause bereits erschienen:

*Im Sommer sterben*
*Sechseläuten*

MICHAEL THEURILLAT

# EISTOD

KRIMINALROMAN

List Taschenbuch

Besuchen Sie uns im Internet:
www.list-taschenbuch.de



Ungekürzte Ausgabe im List Taschenbuch
List ist ein Verlag der Ullstein Buchverlage GmbH, Berlin.
1. Auflage September 2008
2. Auflage 2010

Umschlaggestaltung: RME Roland Eschlbeck und Kornelia Rumberg
(unter Verwendung einer Vorlage von HildenDesign, München)
Satz: Franzis print & media GmbH, München
Gesetzt aus der Garamond und Interstate
Papier: Munkenprint von Arctic Paper Munkedals AB, Schweden
Druck und Bindearbeiten: CPI – Clausen & Bosse, Leck
Printed in Germany
ISBN 978-3-548-60823-5

*»Alle Leute lachen, das fällt am meisten auf, denn sonst lacht hier nie jemand.«*

Ingeborg Bachmann an Uwe Johnson
(anlässlich der Zürcher Seegfrörni 1963)

# Prolog

Mit dem November kam der Nebel.

Meret saß in ihrem Lehnstuhl am Fenster und sah auf den See hinaus. Sie konnte das gegenüberliegende Ufer nicht mehr erkennen; das Wasser verlor sich im grauen Nichts. Und weil sie nicht feststellen konnte, dass es irgendwo endete, war aus dem Thunersee plötzlich ein Ozean gewachsen. Es machte Meret Angst.

Sie wusste, dass es für diese Angst eigentlich keinen Anlass gab. Genauso wie es für vieles, das sie beängstigte, keinen Grund gab. Aber das half nichts.

»Wie geht's dir heute, Mutter?« Der Mann, der ihr gegenübersaß, hatte lange geschwiegen. Jetzt sah er sie an.

»Es geht«, sagte sie. »Nichts Neues.«

Der Mann nickte.

»Es fällt bald Schnee«, sagte sie nach einer Weile. »Ich spür's.«

»Wir waren letzten Sonntag auf dem Männlichen«, sagte er. »Der Himmel war wolkenlos und die Jungfrau glänzte im ersten Schnee wie ein Kommunionskind. Du solltest mal raus aus dem Nebel hier. Wir könnten doch zusammen ...«

»Nicht jetzt«, unterbrach sie ihn müde. »Ich weiß, es ist lieb gemeint. Aber ich habe mich an all das gewöhnt. Es ist schon recht.«

»Überleg es dir trotzdem, Mutter.«

»Du weißt, dass ich das nicht mag.«

»Was?«

»Dieses ewige Tu dies, Mach das. Dass man mir sagt, ich soll mich zusammenreißen … und dass es Menschen gibt, denen es noch viel schlechter geht.«

»Natürlich weiß ich es, Mutter … aber ich mach mir eben Sorgen.«

»Das solltest du nicht. Grad du nicht. Nach all den Jahren müsstest du's eigentlich besser wissen.«

»Ja, natürlich.«

»Kürzlich hat meine Friseurin gesagt, ihr würde es helfen, wenn sie sich während einer schlechten Phase selbst nicht so wichtig nimmt.«

Der Mann seufzte. »Sie hat's nicht böse gemeint, Mutter. Wie soll sie's denn wissen? Es ist immer dasselbe: Erklär mal jemandem, der genug zu essen hat, was Hunger ist.«

»Sicher.« Meret sah eine Weile in den Nebel. »Aber es schmerzt trotzdem, wenn mir eine junge Dame unterstellt, ich würde mich in den Mittelpunkt rücken … Dabei halt ich nur nach einem Fleckchen Ausschau, an das ich mich still verkrümeln könnte. Ich nehm überhaupt nichts wichtig, geschweige denn mich. Das ist ja gerade das Problem. Von mir aus könnte es fertig sein, für immer.«

»Hör auf, Mutter!«

»Doch. Und es würde nichts ändern. Jedenfalls nicht für mich. Und seit du mir gesagt hast, dass es Schwierigkeiten gibt, dass es vielleicht noch Jahre dauern könnte … seither denke ich wieder öfter daran.«

»Wir haben eine andere Lösung gefunden, glaub mir. Es ist bald so weit.«

»Ich glaub dir ja.«

Wieder saßen sie einander schweigend gegenüber. Nach einer Weile streckte der Mann beide Arme nach ihr aus und meinte: »Und bis es so weit ist, könnten wir ja trotzdem einmal in die Berge. Mit der Bahn, von hier aus. Du setzt dich ans Fenster … Es dauert nicht lange, bis wir oben an der Sonne sind.«

Sie schüttelte lange den Kopf. »Ich will hierbleiben. Bitte versteh doch. Hier fühl ich mich sicher.« Und nach einer Pause fügte sie hinzu: »Auch wenn du mich nach Grindelwald fährst, mir Eiger, Mönch und Jungfrau zeigst, wie sie sich in gleißendem Sonnenlicht für die Ewigkeit aufstellen: Ich würde nicht sehen, wie schön sie sind.«

# 1

»Du hast eine Erkältung, das ist alles«, sagte Christoph Burri, nachdem er Eschenbach gründlich untersucht hatte.

Eschenbach rang sich ein müdes Lächeln ab. Er kannte Burri länger, als er denken konnte. Der Kommissar und der Arzt waren sich zum ersten Mal vor ihrer Geburt begegnet. Getrennt durch die Bauchdecken zweier Mütter, die das Gebären übten: Pressen, Hecheln und die indische Brücke. Einundfünfzig Jahre war das her. Später spielten sie Fußball auf der Fritschi-Wiese, bastelten gemeinsam an ihren Fahrrädern und tauschten Erfahrungen aus; manchmal auch das Mädchen.

»Und schlaf dich mal aus, so richtig, mein ich.«

»Ich könnte den ganzen Tag schlafen, Christoph.« Eschenbach knöpfte sich Hemd und Hose zu, setzte sich auf den Stuhl neben dem Schreibtisch und schlug die Beine übereinander. »Seit Corina ihre Sachen gepackt hat, bin ich nur noch ein halber Mensch.«

»Sie sagt, das wärst du vorher schon gewesen.«

»Vielleicht.« Der Kommissar zuckte die Schultern. »Aber jetzt merke ich es selbst. Der Trott bei uns, das Wetter … ach, ich weiß nicht. Vielleicht sollte ich aufhören und etwas ganz anderes machen.«

»Was denn?« Der Arzt sah diskret auf die Uhr.

»Theater spielen … Bienen züchten. Wenn ich's wüsste, dann hätte ich's vermutlich längst getan.«

»Ich sehe dich schon zwischen Honigtöpfen, in Imkeruniform und mit rauchender Zigarre. Oder als Winnie the Pooh in einer Kindervorstellung im Theater am Hechtplatz.« Burri grinste.

Eschenbach schüttelte den Kopf. Er sah sich als König Lear.

»Es muss ja nicht gleich so was Abgefahrenes sein«, kam es in aufmunterndem Ton. »Geh unter die Leute, ins Museum von mir aus. Schau dir wieder mal die Impressionisten an.«

Eschenbach musste niesen.

»Das ist Medizin für die Seele, glaub mir. So zwischen alten Meistern und jungen Kunststudentinnen …«

Der Kommissar dachte an Elsbeth, eine *amour fou* während der Skiferien in den Flumser Bergen. Das war nach der Scheidung von Milena, seiner ersten Frau. Jetzt stand er vor der zweiten – eine Runde weiter also.

»Da war doch diese Studentin aus Bern …«, Christoph Burri zwinkerte ihm zu. »Glaub mir, ein Flirt produziert bei uns mehr Testosteron als das ganze Pharmazeugs.«

»Dann liegt es bei mir doch an den Hormonen?«

»Nein. Die Hormonwerte sind okay, für dein Alter.«

»Mein Alter ist auch dein Alter, mein Lieber.« Eschenbach wunderte sich über die Härte in seinem Tonfall.

»Eben. Deshalb sag ich, Flirten hilft.«

Der Kommissar suchte in der Jackentasche nach einem Taschentuch. Wieder musste er niesen. »Ach, was ich dich noch fragen wollte: Nimmt Kathrin eigentlich die Pille?«

»Das solltest du besser wissen als ich, sie ist *deine* Tochter. Aber wenn du fragst … wir haben es miteinander besprochen.«

»Und?«

»Sie ist fünfzehn, das ist etwas früh. Wenn es irgendwie geht, sollte sie noch warten.« Nach einer Kunstpause fügte er hinzu: »Trotzdem, ich habe ihr vorsorglich ein Rezept ausgestellt.«

Eschenbach schwieg.

»Ich dachte, es ist dir recht, wenn du noch nicht Großvater wirst.« Burri lächelte.

Dem Kommissar gefiel der Gedanke tatsächlich nicht. Auch wenn Kathrin nicht seine leibliche Tochter war; man würde ihn Opa rufen – und das reichte. »Das ist schon okay«, sagte er. Was ihn mehr beschäftigte, war die Frage, wie weit Kathrin in ihrer pubertierenden Neugier schon gegangen war. Gab es einen Freund? Jetzt, da sie nicht mehr im gleichen Haushalt lebten, spürte er die Distanz zwischen ihnen. Sie schmerzte ihn mehr als das Stechen in der Brust und die brennenden Augen.

Er verabschiedete sich von Burri. Als Eschenbach mit Nasentropfen, Grippemitteln und einer Packung Vitamin C in der Manteltasche die Arztpraxis verließ, war es früher Nachmittag.

Es hatte angefangen zu schneien. Dicke Flocken suchten den Weg durch den Nebel und die feuchte Kälte fuhr dem Kommissar bis ins Mark. Beim Römerplatz nahm er die Tram; holpernd und schnäuzend ging es den Berg hinunter bis zum Bellevue. Dort stieg er wieder aus. Die trockene Heizluft im Wageninnern und das Gehuste der anderen hatten ihm den Rest gegeben. Mit heißem Kopf und fröstelnden Gliedern schleppte er sich langsam entlang der Limmat Richtung Rathaus. In Gedanken lag er längst in der Badewanne, mit Mozart und einer Tasse Lindenblütentee. Wird schon besser, dachte er. Da fiepte sein Handy.

Es war alles gelaufen, als der Kommissar am Tatort erschien.

Martin Z. hatte sich vor dem Crazy Girl selbst gerichtet. Zuvor hatte er der Prostituierten Nora K. ein halbes Magazin Kugeln in die Brust gefeuert und dem Türsteher Josef M. einen glatten Lungendurchschuss verpasst. Die Position von Opfer und Täter, beide tot, war sorgfältig markiert worden und die Spuren der Ereignisse, die sich vom Zimmer über Flur und Treppe bis vor das Lokal zogen, ordnungsgemäß fotografiert. Gewebe-, Blut- und Haarproben steckten bereits in Plastiktütchen, und der Krankenwagen war mit Blaulicht Richtung Triemli-Spital unterwegs. Ob der Türsteher durchkommen würde, war ungewiss.

»O du fröhliche«, sagte Eschenbach, nachdem er sich vom Schlamassel ein Bild gemacht hatte. Er zog an seiner Brissago und hustete den Rauch in die kalte Dezemberluft. »Und morgen ist Heiligabend.« Etwas abseits der Hektik sah der Kommissar den Leichenwagen. Er stand quer auf dem Gehsteig. Ein schmächtiger Mann in dunklem Anzug versuchte Schneeketten über das rechte Hinterrad zu ziehen.

Eschenbach ging die paar Schritte zu dem schwarzen Kombi und hörte, wie der Mann fluchte. »Geht's?«, fragte er.

»Einen Scheißdreck geht's!« Der Mann rasselte mit den Ketten, stand auf und holte tief Luft: »Erst ficken sie unsere Mädchen, dann schießen sie alles zusammen und am Schluss bekommt jeder einen Staatssarg. Gratis. Zahlen tut hier keiner was.« Nachdem er abermals tief durchgeatmet hatte, kniete er sich wieder neben das Hinterrad. »Scheißausländer«, zischte er. »Alle zusammen Scheiße!«

»Sommerreifen im Winter sind auch Scheiße«, sagte Eschenbach und ging zurück zum Tatort.

# 2

Es war immer dasselbe Gefühl von Armseligkeit, das Eschenbach beschlich, wenn er an einem Ort stand, an dem Gewalt ein Leben ausgelöscht hatte. Im Crazy Girl war es sichtbar: das Ärmliche, das diesen Plätzen anhaftete. Man würde es später auf den Polizeifotos erkennen können: der abgetretene Filzboden im Flur und der Gilb an den Wänden. Die Glühbirnen, die nackt von der Decke hingen. Das fahle Licht und der Muff.

Eschenbach hatte sich vom diensthabenden Offizier die Personalien des Amokschützen und der Toten geben lassen. Jetzt, an der Bar im Erdgeschoss des Gebäudes, sah er auf das Blatt Papier: Martin Zgraggen, Jahrgang 1963. Darunter stand eine Adresse in Zürich-Höngg. »Von wegen Ausländer«, murmelte er. Sein Haar klebte ihm an der schweißnassen Stirn; er fröstelte. »Kennen Sie die Frau, Nora?«, fragte er das dunkelhäutige Mädchen hinter der Theke. Er deutete mit dem Finger nach oben. Nora K. und ein paar Fragezeichen. Mehr stand nicht auf dem Zettel.

Der Kaffeeautomat fauchte und spritzte heißes Wasser in ein Whiskyglas.

Die junge Frau schüttelte den Kopf.

»Schon lange hier?«, fragte er weiter.

Es kam ein Schulterzucken. Dann nahm sie einen Bierdeckel, legte ihn auf den Holztresen vor Eschenbach und stellte das Glas mit dem Wasser drauf.

»Kein Deutsch?«

Wieder Kopfschütteln.

»Brasil?«

Sie nickte und lächelte.

Eschenbach kramte in der Manteltasche nach den Medikamenten. *Fiebersenkend und schmerzstillend* stand auf der einen Packung; auf der anderen hieß es: *Lindert Husten und fördert den Auswurf.* Er tat je eine Tablette ins Glas und rührte. Nachdem er in den Packungsbeilagen etwas über die Nebenwirkungen gelesen hatte, überkam ihn ein leichtes Gefühl von Übel- und Müdigkeit. Während er langsam und in kleinen Schlucken die grellgelbe Flüssigkeit trank, sah er dem Mädchen zu. Sie räumte den Geschirrspüler aus und summte dabei. Mit einem weißen Lappen trocknete sie das Geschirr nach, bevor sie die Gläser ins Regal stellte. Ab und zu warf sie dem Kommissar einen verstohlenen Blick zu. Wenn Eschenbach lächelte, tat sie es auch.

»Pferdepisse«, brummte er, nachdem er den letzten Schluck getrunken und das Glas zurück auf die Holztheke gestellt hatte. Mit einem großen Stofftaschentuch trocknete er sich Mund und Stirn, schnäuzte sich einmal kräftig und glitt vom Barhocker. »Adios«, sagte er.

»Até logo.« Das Mädchen hob die Hand zu einem halbherzigen Winken und sah ihm nach, wie er langsam zum Ausgang ging.

Eschenbach schleppte sich bis zur Badenerstrasse, dort hatte er Glück. Ein Taxi setzte gerade einen Fahrgast ab. Der Kommissar stieg ein.

»Ich bin besetzt«, knurrte der ältere Herr am Steuer.

»Kripo Zürich«, sagte Eschenbach und hielt dem Fahrer seinen Dienstausweis unter die Nase. »Fahren Sie mich bitte zum Paradeplatz!«

»Dann halt«, kam es halblaut. »Ich kann auch nichts dafür.

Bei dem Wetter fährt gerade mal die Hälfte der Belegschaft. Türken und Griechen – die kennen Schnee nur vom Hörensagen.«

»Ja, ich weiß, Sie sind ein Mutiger.«

Der Taxifahrer schwieg.

Eschenbach war, als hätte ihn die Welt wieder. Die letzten Wochen war es ruhig gewesen und nun – erkältet und mit einem Kopf wie ein Bienenstock – hatte er doch noch seinen Weihnachtsmord. Wenigstens würde dieser ihn ablenken und ihm das Gefühl geben, dass er für irgendwas gut war.

Er hörte die Combox auf seinem Handy ab. Die einzige Nachricht war von Christoph Burri. Der Arzt erkundigte sich nach dem Befinden seines Patienten. »Und komm heute Abend doch vorbei – es sind alles interessante Leute … das bringt dich auf andere Gedanken.«

Der Kommissar steckte das Mobiltelefon wieder in die Manteltasche und sah zum Fenster hinaus. Der Schnee verlieh dem Paradeplatz eine Aura von Kälte. Mit hochgezogenen Schultern und Wintermänteln standen die Leute auf der Traminsel und warteten im schummrigen Licht der Abendbeleuchtung. Ungeduldig; mit Kappen und Mützen. Hier und da ein Hauch von Pelz. Das Taxi hatte noch nicht gehalten, da sah der Kommissar den Menschenauflauf vor der Boutique Grieder. Zwei Wagen der städtischen Polizei standen dort und ein Sanitätswagen versperrte einer Tram die Durchfahrt. Eschenbach beglich die Rechnung, stieg aus und überquerte gemächlich den Platz.

Eine kleine, adrette Dame stand in der äußersten Reihe auf Zehenspitzen. Es schien, als überlegte sie einen Moment, ob sie die Einkaufstaschen von Louis Vuitton auf den matschigen Boden stellen sollte. »Was ist hier denn los?«, fragte sie.

»Grieder gibt alles zum halben Preis«, sagte der Kommissar und hustete.

»Das ist ja der Hammer.« Die Frau bedankte sich.

»Gern geschehen.« Eschenbach bahnte sich einen Weg durch die Leute. »Geht's?«, fragte er, als er endlich einen Polizisten vor sich hatte. »Kann ich helfen?« Der Kommissar zeigte seinen Dienstausweis.

»Nö, alles vorbei«, sagte der Beamte. Er deutete zum Krankenwagen. »Jemand vom Grieder hat angerufen. Hatten einen Stadtstreicher, der neben dem Eingang saß. Einen Weihnachtsbettler eben.«

»Und?«

»Tot«, sagte der Beamte. »Mause. Eingenickt vor seinem Hut mit acht Franken fünfzig drin. Mehr weiß ich auch nicht.«

»Hm.«

Der Stadtpolizist hob die Schultern. »Ist nicht der erste in diesem Winter.«

»Ach, wirklich?« Eschenbach nahm das Taschentuch und schnäuzte sich.

»Ja, irgendwie traurig«, sagte der Beamte. »Den letzten haben wir auf einer Bank beim Landesmuseum gefunden. Erfroren. Das kalte Wetter gibt ihnen vermutlich den Rest.«

»Herrgott, wir haben doch Schlafstellen.« Eschenbach wischte sich mit dem Ärmel den Schweiß von der Stirn.

»Wir können sie zum Brunnen führen …« Der Polizist machte eine fahrige Bewegung mit der Hand. »Aber trinken müssen sie schon selbst.«

»Vielleicht, ich weiß es nicht.«

Der Beamte schwieg.

Der Kommissar musste sich noch einmal schnäuzen, dann verstaute er das Taschentuch in der Manteltasche.

Unter dem Sandsteinbogen, dort, wo der Tote gelegen hatte, sah er den Filzhut mit dem Kleingeld. Daneben, nass und verdreckt, eine schwarze Trainerjacke von Adidas. Eschenbach kam unweigerlich Kathrin in den Sinn; sie besaß ein ähnliches Modell. Nachdenklich schaute er in die Gesichter der Gaffer.

»Es gibt nichts zu sehen«, rief ein Beamter. Gemeinsam mit einer Kollegin verwies er die Leute hinter das rot-weiße Band der Absperrung.

Die knapp vierzig Stufen hinauf zur Wohnungstür waren für Eschenbach eine Eigernordwand gewesen. Schweißgebadet lag er auf der Couch im Wohnzimmer. Zwei Grog hatte er intus – darin aufgelöst die Tabletten aus Burris Medikamententüte. Zwei Stunden hatte er dagelegen und geschlafen. Der Anrufbeantworter blinkte, es war kurz vor acht. Auf dem Weg ins Bad lauschte Eschenbach Burris Stimme, die vom Band kam: eine erneute Einladung zu seiner Cocktailparty; zur *Seasons Opening*, wie er es nannte. Von *cool drinks* und *hot chicks* war die Rede. Eschenbach duschte.

Ob es die Wunderwirkung chemischer Substanzen war oder nur der Drang, vor sich selbst davonzulaufen; der Kommissar wusste es nicht. Er dachte auch nicht darüber nach, als er kurz vor neun mit einer Flasche Bordeaux unter dem Arm die Wohnung verließ.

»Freut mich, dass du noch kommst.« Christoph Burri trug Jeans und ein weißes Hemd. Die offenen Knöpfe am Hals zeigten solariumgebräunte Haut und den Ansatz eines sportlichen Oberkörpers.

»Ich trage Wasser in die Limmat«, sagte Eschenbach, als er dem Arzt die mitgebrachte Flasche in die Hand drückte.

»Ein *Cru Bourgeois* aus dem Medoc.« Burri hielt die Flasche auf Augenhöhe.

»Die *Grand Crus* hast du ja selbst im Keller …« Eschenbach grinste, legte seinen Mantel ab und fuhr sich mit der Hand durchs Haar. »Das ist auch der Grund, weshalb ich gekommen bin.«

»Dacht ich's mir.« Burri lachte.

»Und die *hot chicks* natürlich.«

»Dann ab in die gute Stube!«

Was Burri salopp als *gute Stube* bezeichnete, war eine geschmackvoll renovierte Villa im Englischviertel-Quartier. Hohe Decken mit Stuck, helle große Räume mit altem Fischgrat-Parkett. Es war das, was sich Intellektuelle leisteten, wenn sie Geld erbten oder – was seltener der Fall war – es auch verdienten. Bei Christoph Burri wusste Eschenbach nicht genau, zu welcher Gattung er gehörte. Die Zeit, in denen praktizierende Ärzte zu den Großverdienern zählten, war definitiv vorbei. Die galoppierenden Kosten im Gesundheitswesen sorgten dafür, dass die einstigen Götter in Weiß auf menschliche Durchschnittsgrößen schrumpften, jammerten und klagten, wie die Lehrer oder die Handwerker und Polizisten.

Eschenbach ließ sich von einer Angestellten des Catering-Service ein Glas Rotwein geben, schnappte sich von einem Tablett einen Schinkengipfel und musterte die Gäste. Die *hot chicks* waren mehrheitlich Damen in Eschenbachs Alter. Einige von ihnen schienen die Kleider ihrer Töchter zu tragen: zerschlissene Designerjeans, figurbetonte Tops und um den Hals ein massives Silberkreuz mit Lederriemen.

»Komm, ich stell dir ein paar Leute vor«, sagte Burri und zog den Kommissar am Ärmel. Es folgte die übliche Tortur: Namen, die er sich nicht merken würde, das interessierte Lächeln und die gespielte Freude. Am Ende blieb Eschenbach der Wunsch, sich gehörig zu betrinken.

Die junge Frau, die ihm dabei half, hieß Denise. Sie war Mitte dreißig und als »hübsches Anhängsel« von Kurt Gloor, Vorsteher des Sozialdepartements der Stadt, so bekannt wie ein bunter Hund.

»Und was machen Sie beruflich?«, fragte sie.

»Ich bin Patient«, sagte Eschenbach.

»Tatsächlich?« Sie nippte an ihrem Prosecco.

»Ja, hauptberuflich.«

Einen Moment lang stand sie da und sagte nichts, ohne das Gesicht zu verziehen. Dann lachte sie schallend. Der Prosecco in ihrem Glas schwappte über.

Eschenbach wich einen Schritt zurück. Besoffenes Huhn,

dachte er, und als Denise Gloor nicht aufhörte zu lachen, schlenderte er zum Buffet und holte Nachschub. Mit einer halb vollen Flasche italienischen Schaumweins kehrte er zurück, dann schenkte er nach.

Die Frau vom Service eilte mit einem weißen Küchentuch herbei und wischte den Boden auf.

»Endlich kommt Stimmung in die Bude«, sagte Eschenbach leise.

Denise hielt sich die Hand vors Gesicht. Sie hatte schöne Hände und Tränen in den Augen.

Eine halbe Stunde später saßen sie nebeneinander auf der Couch bei einer Flasche Rotwein. Denise erzählte von ihrer Arbeit als Kreditanalystin einer Großbank.

»Eigentlich geben wir nur denen Geld, die es nicht brauchen«, kicherte sie und ließ sich von Eschenbach nochmals Wein einschenken.

»Ich mag Frauen, die trinken.«

Sie gluckste. Dann sprach sie darüber, wie sie Kurt Gloor kennengelernt hatte. Damals, als er noch Finanzchef einer kleinen Firma in Wollishofen war. »Kurt steckt sich Ziele und erreicht sie.« Und nach einer kurzen Pause fügte sie hinzu: »Ich war auch eines davon.«

»Und wie kommt ein aufstrebender Finanzchef zur Politik? Ich meine, dort landen doch nur die Gestrandeten ...«

»Solche wie wir, meinst du?« Denise nahm einen kräftigen Schluck, dann lehnte sie sich an Eschenbachs Schulter. »Ich glaube, die Politik braucht klare Köpfe ... Ziele, und eine harte Hand.«

»Vor allem im Sozialdepartement«, witzelte der Kommissar.

»Du wärst zu weich ... hast keine Ahnung, was dort alles abgeht. Die Ausländer, die ganzen Kriminellen. Als Kurt in den Stadtrat gewählt wurde, war das Sozialdepartement gerade frei.«

»Ich bin es auch«, sagte Eschenbach und hustete.

»Man muss nehmen, was man kriegt.«

»Eben.«

»Ist noch Wein da?«

Der Kommissar nahm die Flasche, die er zwischen zwei Couchkissen eingeklemmt hatte, und füllte ihr Glas.

»Und du?«

»Ich bin betrunken«, sagte Eschenbach.

»Und? Stört es dich?«

»Nein.«

»Dass ich trinke?«

»Auch nicht.« Der Kommissar schenkte sich ebenfalls ein. Dann sahen sie einander schweigend an und leerten ihre Gläser.

Nach einer Weile legte sie ihren Kopf auf seinen Schoß und zog die Beine an.

»Hauptamtlicher Patient also … das ist ein schöner Beruf«, murmelte sie.

# 3

An einem abgelegenen Ort nahe dem Dörfchen Heimenschwand im Kanton Bern, etwa zur selben Zeit, in der sich im Crazy Girl in Zürich ein menschliches Drama abspielte, stellte ein junger Mann sein Bike an eine nichtssagende Hauswand.

Vermutlich kommt wieder Schnee, dachte Konrad Schwinn und warf einen Blick auf die Wetterstation neben der Eingangstür. Das Thermometer zeigte minus acht Grad Celsius. Sein dunkler Thermoanzug dampfte. Obwohl er seit seinem Studium an der Eidgenössischen Technischen Hochschule in Zürich regelmäßig Ausdauersport betrieb, schmerzten seine Beine. Er war weiter gefahren, als er ursprünglich wollte, und hatte sich außerhalb des erlaubten Rayons bewegt. Wenn ihn jemand gesehen hatte, waren Schwierigkeiten vorprogrammiert. Das nächste Mal würde er eine Genehmigung für die ausgedehnte Radtour einholen und sich bei der Zentrale entsprechend abmelden. Genau so, wie es die Weisung 7-IV des Kommandos der zweiten Kompanie für Elektronische Kriegsführung, kurz EKF, vorsah.

Schwinn meldete sich beim Kollegen an der Eingangskontrolle zurück, trug Namen, Dienstgrad und Einteilung sowie den Zeitpunkt seiner Rückkehr in das Ausgangsjournal ein, ging in die Mannschaftsräume und stellte sich unter die Dusche. Als Technischer Unteroffizier der EKF-Kompagnie 46/II teilte er sich mit drei gleichrangigen Kollegen einen Viererschlag. Der Mannschaftsraum, der gleich nebenan lag, bot Platz für achtzehn Nasen; zwölf von ihnen hatten in der Zeit über Weihnachten Urlaub.

Die zwei Stunden bis zum Beginn seiner Schicht um sechzehn Uhr verbrachte Schwinn im Aufenthaltsraum. Er las die Weihnachtsausgabe der *Neuen Zürcher Zeitung* und diskutierte dann mit Korporal Heinz Fässler einen Schaltplan für Richtstrahlantennen.

»Dass du das immer grad so siehst«, sagte Fässler bewundernd und notierte die Anordnung, die ihm sein Kollege vorgeschlagen hatte. »Ich wäre nie draufgekommen.«

»Ich seh's auch nicht immer … aber mit der Zeit wird man besser.«

»Elender Tiefstapler!«

Beide lachten, standen auf und spielten am Kasten in der Ecke noch eine Partie Flipper.

Es war tatsächlich so, wie Fässler sagte: Egal ob es Schaltpläne, Gleichungen oder scheinbar nicht zusammengehörige Zahlenfolgen waren; Konrad Schwinn erkannte das Muster auf einen Blick, sah den Fehler und hatte die richtige Lösung parat. Seit seiner Kindheit hatte Schwinn eine Affinität zu Zahlen. Seine Eltern – der Vater baute Turbinen für Brown Boveri und die Mutter, eine Inderin, unterrichtete Englisch an der Migros – hatten das, was man später als »Hochbegabung« diagnostizierte, lange nicht bemerkt. Erst als der Junge auffällig geworden war und man seitens der Lehrerschaft gedroht hatte, ihn der Schule zu verweisen, griff der Vater ein. Der Junge wechselte auf die Talenta, ein Zürcher Institut für besonders begabte Kinder. Dort blieb er bis zu seinem dreizehnten Lebensjahr, bis der Vater als Ingenieur für Ölraffinerien ins Ausland musste und die Familie mitnahm. Zuerst drei Jahre nach Libyen, dann für zwei weitere in den Iran.

Als Konrad Schwinn mit achtzehn zurück in die Schweiz

kam und die Aufnahmeprüfung der Eidgenössischen Technischen Hochschule mit links bestand, sprach er, nebst fünf weiteren Sprachen, fließend Arabisch. Vermutlich war es die seltene Kombination von mathematischer und sprachlicher Begabung, die die Einteilung zu dieser kleinen Spezialeinheit ermöglicht hatte. Wie jeder Schweizer musste er Militärdienst leisten und in seiner Vorstellung gab es kaum einen angenehmeren Posten in der Armee als diesen. Die Anlage in Heimenschwand war hochmodern, verfügte über jeglichen technischen Schnickschnack und das Kommando pflegte einen kollegialen Führungsstil. Sie alle waren Mitarbeiter, die man ernst nahm – keine Marionetten. Es wurde nicht befehligt, sondern gefragt; höchstens wurde man gebeten. Und das war für Konrad Schwinn das Wichtigste.

Der einzige Nachteil bestand darin, dass die Einsätze geheim waren, dass niemand über seine Aufgabe sprechen durfte. Doch weil Schwinn auch sonst nur wenig sprach, am wenigsten über sich selbst, empfand er auch das als einen Vorteil. Abgesehen davon würde kaum jemand verstehen, um was es überhaupt ging.

Normalerweise absolvierte Schwinn seine Diensttage im August, wenn ein milder Wind über die Alpenwiesen strich, wenn es nach Heu duftete und das Blöken der Schafe ein Stück ländliche Idylle versprach. Diese Zeit war für den jungen Assistenzprofessor der Biochemie ideal; die Kurse fielen in die Semesterferien und boten eine angenehme Unterbrechung seiner Arbeit am Institut. Anfang Dezember, als erneut ein Marschbefehl kam, vermutete er zunächst einen Fehler. Er rief in Bern an und erkundigte sich beim Verteidigungsdepartement. Es war kein Irrtum. Man wisse sehr wohl, hieß es, dass er bereits im Sommer Dienst getan hatte. Weitere Erklärungen gab es keine.

Pünktlich um vier verließ Schwinn den schlichten Betonbau am Waldrand. Bekleidet mit einem sandfarbenen Anorak, hob er sich nur unmerklich von der winterlichen Umgebung ab. Er stapfte entlang der festgetretenen Spuren durch den

Schnee. An seinem Hals baumelte ein Kompass, an der Hüfte ein Beutel mit Fernglas und Digitalkamera. Die Antennenanlage, die man vor drei Monaten installiert hatte, verfügte über eine große Satellitenschüssel mit rund zehn Metern Durchmesser. Unmittelbar davor warteten acht Betonsockel darauf, mit kleineren Parabolantennen bestückt zu werden. Einmal fertiggestellt, würde es ein Prunkstück abgeben, dachte Schwinn. Etwas weiter links standen ältere Metall- und Drahtkonstrukte zum Abfangen von Hochfrequenz-Kommunikation. Schwinn griff zum Kompass. Abwechselnd fixierte er die Antenne und den Spiegel der Bussole. Nach einer Weile notierte er sich einen Zahlenwert.

Eine Stunde später war es bereits dunkel und Punkt sechs saß Schwinn mit fünf seiner Kameraden beim Abendessen.

»Kannst du dieses Ding nicht mal weglegen«, knurrte Tobias Meiendörfer mit halb vollem Mund und deutete mit dem Kinn auf den Laptop. Sie kannten sich von der ETH. Meiendörfer studierte dort Biochemie, als Schwinn bereits Assistent war.

Auf dem Bildschirm war eine rote Linie zu sehen, die sich in westöstlicher Richtung über den europäischen Kontinent legte.

»Nicht schlecht«, murmelte Schwinn und stellte den Teller mit Riz Casimir ab, den er die ganze Zeit in der Hand gehalten hatte. Die Linie zeigte die Ausrichtung der Antenne und zirkelte über die Städte München, Prag, Warschau, Minsk bis nach Moskau.

»Immer noch Kalter Krieg.« Schwinn schmunzelte und rief auf dem Computer einen Bericht ab, den der Nachrichtendienst in den Siebzigerjahren erstellt hatte. »Hier haben wir's. Seit 1968 laufen die Dinger, das Schweizer Ohr hinter dem Eisernen Vorhang.«

»Soll ich den Flan …« Ein Küchengehilfe wollte das Dessert servieren. Irritiert sah er auf den halb vollen Teller neben dem Laptop. Als weiter nichts geschah, blickte er auf den Bildschirm, räusperte sich und fragte: »Und was bringt das jetzt, wenn man fragen darf?«

»Tauschgeschäfte«, sagte Schwinn trocken. Er sah den Mann aus der Küche an und überlegte, ob er sich die Mühe machen sollte, es ihm zu erklären. »Haben Sie als Kind auch Panini-Bildchen gesammelt, ich meine die Fußballstars, die man in ein Album kleben konnte?«

»Ja, sicher. Ich hab die Alben alle, auch die neuen.«

»Eben.« Schwinn grinste. Er hatte den Mann richtig eingeschätzt. »Und ein paar haben immer gefehlt, nicht wahr?«

»Genau! Maldini zum Beispiel ... und Crespo auch. Dafür hatte ich fünf Mal Oliver Kahn. Also Maldini fehlt eigentlich immer noch. Vielleicht könnten wir ja ...«

Schwinn unterbrach ihn, bevor der Soldat sein Anliegen ausformuliert hatte. »Haben Sie sich nie gefragt, ob Maldini nicht absichtlich in kleinerer Auflage gedruckt worden ist?«

Verständnislos sah ihn der Mann an.

»Man hat ein paar abgelauschte Gesprächsfetzen aus dem Ostblock und die tauscht man dann mit anderen Geheimdiensten. Bekommt eine Gegenleistung. Geben und Nehmen, das alte Prinzip.«

Die Küchenhilfe schien in Gedanken noch immer bei seinen Bildchen zu sein.

»Und am Schluss fehlt Maldini«, sagte Meiendörfer, der das Gespräch mitverfolgt hatte. Er drückte dem Mann mit der Schürze seinen leeren Teller in die Hand.

»Das war früher, während des Kalten Krieges, das große Spiel der Geheimdienste. Und heute ...« Schwinn nahm den Teller mit dem Flan Caramel, trennte mit dem Löffel ein Stück ab und kostete. »Tja, Leute ... heute ist es noch genauso. Nur der Vorhang, der ist weg – die ganze Welt wächst zusammen. Die Bösen sind nicht mehr so böse und die Guten weniger gut.« Schwinn zog den Laptop auf die Knie. »Und siehe da ... sogar wir haben das gemerkt.« Er startete eine Computeranimation. Der Bildschirm zeigte eine Parabolantenne, die sich langsam um ihre eigene Achse drehte. »Die zielt auf einen Satelliten, der irgendwo über Ostafrika oder dem Indischen

Ozean seine Bahnen zieht.« Schwinn aß das letzte Stückchen Flan. Auf dem dunkelblauen Hintergrund des Bildschirms formte sich aus kleinen Wolkenfetzen langsam der Name *Onyx*.

Jeder der Männer, außer dem Küchenpersonal, wusste, dass die eidgenössischen Räte für den Versuchsbetrieb von *Onyx* in den letzten fünf Jahren hundert Millionen Franken bewilligt hatten. In kleinen Tranchen oder versteckt in wenig durchsichtigen Finanzgeschäften.

Die Ausbeute der Lauschangriffe, ein gigantischer Wust an Daten, fand via Richtfunk- und Kabelverbindungen den Weg nach Zimmerwald. Dort befand sich das Herzstück des Systems: ein moderner Sicherheitsbau des Nachrichtendienstes, der äußerlich den Eindruck eines lottrigen Bauerngehöfts erweckte und etwas abseits am Waldrand stand. Von Heimenschwand aus konnte der Ort südöstlich von Bern mit dem Auto in einer knappen Stunde erreicht werden. Die Zentrale war an 365 Tagen im Jahr besetzt. Rund vierzig Personen, der größte Teil davon Datenbankspezialisten, werteten die Informationen aus. Der Fokus lag derzeit auf fünftausend Begriffen. Die Mehrheit der Bevölkerung kam im Alltag mit tausend Wörtern aus. Von den ausgewerteten Daten profitierte in erster Linie der Strategische Nachrichtendienst. Der Bundespolizei sowie anderen Polizeidienststellen im Inland stand das System grundsätzlich nicht zur Verfügung. So jedenfalls stand es als Folge des Fichenskandals[1] Ende der Achtzigerjahre im neuen Bundesgesetz zur Wahrung der inneren Sicherheit.

Der Anruf aus Zimmerwald erreichte Konrad Schwinn am nächsten Tag, kurz nach halb neun abends. Eine Viertelstunde später saß er auf dem Beifahrersitz eines weißen VW Golf mit

[1] Ende der 1980er-Jahre wurde enthüllt, dass die Bundesbehörden der Schweiz und auch die kantonalen Polizeibehörden Teile der Bevölkerung mehr oder weniger aktiv beobachteten und über diese Personen *Fichen* anlegten.

Berner Kennzeichen. Der zugeteilte Fahrer war ein bleicher Mann mit schütterem Haar. Er trug eine graue Flanellhose und einen dunklen Pullover.

»Brauchen wieder einmal unsere Hilfe dort, eh?«

»Denke schon«, murmelte Schwinn. Mehr wollte er nicht sagen. Der Mann, mit dem er auf einer abhörsicheren Punkt-Punkt-Verbindung telefoniert hatte, war Divisionär Kurt Heidegger, Einsternegeneral der Schweizer Armee und Kommandant der Führungsunterstützung Basis, kurz FUB.

Schwinn hatte seine Einsätze beim Militär, die Rekrutenschule und später die Ausbildung zum Technischen Unteroffizier, nie so ganz ernst genommen. Auch die Wiederholungskurse, die er einmal im Jahr absolvierte, waren für ihn eine Art Ferienersatz; bezahlt vom Bund, eine willkommene Unterbrechung des Alltags an der ETH. Er mochte die weichen Hügelketten der Bernischen Voralpen. Sie eigneten sich für ausgedehnte Radtouren und Spaziergänge, bei denen er Sauerstoff tanken und sich in aller Ruhe dem einen oder anderen mathematischen Problem widmen konnte. Die knapp zweihundert Diensttage, die er auf dem Buckel hatte, waren mehr als genug, fand er. Und vermutlich spiegelten sie seinen Vorgesetzten etwas vor, was Schwinn gar nicht war: engagiert. Für den zweiunddreißigjährigen Technischen Unteroffizier waren die Einsätze, die er im Rahmen der Einheiten für Elektronische Kriegsführung leistete, nicht mehr als kleine Spielereien. Fürze im europäischen Wasserglas, und für das globale Sicherheitsdispositiv etwa so relevant wie Heimenschwand fürs vereinigte Europa.

Dass Kurt Heidegger die Dinge anders sah, schien logisch. Mit zweitausend Diensttagen hörte der Spaß auf. Und vermutlich ist es nur eine Frage der Zeit, bis aus einem Sandkasten eine Weltkugel wird.

Es war das erste Mal, dass man Schwinn gefragt hatte, ob er *wirklich* Arabisch könne. In Wort und Schrift. Und es war auch das erste Mal, dass ihn das beklemmende Gefühl beschlich, die Sache wäre ernst und die Armeeführung wüsste über seine Personalakte ganz genau Bescheid.

Die Heizung des Wagens lief auf Hochtouren. Schwinn schwitzte; er rieb seine feuchten Hände über Oberschenkel und Knie. Wie der Fahrer trug auch er zivile Kleidung: Jeans und Sweatshirt – darüber einen schwarzen Anorak. Es war eine der wenigen Vorsichtsmaßnahmen, die das Ganze vereinfachte und obendrein noch bequem war. Einen Moment überlegte er, ob er die Jacke mit dem Wollfutter ausziehen sollte.

Zimmerwald war noch nirgends zu sehen, als der Wagen auf eine Nebenstraße abbog und Richtung Wald holperte.

»Hoffentlich haben die geräumt«, murmelte der Fahrer und warf einen Blick auf die Temperaturanzeige. »Minus achtzehn Grad, da möchte ich keine Schneeketten montieren ...«

Der Weg durch den Wald wäre auch mit Sommerreifen passierbar gewesen. Der Schnee war zur Seite gepflügt worden und die Menge an Sägespänen auf der Fahrbahn zeigte, dass man von den Fahrkünsten der Besucher nicht viel erwartet hatte. Auf dem kleinen Parkplatz, den man in den Schnee hineingefräst hatte, standen vier Wagen. Drei gehörten dem Militär. Man sah es an Farbe und Modell: weiß oder beige; Kadett oder Golf. Daneben stand ein dunkler Mercedes. Schwinn vermutete einen Regierungsbeamten aus dem Verteidigungsdepartement.

»Ich hätte Sie gern direkt vor die Zentrale gebracht«, sagte der Fahrer und stellte den Wagen zu den anderen. »Wollen halt kein Aufheben machen, um diese Zeit, sonst meinen die Leute im Dorf noch, der Krieg bricht aus.« Nachdem er den Motor abgestellt hatte, angelte er sich von der Sitzbank im Fond einen steifen Militärmantel und eine Gebirgsmütze. »Gehen wir.«

Fünfzehn Minuten lang folgten sie festgetretenen Spuren im Schnee.

# 4

»Du hättest Kurt Gloor sehen sollen, gestern«, maulte Christoph Burri.

»Hab ich doch!« Eschenbach zog zwei goldgelbe Scheiben aus dem Toaster. »Wie der mit seiner Frau umgeht ... dieser Sozialapostel.«

»Sie lag dir zwischen den Beinen.«

»AUF den Beinen! Herrgott noch mal.«

»Ihr wart völlig betrunken!«

»Sein Glück. Sonst hätten wir vielleicht tatsächlich ...«

»Eben.«

»DU hast mir gesagt, ich soll unter die Leute.«

»Aber doch nicht so ...«

Die beiden Freunde standen frisch geduscht und in weißen Morgenmänteln in Burris modern eingerichteter Küche.

»Zuerst trinkst du mit der Frau meines prominentesten Gastes drei Flaschen Château Angelus und als Dank ...« Burri drückte den Hebel der Orangenpresse, dass der Saft spritzte. »Als Dank ludert ihr dann auf meiner Couch rum. Und das vor allen Leuten!«

»Ich dachte, es wären vier gewesen.«

»Was vier?«

»Flaschen, meine ich.«

»Bist du dir überhaupt bewusst, was du angestellt hast … ich meine, die Konsequenzen davon?«

»Ich habe getrunken und geschlafen. In dieser Reihenfolge hat das selten Konsequenzen.«

»Ich meine Gloor.«

»Der wird sich wieder beruhigen.«

»Er ist immerhin Stadtrat.«

»Auch Stadträte beruhigen sich. Glaub mir, er wird sich keine Blöße geben. Gloor ist ein geschliffener Hund. Wie soll er denn in Zürich erfolgreich Sozialpolitik betreiben, wenn er nicht einmal seine eigene Familienpolitik im Griff hat?«

»Du bist ein linker Zyniker.«

»Nein, Christoph.« Der Kommissar biss in eine Scheibe Toast, die er dick mit Butter und Honig bestrichen hatte. »Ich bin ein rechter Optimist. Manchmal Realist und fast immer ein sentimentales Arschloch.«

Sie setzten sich an den großen Eichentisch am Fenster.

»Es hat wieder geschneit«, sagte Eschenbach mit vollem Mund. »Weiße Weihnachten … das hatten wir schon lange nicht mehr.«

Burri stocherte lustlos in einer Schale mit Birchermüsli. »Wer in deinem Alter noch sentimental ist, hat nichts dazugelernt.«

»Ich kann damit leben.«

»Du bist ein Ignorant.«

Der Kommissar studierte das Etikett auf dem Honigglas: »Miele del Ticino … Hast du immer noch diesen Imker aus Intragna?«

»Ja«, kam es mürrisch.

»Christoph, du bist eine Seele von Mensch …« Der Kommissar stand auf und streckte sich. »Dass du einen abgehalfterten Polizisten beherbergst … ehrlich, ich hätte den Heimweg nicht mehr gefunden.«

»Allerdings.«

»Wie ist eigentlich Denise … ich meine Frau Gloor?«

»Zu dritt haben wir sie ins Auto getragen.«

Eschenbach lachte, nahm sich zwei weitere Scheiben aus dem Toaster und setzte sich wieder.

»Ihr Mann kochte innerlich«, sagte Burri finster.

»Selber schuld.« Eschenbach begann gemütlich die Brotscheiben mit Butter und Honig zu bestreichen. »Man sollte seinem Groll Luft machen … sagst du doch immer.«

Burri schwieg.

»Aber als Politiker, da ist das nicht drin … Fressen alles in sich hinein. Keep smiling.«

»Das ist immer auch eine Frage des Anstands«, warf der Arzt ein.

»Eine Frage des Stils, würde ich sagen.« Eschenbach kaute zufrieden und schaute zum Fenster hinaus in den Garten. Auf einem Holzpflock stand ein Vogelhäuschen mit Strohdach. Eine Horde Spatzen stritt sich um das Futter. »Früher hätte man sich duelliert, auf der Sechseläutewiese bei Sonnenaufgang …« Der Kommissar hustete.

»Dann lägest du jetzt dort; mit einem Loch in der Brust.« Burri lächelte giftig.

»Unterschätz mich nicht, Christoph!«

»Du sagst ja selbst, Schießen liegt dir nicht … nur keine Waffen.«

»Meine Wahl ist das Florett!« Eschenbach zog das Honigmesser zwischen seinen Lippen hindurch. »Leicht, elegant und spitz … touchée!«

»Du lebst in der falschen Zeit, mein Lieber!« Burri unterdrückte ein Gähnen.

»Da hast du allerdings recht.«

Eine Weile saßen sie beide da und schwiegen. Leise dudelte das Küchenradio die letzten Takte eines Evergreens, dann folgten die Nachrichten. Es war elf. Eschenbach fragte sich, ob man den Vorfall bei Grieder erwähnen würde. Aber es kam nichts, außer Schnee: »In weiten Teilen der Schweiz schneit es über Weihnachten ...«, hieß es am Ende der Wettervorhersage.

Burri stand auf und begann mit dem Abräumen.

»Woher kennst du diesen Gloor eigentlich?« Eschenbach ging zum Kühlschrank und verstaute Butter, Käse und Milch.

»Ich bin als Facharzt im parteilichen Komitee ... wir arbeiten gelegentlich zusammen.«

»Du bist in der Politik?« Eschenbach inspizierte den Inhalt des Kühlschranks.

Burri winkte ab. »Es geht um medizinische Fragen, um fachliche Belange in Bereichen der Sozialhygiene ...«

»Ein grässliches Wort: Sozialhygiene!«

»Zudem bin ich seit über zehn Jahren als Vertrauensarzt fürs Sozialdepartement tätig.«

»Das wusste ich nicht«, sagte Eschenbach.

»Ein Nebenjob eben ...« Burri zögerte einen Moment. »Den Ärzten geht es heute längst nicht mehr so gut wie früher. Der ganze Spardruck ... da lebst du auch als Arzt von Beziehungen.«

Eschenbach überlegte, von welchen Beziehungen er selbst lebte. Unweigerlich kamen ihm Corina und Kathrin in den Sinn, und die Tatsache, dass es diese Beziehung nicht mehr gab. »Hm«, sagte er.

Burri drückte auf den Knopf an der Spülmaschine. Beinahe geräuschlos begann sie mit ihrer Arbeit. »Brauchst du noch Kleider?«, fragte er.

»Ich nehme die von gestern.« Gedankenverloren starrte der Kommissar auf die Umrechnungstabelle für Diabetiker am Kühlschrank. »Ich wusste gar nicht, dass du Probleme mit dem Zucker hast.«

»Hab ich auch nicht, wieso?«

»Deswegen.« Mit dem Kinn deutete Eschenbach auf die Liste, auf der die wichtigsten Nahrungsmittel in Broteinheiten angegeben waren. »Ich kenn's von meinem Vater, als er Altersdiabetes hatte.«

»Ja, die ist auch nicht für mich …« Einen Moment stockte Burri. Dann meinte er: »Meine Mutter war zuckerkrank. Und jedes Mal wenn sie hier übernachtete, musste ich ihr eine solche Tabelle besorgen.«

»Ach so.« Eschenbach wunderte sich. Er war selbst auf der Beerdigung von Helene Burri gewesen, vor fünf oder sechs Jahren. Christoph war nicht der Typ, der altes Zeugs lange aufbewahrte. Außerdem sah die Tabelle neu aus.

»Brauchst du jetzt was zum Anziehen oder nicht?«

»Nein, danke. Wirklich nicht. Ich habe deine Gastfreundschaft schon genug strapaziert.«

Eschenbach ging die Treppe hoch ins Gästezimmer und zog seine Sachen an. Das Hemd hatte dunkle Flecken. Es roch nach Rotwein und Schweiß, und ein wenig nach Denise Gloor.

Nach einer freundschaftlichen Umarmung verließ der Kommissar Burris Villa und erreichte das Bellevue zu Fuß in einer knappen Viertelstunde. Die ganze Stadt war auf Zack. Kein Wunder, es war Samstag, der 24. Dezember, und die Geschäfte hatten noch offen bis um fünf. Der Limmatquai quoll mit Leuten über; Läden und Boutiquen waren zum Bersten voll. Aus dem Orell Füssli schepperte die ewig gleiche Version von Mahalia Jacksons *Silent Night* und ein paar Schritte weiter, beim Vorderen Sternen, erklang Ivan Rebroffs Erdbebenbass aus einem Hinterhof. Die Suche nach dem letzten Geschenk hatte apokalyptische Züge angenommen. Eschenbach schlich sich, so gut es ging, an den Massen vorbei Richtung Rathausbrücke. Immer wieder musste er stehen bleiben, weil es staute oder weil er von einem Hustenanfall geschüttelt wurde. Für die fünfhundert Meter bis zum Storchen, die er an normalen Tagen in weniger als zehn Minuten zurückgelegt hätte, brauchte er eine Stunde.

Als er die letzten Stufen zur Wohnungstür in Angriff nahm,

hatte er zum ersten Mal in seinem Leben Verständnis für diejenigen, denen Weihnachten ein Gräuel war, die vor dem Fest flüchteten und um geschmückte Tannenbäume einen großen Bogen machten.

Vermutlich war es die Einsamkeit, dachte er; und dass man keine Geschenke mehr hatte, das auch. Es frisst einen auf. Der Kommissar hielt inne. Einen Moment lang stand er zwischen zwei Stockwerken auf der frisch gebohnerten Treppe, hielt sich am Geländer fest und atmete tief durch. Es roch nach Wachs und Duftkerzen. Als er weitergehen wollte, ging das Licht aus. Eschenbach fluchte. Die Welt lacht einen aus, wenn man krank ist, dachte er. Dann tastete er sich an der Wand entlang, suchte mit den Füßen die Stufen, maß ihre Tiefe. Die meisten schweren Rückenverletzungen stammen von Stürzen auf Treppen, hatte er einmal gelesen. Gerade bei älteren Leuten. Mit einem »klack« ging das Licht wieder an. Schmucke kleine Leuchter an den Wänden, der Kommissar bemerkte sie zum ersten Mal. In der Flucht der Treppe, die steil nach oben führte, erkannte er seine Tochter. Die klobigen schwarzen Schuhe, dunkle Jeans.

»Geht es, Papa?«, rief sie.

»Du?« Eschenbach gab sich einen Ruck und stieg weiter hoch. »Das Licht«, schnaufte er. »Es ist ausgegangen.«

»Ich hab's wieder angemacht.«

»Danke.« Er nahm die letzten Stufen. Als er oben angelangt war, standen sie sich gegenüber. Kathrin sah verändert aus. »Was machst du denn hier, ich meine …«

»Hier.« Sie streckte ihm ein kleines, längliches Päckchen entgegen. Blaues Papier und eine rote Schleife. »Frohe Weihnachten, Papa!«

Der Kommissar ging auf Kathrin zu und umarmte sie. Eine Weile standen sie schweigend da. Mit der Hand fuhr er ihr immer wieder durchs Haar. Sie trug es kürzer, seit er sie das letzte Mal gesehen hatte. Zwei Monate waren seither vergangen, schätzte er. »Du hast die Haare geschnitten?«

»Und gefärbt«, kam es stolz. »Sag, wie findest du's?« Während sie sich von ihm löste, ging wieder das Licht aus.

»Warte …«, einen Augenblick später klackte es wieder. »Ich weiß jetzt, wo der Schalter ist«, sagte sie.

Kathrins blonde Locken waren kurz und schwarz. Eschenbach musterte sie verwundert. Dass ihm das nicht gleich aufgefallen war. »Schön«, log er. »Peppig und frech.«

»Echt?« Sie sah ihn zweifelnd an. »Mam findet's doof.«

»Tja«, Eschenbach zuckte die Schultern. »Geschmäcker sind halt verschieden.«

Sie nickte.

»Komm, wir gehen rein, bevor sie uns wieder das Licht abdrehen.« Eschenbach schloss die Wohnungstür auf.

»Ich muss gleich …« Sie sah auf die Uhr.

»Wenigstens eine Cola«, brummte der Kommissar. Er hatte das Licht angemacht und war gerade dabei, seinen Mantel in die Garderobe zu hängen.

»Echt, Papa. In zwanzig Minuten fährt mein Zug.« Kathrin stand nun ebenfalls im Flur, die Wohnungstür offen. »Mama wird sauer.«

»Wir rufen sie an … sagen ihr, dass du den nächsten Zug nimmst.«

»Habe ich schon, Papa. Geht nicht.«

»Ach was.« Der Kommissar suchte das Telefon.

»Ehrlich, ich habe es ihr versprochen …« Kathrins Blick blieb an Eschenbachs Hemd mit den Weinflecken hängen. »Wolfgangs Eltern kommen, Opa und Oma auch. Sie sind schon da. Du kennst Mama … Heiligabend ist ihr das Wichtigste. Und morgen früh fahren wir für ein paar Tage ins Engadin … so wie das letzte Mal, als du noch dabei warst.« Sie winkte mit dem rot-blauen Päckchen, das sie noch immer in der Hand hielt.

»Okay.« Eschenbach schluckte. Er dachte daran, wie schön es immer gewesen war, zusammen mit Kathrin, Corina und ihren Eltern. Wie liebevoll Corina den Weihnachtsbaum geschmückt hatte und wie sie lachten, wenn er beim Singen die Töne nicht fand. »Magst du Wolfgang eigentlich?«, fragte er.

»Der ist nett.«

»Nett also«, murmelte er.

»Und wenn ich die Prüfungen fürs Gymnasium schaffe, dann schenkt er mir vielleicht ein Pferd, hat er gesagt.«

»Ach so.« Eschenbach wollte noch etwas sagen, zuckte die Schultern und ließ es bleiben.

»Dein Geschenk, Papa!« Sie steckte es ihm in die Hemdtasche. »Ich hoffe, es sind die richtigen.«

»Du bist die Richtige, das ist die Hauptsache«, sagte er und gab ihr zum Abschied einen Kuss auf die Stirn. »Und pass auf dich auf, ja?«

»Versprochen.« Sie hob den Daumen und ging zum Ausgang.

Die Wohnungstür stand noch immer offen. Eschenbach hatte draußen das Klacken des Lichtschalters gehört und Kathrins Schritte. Dumpfe feste Tritte, die beim Herunterlaufen jede zweite Stufe übersprangen. Eine Weile wartete er und fragte sich, ob er es hören würde, wenn unten im Erdgeschoss die Haustür ins Schloss flöge. Aber er vernahm nichts mehr.

Eschenbach setzte sich auf die Couch, nahm ein Magazin und blätterte darin. Es ging eine Weile, bis er merkte, dass er mit den Augen zwar den Buchstaben folgte, aber mit den Gedanken ganz woanders war. »Keine Sorge, ich werd mich schon nicht gleich aufhängen«, hatte er immer wieder beteuert, als ihn seine Freunde über die Festtage zu sich einladen wollten. »Ich bin um die paar ruhigen Tage froh und werde die Zeit zum Lesen nutzen.«

Eschenbach legte das Magazin wieder weg. Er starrte an die Wand, dann auf die schwarze Scheibe seines Fernsehers. Einen Moment überlegte er sich, ob er jetzt noch zu Christian fahren sollte; ins Hotel Saratz nach Pontresina. Oder zu Georg ins Burgund, in sein altes Bauernhaus. Durchs Fenster sah er, wie es schneite. Für heute war es zu spät.

Nachdem er ein Bad genommen und drei Stunden geschlafen hatte, ging es ihm besser. Er beschloss, sich nicht mehr darum zu kümmern, dass Heiligabend war. Er stellte sich vor, es wäre irgendein Tag. Und schließlich hatte er einen Fall: die Sache mit dem Crazy Girl warf eine ganze Reihe Fragen auf.

Mit Mantel und Mütze verließ er seine Wohnung.

So aufgeregt die Stadt um die Mittagszeit gewirkt hatte, so ruhig war sie am Abend. Beim Rennweg nahm er die Tramlinie 13 und fuhr bis zum Zwielplatz ins Quartier Höngg; dann stieg er aus. Auf einem Stadtplan beim Gemeindehaus suchte er die Straße, in der Martin Zgraggen gewohnt hatte. Er war zu früh ausgestiegen.

Es blies ein kalter Wind. Eschenbach hustete. Eine knappe Viertelstunde ging er durch leere Straßen. Hie und da vernahm er Musik aus einem geöffneten Fenster oder sah den Autos nach, die jemanden abgeholt hatten oder mit Gästen vorfuhren.

Die Szene bei Grieder kam ihm wieder in den Sinn. Obwohl der Kommissar erst dazugekommen war, nachdem man den Toten weggebracht hatte, sah er jetzt den Penner vor sich, wie er unter dem Torbogen gelegen und mit glasigen Augen ins Nichts gestarrt haben musste.

Es war eine Scheißidee gewesen, hierherzufahren. Eschenbach konnte sich nicht erinnern, wann er sich zum letzten Mal so verlassen vorgekommen war.

Vor einem Wohnblock mit frisch gestrichener, grauer Fassade blieb er stehen. Zur Sicherheit schaute er nochmals auf den Zettel mit Zgraggens Adresse.

Die paar Stufen, die hinunter zum Eingang und den Briefkästen führten, waren frei geschaufelt und großzügig mit Streusalz gepudert. Die Tritte glänzten dunkel. In einem Beet daneben, unter einem mit Schnee behangenen Tännchen, glitzerte eine Lichterkette.

Herr Pellegrini vom Parterre hatte einen Schlüssel. Der Hausmeister trug einen schwarzen Anzug mit Fliege. Im Hintergrund hörte man Kindergeschrei und eine Show auf RAI DUE.

»Gestern Morgen hat noch gebracht Geschenke für meine Kinder, Herr Zagge.«

Eschenbach versicherte Pellegrini, dass er schon allein zurechtkommen würde, und fuhr mit dem Aufzug in den vierten Stock.

Die Wohnung war ein Provisorium aus zwei Zimmern: Kisten mit Büchern standen gestapelt in einer Ecke im Flur; an einer Kleiderstange hingen saubere Hemden und ein halbes Dutzend dunkler Anzüge. Ein zusammengeklapptes Bügelbrett stand im Wohnzimmer an der Wand und ein halb aufgebauter Schrank im Schlafzimmer. Obwohl alles aufgeräumt, ordentlich hingestellt oder gestapelt war, schien die Wohnung verwahrlost; nichts war fertig.

In der Küche stand ein Ordner mit bezahlten Rechnungen. Alphabetisch sortiert. Und auf einem Regal stapelten sich fünf Packungen desselben Medikaments: *Prozac – it brightens up your mind!* las Eschenbach. Die Verpackung sah aus wie die eines Waschmittels. Vielleicht konnte Salvisberg vom Gerichtsmedizinischen Institut etwas damit anfangen, dachte Eschenbach und steckte eines der Päckchen ein.

»Wann ist Herr Zgraggen denn eingezogen«, wollte er vom Hausmeister wissen, als er den Schlüssel zurückbrachte.

»Lange, lange …«, sagte dieser und legte die Stirn in Falten. »Zwei Jahre. Vielleicht drei. Ich muss gehen schauen …«

»Lassen Sie nur.« Der Kommissar winkte ab. »Wir melden uns nach Weihnachten.«

»Buon Natale, Commissario!«

»Buon Natale auch.« Eschenbach stapfte die Treppen hoch zur Straße. Die Bilder vom Crazy Girl kamen in ihm hoch;

das Blut und der ganze Mief. Und morgens hatte Zgraggen den Kindern noch Geschenke gebracht. Er wusste nicht, wie er das Ganze zusammenfügen sollte.

Vielleicht ist das Leben doch nur ein Provisorium.

# 5

»Sie sind also der Spezialist fürs Arabische«, sagte der Mann, der sich Schwinn als Thomas Rhym vorgestellt hatte.

Der Mercedes, dachte Schwinn und räusperte sich.

»Korporal Schwinn ist Technischer Unteroffizier einer EKF-Kompagnie, stationiert in Heimenschwand«, präzisierte Divisionär Heidegger. »Und ja, Korporal Schwinn kann Arabisch – in Wort und Schrift.«

»Aha.« Rhym nickte. Sein Blick verriet eine Mischung aus Verwunderung und Neugier.

»Und er war sofort verfügbar«, kam es vom Divisionär, der die leichte Irritation auf Rhyms Gesicht bemerkt hatte.

»So ist es«, sagte Schwinn.

Nach der kurzen Begrüßung führte man ihn in einen kleinen, hellen Raum. Die Holztäfelung an der Decke war mit weißer Farbe überstrichen und der graue Linoleumboden in Schweizer Militärzentralen längst ein Klassiker. An kahlen Wänden standen Tische mit Hochleistungsrechnern. Vier Arbeitsplätze mit Bildschirmen und einen kleinen Besprechungstisch zählte Schwinn. Ein Operationssaal für Daten, dachte er.

»Ich möchte gleich zur Sache kommen«, sagte Heidegger, als sie am Tisch Platz genommen hatten. »Die Auswertung der *Onyx*-Daten aus den letzten vierundzwanzig Stunden hat einen Dokumenten-Output in arabischer Schrift hervorgebracht, den wir Ihnen gerne zeigen würden.«

Schwinn stutzte. Obwohl er schon seit vier Jahren in Heimenschwand Dienst tat, hatte man ihn noch nie nach Zimmerwald beordert. Waren es wirklich seine Arabischkenntnisse? Dafür hatte der Nachrichtendienst doch Spezialisten. Irgendetwas stimmte nicht.

»Es sind drei unabhängige Schreiben ... das vermuten wir jedenfalls.« Heidegger schob Schwinn eine feldgraue Mappe zu. »Hardcopy und Data-Tape. Sie finden alles in den Unterlagen.«

»Verschlüsselt?«, fragte Schwinn trocken.

»Ja.«

»Eine 128-Bit-Verschlüsselung, nehme ich an.«

»Ich will offen zu Ihnen sein«, sagte der Oberst und lächelte. »Seit den Siebzigerjahren versorgen wir die arabischen Staaten mit unseren Kryptogeräten. Und im Rahmen eines Service-Abkommens warten wir die Geräte regelmäßig ... also unsere Kryptoanalysten hatten nicht wirklich viel zu tun.«

Rhym räusperte sich.

Schwinn hob die Augenbrauen. »Ach so«, murmelte er. Es war nichts Neues, kein Geheimnis, das er soeben erfahren hatte. Die Schweizer Cobra AG mit Sitz in Zug belieferte nebst zwölf arabischen Staaten noch über hundert weitere Länder mit Kryptogeräten. Ironischerweise auch die amerikanische NSA. Es sah so aus, als ob die Militärs mit offenen Karten spielten und ihn, den Außenseiter, mit Respekt behandelten. »Wenn's recht ist, mach ich mich mal an die Arbeit.«

Die beiden Männer nickten.

Schwinn stand auf, nahm die Mappe und ging zu einem der Arbeitsplätze. Seine Auftraggeber beobachteten ihn mit höflichem Interesse. Während das Übersetzungsprogramm startete, sah er sich die Kopien an. Zuoberst lag ein Bericht des ägyptischen Außenministeriums über CIA-Gefängnisse in Osteuropa. Das zweite Dokument stammte vom iranischen Geheimdienst VEVAK. Es enthielt detaillierte Angaben über amerikanische Befragungen, und der dritte Wisch war ein Sportbericht des Satellitensenders El Dschasira.

Ein Handy klingelte. Rhym griff in seine Jackentasche, entschuldigte sich und verließ den Raum.

Schwinn lud die Dokumente und ging sie Absatz für Absatz durch. Plötzlich blieben seine Augen an dem Namen eines Mannes, den er nur allzu gut kannte, hängen. Schwinn erschrak. Einen Moment hielt er inne. Jetzt sich nur nichts anmerken lassen, dachte er und las weiter. Er hatte das merkwürdige Gefühl, dass ihn der Divisionär genau beobachtete. Spätestens wenn das Dokument ins Deutsche übersetzt war, würde auch Heidegger wissen, wer der Mann war, von dem es hieß, dass er für die CIA und deren Verhörmethoden psychotrope Substanzen entwickelt habe.

»Sind Sie sicher, dass es sich hier um das Originaldokument handelt?« Schwinn bemühte sich, die Frage möglichst beiläufig zu stellen. Ihm wurde plötzlich die Tragweite der Sache bewusst.

»Nein, das ist eine Kopie. Wieso, stimmt was nicht?« Heidegger runzelte die Stirn.

Schwinn überlegte krampfhaft, was er tun sollte. Vielleicht war die Information falsch und die Dokumente waren getürkt. Allenfalls konnte er den Namen durch einen anderen ersetzen, um Zeit zu gewinnen. Aber mit Heidegger im Rücken ging das schlecht.

»Ich brauch das Original«, sagte Schwinn bestimmt. »Es geht hier um die Bezeichnung eines CIA-Stützpunktes bei Constanza am Schwarzen Meer«, log er. »Ich möchte einfach sichergehen. Bei Eigennamen ist das so eine Sache. Macht das System aus zwei Punkten einen Strich – und das kann schon mal vorkommen –, dann bedeutet es gleich etwas ganz anderes. Sie wissen schon, die arabische Sprache …«

»Ist schon gut«, sagte der Divisionär. »Sie sind der Spezialist.«

Schwinn hoffte, dass sich Heidegger selbst um die Sache

kümmern und für eine Weile verschwinden würde. Stattdessen rief Heidegger einen der Offiziere herbei und bat ihn, den Datenträger mit dem Original zu beschaffen.

Kaum war Schwinn mit dem Divisionär wieder allein, kam Rhym zurück. »Um was geht es denn?«, fragte er. Beide schauten interessiert über Schwinns Schulter.

Schwinn gab eine kurze Einführung in die Morphologie der arabischen Schriftsprache. »Eine Besonderheit des Arabischen besteht in der Existenz von Ligaturen.« Er deutete mit einem Stift auf den Bildschirm. »Sie verbinden verschiedene Buchstaben zu einer Drucktype.« Während er redete, zerbrach sich Schwinn den Kopf, was er machen sollte. »Diese Schnörkel nennt man Diakritika – sie werden dann eingesetzt, wenn die Lesart eines Wortes eindeutig bestimmt werden soll. Es gibt insgesamt acht solche diakritische Zeichen, Punkte, Striche, Vögelchen, Füßchen et cetera. Man setzt sie oberhalb oder unterhalb eines Wortes.«

Der Offizier kam mit dem Data-Tape, auf dem das Original gespeichert war. Es verging eine Weile, bis sie es eingelesen hatten.

Nun waren es sechs Augenpaare, die Schwinn über die Schultern lugten. Es war unmöglich, etwas an den Dokumenten zu verändern, ohne dass es bemerkt würde.

Schwinns Handflächen waren feucht geworden.

»Das ist ja richtig spannend«, sagte Heidegger.

»Allerdings.« Schwinn rieb sich die Hände an den Hosenbeinen, dann nahm er einen Bleistift. »Da haben wir's – sehen Sie?« Er zeigte auf den Text. »Es muss *Mihail Kogalniceanu* heißen, das ist der Name des Stützpunktes. Da hat es tatsächlich ein »Füßchen« weggeputzt. Kann passieren.« Schwinn lehnte sich zurück und schwieg einen Moment.

»Jetzt können Sie's ja übersetzen«, meinte Heidegger.

»Genau«, Rhym nickte. »Ihr macht das schon ...« Er zog eim Päckchen Philip Morris aus der Jackentasche und verließ den Raum.

»Okay. Dann werde ich jetzt …« Schwinn hoffte, dass Heidegger und der Offizier Rhym folgen oder sich wenigstens hinsetzen würden. Es geschah nichts dergleichen.

Schwinn startete das Programm für Arabisch und ließ die Texte, einen nach dem andern, durchlaufen. Danach begann er die Entwürfe in deutscher Sprache zu überarbeiten. »Ich brauch dafür vielleicht noch zwei Stunden«, sagte er.

»Schon recht«, brummte Heidegger. Er wies den Offizier an, sich zu entfernen, während er selbst weiterhin interessiert zusah, wie Schwinn am Text feilte.

»Den Sportbericht können wir uns schenken«, sagte Heidegger, als Schwinn sich an den dritten Bericht machen wollte. Und zum Schluss meinte er noch: »Das waren jetzt aber nur vierzig Minuten, die Sie gebraucht haben.«

»Manchmal geht's eben schneller«, sagte Schwinn. Er hatte Schweißtropfen auf der Stirn.

Heidegger nickte, dann rief er Rhym. Dieser kam mit einem Kuvert in der Hand und überreichte es Schwinn. Die beiden Männer sahen sich kurz an.

»Das wär's dann also«, meinte Heidegger. »Im Kuvert finden Sie übrigens einen Printout der Berichte – des arabischen Originals und Ihrer Übersetzung. Wir möchten, dass Sie es sich nochmals genau anschauen, der Kontrolle halber. Sollte etwas nicht korrekt sein, melden Sie es. Ansonsten vernichten Sie den Bericht. Er ist als geheim klassifiziert.«

»Verstanden«, sagte Schwinn. Dann erklärte Heidegger die Sache für beendet.

Fünf Minuten später schrieb Schwinn Namen, Dienstgrad, Datum und Uhrzeit ins Ausgangsjournal und verließ das Gebäude.

Der Motor des Wagens lief schon, als er den Parkplatz erreichte.

»Ist aber lange gegangen«, sagte der Fahrer, nachdem er die Beifahrertür geöffnet hatte.

»Stabsübungen … immer dasselbe halt.« Schwinn stieg ein.

Er zweifelte, ob der Fahrer tatsächlich glaubte, dass der Schweizer Generalstab an Heiligabend Übungen abhielt. Er streckte die Beine.

Schweigend fuhren sie durch die nächtliche Winterlandschaft zurück nach Heimenschwand. Schwinn merkte, wie die Spannung in seinem Körper langsam nachließ. In seinem Kopf drehten sich die Ereignisse der letzten Stunden. Heidegger musste den Namen gesehen haben, da gab es kaum Zweifel. Warum hatte er nichts gesagt? Oder hätte er Heidegger von sich aus darauf ansprechen sollen? Erwartete ein Einsternegeneral der Schweizer Armee dies? War es ein Test? Er öffnete den Umschlag. Aber es waren nur die Dokumente drin, wie Heidegger gesagt hatte. Natürlich würde er sie nochmals kontrollieren, dachte Schwinn. Auch wenn er sich sicher war, dass die Übersetzung stimmte, ein gutes Gefühl hatte er nicht.

Vor der Unterkunft in Heimenschwand hielt der Wagen an. Schwinn stieg aus und wollte schon die Tür zuschlagen, als ihm der Mann am Steuer zurief:

»Vergessen Sie Ihre Aktentasche nicht.«

Schwinn sah auf die dünne, feldgraue Ordonanzmappe, die ihm der Fahrer entgegenstreckte. »Ich hatte gar keine dabei«, erwiderte er.

Der Mann suchte mithilfe der Innenbeleuchtung des Wagens das Namensschild. »Sie haben recht«, sagte er. »Es ist die von Oberleutnant Meiendörfer. Der muss sie heute Nachmittag liegen gelassen haben, als ich ihn in Zimmerwald abgeholt habe.«

»Der war auch in Zimmerwald?« Schwinn sah den Fahrer irritiert an.

»Genau. Die haben vermutlich zu wenige Leute dort. Kann ich sie Ihnen mitgeben?«

»Ich leg sie ihm ins Fach«, sagte Schwinn und nahm die Mappe an sich. Er sah auf die Uhr. »Vermutlich schläft er schon.«

»Vielleicht feiert er auch noch, es ist ja erst halb eins … Frohe Weihnachten übrigens.«

»Frohe Weihnachten auch!«

Es war so, wie der Fahrer vermutet hatte. Gusti Kappeler von der Wachtmannschaft war der Einzige, der keinen Ausgang hatte und Dienst tat. Er führte die Eingangskontrolle.

Auf einem portablen DVD-Gerät, das der Soldat vor sich auf den Tisch gestellt hatte, lief ein Horrorstreifen. Ein Rudel blutrünstiger Hunde zerfetzte gerade eine junge Frau.

Gusti Kappeler schaltete auf lautlos. »Die meisten sind im *Rössli*«, sagte er. »Dort läuft scheinbar am meisten.«

»Schon recht«, sagte Schwinn. Er trug sich im Journal ein, wünschte Kappeler eine kurzweilige Nacht und ging in den Aufenthaltsraum. Aus einem der Getränkeautomaten zog er sich ein Mineralwasser, setzte sich damit an einen der Tische und trank.

Die Sache von heute Abend ging ihm nicht aus dem Kopf. War es wirklich Zufall, dass man ihn nach Zimmerwald beordert hatte?

Vor Schwinn lag die Mappe von Meiendörfer. Sie sahen alle gleich aus, die Dinger. Dasselbe plastifizierte Feldgrau, darin dieselben Reglemente, Dienstanordnungen und Einsatzpläne. Er wusste nicht, was ihn dazu bewog, sie zu öffnen. Hätte der *Berner Bund*, der *Blick* oder sonst ein Blatt auf dem Tisch gelegen, er hätte es vermutlich nicht getan und stattdessen in der Zeitung geblättert.

Was er nebst den bekannten Unterlagen herauszog, war ein Forschungsbericht über *Proetecin*. Schwinn hob die Augenbrauen. Was hatte der hier zu suchen? Er blätterte sich durch die Seiten, einzelne Abschnitte las er. *Proetecin* war der Arbeitstitel einer Substanz, die sein Vorgesetzter an der ETH, Professor Theophilius Winter, entwickelt hatte. Schwinn kannte die Versuchsreihen, die sie im Forschungslabor der ETH durchgeführt hatten. Schließlich war er selbst Mitglied der Forschungsgruppe und in Einzelbereichen sogar federführend gewesen. Aber die Studie hier war eine andere. Und zu seinem Erstaunen hatte er diesen Bericht noch nie im Leben gesehen.

Konrad Schwinn sah auf die Uhr. Er nahm die Blätter, die mit einer großen Büroklammer zusammengehalten wurden, und ging in eines der drei Großraumbüros. Dort jagte er sie durch den Kopierer. Dann steckte er das Original wieder zurück und deponierte die Aktentasche im Postfach von Oberleutnant Meiendörfer.

Gerade noch rechtzeitig, denn vom Eingangsbereich drangen Stimmen zu ihm. Er würde den Bericht später durchlesen, dachte er. In aller Ruhe. Denn irgendetwas stimmte hier nicht.

# 6

Es war der 6. Januar, Dreikönigstag – und in Zürich lag Schnee wie in Arosa. Zwischen Schneehaufen bahnten sich die Trams den Weg durch die Bahnhofstrasse und in den Geschäften wühlten die Leute in Bergen von Unterhemden, Hosen und Jacken, die allesamt zum halben Preis zu haben waren. Dabei hatte der Winter erst so richtig begonnen.

Bis in den Dezember hinein war das Wetter herrlich gewesen, mit trockenen Straßen und Resten verkrümelten Herbstlaubs. Der Föhn hatte die Alpen so nah an das Seeufer gezaubert, dass man sie hätte greifen können, und hier und dort klagte man über Kopfschmerzen und Rheuma. Dann kam der Schnee: plötzlich, rücksichtslos und kalt; kurz vor Weihnachten hatte es angefangen und bis Neujahr durchgeschneit, als wüsste der Winter, dass die städtischen Betriebe in dieser Zeit unterbesetzt und auf diese Art von Überfällen nicht vorbereitet waren.

Die wichtigen Leute, über die die Medien normalerweise berichteten, waren weg: im Engadin oder auf den Malediven. Also berichtete man über das Wetter, übers Märlitram, das am Limmatquai stecken geblieben war, und über Kinder, die Schneemänner bauten oder Schlittschuh liefen. Im Lokalfernsehen zeigte man die Räumungsbetriebe der Stadtverwaltung, die des weißen Feindes nicht Herr wurden, und in einer Spezialsendung wurde der Umgang mit Schneeschuhen und -stöcken demonstriert. Zürich war und blieb weiß.

»Diese Weihnachtsbeleuchtung macht mich krank«, murmelte Kommissar Eschenbach. Er schlug den Mantelkragen hoch und blinzelte in eine Reihe von Neonröhren, die bolzengerade mitten über der Bahnhofstrasse hingen. Es war Viertel nach fünf und er war auf dem Weg ins Büro. Dann fiel ihm auf, dass er nichts mehr zu rauchen hatte. Es war ein gewaltiger Umweg bis zu Wagners Tabak-Lädeli am Weinplatz. Aber es musste sein. Seit Jahren kaufte er dort. Die Liebenswürdigkeit, mit der er bedient wurde, war genauso altmodisch wie seine Treue zu diesem kleinen, verwinkelten Geschäft.

»Nein, nein, nein!« Frau Hintermann schüttelte energisch den Kopf und legte noch zwei Briefchen Streichhölzer zu den Brissagos, die der Kommissar gekauft hatte. »Der Sternenhimmel … das war doch so schön.« Sie hob die Augen.

»Romantisch«, sagte Eschenbach.

»Ja, genau. Romantisch!« Die Frau mit den rot gefärbten Haaren, bei der Eschenbach seit Jahren Zigarillos kaufte, strahlte.

»Eben.« Der Kommissar seufzte befriedigt, ließ die Schultern hängen und meinte: »Genau das ist es, Frau Hintermann. Die Romantik geht flöten.«

Seit vier Wochen führte der Kommissar eine private Befragung durch: zur neuen Weihnachtsbeleuchtung an der Bahnhofstrasse.

»… und gefällt *Ihnen* dieses Neon-Gehänge etwa?« Beinahe nahtlos hängte er den Satz an jede Begrüßung. Die Antwort war immer »Nein«; verbunden mit einem Kopfschütteln, einem »grauenhaft« oder »schlimm«. Eschenbachs Laune wurde besser, wenn jemand erbost »Wie konnte man nur!« sagte. Als Jurist sah er somit den Tatbestand der »Grobfahrlässigkeit« gegeben, während ein »Hätte man doch …« lediglich auf die leichtere Form von »Fahrlässigkeit« hindeutete. Der Unterschied lag im Strafmaß: Bußgeld oder Gefängnis, alles andere als vernachlässigbar also.

Eschenbach stapfte entlang der Limmat durch knöcheltiefen Schnee und fingerte an der Zellophanverpackung seiner Brissagos. Beim Café Wühre kehrte er ein. Stehend trank er einen Espresso, rauchte und sah sich die Leute an. Mehrheitlich jüngere Bankangestellte, die sich mit einer Flasche Corona in der Hand in den Feierabend tranken. Modische, dunkle Anzüge und Krawatten in hellem Rosa oder Grün. Einige von ihnen schützten ihre schwarzen Lederschuhe mit hässlichen grauen Gummi-Galoschen. Eschenbach trug braune Wanderschuhe mit Profil. Ein Relikt aus der Zeit, als Bally noch eine Schweizer Schuhfirma war.

Von einem der Tische nahm er den *Blick*, blätterte darin und paffte. Er suchte den Pitbull, den er spätestens auf Seite drei vermutete: geifernd und mit offenem Rachen. Seit ein Rudel Kampfhunde im Dezember letzten Jahres einen Kindergärtner totgebissen hatte, war die Terrier-Mischung häufiger im Boulevard-Blatt anzutreffen als Flavio Briatore. Eschenbach gähnte. Er war froh, dass er damals nicht nachgegeben hatte, als Kathrin unbedingt einen Hund wollte. »Nicht in der Stadt«, hatte er gesagt. Er sah sich einfach nicht auf dem Paradeplatz mit einem Plastiksäckchen Kothäufchen vom Pflaster aufheben.

Seit zwei Monaten wohnten Kathrin und Corina jetzt schon auf dem Land. In der Nähe von Horgen, in einem umgebauten Bauernhaus. Immer noch ohne Hund, dafür mit Wolfgang. Umgekehrt wär's ihm lieber gewesen.

Begonnen hatte alles letzten Herbst, mit einem Klassentreffen. Erst hatte Corina gar nicht hingehen wollen. »Was soll ich da«, hatte sie gesagt. »Die meisten aus meiner Primarklasse leben immer noch dort: in Horgen! Sind nie über die Dorfgrenze hinausgekommen. Ich weiß gar nicht, über was ich mich mit denen unterhalten soll.« Es hatte spöttisch geklungen und Eschenbach mochte diesen Tonfall nicht. Zudem fand er ihre Argumentation lächerlich: »Nur weil wir in Zürich leben …«, hatte er gesagt und verständnislos den Kopf geschüttelt. »Das macht uns keinen Deut weltmännischer!« Dann hatte er sie ermuntert, trotzdem oder erst recht deswegen hinzugehen.

Es war Wolfgang, ein alter Schulschatz von Corina, jetzt Architekt von Welt, der zu sich auf den Bauernhof eingeladen hatte. Der Rest war Geschichte. Und ebendiese kam Eschenbach wieder hoch, als er an der Bar stand und dem Pitbull auf Seite drei im *Blick* in die hinterlistigen Äuglein sah.

Der Kommissar bestellte einen doppelten Laphroig. Weihnachten allein zu verbringen war ein Elend, dachte er. Und dazu noch mit Grippe, zum Glück war's vorbei. Den Whisky leerte er in einem Zug. Dann bezahlte er die Rechnung und ging.

Es war halb sieben und im dritten Stock im Präsidium an der Kasernenstraße waren alle gegangen. Eschenbach warf seinen Mantel auf den Besprechungstisch, ging die paar Meter zu seinem Schreibtisch und ließ sich in den ledernen, schwarzen Bürostuhl fallen. Es gab nichts, das ihn hier gehalten, und nichts, das ihn nach Hause gezogen hätte. Er saß einfach da, verschränkte die Arme im Nacken und starrte zum Fenster hinaus in die Dunkelheit. Die Stadtwohnung in der Wohllebgasse hatte er behalten. Wegen Kathrin, hatte er sich eingeredet. Und wegen Corina, hatte er gehofft. Aber niemand kam. In den vier Zimmern fühlte er sich wie in einem Mantel, der zwei Nummern zu groß war – der ihn schmächtig erscheinen ließ und ihn langsam zu erdrücken drohte.

Die Arbeit, auf die er sich während der Festtage hatte stürzen wollen, blieb größtenteils unerledigt. Und Zgraggens Frau, die ferienhalber in der Provence weilte, hatte er telefonisch benachrichtigen müssen. Vor ihm lagen ein paar Notizen zur Schießerei im Crazy Girl. Den Bericht hatte er schon zwischen den Jahren schreiben wollen. Dann kam die Nachricht, dass Frau Zgraggen mit einem Nervenzusammenbruch ins Burghölzli eingeliefert worden war. Dass ihr Mann eine solche Tat begangen haben sollte, war für sie schlicht unbegreiflich. Und deshalb hatte Eschenbach noch nicht mit ihr sprechen können. Es lief alles nicht so, wie er es sich vorgestellt hatte. Ihm blieb nichts anderes übrig, als zu warten.

Vielleicht hätte er diesen Fall unter anderen Umständen längst an einen Kollegen abgegeben. Es waren Routineermittlungen infolge einer menschlichen Katastrophe. Gefahr bestand keine mehr und die Frage nach dem Warum mochte er sich längst nicht mehr stellen. Das taten die psychiatrischen Dienste schon zur Genüge, meist zusammen mit den Angehörigen der Opfer. Aber wirklich gescheite Antworten hatten auch die nicht.

Irgendwie war er froh, dass die Sache noch nicht abgeschlossen war. So fand er wenigstens einen Grund, alles andere weiterhin unerledigt vor sich herzuschieben: den Jahresbericht für seine Chefin, die bis zum 10. Januar in einem Weiterbildungskurs steckte; das Budget für die Sitzung am 11. und den ganzen unbedeutenden Kleinkram, der täglich sein Postfach füllte.

Das persönliche Schreiben an ihn, in dem ein Benedikt Ramspeck um das Leben seiner Doggen fürchtete, warf er in Rosa Mazzolenis Fach. Und hinterher auch einen Stapel mit Briefen von Müttern, die sich wegen Kampfhunden im Quartier um ihre Kinder sorgten. Das alles kam zu ihm, zur Kriminalpolizei des Kantons – ein Hundeleben war's! Aber seine Sekretärin würde bei der Beantwortung dieser Schreiben bestimmt die richtigen Worte finden.

Um ein Haar hätte Eschenbach den grauen Zettel übersehen, auf dem Rosa in seiner Abwesenheit einen Anrufer notiert hatte: Konrad Schwinn. Der Name sagte ihm nichts.

»Ist Assistenzprofessor am Biochemischen Institut an der ETH« stand in grüner, geschwungener Schrift darunter. Ein Pfeil deutete auf eine Zürcher Telefonnummer. Der Kommissar wählte.

»Institut Professor Winter«, meldete sich eine weibliche Stimme auf Band. »Unsere Öffnungszeiten sind Montag bis Freitag von acht bis zwölf Uhr und von …«

Eschenbach legte auf. »Auch die Götter haben Öffnungszeiten«, murmelte er.

Seit über 150 Jahren thronte die Eidgenössische Technische Hochschule auf dem Zürichberg, würdevoll eingerahmt von einem Bau von Gottfried Semper. Mit der kühlen Distanz der Besserwissenden schien sie all die Zeit auf die Stadt hinunterzublicken und sich zu wundern. Es war eine eigene Welt. Eine Welt, in der eins und eins immer zwei Komma null ergab und selbst Kommastellen Geschichte schrieben. Die Polizei hatte dort nichts verloren.

Einen Moment blieb der Kommissar sitzen und dachte nach.

Er erinnerte sich an die Zeitungsberichte drei Jahre zuvor, als bekannt wurde, dass Theophilius Winter von der Stanford University an die ETH berufen worden war, um den Lehrstuhl für Biochemie zu übernehmen. Der kleine Theo, der während der ganzen Jahre im Sportunterricht nie auch nur einen Ballkontakt hatte und über den die *Neue Zürcher Zeitung* schrieb, dass mit ihm ein Genie in die Limmatstadt zurückgekehrt sei. Eschenbach nahm die halb gerauchte Brissago von der Tischkante, zündete sie an und sah zum Fenster hinaus in den Nebel. Irgendwo hinter dem grauen Schleier verbarg sich die Kuppel der ETH.

# 7

Konrad Schwinn war spät dran. Er betrat das Hauptgebäude, ging die Treppen hinauf, wobei er gleich zwei Stufen auf einmal nahm, und blieb vor dem Auditorium Maximum stehen. Kein Mensch war da.

An der Tür klebte ein DIN-A4-Blatt:

Der Vorlesungszyklus
DEPRESSION – EINE KRANKHEIT UNSERER ZEIT?
wurde in die Aula verlegt.

Heutiger Referent:
Prof. Dr. Dr. h.c. Theophilius Winter,
Ordinarius für Biochemie an der ETH Zürich

Schwinn verdrehte die Augen. Wenn der Professor sprach, dann natürlich in der Aula, in der Götter und Göttinnen die Wände zierten. Ihn überraschte das nicht. Schließlich kannte er Winter seit bald zehn Jahren. Seit damals, als sie sich in Stanford zum ersten Mal begegnet waren; der Student und der Professor. Jetzt forschten sie gemeinsam an der ETH: er, der Assistenzprofessor, und Winter, der liebe Gott.

Während Schwinn die Treppen weiter hochstieg, dachte er an den Streit, den er mit Winter am Telefon gehabt hatte.

»Mein lieber Koni«, hatte der Professor gesagt. »Jetzt wollen wir doch nicht gleich zur Polizei gehen.« Mit *mein lieber Koni* begann immer, was schließlich in einem Imperativ endete. Auch wenn es milde, ja beinahe nachsichtig geklungen hatte; was Winter sagte, es war Gesetz. Diesmal kam der Imperativ jedoch zu spät. Schwinn hatte bereits bei der Polizei angerufen. Winter war an die Decke gegangen, als er ihm davon erzählt hatte. Außer sich, hatte er wüst geschimpft und den Hörer aufgelegt. Schwinn konnte sich darauf keinen Reim machen. Immerhin hatte man bei ihm eingebrochen.

Am 5. Januar hatte sein Dienst in Heimenschwand geendet und er war zurück nach Zürich gekommen. Seine Wohnungstür hatte er unverschlossen vorgefunden, alles war durchwühlt worden. Wenn das kein Grund war, die Polizei zu verständigen.

Eine halbe Stunde später hatte Winter wieder angerufen und vorgeschlagen, sich nach der Vorlesung zu treffen. Den seltsamen Forschungsbericht hatte Schwinn noch gar nicht erwähnt. Er trug ihn bei sich, in einer Mappe. Er war der eigentliche Grund, weshalb er den Professor sehen wollte.

Schwinn schlich in die Aula.

Der Saal war überfüllt. Es roch nach Parfüm und Abendgarderobe. Einige Leute standen an der Seite und hinten bei den Säulen. Der Assistenzprofessor stellte sich zu zwei Studenten an der hinteren Wand. Er spähte über die Köpfe.

Wie bei jeder interdisziplinären Vorlesung, die einer breiten Hörerschaft offenstand, war das Publikum gemischt. Studierende aus allen Fachrichtungen waren da, Ärzte und Therapeuten. Ein paar Journalisten und auffällig viele Damen der gehobenen Alters- und Einkommensklasse. Welche Gründe gab es für eine Mittfünfzigerin, abends bei Nacht und Nebel hierherzukommen? Die eigene Nacht? Schwinn dachte an die Umsatzstatistik von *Prozac*, die ihm Winter einmal gezeigt hatte: Frauen, Frauen und nochmals Frauen. Fast drei Viertel.

Die vertraute Stimme kam aus allen Ecken durch die Lautsprecheranlage:

»Männer sind hart gegen sich selbst …« Der kleine Mann am Rednerpult sprach völlig frei. Nicht einmal einen Zettel hatte er in der Hand. »Anstatt sich helfen zu lassen, saufen sie lieber und irgendwann schießen sie alles über den Haufen. Dann sind sie auch hart gegen alle andern.«

Vereinzelt war Gelächter zu hören.

»Es gibt gar nicht so viele Psychiater, Therapeuten und selbst ernannte Handaufleger, die sich anhören, was ihnen eigentlich niemand erzählen will. Die Psyche … das ist ein Gedankenkonstrukt, meine Damen und Herren.«

Schwinn seufzte. Er wusste, was nun kommen würde.

Es kam Immanuel Kant. Ein zeitgenössischer Stich des Denkers flog vom Projektor auf die Großleinwand. Die nächsten fünf Minuten gehörten der *Kritik der reinen Vernunft.*

Schwinn nahm zwei zusammengefaltete DIN-A4-Blätter aus seiner schwarzen Ledermappe. Bei Kant hätte er sich gerne hingesetzt. Noch einmal sah er sich um, ob nicht doch ein Platz frei war. Er hatte kein Glück.

Auf den Blättern fanden sich Gruppen von Buchstaben, in mehreren Kolonnen scheinbar wahllos aneinandergefügt: PRBOS SOSMGMGEURB und so weiter. Zahlen waren keine darauf. Auf den ersten Blick entdeckte er darin keinen Sinn. Vermutlich kodiert, dachte Schwinn. Er achtete darauf, dass niemand die Liste einsehen konnte. Die Zeilen waren durchnummeriert von eins bis achtzehn. Insgesamt waren es zwei Seiten, die als Anhang dem Bericht über den klinischen Test von *Proetecin* beigefügt waren. Er hatte schon Stunden damit verbracht herauszufinden, was sich hinter dieser seltsamen Buchstabenfolge verbarg. Eines der gängigen Chiffrierungsverfahren war es jedenfalls nicht, denn die kannte er. Es musste etwas anderes dahinterstecken.

Von der Seite betrachtete Schwinn das Profil der Leute, wie

sie angestrengt ihre Hälse reckten oder andächtig – teils mit geschlossenen Augen – der Vorlesung folgten.

Mit der Hilfe von Kants reiner Vernunft steuerte Winter dorthin, wo er von Anfang an hingewollt hatte. Zur biologischen Psychiatrie:

»Kant unterscheidet zwischen der *Welt der Erscheinungen* und dem *Ding an sich.* Nur die Welt der Erscheinungen kann der Mensch begreifen. Die Dinge an sich – wozu er die Frage nach einem Gott und dem Wesen der Seele zählt – kann der Mensch zwar denken, aber nicht erkennen. Und da sind wir wieder bei der Psyche … einem reinen Gedankenkonstrukt. Glauben Sie mir, meine Damen und Herren … es ist nur eine Frage der Zeit, bis die Wissenschaft sogenannte psychische Funktionen wie Selbstsicherheit, Disziplin oder auch Liebesfähigkeit und Intelligenz biologisch beeinflussen kann.« Winter machte eine kurze Pause und blickte wie ein Matador in den Saal. »Und wenn ich von der Wissenschaft spreche, dann meine ich natürlich die Natur- und nicht die Geisteswissenschaft.« Er gab dem Techniker, der über einen Laptop die Lichtbilder steuerte, ein Zeichen. »Denn grau ist alle Theorie …«

Das Bild von Immanuel Kant zerbröselte kunstvoll auf der Leinwand. Als Nächstes erschien eine Umsatzstatistik der bekanntesten Psychopharmaka.

»Widmen wir uns den realen Gegebenheiten … fragen wir uns, was die ganzen Gesprächs-, Mal- und Familientherapien bringen.«

Die Umsatzstatistik zeigte, dass sich die Nachfrage nach Antidepressiva in den letzten zehn Jahren vervierfacht hatte.

»Warum landen sie am Ende alle bei uns … bei Fluvoxamin, Fluoxetin, Paroxetin, Sertralin, Ludiomil und bei *Prozac*? Ich frage mich, wann wir uns endlich einzugestehen trauen, dass Depression, Schizophrenie und Suchtstörungen auf einer Dysfunktion im Hirnstoffwechsel beruhen.«

Es kam Winters übliche Leier. Und die klang gut. Zu jedem Problem gab es eine Lösung.

Viele Leute im Saal nickten zustimmend. Vermutlich Angehörige, dachte Schwinn. Menschen, die Drogensucht und Depression nur aus der indirekten Perspektive kannten. Und doch mittendrin waren. Eltern, Geschwister und Partner. Es schien, als fühlten sie sich plötzlich verstanden; als hätten sie es immer schon gewusst.

»Man muss sich nur helfen lassen«, dröhnte es aus den Lautsprechern.

Dass der Professor schlecht gelaunt war, merkte Schwinn daran, wie er im Anschluss Fragen beantwortete. Kurz und lieblos. Schon nach wenigen Minuten blickte Winter zum Rektor. Tippte auf die Armbanduhr und zeigte seinem Kollegen an, dass es Zeit war.

Es folgte ein salbungsvoller Abschluss.

Einem Journalisten, der mehrmals auf die Einseitigkeit des Referates und Winters Nähe zur Pharmalobby hingewiesen hatte, antwortete der Rektor, selbst Professor für Kernphysik: »Auch wenn's hier aussieht wie in einem Gotteshaus …« Mit beiden Händen deutete er auf die ornamentale Ausstattung der von Gottfried Semper gebauten Aula. »… so sind wir als Forscher doch an Lösungen mehr interessiert als an Glaubensfragen.«

Es gab noch einmal verhaltenes Gelächter, bevor sich die Leute erhoben und in dezentem Gedränge zum Ausgang strömten. Das Versprechen des Professors hatte in vielen Gesichtern Zuversicht und Hoffnung hinterlassen.

Auch die Göttin Minerva blickte zufrieden aus einem der Wandbilder.

Schwinn spähte über die Köpfe hinweg zum Rednerpult. Er konnte Winter nicht sehen. Eine Menge Leute standen um den kleinen Mann herum. Der Stadtpräsident und seine Gattin waren da, einige Professoren und Frank Hummer, Präsident des größten Pharmamultis im Lande. Es würde noch eine Weile dauern.

Konrad Schwinn wartete geduldig.

»Gehen wir kurz in mein Büro«, sagte Winter, als er endlich kam. Er sah müde aus. Das Feuer, das während des Vortrags noch gelodert hatte, schien erloschen zu sein.

Schweigend gingen sie durch das Treppenhaus und verschiedene Gänge. Dann betraten sie Winters Arbeitszimmer.

»Die wollen, dass ich noch zum Abendessen mitkomme.« Der Professor seufzte.

Sie setzten sich.

Schwinn legte die *Proetecin*-Studie auf den Tisch. Daneben entfaltete er die Listen mit dem Buchstabensalat.

»Was ist das?« Der Professor zog die Augenbrauen hoch.

»Das wollte ich gerade dich fragen, Theo.«

Winter nahm den Bericht, blätterte darin, völlig unbewegt: »Also wenn's um *Proetecin* geht, dann muss es wohl von uns stammen.«

»Eben nicht«, sagte Schwinn. »Das ist es ja. Ich weiß haargenau, was wir gemacht haben. Es stammt nicht von uns, glaub mir.« Schwinn zögerte einen Moment. »Es sei denn, es wurde ohne mein Wissen veranlasst.«

»Was stellst du dir vor?« Der Professor wurde laut: »Bei diesem Projekt geschieht nichts, ohne dass du es weißt. Das ist dir hoffentlich klar. Mehr gibt es dazu nicht zu sagen.«

Schwinn zuckte die Schultern.

»Woher hast du dieses Ding überhaupt«, wollte Winter wissen. Er sah auf die Uhr.

Wieder zögerte der Assistent. »Ich darf ... ich kann dir das nicht sagen, Theo.«

Der Professor verdrehte die Augen. Dann gab er Schwinn den Bericht zurück und meinte: »Na also! Ich hab keine Ahnung, aus welchen dubiosen Quellen dieses Papier stammt. Mir jedenfalls sagt es nichts.«

Konrad Schwinn fiel es schwer, das zu glauben. »Steckt Frank Hummer dahinter?«, fragte er zögerlich. »Ich hab ihn vorhin gesehen ... fahren wir zweigleisig? Du kannst es mir sagen ...«

»Nein, Herrgott noch mal! Frank hat damit überhaupt nichts zu tun.« Wütend stand der Professor auf. »Vergiss es, Koni! Konzentrier dich lieber auf unsere Studie. Schließlich haben wir dort schon genug Probleme, seit wir wegen des Tierschutzes den Marmoset-Versuch abbrechen mussten.«

Schwinn steckte die Papiere zurück in die Mappe und stand ebenfalls auf. Ohne ein weiteres Wort verließen sie das Büro.

Der Assistent wurde aus Winter nicht schlau. Sie hatten immer ein Vertrauensverhältnis gehabt, warum setzte Winter es jetzt aufs Spiel? So aufgebracht, wie der Professor war, konnte er ihn unmöglich noch auf die zweite Sache ansprechen. Auf den Bericht, den er in Zimmerwald übersetzt hatte. Und darauf, dass er darin Winters Namen im Zusammenhang mit biochemischen Substanzen, die von amerikanischen Geheimdienstleuten in den Verhören eingesetzt wurden, entdeckt hatte.

Während sie die Treppen hinunter zum Ausgang gingen, betrachtete Schwinn die kahlen Wände, den rau belassenen Beton, an dem in hundert Jahren nie ein Bild gehangen hatte. Auf einmal hatte das matte Grau, das von allen Seiten den Raum beherrschte, etwas Fremdes.

# 8

Am nächsten Morgen lag neuer Schnee. Nicht so viel, dass es eine Sensation gewesen wäre oder die Räumungsbetriebe vor neue Probleme gestellt hätte. Es war ein weißer Anstrich, der die Patina überdeckte und Straßen und Trottoirs wieder weiß glänzen ließ.

Eschenbach war früh aufgestanden. Wie schon die Nächte zuvor hatte er schlecht geschlafen, war immer wieder aufgewacht und aufgesessen. Hatte sich quer ins Bett gelegt, um den leeren Platz an seiner Seite auszufüllen. Und wenn er dann nach zwei oder drei Stunden abermals aufgewacht war, lag er wieder dort, wo er immer gelegen hatte. Auf *seiner* Seite, neben Corina, die nicht da war.

Gegen halb sechs stand er am Schiffssteg beim Storchen und sah auf die Limmat. Am Ufer hatte sich Eis angesetzt. Es hielt sich fest an den alten Steinen der Mauer, wagte sich einen Meter hinaus aufs offene Wasser und wurde durchsichtig wie Glas. Zerbrechlich. Eschenbach fragte sich, ob, wenn es weiterhin so kalt bliebe, der See bald zufröre. Wie 1963, als dies das letzte Mal der Fall gewesen war.

Auf dem Rückweg entdeckte er seine Fußspuren, die ihm mitten auf der Strehlgasse entgegenkamen. Eschenbach verfolgte sie zurück, bis zur Wohnungstür. Dort vermischten sie sich: die heimkehrenden und die fortgehenden Schritte; zusammen mit jenen des Zeitungsboten, der in der Zwischenzeit vorbeigekommen war.

»Institut Professor Winter, mein Name ist Juliet Ehrat. Was kann ich für Sie tun?«

Es war Viertel nach acht. Der Kommissar saß in seinem Büro, hatte den Telefonhörer am Ohr und stellte sich gerade eine Schweizer Version von Juliette Binoche vor. Er erklärte, weshalb er anrief.

»Ich muss Sie leider enttäuschen, Herr Schwinn ist derzeit nicht im Hause.«

»Dann verbinden Sie mich bitte mit Professor Winter ...« Und bevor ihn Frau Ehrat abwimmeln konnte, fügte er noch hinzu: »Wir kennen uns privat.«

Es verging eine Weile. In der Leitung scherbelte Bachs *Wohltemperiertes Klavier.*

»Der Professor telefoniert gerade ...«, meldete sich die Stimme zurück. »Aber er hat gesagt, er würde Sie gerne treffen. Morgen, um zehn. Das wäre schön.«

»Morgen?«, murmelte der Kommissar und suchte seine Agenda. »Ist es denn so wichtig?«

»Nein, im Gegenteil. Von unserer Seite liegt nichts vor. Der Professor meinte nur, es wäre schön, Sie nach so langer Zeit wieder einmal zu treffen. Zu einem Kaffee ... und wenn Sie mögen, auch zu einem Stück Kuchen.«

Eschenbach fand die Agenda. Sie diente zwei Mokkatassen als Unterlage. Er blätterte sich durch den Januar. »Um zehn also ...« Dann merkte er, dass er den Kalender vom letzten Jahr vor sich hatte.

»Mögen Sie Kuchen?«, kam es freundlich.

»Ja, natürlich ...« Eschenbach versuchte ein zweites blaues Buch unter einem Stapel Akten hervorzuziehen. Der Berg stürzte. Polizeiberichte, Ferienpläne und Budgetkürzungen verteilten sich wie Herbstlaub auf dem Fußboden. Der Kommissar fluchte.

»Störe ich?«, fragte Frau Ehrat vorsichtig.

»Nein, schon gut. Ich komme. Es wird schon irgendwie … und sonst rufe ich nochmals an.«

»Das ist schön. Ich werde Sie an der Pforte beim Haupteingang abholen.«

Madame Ehrat bedankte sich nochmals auf das Herzlichste, dann legte Eschenbach auf. Was um alles in der Welt brachte Theo dazu, ihn einzuladen? Kaffee und Kuchen, das war wohl ein Witz. Nach all den Jahren. Es musste mehr dahinterstecken.

Nachdem er den Rest des Tages mit Bürokram und Telefonaten verbracht hatte, mit Dingen, die er längst hätte erledigen sollen, traf er sich abends mit seinen Freunden im Schafskopf zum Kartenspiel.

Er hatte mehr als genug intus, als er gegen eins in seine Wohnung zurückkam. Aber einschlafen konnte er trotzdem nicht. Er saß vor dem Fernseher und zappte zwischen *Indiana Jones* und einer Operninszenierung von *Don Giovanni* hin und her. Endlich, gegen drei, fiel er in einen unruhigen Schlaf.

In Gummistiefeln schlich er durch die Kellergewölbe der ETH. Die Räume waren nach dem Satz des Pythagoras angeordnet: rechtwinkliges Dreieck und drei Quadrate. Im größten Quadrat lag Albert Einstein tot zwischen zwei Eichenfässern. Gegenüber stand ein großes Weinregal. Das erste Fach war leer. Im zweiten lag eine Flasche, im dritten ebenso. Im vierten lagen zwei, dann drei, fünf, acht, dreizehn, einundzwanzig Flaschen … die Fibonacci-Folge! Der Mann, der ihm das zurief, war sein alter Physiklehrer, Marcel Bornand. Er kroch aus einem der Eichenfässer, kam mit einer Daumenschraube auf ihn zu: »Wie lautet das erste Newton'sche Axiom?« Eschenbach blickte sich um; suchte Theo Winter. Den kleinen Theo, der immer neben ihm gesessen und alles gewusst hatte … Dann schrillte die Pausenglocke.

Eschenbach schreckte hoch, schaltete den Wecker aus und blieb mit den Erinnerungen an seine Schulzeit noch eine Weile liegen.

Theo war der Kleinste in der Klasse gewesen. Bleich, mit kraftlosen, hängenden Schultern und einer Brille, deren linkes Glas blind war. Eschenbach hatte nie begriffen, weshalb man die gute Seite abdeckte; warum man dem kranken, schielenden Auge die ganze Welt allein zeigen wollte. Das war vor fünfundvierzig Jahren gewesen, im Schulhaus Hegibach in Zürich.

Aus der Schule für Arbeiterkinder hatten sie es beide ans Gymnasium geschafft und später an die Uni. Der kleine Winter mit Biochemie an die Eidgenössische Technische Hochschule in Zürich; der Lange, Eschenbach, mit Jura nach Basel. Richtige Freunde waren sie nie geworden.

Von seinem Büro an der Kasernenstrasse war es nur ein kleiner Fußmarsch bis zum Central und zur Polybahn, die hinauf zur ETH führte. Eschenbach nahm sich Zeit. Für einen Abstecher zu Sprüngli im Hauptbahnhof; für zwei Buttersilserli und einen Sandwich mit Fleischkäse. Die Kleider, die er trug, waren neu: der dunkelgraue Wollmantel mit Fischgrat-Muster und die braune Cordhose. Er hatte zehn Kilo abgenommen, seit er alleine lebte. Das alte Zeug hatte an ihm gehangen wie an einer Vogelscheuche. »Du bist auf dem besten Weg zu *lang und dürr*«, hatte sein Freund Gregor beim Kartenspiel zu ihm gesagt. Gregor war klein und dicklich.

»Sie sind mir ein Vorbild«, zischte eine junge Mutter. Sie stand hinter ihm am Straßenrand; mit Kinderwagen und einem kleinen Jungen an der Hand.

Dann quietschten die Reifen eines Taxis.

Erst jetzt merkte der Kommissar, dass er mitten auf der Kreuzung stand und die Ampel Rot zeigte. Verlegen hob er die Hand mit dem Sandwich und rettete sich auf die andere Seite.

Bei der Polybahn vergaß er, ein Ticket zu lösen. Es kam ihm erst in den Sinn, als er bereits in der Kabine stand und der kleine rote Waggon das schmale Brückentrassee beim Seilergraben überquert hatte. So ging es mit ihm nicht weiter, so viel war klar. Junge Leute standen um ihn herum. In ausgelatschten Turnschuhen und spitzen Stiefeln. Dazwischen ein Mädchen mit schwarzen Lackschuhen, eine angehende Apothekerin, vermutete Eschenbach. Knapp vier Minuten dauerte die Fahrt durch graues, winterliches Geäst den Hügel hinauf. Puma und Adidas diskutierten die Eiweißverbindung eines speziellen Grippevirenstammes. Der Rest schwieg, sah auf den Boden oder zum Fenster hinaus.

Juliette Binoche sah aus wie Heidi. Sie hatte rotblondes, kurzes Haar und die Figur einer sportlichen Frau. Wippend kam sie auf ihn zu und streckte die Hand aus:

»Ehrat«, klang es fröhlich.

»Eschenbach.« Der Kommissar blickte in ein selbstbewusstes Gesicht: ungeschminkt, mit einer kleinen, hübschen Nase und Sommersprossen. Einen Moment erschrak er. Was er sah, war das scheinbar perfekte Abbild von Judith, seiner großen Liebe aus der Jugendzeit. »Zum Glück holen Sie mich ab«, sagte er, nachdem er sich wieder gefasst hatte. »Ich wäre verloren in diesem Labyrinth …« Er deutete auf die Stellwände, an denen das Leben von Albert Einstein hing, und auf die Installationen zur Relativitätstheorie.

»Mercedes hat den Stern, wir haben Einstein.« Offenbar ihre Standardantwort, wenn man sie auf den Physiker mit dem Wuschelhaar ansprach. Sie ging voraus, und Eschenbach folgte dem Klacken ihrer Stiefeletten, über Treppen und schlecht beleuchtete Gänge. Er dachte an Judith. An die Jahre mit ihr, vor über dreißig Jahren. Und er fragte sich, warum es damals so hatte enden müssen.

Das Büro des Professors war ein großer, fast quadratischer Raum. Und wie schon im Hauptgebäude dominierten die Farben von hellem Holz und rau belassenem Beton.

Der kleine Mann hinter dem großen Schreibtisch erhob sich.

»Mein lieber Eschenbach«, rief er quer durchs Zimmer.

Der Kommissar wollte »Hallo Theo« rufen, sagte dann aber nur irritiert »Hallo«. Obwohl Eschenbach gut zwei Kopf größer war, es war nicht mehr der kleine Theo, der ihm gegenüberstand. Und das lag nicht am weißen Kittel. Dem Kommissar war als Erstes Winters Kopf aufgefallen: Er wirkte im Vergleich zum Körper zu groß, zu wuchtig und die dunklen Augen, die etwas hervorstanden, hatten einen fordernden Blick.

»Setzen wir uns«, sagte Winter und wies mit dem Kinn auf einen runden Tisch mit vier Holzstühlen. Soweit es Eschenbach überblicken konnte, war der Tisch der einzige runde Gegenstand im Raum.

Juliet Ehrat tischte zwei Espresso und eine Glaskaraffe mit Leitungswasser auf. Daneben stellte sie zwei Gläser und eine kleine Rüeblitorte.

»Kuchen gibt's nur wegen dir … das gibt's sonst nie«, bemerkte Winter.

Juliet lächelte. »Ihr werdet euch sicher viel zu erzählen haben«, sagte sie noch, dann schloss sie die Tür.

Und Winter erzählte. Nach den Jahren an der ETH war er mit einem Stipendium des Nationalfonds in die USA gegangen und hatte sich an der Stanford University habilitiert, in Biochemie; und dann war er auf dem Gebiet der Erforschung psychotroper Substanzen ein ganz Großer geworden. Er berichtete über Forschungsgelder in Milliardenhöhe und deutete an, dass die Ergebnisse seiner Arbeit ihm möglicherweise einmal den Nobelpreis einbringen könnten.

Eschenbach trank in der Zwischenzeit den Espresso und aß drei Viertel der Torte. Seit seiner Studienzeit hatte er nicht mehr auf Holzstühlen gesessen; ihm schmerzte der Hintern. Er erinnerte sich an die Wanderungen, die sie in der Schule unternommen hatten, auf den Bachtel oder den Rigi, und an Theo, der zurückfiel; zusammen mit dem Lateinlehrer, der zuckerkrank war, oder der Frau des Klassenlehrers, die Mitleid mit dem Kleinen hatte. Und immer wieder kam ihm Judith in den Sinn.

»Und jetzt bin ich wieder hier«, sagte Winter, breitete die Arme aus und grinste. »Meine Alma Mater. Herrgott, zwanzig Nobelpreise hat sie auf dem Gewissen … in Chemie, Medizin und Physik natürlich.« Seine dunklen Augen funkelten.

»Erspar mir bitte die Einzelheiten«, sagte der Kommissar. »Ich habe kürzlich von Bornand geträumt, das hat mir gereicht.«

Winter lachte. »Weißt du noch, was er immer zu dir gesagt hat? Eschenbach, Sie sind der lebende Beweis für das erste Newton'sche Axiom – genannt: das Trägheitsprinzip.«

Jetzt musste auch der Kommissar lachen. »Ja, wenn nichts geht, dann geht nichts.«

»So ungefähr.«

»Chemie, Physik … das sind alles nicht meine Fächer.«

»Aber, aber …« Der Professor hob seine buschigen Brauen. »Albert Einstein! Den wirst du doch mögen, oder?«

Nicht schon wieder der, dachte Eschenbach. »Ich habe gesehen, dass ihr gerade eine Ausstellung über ihn macht.«

Zufrieden fingerte Winter an seinem silbernen Kugelschreiber. »Einstein lehrte hier theoretische Physik von 1912 bis 1914, nachdem er wie ich hier studiert hatte …«

»Ich weiß, Theo. Ihr seid hier einfach die Größten …«

»Und natürlich Wilhelm Conrad Röntgen«, fuhr der kleine Mann unbeirrt fort. »Und Felix Pauli! Das ist alles Stoff aus der Mittelschule! Theoretisch wenigstens … denn wenn ich daran denke, was die Studenten heutzutage mitbringen. Oder eben nicht mitbringen. Wir verkommen noch zu einer Realschule, hier oben am Zürichberg!« Er fuhr sich energisch durch sein kurz geschorenes Haar. Ein Feld von schwarzen und weißen Stoppeln, die sich von der mächtigen Stirn ausgehend nach hinten verdichteten.

»Ich bin Lateiner«, warf Eschenbach ein. »Und Jurist … aber wenn ich mich recht besinne, hat mich dein Assistent angerufen und kein Nobelpreisträger. Was war eigentlich los?«

Der kleine Mann lachte und winkte ab. »Ach der Koni … das war etwas überstürzt von ihm. Aber so ist er nun mal.«

»Du kannst es ja trotzdem erzählen.«

»Er hat gedacht, es sei bei ihm eingebrochen worden. Aber du kennst die jungen Leute ja. Sie lassen die Tür offen, gehen in die Ferien … und wenn sie nach Hause kommen, denken sie, jemand wäre in der Wohnung gewesen. Die Sache hat sich jedenfalls aufgeklärt.«

«Also wegen eines Einbruchs hat mich noch niemand angerufen.« Eschenbach war die Sache suspekt.

Winter wechselte das Thema. Eine Weile unterhielten sie sich über alte Zeiten. Eschenbach erzählte, wie es ihn nach dem Studium zur Kantonspolizei verschlagen hatte.

»Und was ist dein Spezialgebiet?«

Eschenbach streckte die Beine. »Kapitalverbrechen.«

»Mord und Totschlag also.«

»So ungefähr, ja.«

»Das wär nichts für mich.« Winter räusperte sich und sah auf die Uhr. »Ich brauch das Leben … auch wenn's sich nur im Reagenzglas abspielt.«

»Wenn trotzdem noch etwas ist. Du weißt jetzt, wo du mich finden kannst.«

»Es ist nichts, keine Sorge.« Winter erhob sich.

»Frau Ehrat kann dich hinunterbegleiten, wenn du willst. Es ist alles ein wenig verwinkelt in dem Kasten.«

Eschenbach freute sich auf die Sommersprossen und nickte.

»Und komm wieder einmal vorbei«, sagte der Professor noch. »Es hat mich gefreut, dich nach so langer Zeit wiederzusehen.« Sie gaben sich die Hand und Eschenbach verließ Winters Arbeitszimmer.

Madame Ehrat war nicht da. Keine Sommersprossen nirgendwo. Nur der dezente Hauch ihres Parfüms hing in der Luft.

Eschenbach suchte den Ausgang. Er folgte dem Wegweiser, der ihn zwei Treppen hinunter-, dann durch einen langen Korridor und am Ende wieder ein halbes Stockwerk hochschickte. Ein einziges Labyrinth aus Beton und Holz. Es war fast wie in seinem Traum. Plötzlich stand er vor einer beleuchteten Vitrine mit ausgestopften Vögeln. Der durchdringende Blick eines Steinadlers erinnerte ihn an Winter. Der Kommissar fluchte und machte kehrt. Seine Schritte hallten dumpf durch den Korridor. Von einem der Gänge sah er durch eine Glaswand in einen Fitnessraum; etwa dreißig junge Leute machten im Takt den Hampelmann. »Eins … zwei … drei«, prustete die Hampelfrau zuvorderst. In der dritten Reihe erkannte Eschenbach Frau Ehrat. Sie trug graue Schlabberhosen und ein rotes Top. Ihr kleiner Busen hüpfte. Der laute Bass drang durch die Glasscheibe und kitzelte Eschenbach in der Magengrube. Er ging weiter. Es folgten diverse Anschlagbretter, ein Schalter, auf dem in großen Lettern *Mobility* prangte, und eine Buchhandlung. Dann stand er vor der Mensa.

Eine stämmige Service-Angestellte aus dem ehemaligen Ostblock verhalf dem Kommissar zu einem Espresso: »Dort bekommen Sie Jetons. Die Maschine ist hier, Zucker da.«

Eschenbach lächelte linkisch und kramte ein Fünffranken-Stück hervor. »Könnten Sie mir nicht …«

»Ausnahmsweise, weil du so netter Herr …« Auch sie lächelte.

In dieser Umgebung, in der junge Leute mit Pullis und Laptops an den Tischen saßen und die Welt neu erfanden, klang »netter Herr« nach Altpapier.

Der Kommissar nahm den kleinen Pappbecher, setzte sich ans Fenster und dachte über das Gespräch mit Winter nach. Ihm war aufgefallen, dass der Professor Judith mit keinem Wort erwähnt hatte. Und er selbst hatte nicht den Mut aufgebracht, ihn auf Judith anzusprechen. Seit der Sache damals hatten sie nie mehr ein Wort gewechselt. Über dreißig Jahre waren vergangen und jetzt lud ihn Theo plötzlich ein, um über lauter Belanglosigkeiten zu plaudern. Eschenbach hatte ein merkwürdiges Gefühl. Lag wirklich nichts vor, wie der Professor ihm weismachen wollte? Ein Assistenzprofessor der ETH war schließlich kein kleiner Junge, der einfach die Tür offen ließ und wegen nichts die Polizei anrief. Er würde in den nächsten Tagen diesen Konrad Schwinn einmal anrufen. Die Sache begann ihn zu interessieren.

# 9

»Die Klinik hat sich gemeldet«, sagte Rosa, als Eschenbach mit Schnee an den Schuhen und hochgestelltem Mantelkragen an ihr vorbei direkt auf sein Büro zusteuerte. »Sie meinten, man kann Frau Zgraggen jetzt besuchen.«

»Ach ja?« Der Kommissar sah seine Sekretärin an: Sie war Anfang vierzig, von kräftiger Statur und hatte schöne, dunkle Augen. Ihre schwarzen, kurzen Haare glänzten. »Dann halt.« In Gedanken war er noch immer bei Winter. Er verspürte keinerlei Lust, jetzt ins Burghölzli, in die Psychiatrische Universitätsklinik der Stadt Zürich, zu fahren.

»Ich hab Sie vorsorglich dort angemeldet«, meinte Rosa mit mitleidvollem Blick. »Heute Nachmittag um vier.« Die Brille, die sie nur zum Schreiben oder Lesen aufhatte, baumelte an einem goldenen Kettchen an ihrem Hals.

Eschenbach seufzte. Er wusste, dass er die Gelegenheit nutzen musste. Die Bereitschaft der Ärzte, einer Befragung zuzustimmen, war so wechselhaft wie der Zustand der Betreuten selbst. Schon morgen konnte alles anders aussehen.

Die Psychi, oder das Burghölzli, wie man im Volksmund sagte, lag auf derselben Hügelkette wie die ETH, etwas weiter südlich. Sie erinnerte in ihrer Bauweise von 1870 an ein Grandhotel aus dieser Zeit.

Hier wie dort fanden berühmte Namen Einlass: Friedrich Glauser oder Albert Einsteins Sohn Eduard.

Allerdings unterschieden sich die Behandlungsmethoden erheblich von jenen, die man den Feriengästen in Sils Maria oder Davos um die Jahrhundertwende zuteilwerden ließ: Wer sexuell zügellos, liederlich, homosexuell, vagabundierend, verkrüppelt oder sonst degeneriert zu sein schien (so der Originaltext von 1892), wurde kastriert oder – weil es meist Frauen waren – zwangssterilisiert. Diese Therapiemethode eugenischen Ursprungs, basierend auf dem Gedankengut der Rassenhygiene, fand damals enormen Beifall. Zu den Befürwortern dieser Ideen gehörten berühmte Schweizer Psychiater und Burghölzli-Direktoren wie August Forel, Eugen und Manfred Bleuler. Die renommierte Zürcher Nervenheilanstalt war eine Hochburg dieses Denkens – auch noch nach 1945.

Das alles stand nicht in der Broschüre, die Eschenbach durchblätterte, während er auf den Arzt von Maria Zgraggen wartete. Der Kommissar kannte die Geschichte des Burghölzli aus einem seiner früheren Fälle; und wie schon damals stieg ein Unbehagen in ihm hoch.

»Eine halbe Stunde höchstens«, meinte Dr. Eberhard. Er sprach so langsam, als wollte er die erlaubte Gesprächszeit gleich selbst ausfüllen.

Durch das Fenster im kleinen Gesprächszimmer sah man eine verschneite Baumgruppe. Frau Zgraggen starrte dort hinaus, als wollte sie ihre Geschichte ausschließlich den Föhren, Tannen und Fichten erzählen, deren Äste vom Gewicht des Schnees gegen den Boden gedrückt wurden. Eschenbach brauchte keine psychologische Ausbildung, um zu erkennen, dass die Verzweiflungstat und der selbst gewählte Tod ihres Mannes wie eine tonnenschwere Schuld auf ihr lasteten.

»Hatten Sie noch häufig Kontakt zu Ihrem Mann?«, fragte er. Eberhard und er hatten an dem Tisch Platz genommen, an dem Frau Zgraggen saß.

»Er kam immer wieder von sich aus …« Maria Zgraggen sah Hilfe suchend zu Dr. Eberhard.

Der Arzt nickte zustimmend. »Nach der Trennung … und nachdem sich Martin Zgraggen immer wieder falsche Hoffnungen gemacht hatte, erlitt er mehrere schwere affektive Störungen.«

»Depressionen?«

»So ist es.«

»Und war er deswegen in Behandlung?«, fragte Eschenbach.

»Ja. In den drei Jahren seit der Trennung des Ehepaars Zgraggen hat er sich zweimal einer zweiwöchigen, stationären Therapie unterzogen. Dazwischen immer wieder ambulante Behandlungen und Gespräche.«

»Und Medikamente?« Eschenbach suchte in seiner Jacke nach der Packung, die er in der Küche des Toten gefunden hatte. Als er sie nicht finden konnte, klopfte er seinen Mantel danach ab. Zusammen mit einer Schachtel Brissago fand er sie schließlich in einer der Innentaschen. Er legte das Medikament auf den Tisch. »*Prozac* – sagt Ihnen der Name etwas?«

Dr. Eberhard runzelte die Stirn. »Woher haben Sie das?«

»Das lag gleich stapelweise in seiner Wohnung.«

»Ich weiß nicht …« Der Arzt zuckte die Schultern. »Der Handelsname dieses Medikamentes in der Schweiz ist Fluoxetin. Das hatte ich Herrn Zgraggen damals verschrieben. Allerdings …« Der Arzt zögerte einen Moment. »Bei unseren letzten Gesprächen … Martin sagte mir, dass er es nicht mehr brauchte. Er machte einen gefestigten Eindruck auf mich.«

»Wenn er diese Packungen nicht von Ihnen hatte, woher könnte er …«

»Aus dem Internet!«, kam es wie aus der Pistole geschossen. »Sie können das Zeugs bestellen wie, wie …« Dr. Eberhard suchte mit den Händen einen Vergleich.

Eschenbach nickte. Er hatte sich so etwas gedacht.

»Wie Gummibärchen!«, kam es hintendrein.

Maria Zgraggen sah auf den Boden.

Eine Zeit lang sagte niemand etwas. Dann räusperte sich der Arzt: »Es kommt immer wieder vor, dass ein Patient auf uns den Eindruck macht, er hätte Tritt gefasst … dass es aufwärtsgeht mit ihm. Das ist der heikelste Punkt einer Therapie. Wir wissen heute, dass ein solcher Stimmungsumschwung auch andere Gründe haben kann: den Entschluss zum Suizid zum Beispiel oder zu einem Vergeltungsakt. Trifft der Patient einen solchen Entschluss, im Stillen für sich, wird er in der Folge meistens von einem Gefühl der Erleichterung getragen. Er plant seine Sache und er kennt deren Ausgang. Diese Sicherheit spiegelt er, und wir, sein Umfeld, interpretieren diese Anzeichen in eine ganz andere Richtung.«

Eschenbach dachte an die Geschenke für die Kinder und an das, was der Hausmeister gesagt hatte.

»Ich wäre froh, wir könnten hier aufhören«, sagte Dr. Eberhard mit einem Blick auf seine Patientin.

Sie erhoben sich.

Als Eschenbach wieder draußen stand, atmete er tief durch. Er hatte den Eindruck, dass sich der Nebel etwas verzogen hatte, dass vielleicht sogar die Sonne noch rauskommen würde. Es war ein ähnliches Gefühl wie nach einer Wurzelbehandlung beim Zahnarzt, wenn alles vorbei war und er wieder Lust auf eine Tafel Schokolade bekam.

Was er gehört hatte, war nichts Neues gewesen. Es reihte sich geradezu nahtlos in die Aussagen der Gerichts- und Polizeipsychiater ein, die zur Erklärung jeder Tragödie, und sei sie noch so grauenhaft, ex post und ex mortem irgendwo in der menschlichen Seele ein Plätzchen fanden.

In den folgenden Tagen schloss Eschenbach den Bericht zum Fall Crazy Girl ab und versuchte das vom Kanton angeordnete Sparprogramm im Jahresbudget unterzukriegen. Zwischendurch rief er mehrmals im Institut an: Konrad Schwinn war nie da.

»Ich weiß beim besten Willen nicht, wo er steckt«, meinte Juliet Ehrat. »Und wenn ich den Professor darauf anspreche, weicht er mir aus.«

Der Kommissar versuchte es trotzdem wieder. Obwohl der Assistenzprofessor nicht auftauchte, wurden die Telefonate mit Frau Ehrat länger. Die anfänglichen Gespräche übers Wetter führten zu den gemeinsamen Vorlieben für alten Jazz und gutes Essen, und Eschenbach ertappte sich dabei, dass er insgeheim hoffte, Schwinn möge noch lange verschwunden bleiben.

»Der Professor hat gesagt, dass ich Sie gleich durchstellen soll«, sagte Juliet, als er es das nächste Mal versuchte.

»Okay.« Ob sie die Enttäuschung in seiner Stimme bemerkt hatte?

»Bevor du noch hundertmal anrufst …«, sagte Winter. »Schwinn ist weg. Verschwunden, spurlos. Und ich weiß ehrlich gesagt auch nicht, was ich davon halten soll. Ich habe abgewartet … aber jetzt wird die Sache langsam unheimlich.«

Sie verabredeten sich für Viertel nach elf. Bevor der Kommissar sein Büro verließ, sah er noch einmal prüfend in den Spiegel im Wandschrank und probierte ein Lächeln.

Mit dem Taxi fuhr er direkt bis zum Eingang des Hauptgebäudes. Winters Büro fand er, nachdem er zweimal jemanden danach gefragt hatte. Jetzt blickte er in ein leeres Sekretariat.

»Sie ist beim Turnen!« Winter lachte, als er den Raum betrat und die Enttäuschung von Eschenbachs Gesicht ablas. »Wie du siehst, veranstalte ich hier ein Soloprogramm.«

Sie setzten sich an den runden Besprechungstisch in Winters Büro.

»Ich habe lange gezögert«, begann der Professor. »Aber Frau Dr. Sacher meinte, das ließe sich auch diskret angehen.«

»Ach so?« Eschenbach fragte sich, was die Vorsteherin des

Polizeidepartements des Kantons Zürich mit dem Fall zu tun hatte.

»Sacher ist Mitglied des Beirats der ETH. Sie ist eine tüchtige Frau. Ich habe mit ihr gesprochen ... sie meinte, du wärst der Beste für solche Sachen.«

»Welche Sachen, Theo? Ich wäre froh, wenn ich etwas mehr darüber wüsste. Normalerweise verschwinden Assistenzprofessoren nicht einfach so.«

»Ich würde dir ja gerne helfen ... leider kann ich mir aber auch keinen Reim darauf machen, ehrlich. Wir haben alles überprüft: Verwandte, Freunde, Eltern ...« Und nach einer kurzen Pause fügte er noch hinzu: »Wenn ich spurlos sage, dann meine ich das auch so.«

An Winter war kein Herankommen, das spürte Eschenbach. Wenigstens nicht jetzt. Der Professor übergab ihm ein dünnes Mäppchen mit den wichtigsten Angaben zur Person Schwinns und betonte nochmals, wie wichtig es ihm sei, dass die Nachforschungen unter dem Deckmantel größter Diskretion erfolgten.

»Ich halte dich auf dem Laufenden«, sagte Eschenbach, bevor sie sich verabschiedeten.

Während er ging, blätterte der Kommissar in den Unterlagen. Vielleicht verlief er sich deshalb erneut in denselben Gängen, in denen er sich schon einmal verlaufen hatte. Und wie schon beim ersten Mal stand er plötzlich vor der Mensa.

Mit Salat, Bratwurst und einem Bier setzte er sich an ein Fenster und ging die Akte durch:

Wenn es wirklich Genies gab – und die Welt war leichter zu ertragen, wenn man daran glaubte –, dann war Konrad Schwinn eines. Wenigstens ein kleines: Mit neun Jahren erste Preise bei »Jugend forscht«, mit sechzehn Abitur. Studium der Biochemie an den Hochschulen in Teheran und Zürich; brillante Zeugnisse und ein Förderungsstipendium der Hoffmann-La Roche in Basel. Danach folgten Studien im In- und Ausland: Cambridge und Stanford, nur erste Adressen.

Eschenbach blätterte in den Unterlagen des Assistenzprofessors von Theophilius Winter. Es waren nicht die herausragenden Leistungen und das »summa cum laude«, die der Assistent scheinbar mühelos hingepfeffert hatte. Es war das Foto, das den Kommissar irritierte: Der Junge war hübsch; hätte mit seinen dunklen, halblangen Locken und dem ebenmäßigen Gesicht perfekt in eine dieser Fernsehserien gepasst, für die seine Tochter so schwärmte.

Als er durch war, zündete sich Eschenbach eine Brissago an und verlor sich einen Moment lang in den Seiten seiner eigenen Schulzeit: Er war kein schlechter Schüler gewesen damals. Etwas faul schon. Aber wenn's darauf ankam, hatte es immer gereicht. Vielleicht lag es einfach nur daran, dass mit ersten und zweiten Ableitungen bei den Mädchen kein Blumentopf zu gewinnen war. Der Kommissar wusste nicht, ob er für Konrad Schwinn Achtung oder Unverständnis aufbringen sollte.

»Sie dürfen hier nicht rauchen«, flüsterte eine weibliche Stimme an seinem Ohr. Es war Frau Ehrat. Sie hatte ihre Hand auf seine Schulter gelegt; in der andern hielt sie einen Becher mit Birchermüsli und einen Plastiklöffel. »Darf ich mich zu Ihnen setzen?«

Der Kommissar stand auf und rückte ihr einen Stuhl zurecht. »Soll ich uns noch einen Kaffee besorgen?«, fragte er.

»Lieber einen Tee.« Und als der Kommissar schon auf halbem Weg zum Buffet war, rief sie ihm nach: »Einen grünen, bitte!«

Es war kurz nach ein Uhr und die Mensa gestoßen voll. Der Kommissar drückte sich an einem Pärchen vorbei, das an der Kaffeemaschine mit Jetons hantierte. Aus der Küche drang das geschäftige Scheppern von Geschirr und an der Kasse stand eine Gruppe Studenten Schlange. Eschenbach entdeckte die kleine stämmige Dame, die ihm schon einmal mit dem Espresso behilflich gewesen war. Sie stapelte abgepackte Salatportionen in einen Glasschrank. Mit einem Erobererlächeln ging er auf sie zu.

»Könnten Sie mir nochmals …« Zum Lächeln kam ein Zehn-Franken-Schein hinzu.

Die Frau vom Service nickte.

Wenige Minuten später hatte sie alles fein säuberlich auf ein Tablett gestellt. Löffel, Zucker, Teebeutel, Milch.

»Haben Sie hier Beziehungen?«, fragte Frau Ehrat, die überrascht war, dass er so schnell wieder angerauscht kam. Sie hatte sich in der Zwischenzeit auf das Birchermüsli gestürzt und verdeckte mit der Hand den halb vollen Mund.

Eschenbach wusste bereits von ihren Telefongesprächen, dass Juliet Ehrat seit drei Jahren das Sekretariat des Professors leitete und eine Handelsmatura vorzuweisen hatte. Dass sie Pharmazie studiert und das Studium im vorletzten Semester abgebrochen hatte, war etwas, das sie ihm bisher verschwiegen hatte:

»Ich bin eine halb fertige Apothekerin mit einem Faible fürs Organisatorische …« Sie sah ihn verlegen an und zog die Nase kraus. »Aber ich fühle mich wohl hier«, betonte sie. Dass sie einfach Glück gehabt habe mit der Stelle, erwähnte sie mehrfach. »Schon beim Vorstellungsgespräch, der Professor hatte kaum zehn Minuten mit mir gesprochen … da hat er mich schon gefragt, ob ich für ihn arbeiten möchte. Er hat gar nicht viel von mir wissen wollen. Also ich hab das seltsam gefunden, gerade in einer Zeit, in der man mit Halbfertigem nicht mehr weit kommt.«

Eschenbach sah Juliet an. Sie war Judith tatsächlich wie aus dem Gesicht geschnitten. Vermutlich war es das, was Theo dazu bewogen hatte, sie ohne viel Federlesens gleich einzustellen. Es musste die Erinnerung an Judith gewesen sein, dachte er. Gerne hätte er Juliet gesagt, dass sie hübsch und deshalb alles andere als halb fertig sei, ließ es aber bleiben.

Sie schwärmte von ihrem Chef, dem Professor, vom Team und von der anregenden Atmosphäre an der ETH.

»Und Konrad Schwinn …«, warf Eschenbach ein. »Wie ist der so?« Dem Kommissar war aufgefallen, dass sie nie über ihn gesprochen hatten.

»Der Koni?« Einen Moment hielt sie inne. »Ehrlich gesagt, ich wüsste nicht, was ich über ihn erzählen könnte …«

»Arbeitet er nicht mit dem Professor zusammen? Ich meine, Sie müssten sich doch kennen.«

»Das ist es ja.« Sie strich eine Haarsträhne aus ihrem Gesicht. »Ich kenn den überhaupt nicht recht … also was soll ich sagen.« Wieder eine Pause. »Der Koni ist nett … Attraktiv vielleicht.«

Eschenbach hob die Augenbrauen.

»Wahrscheinlich ist nett das falsche Wort … zurückhaltend nett trifft es wohl besser.«

»Ach ja?« Der Kommissar sah in ihre warmen Augen. »Und was ist zurückhaltend nett?«

»Ach wissen Sie …« Es kam ein verlegenes Lachen. »Es gibt Menschen, die teilen die Welt in Studierte und Nicht-Studierte ein: in erste und zweite Klasse eben.«

»Und der Koni ist so einer?«, wollte Eschenbach wissen.

»Ja.« Sie senkte ihren Blick. »Für den bin ich nur die Tusse vom Dienst. Eine Sekretärin, die hin und wieder seine Berichte abtippt oder Telefonanrufe ausrichtet.«

»Ach so«, brummte der Kommissar etwas verlegen. »Für mich sind Sie erste Klasse.«

Sie sah ihn einen Moment lang schweigend an: mit halb offenem Mund und Sommersprossen unter hellen, fröhlichen Augen.

Eschenbach, der sich wegen seiner plumpen Anmache am liebsten ins Knie gebissen hätte, war froh, dass der Lärm der übervollen Mensa die kleine Stille zwischen ihnen übertönte. »Wollen wir?«, sagte er.

Sie standen auf.

Nachdem sie sich verabschiedet hatten und Juliet in Richtung Treppe gegangen war, mit federndem Schritt, sich noch einmal umgedreht und Eschenbach zugewinkt hatte, vergaß der Kommissar für einen Moment Corina. Lächelnd verließ er das Hauptgebäude der ETH und ertappte sich dabei, dass er ein Lied summte: »Raindrops keep falling on my head …«

Draußen stand dick der Nebel. Auf dem kurzen Weg zur Polybahn fing ihn die feuchte Kälte wieder ein und er bemerkte, dass er seinen Mantel in der Mensa vergessen hatte. Mit einem eleganten Dreh auf dem Absatz machte er kehrt.

# 10

Die nächsten drei Tage verliefen ruhig. Der Kommissar nervte seine Kollegen bei der Vermisstenstelle, indem er täglich dort anrief und sich in Sachen Konrad Schwinn erkundigte. Er ertappte sich dabei, dass ihm »dieser Schwinn« eigentlich völlig egal war, dass er es nur deshalb tat, weil er einen Vorwand suchte, sich bei Frau Ehrat zu melden. Und manchmal hoffte er insgeheim, sie würde es tun. Einmal rief er nachts im Institut an und hörte sich ihre Stimme auf Band an: »Montag bis Freitag von acht bis zwölf Uhr ...« Und wieder kam ihm unweigerlich der Gedanke an Judith. So einsam, wie sich Eschenbach in diesem Moment fühlte, konnte er sich gut in ihre Lage hineinversetzen, so wie sie sich damals gefühlt haben musste.

Er fragte sich, wie es Corina ging, und Kathrin, zusammen mit diesem Architekten-Wolfgang. Und als er wegen all dem wieder nicht einschlafen konnte, weil es schmerzte – und weil er ein sentimentales Arschloch war –, hörte er Daniel Barenboim, wie er das dritte Notturno von Liszt aus den Tasten hob: »O lieb, solang du lieben kannst.«

»Hat jemand für mich angerufen?«, fragte er gelegentlich seine Sekretärin.

Rosa hatte anfangs gereizt auf seine immer gleichen Fragen reagiert. »Ich notiere alle Ihre Anrufe«, pflegte sie pikiert zu antworten. Doch mit der Zeit merkte sie, dass etwas nicht stimmte, und ihr Ton wurde milder.

Als der Kommissar sie an diesem Morgen wieder fragte, sagte sie: »Erwarten Sie jemand Bestimmtes?«

»Nein, nein«, log Eschenbach und achtete darauf, dass es locker klang.

»Vor ein paar Tagen, als Sie von der ETH zurückkamen …«, sagte Rosa mit einem verschmitzten Lächeln, »da haben Sie richtig fröhlich dreingeschaut.«

»Ach ja?«

»Wir arbeiten jetzt schon über zwölf Jahre zusammen«, sagte sie. »Seit Sie diesen Laden hier schmeißen.« Die weit ausholende Geste unterstrich ihre italienische Herkunft. »Und ich könnte wetten, dass eine Frau im Spiel ist.« Lauernd sah sie ihn an.

»Was Sie nicht alles sagen.«

»Doch, doch«, nickte sie. Und damit ließen sie es bewenden.

So wie die Zeit dahingeplätschert war, wurde aus Unerledigtem plötzlich Dringliches. Eschenbach musste eine Nachtschicht einlegen, schlug bis sieben Uhr in der Früh seine Pendenzen tot und marschierte um halb acht mit den gerade fertiggestellten Unterlagen in die Sitzung mit seiner Chefin, Elisabeth Kobler.

Das Budget, das noch im alten Jahr hätte bereinigt werden sollen, wurde nochmals besprochen. Acht Prozent wurden gekürzt – das war's. Der Kommissar hatte mit zehn gerechnet, zwölf Prozent hatte er einkalkuliert.

Unrasiert, aber guter Dinge kam er gegen elf zurück in sein Büro.

»Müssen wir jetzt sparen?«, fragte Rosa und zog die Augenbrauen hoch.

»Ihren Lohn müssen wir streichen«, konterte der Kommissar finster. »Aber Sie dürfen bleiben.«

»Dann ist ja alles wie gehabt«, sagte sie und stellte eine Tasse mit Espresso auf seinen Schreibtisch. Schwarz, ohne Zucker.

»So ist es, Frau Mazzoleni. Alles wie gehabt.« Eschenbach gab ihr die Berichte *Jahresplanung Kripo* und *Strategische Stoßrichtungen*, die er mit Kobler besprochen hatte. »Ist beides so durchgegangen«, sagte er. »Ein paar Änderungen noch ... ach, Sie werden's schon finden.«

Nachdem der Kommissar das oberste Drittel seines Postberges durchgegangen war und die wichtigsten E-Mails beantwortet hatte, traf er sich mit dem Kommandanten der Stadtpolizei. In einem Sitzungsmarathon quälten sie sich durch die Sicherheitskonzepte für die Stadt: von Januar (Weltwirtschaftsforum in Davos) bis Mai (Tag der Arbeit). Die Monate Juni bis Dezember vertagten sie. Die letzte Nacht hing an Eschenbach wie ein Mehlsack. Auf dem Heimweg kaufte er vier belegte Brote bei Sprüngli, nahm zu Hause eine Flasche Primitivo aus dem Regal, schaltete den Fernseher ein und setzte sich auf die Couch. Nach »Julia – Wege zum Glück« war die Flasche leer. Wie sie ihr Glück fand, hätte er nicht mehr sagen können. Er probierte den Brunello, den er für eine Einladung hatte aufheben wollen. Dazu öffnete er eine Packung Erdnüsse. Beides reichte bis nach der Tagesschau. Dann nickte er ein und das ganze Abendprogramm des Ersten Schweizer Fernsehens flackerte unbemerkt an ihm vorbei.

Der Anruf kam um halb zwölf. Es musste eine Ewigkeit geläutet haben, dachte Eschenbach, als er das kabellose Gerät unter einem Stoß Wäsche endlich gefunden hatte.

»Hier ist Korporal Wälti«, sagte eine Männerstimme. »Spreche ich mit Kommissar Eschenbach von der Kantonspolizei?«

»Ja.« Eschenbach ging in die Küche und drehte den Wasserhahn auf. Als Wälti seine Ausführungen für einen Moment unterbrach, hielt der Kommissar seinen Kopf unter den kalten Wasserstrahl. Er unterdrückte ein Stöhnen.

»Sind Sie noch da?«, kam es vom Korporal.

Hastig trank er noch zwei, drei Schluck – dann nahm er das Telefon wieder ans Ohr und sagte: »Ja, ich komme ...«

»Oder soll ich jemand anderen ...«

»Nein, schon gut.« Eschenbach hielt sich die Stirn. »Badi Tiefenbrunnen, sagten Sie?«

»Nein, Letten!«

»Letten also.« Der Kommissar erinnerte sich an die Misere vor zehn Jahren, als das Letten-Gebiet ein einziges Drogen-Mekka war. Dann baute er sich eine Eselsbrücke: von seinem Rausch zu den Drogen, dann zum Letten. »Bei der Badi dort.«

»Ja«, sagte der Beamte am anderen Ende der Leitung. »Wir sind noch eine Weile hier. Lassen Sie sich ruhig Zeit.«

»Danke.« Der Kommissar beendete das Gespräch und ging leicht wankend ins Badezimmer. Einen Moment lang überlegte er, wohin er den schnurlosen Apparat legen sollte. Früher hatte das Telefon im Wohnungsflur oder auf dem Nachttisch seinen festen Platz gehabt – das konnte man sich auch im Halbsuff merken.

# 11

»Nein, ich rieche den Alkohol nicht«, sagte der Taxifahrer.

»Wirklich nicht?« Eschenbach hatte ihn schon zum dritten Mal danach gefragt. Immer wieder hatte er den Mann neben sich, der eine Helly-Hansen-Jacke trug und konzentriert auf die verschneite Fahrbahn blickte, angehaucht.

»Dann ist recht«, brummte der Kommissar.

Es war kaum Verkehr um diese Zeit. Und schon wieder schneite es. Nicht stark, auch nicht stürmisch. Aber man konnte es im Licht der Straßenbeleuchtung deutlich erkennen, wie einen Schwarm kleiner, weißer Mücken.

Beim Central fuhren sie über die Rudolf-Brun-Brücke in Richtung Limmatquai. Eschenbach schob den Unterkiefer vor und hauchte in die vorgehaltene Hand. Er versuchte seinen eigenen Atem zu riechen. Von den drei Fisherman's-Pastillen, die er während des Duschens und der Taxifahrt gelutscht hatte, war seine Zunge ganz belegt. Und nachdem er sich selbst unentwegt angehaucht hatte, tränten ihm nun die Augen.

»Aber Badi Letten ist geschlossen um diese Zeit«, sagte der Fahrer, als sie sich dem Ziel näherten. »Hier haben Winter wie in Polen.« Er sprach mit einem östlichen Akzent.

»Das weiß ich«, murrte Eschenbach und sah auf die Uhr: »Wir haben den 12. Januar, zehn nach zwölf.« Und nach einer kurzen Pause fügte er noch hinzu: »13. Januar, also.« Beinahe hätte er laut herausgelacht: Freitag, der Dreizehnte – Badi Letten – kurz nach Mitternacht. Er kniff sich in den Unterarm, um sicherzugehen, dass er nicht träumte.

Drei Dienstwagen der Polizei standen kreuz und quer vor der Badeanstalt.

»Was hier los?«, wollte der Taxichauffeur wissen.

»Freitag, der 13.? Immer Tanz der Vampire.« Der Kommissar zeigte seine Eckzähne; dann bedankte er sich und rundete den Rechnungsbetrag großzügig auf.

Sechs Polizisten, zwei Verliebte und eine Wasserleiche, reimte sich Eschenbach zusammen, nachdem ihn Korporal Wälti ausführlich orientiert hatte.

Das junge Paar glaubte zuerst, der Sack oder die Kutte eines Knecht Ruprechts hätte sich am hölzernen Badesteg verfangen. Erst als sie »es« herausfischen wollten, hätten sie gesehen, dass es sich um einen Menschen handelte.

Kurt Wälti, der den Notruf erhalten hatte, war mit seiner Kollegin Fiona Jungo gegen Viertel nach elf zur Badeanstalt gekommen. Dort hatten sie versucht, die Leiche aus der eiskalten Limmat zu hieven. Als ihnen dies nicht gelungen war, hatten sie via Polizeiruf Schaufelberger und Hänni verständigt, die dann um 23.32 Uhr eintrafen. Um 23.43 Uhr waren noch Kunzelmann und Levi dazugekommen; sie hatten sich zufällig in der Gegend aufgehalten. Mit vereinten Kräften war die Bergung gelungen.

Auf der Badeplattform lag ein halber Meter Schnee. Eine breite Schleifspur zog sich von der Treppe, die ins Wasser führte, durch den Schnee zum Toten. Ein massiger Körper in Jeans und schwarzem Anorak. Wie ein gefällter Baum lag er da. Sein kurz geschorener, bleicher Schädel hob sich kaum vom Schnee ab, der ihm am Gesicht klebte und den Körper wie eine Styroporverpackung umrahmte. Blutflecken waren keine auszumachen, auch keine Schrammen oder Wunden. Überall waren Fußspuren.

Ein einziger Blick in das Gesicht des Toten reichte dem Kommissar, um festzustellen, dass es sich nicht um Konrad Schwinn handelte. Alles Weitere würde der gerichtspathologische Befund zeigen. Kurz überlegte der Kommissar, ob es sich wieder um einen Obdachlosen handelte. Er vermochte es nicht zu sagen.

Zu den sechs Polizisten, die am Tatort herumstanden, miteinander sprachen oder rauchten und dabei helle Dunstschwaden in die Nacht hineinbliesen, waren nun auch noch drei Leute von der Spurensicherung gekommen. Walter von Matt, der alte Berner Kämpe, und zwei Assistenten.

»Tschou Äschi«, begrüßte von Matt den Kommissar. »Das ist aber ein Großauflauf hier.«

»Ich weiß«, sagte Eschenbach. »Endlich passiert was … und dann ist man froh, wenn man nicht allein ist.«

»Trotzdem, es sind zu viele«, kam es mürrisch vom schlaksigen Berner. »Das ist wie auf dem Jungfraujoch.«

Eschenbach lachte. »Schon recht.« Und zu Korporal Wälti, der neben ihm stand, sagte er: »Sie können vier Leute nach Hause schicken. Ich glaube, wir sind genug jetzt.«

Wälti blies in seine roten Hände und nickte.

»Und wenn von Matt hier fertig ist, dann überführen Sie die Leiche an das Gerichtsmedizinische Institut. Geht das in Ordnung?«

»Ja, mache ich.« Der Korporal, der sich immer noch in die Fäuste blies, zögerte einen Moment. Es sah so aus, als überlegte er sich, ob er nicht salutieren müsste. Dann steckte er die Hände in die Hosentaschen und wies mit dem Kinn in Richtung des Toten. »Soll ich ihn mit dem Auto? Ich meine …«

»Um Gottes willen …« Eschenbach sah den Korporal an, den er auf knappe fünfundzwanzig schätzte. Seine tropfende, rote Nase und die müden Augen, die aus schmalen Schlitzen glänzten. Der Kommissar spürte, dass der junge Mann an seine Grenzen gekommen war. »Lassen Sie die Ambulanz kommen, die sollen das erledigen …« Eschenbach legte den Arm um die Schultern des Polizisten: »Sie haben es schon richtig gemacht.«

Wälti senkte den Blick: »Ich habe noch keine Erfahrung mit …« Er zog die Nase hoch.

»Mit Toten«, beendete Eschenbach den Satz.

»Ja.«

»Das kommt mit der Zeit.«

Für eine Weile hielten beide inne, standen mitten in den Spuren festgetretenen Schnees und sahen dem Assistenten von Matts einen Moment zu, der Fotos machte, und blickten dann auf die Limmat, die schwarz und schweigend an ihnen vorbeifloss.

Um halb drei war Eschenbach zurück in seiner Wohnung und zwanzig Minuten später, nachdem er heiß geduscht hatte, fiel er in einen tiefen, traumlosen Schlaf.

Als er aufwachte, war es draußen bereits hell. Es war das erste Mal, seit ihn Corina verlassen hatte, dass er sechs Stunden am Stück geschlafen hatte.

Das Frühstück nahm er im Sprüngli am Paradeplatz. Er aß drei Croissants und ein Lachsbrötchen. Trotz leichter Kopfschmerzen fühlte er sich frisch. Zwischen drei Espresso erledigte er sechs Anrufe.

Im Fall von Silvia Koeninger war er froh, einmal nicht wegen Konrad Schwinn in der Vermisstenstelle angerufen zu haben. »Die Fotos der Leiche sollten längst bei Ihnen sein«, sagte Eschenbach.

Die junge Mutter, die neben dem Kommissar saß und das Gespräch mithörte, zog den Kinderwagen auf ihre Seite.

Eschenbach nickte ihr beschwichtigend zu; dann kramte er – das Handy immer noch am Ohr – sein Portemonnaie mit dem Dienstausweis hervor und legte es vor sie auf den Tisch. »Polizei – ich tu Ihnen nichts.«

Die Mutter musterte argwöhnisch den Ausweis.

»Sonst rufen Sie Wälti an«, sagte er ins Telefon. »Korporal

Wälti – von der Polizeiwache Seilergraben. Er hat den Einsatz geleitet.«

»Sind Sie …« Die Frau zeigte mit dem Finger auf Eschenbach.

»Herrgott noch mal, ja«, knurrte der Kommissar und stand auf. »Ich muss jetzt aufhören …« Er wollte schon das Gespräch beenden, da kam ihm von Matt in den Sinn. »Oder die Spurensicherung. Rufen Sie dort an, die haben die Bilder gemacht.«

Der Kommissar nahm seinen Mantel von der Stuhllehne, zwängte sich zwischen Tisch und Kinderwagen durch und ging in Richtung Kasse. Unterwegs tippte er aus dem Gedächtnis die Nummer von Walter von Matt in sein Mobiltelefon.

Es meldete sich ein Hundesalon.

Der Kommissar fluchte leise und beendete den Anruf. Während er in der Reihe stand, sich Schrittchen für Schrittchen der Kasse näherte, telefonierte er mit Rosa Mazzoleni. Er brauchte die verdammten Bilder. Wenigstens eins, dachte er. Für die Medienkonferenz am Nachmittag.

»Sie sind dran«, sagte die Dame an der Kasse giftig.

Eschenbach griff seine Hosentaschen ab. »Gopfriedstutz«, murmelte er. »Ich hab doch …«

Hinter ihm drängelte eine elegante Frau in einem Nadelstreifenkostüm an ihm vorbei und streckte einen Zwanzig-Franken-Schein in Richtung Kasse. »Könnten Sie nicht mal kurz …«

Eschenbach drehte sich um, spähte zum Fensterplatz, wo er gesessen hatte. Dort räumte eine ältere Dame mit Rüschenbluse und adretter Schürze das Geschirr auf ein Tablett.

»Halt«, rief er und eilte durchs Lokal.

Die Kinderwagenfrau schoss auf und stellte sich schützend vor ihren Nachwuchs.

Er erklärte der Dame ein zweites Mal, dass er zu den Guten gehörte und dass er nur sein Portemonnaie auf dem Tisch liegen gelassen hatte.

Die Frau mit dem Tablett hatte mitgehört und reichte es ihm. »Ist nichts weggekommen«, sagte sie.

Der Kommissar dankte es ihr mit einem Lächeln.

Als Eschenbach ins Büro kam, lag ein Foto der Leiche auf seinem Tisch. Ein blasser, kantiger Schädel vor schneeweißem Hintergrund. Keine Augenweide, dafür in zehnfacher Ausführung.

»Es kam per E-Mail«, sagte Rosa. »Ich hab's Ihnen ausgedruckt.« Und nach einer kurzen Pause meinte sie: »Sieht aus wie ein Bild von Salvador Dalí.«

»Francis Bacon, würde ich sagen.« Der Kommissar setzte sich, nahm den Telefonhörer und wählte.

Silvia Koeninger von der Vermisstenstelle meldete sich sofort.

»Ich hab die Bilder jetzt«, sagte er. »Und Sie?«

»Ja, ist alles da. Sie kamen per E-Mail. Ich hab's erst gar nicht gesehen.«

»Ist schon gut.«

»Wir haben einen *check* am Laufen … bis jetzt *no positive fit*.«

»Okay«, sagte Eschenbach. »Dann geben wir das Bild heute Nachmittag an die Presse.«

»Denke nicht, dass wir noch eine *identification* bekommen«, meinte Koeninger. »Der *run* ist gleich fertig.«

»Sie können mich sonst immer noch anrufen.«

»Alles klar.«

Der Kommissar legte auf und sah auf die Unterschriftenmappe, die ihm Rosa die ganze Zeit hingehalten hatte.

»Nichts Wichtiges, nur Dringliches«, sagte sie geschäftig.

»Seit die dort ein Programm für den Bilderabgleich haben, ist Englisch angesagt«, murmelte der Kommissar und begann zu unterschreiben.

»So what!« Rosa packte sich die Mappe unter den Arm und ging zur Tür. »Ach ja, bevor ich es vergesse.« Mit einem Lächeln auf den Lippen drehte sie sich um, hielt den Kopf schief und sagte: »Eine Frau Ehrat wollte Sie sprechen.«

»Sie war hier?« Eschenbach riss die Augen auf.

»Natürlich nicht … sie hat angerufen, heute Morgen.«

»Und das sagen Sie mir erst jetzt? Frau Mazzoleni!«

»Ist es denn so dringend?«

»Nein, dringend ist es nicht …« Der Kommissar drehte verlegen an seinem Bleistift. Und als Rosa das Büro verlassen hatte, rief er ihr laut hinterher: »Aber wichtig!«

# 12

KOsNaReAlDb SiClHgWINaNa –

Konrad Schwinn saß vor seinem Laptop und lächelte. Er hatte schon schwierigere Codes entschlüsselt. Aber dieser hatte es in sich; er war fantasievoll, geradezu originell. Die Basis dazu lieferte das Periodensystem der chemischen Elemente.

K(alium) – Os(mium) – N(atrium) – Re(Rhenium) – Al(uminium) – Db(Dubnium) usw. Das ganze Alphabet verbarg sich in dieser von Dimitri Mendelejew und Lothar Meyer 1869 entworfenen Tabellenstruktur.

Rätselhaft erschien ihm, dass einige Elemente beim Codierungsprozess nicht zur Anwendung kamen. Zuerst hatte Schwinn angenommen, es handele sich um die Gase: Wasserstoff (H), Helium (He), Stickstoff (N) usw. Doch der erste Eindruck täuschte. Chlor (Cl), bei Raumtemperatur ebenfalls ein Gas, war Teil des Codierungssystems. Lange tüftelte Schwinn daran herum, schrieb sein Programm neu und dachte über die Verwendung der Elemente nach.

Es gab eine schier unüberschaubare Anzahl Möglichkeiten, die Elemente nach ihren Eigenschaften zu ordnen. Der Konvalenzradius, die Dichte, die Oxidationszahlen oder die Elektronennegativität. Es war zum Verzweifeln.

Vielleicht wäre jemand, der von Chemie überhaupt nichts verstand, im Vorteil gewesen. Möglicherweise war der Verfasser gar kein Chemiker, kein studierter jedenfalls, dachte Schwinn.

Die Einzimmerwohnung, die er kurzfristig angemietet hatte, war an einem der Anschlagbretter im Juristischen Institut inseriert worden. Sie gehörte einer Studentin im siebten Semester, die für vier Wochen zu ihren Eltern nach Florida geflogen war und das Geld gut brauchen konnte. Als Assistenzprofessor an der ETH war er der jungen Frau so vertrauenswürdig wie der Papst erschienen. Er ließ den sieben Mitbewerbern keine Chance. Zudem waren Blumen und eine Katze zu versorgen und das traute sie ihm offenbar noch am ehesten zu.

Mit der Bitte um Verschwiegenheit und Diskretion hatte Schwinn auf tausend Franken aufgerundet. Seine Frau habe ihn betrogen und er wolle eine Weile seine Ruhe. Die Studentin hatte mitfühlend dreingeschaut. Mit dem Schweigegeld hatte die angehende Juristin keine Probleme. Eigentlich schade.

Obwohl die Wohnung nur über einen kleinen Ölofen verfügte und es nicht sonderlich warm war, öffnete Schwinn das Fenster. Er brauchte frische Luft. Im kleinen Innenhof lag ein halber Meter Schnee. Vielleicht auch ein ganzer; von hier oben war das schlecht zu sagen. Die Luft war eisig. Schwinn schloss das Fenster wieder, ging in die Küche und wartete, bis das Teewasser kochte.

Die mit Eis bedeckte Fensterbank und das dampfende Wasser im Kocher; plötzlich kam Schwinn der Gedanke, dass im Zusammenhang mit dem Code die Aggregatzustände der Elemente eine Rolle spielen könnten. Denn bei ausreichend tiefen Temperaturen verfestigten sich selbst Gase.

Schwinn dachte an den Versuch mit der Rose. Er führte ihn gerne den Studenten im ersten Semester an der ETH vor: Er tauchte eine weiche Blüte in einen Behälter mit flüssiger Luft. Nach einer Sekunde war die Blüte zu Eis erstarrt und ihre samtenen Blätter zerbrechlich geworden, wie hauchdünnes, rotes

Glas. Ein fragiles Geschenk für das hübscheste Mädchen im Hörsaal. Meistens erntete er ein großes Hallo und ein verlegenes Lächeln.

Mit diesem Lächeln im Kopf simulierte Schwinn am Computer das Periodensystem bei unterschiedlichen Temperaturen.

Natürlich würde er mit diesem Geistesblitz nicht die Welt verändern. Nicht so wie James Watson mit dem seinen. Beim Anblick einer Wendeltreppe war ihm die Idee einer Doppelhelix gekommen. Zusammen mit Francis Crick hatte er als Erster die Grundstruktur des menschlichen Erbguts, der DNA, entschlüsselt. Auch war der Einfall nicht vergleichbar mit den zündenden Gedanken von Robert Wilhelm Bunsen, die züngelnden Flammen eines Kaminfeuers hatten ihn auf die Molekularstruktur von Benzol kommen lassen.

Und doch: Schwinn hatte dieses elektrisierende Gefühl, etwas gefunden zu haben, das immer da gewesen und dennoch nie beachtet worden war. Der Tee in der Tasse neben dem Laptop wurde kalt, und er fand, wonach er so lange gesucht hatte: den letzten Zacken am Schlüssel, mit dem er den Code knacken konnte.

Bei einer Raumtemperatur von 20 Grad war das Element Chlor (Cl) ein Gas, während es aufgrund eines Siedepunktes von minus 34,6 Grad Celsius, bei genügend tiefer Temperatur also, flüssig wurde. Schwinn rechnete das Periodensystem auf minus 37 Grad um. Es funktionierte. Die Körpertemperatur des Menschen mit umgekehrtem Vorzeichen, das war der Schlüssel. Die Liste füllte sich mit Personen- und Ortsnamen.

Dort, wo die decodierten Buchstaben keinen Sinn ergaben, setzte Schwinn die Leitzahl des Elements im Periodensystem ein: Es ergaben sich Zahlen, die der Assistenzprofessor als Postleitzahl, Körpergewicht und Verabreichungsmenge deutete.

Ein Problem war nur noch die Null. Sie kam als Leitzahl nicht vor. Schwinn fand jedoch rasch heraus, dass an ihrer Stelle die Position 100 des Periodensystems fungierte. Somit hatte er auch dafür die Lösung gefunden:

Aus OFmFmH ZnUuuErRbInClHg wurde 8001 Zürich, der erste Kreis der Limmatstadt.

Als er die Listen entschlüsselt hatte, war es vier Uhr morgens. Schwinn war mit seiner Arbeit zufrieden. Das Ergebnis war eine Reihe von Namen, die ihm nichts sagten: Pavel Navrilinka, Dragan Matjorewic, Ivan Petric ... Vermutlich Leute aus dem ehemaligen Ostblock, dachte er. Aus den Provinzen Ex-Jugoslawiens, aus Rumänien, Bulgarien und dem Kaukasus. Auch weniger Exotisches war dabei: Erich Hollenstein zum Beispiel stand auf der Liste und Armin Gygax. Diese Namen sagten ihm auch nichts. Die Zusammensetzung erinnerte an eine x-beliebige Fußballmannschaft. Vermutlich würde man die Namen auch alle beim Quartierverein von Zürich-Schwammendingen antreffen oder in den Baracken auf den Großbaustellen. Doch weshalb fanden sich diese Leute auf einer Liste wieder? Hatten sie etwas gemeinsam?

Was ihm fehlte, waren genaue Adressen. Es gab keine Straßennamen und Hausnummern; nur Orte mit der dazugehörigen Postleitzahl und Stadtkreise oder kleinere Gemeinden auf dem Land. So konnte er die Leute nicht ausfindig machen.

Der Assistenzprofessor begann die Namen im Internet zu suchen; tippte sie in die gängigen Suchmaschinen und elektronischen Telefonverzeichnisse. Er fand nichts. Einen Moment zweifelte er daran, dass diese Leute überhaupt existierten. Vielleicht hatte er den Code doch falsch interpretiert? Oder war das alles eine Sackgasse, in die er sich verrannt hatte?

Als er die Liste nochmals durchging, sah er es: das Heimatlose, das sich hinter den Einträgen verbarg, als hätte man jeden Einzelnen aus einem Ganzen herausgerissen. Sie waren Elementarteilchen – Elemente ohne Verbindungen. Und das Periodensystem war nicht nur der Schlüssel dazu, sondern gleichsam eine Allegorie.

Konrad Schwinn lag lange wach und dachte über alles nach. Was verbarg sich hinter dieser Liste, die er im Anhang des *Proetecin*-Berichtes gefunden hatte, und vor allem, wer war ihr

Verfasser? War es Meiendörfer selbst? Schließlich hatte er die Studie in dessen Mappe gefunden. Obwohl sie sich von der ETH kannten und sich auch später im Rahmen von Militärübungen immer wieder getroffen hatten: Schwinn wusste kaum etwas über ihn. Wo arbeitete er überhaupt? Für einen Biochemiker war es naheliegend, dass er bei einem der Pharmamultis untergekommen war. Und so vehement, wie Winter auf seine Bemerkung reagiert hatte, konnte es durchaus sein, dass man hinter seinem Rücken mit diesen Leuten zusammenarbeitete. Mit *Proetecin* würde sich einmal viel Geld verdienen lassen, da war er sich sicher. Über diesem Gedanken schlief er ein.

Am nächsten Morgen rief Schwinn im ETH-Versuchslabor in Schwerzenbach an. Es war möglich, dass man dort etwas über die seltsamen Versuche wusste. Er kannte Dr. Marc Chapuis, der den Betrieb leitete, gut, konnte ihn aber nicht erreichen. Chapuis sei auf einem internationalen Symposium, hieß es, und werde erst in drei Tagen zurückkommen. Schwinn wollte sich keinen Termin geben lassen. Das war zu riskant, dachte er. Seit dem Gespräch mit Winter an der ETH hatte er sich nicht mehr gemeldet. Bei niemandem. Vermutlich suchte man ihn bereits. Er musste Chapuis direkt erreichen.

Die verbleibende Zeit würde er damit verbringen herauszufinden, was es mit den Namen in der Liste auf sich hatte. Doch wo sollte er beginnen? Er kannte jemanden beim Bundesamt für Einwanderung. Vielleicht war das ein guter Anfang.

# 13

»Herrgott, warum gerade der Letten!«, sagte Elisabeth Kobler. »Seit wir dort geräumt haben, blüht er wieder.« Es klang so, als ob Kobler selbst dabei gewesen wäre, im Februar vor zehn Jahren, als man mit Tränengas und Gummischrot die offene Drogenszene in Zürichs Lettenquartier geschlossen hatte.

Eschenbach hatte seine Chefin zufällig im Gang getroffen. Überaus herzlich hatte sie ihn begrüßt – und richtig begeistert war sie gewesen vom Führungsseminar auf dem Hasliberg, vom vielen Schnee und von der Weihnachtsbeleuchtung auf der Bahnhofstrasse. Nach ein paar gemeinsamen Schritten waren sie im Büro von Kobler angekommen und Eschenbach hatte seine Chefin kurz über die Vorkommnisse der letzten Nacht orientiert.

Seit fünf Minuten ließ sich Kobler über den Fundort der Leiche aus, als stünde ein Weltkulturerbe auf dem Spiel.

»Eine für Zürich ungewohnte Sommerkultur ist dort entstanden«, sagte sie. »Improvisierte Bars, eine Baracke mit Gastrobetrieb, Musik und Freilichtkino. Der Letten sollte in Zürich Schule machen.«

»Ich weiß«, seufzte Eschenbach. Der Kommissar hatte einen der Besprechungsstühle genommen und sich vis à vis von Kobler an ihren Schreibtisch gesetzt.

»Und eine Naturoase ist es auch. Wussten Sie, dass eine sehr seltene Art Eidechsen dort lebt?«

Der Kommissar dachte an den halben Meter Schnee auf der Badeplattform und an Korporal Wältis rote Nase.

»Blindschleichen und Nachtigallen gibt es auch …«, referierte Kobler. »Stellen Sie sich vor: Nachtigallen!«

Eschenbach konnte sein Lachen nicht zurückhalten. Er mochte Kobler nicht sonderlich; die Zusammenarbeit war oft schwierig und ihre Logik selten die seine. Aber in Momenten wie diesem, Kobler verlor über den Nachtigallen gerade den Faden, hatte sie etwas Liebenswürdiges, fand er.

»Wo waren wir stehen geblieben?«

»Bei den Nachtigallen.« Eschenbach strahlte sie an.

»Nein, ich meine …«

»Beim Letten«, hakte der Kommissar ein. »Die Leiche wurde in die Gerichtspathologie gebracht. Salvisberg schaut sich die Sache an.«

Kobler nickte zufrieden und es entstand eine kurze Pause.

»Ach ja.« Eschenbach räusperte sich. »Da ist noch etwas …«

»Was denn?« Die Polizeichefin hob das Kinn.

»Die Praktikantenstelle …« Erwartungsvoll fixierte er Kobler. Es kam nichts. Nicht einmal das Zucken einer Augenbraue. »Die ist doch gestrichen«, fuhr er fort.

»Das war Ihre Idee«, sagte sie und fegte mit der Hand über die aufgeräumte Schreibtischplatte.

»Genau.« Der Kommissar lächelte.

Wieder entstand eine kurze Pause.

»Und jetzt brauchen Sie diese Stelle wieder?«, kam es zögernd von Kobler.

»Nein, ganz im Gegenteil«, sagte Eschenbach leise. »Ich wollte es nur noch einmal hören, wegen dieser Sache mit Sacher.«

»Regierungsrätin Sacher, meinen Sie?«

»Ja. Diesen Pestalozzi, den wir ausbilden sollen. Den kann ich unmöglich nehmen …«

»Tobias Pestalozzi ist ein Neffe von Regierungsrätin Sacher«, sagte Kobler bestimmt. »Sie hat mich um diesen Gefallen gebeten.«

Eschenbach zog hörbar Luft durch die Nase. Dann sagte er: »Ich kann doch nicht ... ich meine, laut seinen Unterlagen ist dieser Pestalozzi völlig ungeeignet für den Polizeidienst.«

»Ach was!« Kobler fuhr wieder mit der Hand über den Tisch. »Sie haben schon ganz andere Flegel ausgebildet. Walter Kammermann, erinnern Sie sich? Ihr erster Praktikant ... der ist heute Polizeichef von Zug! Und Claudio Jagmetti, der war anfänglich eine schiere Katastrophe ...«

Eschenbach lachte auf, als er an Claudios frühere Eskapaden dachte.

»Eben! Und jetzt macht der Furore in Chur. Claviezel ist begeistert von ihm.«

»Die hatten aber auch Talent«, murrte der Kommissar. »Ungeschliffene Diamanten waren das, da musste ich nicht viel machen ...«

»Hören Sie auf, Eschenbach. Sie können mit diesen Jungen, haben einen Draht zu ihnen. Sie würden sogar aus einem Balletttänzer einen guten Polizisten machen.«

Eschenbach zuckte die Schultern und lächelte: »Pestalozzi ist aber Opernsänger.«

»Er hat eine musische Ader, mag sein«, warf Kobler ein. »Aber das Opernstudium ist nichts für ihn.«

»Das Medizinstudium, das er abgebrochen hat ... und das halbe Jahr als Florist? Das war wohl auch alles nichts für ihn?«

Jetzt war es Kobler, die lächelte. »Wir haben doch alle unsere Jugendsünden, oder?«

»Ich kann das nicht ...« Eschenbach fuhr sich mit der Hand durchs Haar. »Ich bin zu alt für solche Späße ... und dann kommt er aus bester Zürcher Gesellschaft! Ich meine, warum soll so einer zur Polizei?«

»Geben Sie ihm eine Chance, Eschenbach.«

Der Kommissar seufzte.

»Und das mit dem Budget, das regle ich schon.« Kobler versuchte ein aufmunterndes Lächeln.

»Eine Ausbildungspauschale für mich wäre angebrachter«, antwortete der Kommissar, doch dann sagte er: »Na gut. Aber ich sehe schwarz!«

Am darauffolgenden Tag, frühmorgens, ging Eschenbach die Zeitungen durch. Er tat es wie immer im Hiltl. Das Lokal war bekannt für seine vegetarische Küche, für Gemüse und Obstsäfte, für Tofu-Schnitzel und gesunde Salate. Eschenbach mochte den Espresso, las die Zeitungen, die in erlesener Auswahl zur Verfügung standen, und rauchte.

Es überraschte ihn nicht, dass der Tote vom Letten es nicht auf die Titelseiten geschafft hatte. Die Kampfhunde und ein Porträt des neuen Bundespräsidenten waren eine zu starke Konkurrenz. Wenigstens fand er in allen Zeitungen das Foto des Toten – zusammen mit einem Zeugenaufruf.

Gegen halb neun verließ er das Hiltl. Unter seinen Füßen knirschte der Schnee. Er überquerte die Urania-Strasse und schlenderte entlang der Schaufenster Richtung Löwenplatz. Hier und dort blieb er kurz stehen, sah sich die Auslagen an und dachte an Corina. Sie hatten schon seit Wochen nicht mehr miteinander gesprochen. Jeder hatte dem anderen eine Weihnachtskarte geschrieben, mehr nicht. Vielleicht war es besser so, dachte er. Ob sie manchmal auch an ihn dachte? Insgeheim hoffte er, dass sie einmal anrufen würde. Aber sie tat es nicht. Und weil sie sich nicht meldete, tat er es auch nicht.

»Massenweise Schnäppchenpreise« stand in großen Lettern über einer Auswahl von Handschuhen, Kappen, Schals und Pullovern. Ein paar Schritte weiter hieß es angelsächsisch knapp: »SALE«. Eschenbach fragte sich, ob die Engländer wussten, was das Wort auf Französisch bedeutete. Er bemühte sich, »Ausverkauf« in die vier Schweizer Landessprachen zu übersetzen. Beim Rätoromanischen scheiterte er; das italienische »SOLDI« fand er in der übernächsten Boutique. Trotz aller verlockenden Angebote, Eschenbach kaufte nichts. Er hatte alles und das, was ihm fehlte, war nicht zu haben.

Als er gegen neun Uhr ins Büro kam, saß ein schlaksiger, junger Mann mit halblangen, blonden Haaren neben Rosa Mazzoleni am Schreibtisch. Sie unterhielten sich auf Italienisch.

Ein verspäteter Engel Gabriel, dachte Eschenbach und sagte polternd: »Guten Morgen!«

Der junge Mann zuckte zusammen und Rosa lachte. »Buon giorno, Chef«, sagte sie. »Das ist übrigens Herr Pestalozzi, er spricht hervorragend Italienisch!«

»Pestalozzi«, fuhr es aus Eschenbach heraus, »der Opernsänger.«

Der blonde Junge stand auf, lächelte verlegen und streckte seine Hand aus: »Tobias Pestalozzi.«

»Eschenbach«, sagte der Kommissar und unterstrich seine Begrüßung mit einem kräftigen Händedruck. »Ich hatte Sie nicht so früh erwartet.«

»Meine Tante, Frau Sacher … sie hat gesagt, ich soll mich direkt bei Ihnen melden.«

»Schon recht. Frau Mazzoleni wird Ihnen einen Arbeitsplatz herrichten, dann sehen wir weiter.«

»Den Arbeitsplatz haben wir schon, Chef«, sagte Rosa.

»Dann ist ja alles wunderbar«, knurrte der Kommissar und ging ohne ein weiteres Wort in sein Büro. Nachdem er den Mantel in hohem Bogen auf den Besprechungstisch geworfen, sich hinter seinen Schreibtisch gesetzt und innerlich bis acht gezählt hatte, drückte er die Taste der Gegensprechanlage und rief hinein: »Frau Mazzoleni, kommen Sie bitte.«

Rosa ließ sich Zeit. So viel Zeit, dass Eschenbach von acht bis 110 hätte weiterzählen können.

»Frau Mazzoleni«, donnerte der Kommissar, wobei er die Taste auf der Gegensprechanlage so fest drückte, dass sie im Gehäuse stecken blieb.

»Ich komme«, flötete es von Weitem.

Als Rosa endlich kam, klemmte die Taste immer noch. Der Kommissar fluchte.

»Ich weiß, Sie mögen ihn nicht, Chef«, sagte Rosa, als sie die Tür geschlossen hatte.

»Ach was!« Eschenbach schlug nun das Gerät mit dem eingeklemmten Druckknopf auf die Tischplatte. »Es ist völlig schnuppe, ob ich ihn mag oder nicht.«

»Was ist es denn?«, fragte Rosa. »Und was soll das?« Sie deutete auf die Gegensprechanlage.

»Die Scheißtaste ist verklemmt ...« Der Kommissar raufte sich die Haare. »Eine verdammte Vorkriegs-Konstruktion ist das! Statt uns mit modernen Mitteln auszurüsten, schicken sie uns Tenöre ... es ist ein Irrenhaus, Frau Mazzoleni!«

»Ma dai«, sagte Rosa und hielt sich den Zeigefinger vor den Mund.

»Sie meinen, der ist immer noch ...« Eschenbach, dem langsam klar wurde, dass sein Gezeter direkt zu Mazzolenis Arbeitsplatz übertragen wurde, deutete mit dem Kinn zur Tür.

Rosa nickte. »Ja, er ist noch da.« Und nach einer kurzen Pause meinte sie: »Seine Stimmlage ist übrigens Bariton.«

»Das ist mir völlig wurst«, zischte Eschenbach leise. Und nach einer kurzen Pause fügte er missmutig hinzu: »Jetzt muss ich schon in meinen eigenen vier Wänden flüstern.« Er nahm eine Schere, um das Kabel der Anlage zu kappen.

»Nein!«, rief Rosa. »Warten Sie ...« Sie ging zum Besprechungstisch, nahm Eschenbachs Wintermantel und wickelte das Gerät darin ein.

»Mafia-Methoden«, grummelte der Kommissar.

»Ich lasse jemanden kommen, der das repariert«, sagte sie beschwichtigend. »Und ich kümmere mich auch um Signor Pestalozzi.«

»Darum geht's doch nicht.« Eschenbach stützte den Kopf in beide Hände. »Ich spiel einfach nicht Kindermädchen für diese Sacher ...«

»Geben Sie ihm wenigstens Zeit bis zu den Sommerferien«, sagte Rosa.

»Einen Monat bekommt er, höchstens!«

»Also gut«, kam es erleichtert. »Einen Monat.«

»Abgemacht – und dann ist er draußen«, schlug Eschenbach ein.

»Nur wenn er nichts taugt«, sagte Rosa.

»Von mir aus.« Der Kommissar schnaufte resigniert.

# 14

»Dem Manne kann nicht mehr geholfen werden!« Es war die Stimme von Salvisberg, der ihn am Nachmittag kurz vor drei Uhr erreicht hatte. Salvisberg war Gerichtspathologe und bekannt dafür, dass er keine voreiligen Schlüsse zog. »Frühestens übermorgen gegen Mittag«, fuhr er fort. »Dann haben wir erste Befunde.«

»Und die Todeszeit? Haben Sie da schon eine Idee?«

»Schwierig.« Der Pathologe seufzte. »Er hat vielleicht zwei bis drei Tage im Wasser gelegen. Wir arbeiten daran.«

»Ist er ertrunken?«, wollte Eschenbach wissen.

»Mit dem Ertrinken ist das so eine Sache«, holte Salvisberg aus. »Wenn einer ertrinkt, dann finden wir in der Regel Diatomeen in Gehirn, Knochenmark, Nieren et cetera.«

»Und das habt ihr nicht gefunden?«, fragte der Kommissar, um das Gespräch abzukürzen. Salvisberg hatte ihm das alles schon zigmal erklärt.

»Diatomeen sind Mikroorganismen, Kieselalgen, Insektenlarven und so Zeug … und wenn einer noch am Leben ist, sein Herz noch schlägt, wenn er ertrinkt, dann dringen diese durch die Lungenmembrane in den Blutkreislauf …«

Eschenbach suchte in seiner Schreibtischschublade nach einer Packung Zigarillos.

»Werden sozusagen durch den Blutkreislauf gepumpt«, referierte Salvisberg.

»Und das habt ihr also gefunden?«

»Nein, eben nicht.«

»Dann war er also schon tot, als er im Wasser landete«, sagte der Kommissar und lächelte. Er glaubte, das Salvisberg'sche Quiz gelöst zu haben; zudem hatte er in der Bleistiftablage eine einzelne Brissago gefunden und zündete sie an.

»Nein, mein Lieber, so ist es eben auch nicht.« Es erklang eine Mischung aus Husten und Lachen.

»Du rauchst zu viel«, sagte Eschenbach und zog an seinem Zigarillo.

»Das sagst gerade du.«

»Also, wie liegt der Fall jetzt? Mach's nicht so spannend.«

»Es gibt eine geringfügige Menge Schlickpartikel in den Bronchien ... zudem waren seine Hände zu Fäusten geballt. Das sind Anzeichen dafür, dass er im Wasser noch gelebt hat. Sehr kurz zwar, aber noch gelebt.«

»Halb tot ins Wasser gefallen«, murmelte der Kommissar.

»So ungefähr.«

Eschenbach versuchte sich ein solches Szenario vorzustellen. »Und weiter? Ich meine, gibt es Spuren von Gewalteinwirkung, Alkohol, Drogen?«

»Es sind noch nicht alle Tests abgeschlossen. Zudem warte ich noch auf den Bericht von der Toxikologie ... zwei Tage vielleicht, dann kann ich dir Genaueres sagen.«

»Immerhin, das ist ja schon mal etwas ...« Eschenbach blies den Rauch in Richtung Fenster und bedankte sich. Dann legte er auf.

Den Rest des Nachmittags verbrachte der Kommissar mit Polizeiberichten und Statistiken. Kurz vor fünf rief er im Institut von Theo Winter an. Er berichtete Juliet Ehrat, dass es nichts Neues gäbe, plauderte mit ihr über den Schnee in der Stadt, übers Skifahren und die Maulkorbpflicht bei Kampfhunden. Die Frage nach der Weihnachtsbeleuchtung stellte er nicht. Eigentlich hätte er sie gerne zum Essen eingeladen oder zu einem Kinobesuch – dabei kam ihm Claudio Jagmetti in den Sinn: die Affäre, die der junge Polizist mit einer Tatverdächtigen gehabt hatte. Also ließ er es bleiben, sagte noch etwas Belangloses und wollte das Gespräch gerade beenden, als sie fragte:

»Wir könnten doch bei einem Essen …«

Der Kommissar lächelte die zwei Strichmännchen an, die er während des Telefonats gemalt hatte: »Sehr gerne.«

Sie verabredeten sich für den Abend des folgenden Tags. Es war die erste Verabredung mit einer Frau – seine Tochter würde es als Date bezeichnen – seit über zwölf Jahren; seit damals, als er sich mit Corina in der Central Bar auf eine Frozen Margarita getroffen hatte.

Am Abend lag Eschenbach im Bett und konnte lange nicht einschlafen. Seine Gedanken kreisten um Corina, um Frau Ehrat und ums Ertrinken. Plötzlich nahm er den Rauch wahr, der vom Wohnzimmer ins Schlafzimmer gedrungen war, und ihm fiel ein, dass er vergessen hatte zu lüften. Er stand auf und öffnete sämtliche Fenster. Es blies ein kräftiger Wind. Der Schnee, der haufenweise auf den Fensterbänken gelegen hatte, wurde vom Wind in die Wohnung gefegt; es klang ein wenig wie Sturm. Der Kommissar, in Pyjama und barfuß, sah in die Nacht hinaus und suchte vergebens die Sterne. Er kratzte verkrustetes Eis von seinem Außenthermometer auf dem Fensterbrett: »Minus zwölf Grad«, murmelte er. Dann fing er an zu frieren und begann ein Fenster nach dem anderen wieder zu schließen.

Am nächsten Morgen fehlte vom jungen Pestalozzi jede Spur. Auch Rosa hatte ihn mit keinem Wort erwähnt. Und Italienisch wurde auch nicht mehr gesprochen. Vermutlich verschlafen, dachte Eschenbach. Oder am Bürkliplatz in eine Gletscherspalte gefallen. Er hatte den Opernsänger mit Polizeiambitionen schon fast vergessen, als ihm Rosa gegen Mittag einen zwölfseitigen Bericht zur »Limmat-Leiche« vorlegte.

Eschenbach, der eigentlich Salvisbergs Ausführungen erwartet hatte, stutzte. »Von wem ist das?«, fragte er.

»Schauen Sie es sich an, Chef«, sagte Rosa. »Es ist eine Auswertung der Angaben zum Toten. Sie erinnern sich? Der Zeugenaufruf in den Zeitungen …«

»Ja, natürlich.« Eschenbach nickte. Man konnte nie im Voraus erahnen, welche Reaktionen ein solcher Aufruf mit sich brachte. Es ist wie mit dem Umsatz in einem Warenhaus. Sonnig oder trüb, warm oder kalt, vor oder nach Feiertagen: alles spielte irgendwie eine Rolle – und doch gab es auch immer wieder Überraschungen.

»Über hundert Meldungen hatten wir«, sagte Rosa und klopfte auf den Bericht.

»Eine ganze Menge.« Eschenbach rümpfte die Nase. So viele hatte er nicht erwartet. Nicht im Januar. »Vielleicht lag es am Bild.« Es klang wenig überzeugend.

»Tele Zürich hat es gebracht«, warf Rosa ein.

»Aha …« Eschenbach machte eine kurze Pause. Dann sagte er: »Ein richtiger Hinweis ist mir lieber als hundert falsche.«

»Eben.« Rosa pochte abermals auf den Bericht. »Hier ist alles analysiert und zusammengefasst. Herr Pestalozzi hat …«

»Pestalozzi?!«, schnaubte Eschenbach erstaunt. Einen kurzen Moment hielt er inne, dann lächelte er und schob den Bericht mit beiden Händen über den Tisch in Rosas Richtung. »Gleich wieder mitnehmen, bitte.«

»Lesen Sie ihn – Dio cristo!«, fauchte sie. »Es ist der intelligenteste Bericht, den ich seit Langem gelesen habe.« Und während sie mit energischem Schritt davonmarschierte, sagte sie leise zu sich selbst: »Ihre eigenen übrigens eingeschlossen.«

Als der Kommissar die Ausführungen von Pestalozzi gelesen hatte, drückte er den Knopf seiner Gegensprechanlage. Rosa hatte den Techniker kommen lassen und jetzt funktionierte sie wieder. »Haben Sie das geschrieben, Frau Mazzoleni? Ich meine, geholfen? Wenigstens geholfen …«

Es kam keine Antwort.

Tatsächlich war es so, wie Rosa gesagt hatte: Die Arbeit war brillant. Aus über hundert mehr oder weniger fussligen Aussagen war eine gescheite Arbeitshypothese kondensiert worden. Vier Zeugenaussagen wurden als besonders wichtig klassifiziert und mit drei Zeugen war nochmals Kontakt aufgenommen worden. Zusätzlich hatte Pestalozzi fünf weitere Personen befragt, die sich ursprünglich zwar nicht gemeldet hatten, für das Gesamtbild aber entscheidend waren. »Verifikationen« nannte er sie. Insgesamt isolierte er sechs Personen als »für den Fall relevant«. Alle ihre Aussagen waren fein säuberlich protokolliert und als Anhang beigelegt.

Zwei Grundannahmen formulierte Pestalozzi in seiner Zusammenfassung: Die erste besagte, dass es sich beim Toten um einen Bau- oder Landarbeiter handeln könnte (Telefonnotiz eines Gesprächs mit Salvisberg, unter anderem mit Hinweisen auf Schwielen an Händen, Knien und Füßen). Die zweite legte die Vermutung nahe, dass das Opfer auf einer Großbaustelle in Zürich arbeitete (vermutlich schwarz) oder dort anheuern wollte (Aussage eines Arbeiters, der das Opfer bei der »Sihl-City« gesehen haben wollte).

Kein schlechter Anfang für einen Toten, den man erst zwei Tage zuvor ohne Ausweise aus der Limmat gefischt hatte. Trotzdem, es war lediglich eine Vermutung – ein kleiner Strohhalm, an dem man sich festhalten konnte.

»Sihlcity« war bekannt als die größte Baustelle der Schweiz. Ein gewaltiges Vorhaben im Süden der Stadt, an dem über tausend Leute, Architekten, Bauarbeiter, Lieferanten et cetera, beteiligt waren. Der Bauherr war die zweitgrößte Bank im Land; man zog auf einem Areal von hunderttausend Quadratmetern mit fünf gigantischen Schwenkkränen eine Betonstadt in den Himmel. Einen Komplex aus Bürogebäuden, Wohnungen und Läden.

Es brauchte keine überbordende Fantasie, um sich vorzustellen, dass man die Bauarbeiter busweise von überall her dorthin karrte und dass der eine oder andere Ausländer in diesem zementierten Moloch keine gültige (oder eine gefälschte) Arbeitserlaubnis besaß. Eschenbach graute davor, in schlecht geheizten Baracken herumzustehen, angelogen zu werden, kein Serbisch, Moldawisch oder Türkisch zu sprechen und dennoch alles herausfinden zu müssen.

Der Kommissar sah auf die Uhr, es war zehn nach eins. Er hatte Hunger, nahm seinen Mantel und verließ das Büro. Sieben Leute standen vor dem Aufzug. Eschenbach nahm die Treppe. »Das gibt einen knackigen Hintern«, hatte Corina immer behauptet. Allerdings meinte sie das Hoch-, nicht das Hinuntersteigen. Als er ins Freie trat, empfing ihn der Nebel. Wenigstens schneite es nicht mehr, dachte er. Dann ging er quer durch die Innenstadt bis zum Bürkliplatz. Eine Bratwurst wärmte seine klammen Finger; kauend sah er auf den See hinaus. Nach ein paar Metern verlor sich das Wasser im milchigen Nichts. Das Ende der Welt, so kam es ihm vor – und nach einer Weile fragte er sich, warum die Möwen keine farbigen Federn trugen.

Auf dem Rückweg aß er beim Coop an der Ecke St. Anna-Strasse noch einen Schüblig. Neben ihm standen zwei junge Frauen in langen, dunkelbraunen Pelzmänteln (wahrscheinlich Zobel) und Moonboots von Dior und unterhielten sich in einer fremden Sprache – war es Russisch? Lettisch? Litauisch? –, sie löffelten ein undefinierbares Nudelgericht aus einer weißen Plastikschale. Vermutlich ist Zürich jetzt doch eine Weltstadt geworden, dachte Eschenbach; dann erinnerte er sich daran, dass er für den Abend noch ein Thai-Restaurant ausfindig machen musste.

»Sie mögen doch gar kein Thai-Food«, sagte Rosa, nachdem er sie gefragt hatte, ob sie denn ein solches Lokal kenne.

»Probieren kann ich es ja«, brummte der Kommissar.

»Also wenn Sie scharfes Essen mögen, dann müssen Sie unbedingt den Papaya-Salat im Blue Monkey …«

»Ich mag überhaupt keinen Salat«, unterbrach er sie.

»Dann nehmen Sie das rote Curry … oder ein Gai Satay.«

Eschenbach kritzelte die Namen in sein Notizbuch. »Und wo ist dieses Blue Monkey?«

»Stüssihofstadt«, kam es wie aus der Pistole geschossen.

»Das ist bei diesem Dings …«

»Ja, dort … etwas weiter unten Richtung Limmat.« Rosa lächelte.

Das Stüssihof war ein stadtbekanntes Pornokino im Niederdorf. Eschenbach nickte.

»Soll ich für Sie reservieren?«, fragte Rosa. »Ein Tisch für zwei?«

»Ich mach das schon«, grummelte der Kommissar.

»Wie Sie wollen. Ich kann Ihnen die Nummer geben …«

»Also gut – für heute Abend um halb acht.«

Um zwanzig nach fünf stand Eschenbach am Hauptportal der ETH und pünktlich um halb sechs kam Frau Ehrat. Sie trug Jeans und einen sandfarbenen Plüschmantel, der ihr bis zu den Knien reichte. Von Weitem winkte sie Eschenbach zu.

Zur Begrüßung küssten sie sich spontan auf die Wange.

»Also, ich bin Juliet«, sagte sie. »Frau Ehrat ist doof – klingt wie sechzig, finde ich.«

»Eschenbach klingt wie einundfünfzig«, sagte er.

»Eben.«

Sie lachten und duzten sich.

»Wollen wir zu Fuß …«, sagte sie, während der Kommissar auf die Station der Polybahn zusteuerte. Aufmunternd zog sie ihn am Ärmel in die entgegengesetzte Richtung.

»Okay.«

Sie schlenderten bis zum Sempersteig und stiegen die Stufen hinunter bis zum Hirschengraben. Manchmal, wenn sie mit ihren Stiefeletten ausrutschte, hielt sie sich an Eschenbachs Schulter fest.

»Ist es weit?«, fragte sie.

»Bis zur Schifflände.«

»Und dort nehmen wir das Schiff?« Sie klang unternehmungslustig.

»Nein, ein Wasserflugzeug ... dann fliegen wir über die Alpen.« Er sah auf seine Uhr: »So gegen halb neun sind wir in Nizza. Ich kenne dort ein kleines Restaurant am Meer. Die machen den besten Papaya-Salat außerhalb von Thailand.«

»Wow!« Juliet schnalzte mit der Zunge. Dann legte sie einen kurzen Moment ihren Kopf an seine Schulter und sagte: »Schön wär's.«

Noch immer eingehakt, gingen sie über den Predigerplatz und entlang der Niederdorfstrasse. Vorbei an alten Häusern, die mit Lichterketten festlich beleuchtet waren, und an kleinen, schmucken Schaufenstern mit Musikdosen, Zinnsoldaten und antikem Schreibzeug. Hie und da blieben sie stehen, betrachteten eine Auslage besonders genau und fanden die nutzlosesten Dinge schön. Wenn sie einmal nichts sagten, hörte man das Knirschen im Schnee. Und bei jedem Knirschen, im Rhythmus ihrer Schritte, berührten sich ihre Schultern.

Es war ein besonderer Abend gewesen. Eschenbach hatte zum ersten Mal in seinem Leben Papaya-Salat probiert – eine ganze, gottverdammte Gabel voll. Danach war er mit vollem Mund und brennendem Gaumen quer durchs Blue Monkey zur Herrentoilette gerannt. Als er nach einer Weile zurückgekommen war, sich wieder an den Tisch gesetzt und ihr ein heiseres »Du bringst mich noch um« zugeflüstert hatte, war Juliet kurz aufgestanden, hatte sich zu ihm hinübergebeugt und ihn auf den Mund geküsst.

Falls man Glück daran erkennen konnte, dass es einem das Gefühl für die Zeit stahl, dann musste es an diesem Abend mit ihnen am Tisch gesessen haben. Denn als der Kellner gegen ein Uhr zum dritten Mal zwei zusammengerollte, heiße Frotteetüchlein brachte und auf die Rechnung schielte, merkten sie, dass sie die letzten Gäste im Lokal waren.

Sie schlenderten über die Rathausbrücke. Auf dem Dach des Frauenmünsters lag Schnee; der Kirchturm sah unter seiner weißen Kapuze aus wie ein Großmeister des Ku-Klux-Klan. Finster blickte er auf die umliegenden Häuser hinunter. Als Juliet zu frösteln begann, legte Eschenbach seinen Mantel um ihre schmalen Schultern, und etwas später, als sie dem Heiri-Steg entlang der Limmat folgten, drückte er sie behutsam an sich.

Beim Hauptbahnhof stiegen sie in ein Taxi.

»Du kommst doch noch mit nach oben, oder?« Juliet lächelte Eschenbach an, während er ihr die Hand entgegenstreckte und aus dem Wagen half.

»Besser nicht«, sagte er lächelnd. Dann begleitete er sie die paar Schritte bis zur Haustür und küsste sie zum Abschied auf die Stirn.

Einen Moment blieb sie dort stehen, sah dem Kommissar zu, wie er zurück zum Taxi ging. Seinen Mantel hatte sie immer noch um. Er reichte ihr bis zu den Knöcheln, und so wie sie ihn um sich gewickelt hatte, sah es aus, als stecke sie in einer Teppichrolle. »Sturer Hund!«, rief sie lachend in Richtung Taxi.

»Sturer alter Hund«, kam es zurück. Dann stieg er ein und nannte das Fahrziel.

»Sind Sie sicher?«, fragte der Taxifahrer.

»Alte Schule eben.« Eschenbach schob den Unterkiefer vor: »Fahren Sie!«

Kaum war das Taxi vom Bordstein auf die schneebedeckte Straße geglitten und ein paar Meter gefahren, überlegte es sich der Kommissar plötzlich anders. »Bitte halten Sie an. Vielleicht …« Er beglich die Rechnung und stieg aus.

Juliet hatte seinen Mantel immer noch um, als sie ihm die Tür öffnete. Mit einem leisen Lachen fiel sie ihm um den Hals.

Eschenbach wusste nicht, was eine fünfundzwanzigjährige Frau dazu bewog, mit einem alten Typen wie ihm ins Bett zu gehen. Freiwillig und ohne Bezahlung. Er hatte das nie begriffen; schon damals nicht, als er mit siebzehn zum ersten Mal den *Faust* gelesen und das Mädchen, das er gerne ausgeführt hätte, etwas mit einem verheirateten Mann gehabt hatte.

Während er darüber nachdachte, beobachtete er Juliet; wie sie mit angezogenen Beinen neben ihm lag und schlief. Das stille Auf und Ab ihres zierlichen Körpers. Die helle Haut, ihre rotblonden, kurzen Strähnen, die sich feucht von der Liebe auf ihrer Stirn kräuselten und im warmen Licht der Kerze glänzten. Ihm fiel auf, wie lang und geschwungen ihre Wimpern waren. Er küsste sanft ihre Lider.

Es war schön. Nicht nur deshalb schön, weil sie ihn an Judith erinnerte, ihn nochmals zwanzig werden und Corina und den Trennungsschmerz in den Hintergrund treten ließ. Eschenbach hatte das Gefühl, wieder geliebt zu werden. Das war es.

Der Kommissar lag noch lange wach. Manchmal schloss er die Augen für einen Moment, um ihren Duft einzuatmen und um nachzusehen, ob die Bilder dieser Nacht ihm bleiben würden. Und irgendwann später, viel später, schlief auch er ein.

# 15

Es gibt Tage, an denen einen nichts aus der Ruhe bringt: kein verlorenes Portemonnaie, kein verpasster Termin beim Zahnarzt – nicht einmal eine verstopfte Kloschüssel! Alles Kleinigkeiten, dachte Eschenbach. Winzigkeiten im großen Lauf der Zeit.

»Nicht gerade Ihr Tag heute«, sagte Rosa, nachdem sie ihm für die zahnärztliche Kontrolle einen neuen Termin besorgt und aus der Kasse für Büromaterial hundert Franken geliehen hatte.

»Doch, doch. Heute ist mein Tag, Frau Mazzoleni!« Er sagte es ohne Trotz, mit einem milden Lächeln. Dann blätterte er sich durch die Morgenpost. Er dachte an das Frühstück mit Juliet. Das erste Mal, dass er nicht allein irgendetwas in sich hineingelöffelt hatte; das erste Frühstück am Bett, seit einer Ewigkeit! Er hatte für sie beide Kaffee gekocht, Brote gestrichen und aus den Früchten, die er in Juliets Küche gefunden hatte, ein Birchermüsli gezaubert. Vermutlich hätte er – wäre die Zeit nicht zu knapp gewesen – auch noch Bäume ausgerissen und auf dem kleinen Balkon einen Schneemann gebaut.

In der Tram beim Stauffacher hatte sie ihn zum letzten Mal geküsst; leidenschaftlich und rücksichtslos. Eschenbach hatte nicht anders gekonnt, als an die anderen Fahrgäste zu denken, an die Scheu, die mit dem Alter gekommen war, und daran, dass alles nicht zusammenpasste. Als er die Tram verlassen und alleine den Weg Richtung Präsidium eingeschlagen hatte, war er gleichsam erleichtert und beglückt gewesen.

Nachdem er die Morgenpost durchhatte, rief er im Institut für Rechtsmedizin an. Die Sekretärin von Salvisberg teilte ihm mit, der Professor käme erst am Nachmittag zurück. Und als er etwas später die Vermisstenstelle anrief, sagte man dort, dass es weder zum vermissten Konrad Schwinn noch zum Toten aus der Limmat Neues zu berichten gäbe. Seufzend nahm er sich Pestalozzis Dossier zu den Befragungen auf der Baustelle Sihlcity vor.

Kurz nach zehn Uhr kam Kobler. Der Kommissar hörte ihre Stimme schon von Weitem. »Ist er da?«, trompetete es vom Gang.

Portemonnaie, Zahnarzt, Kloschüssel – vermutlich geht das jetzt so weiter, dachte Eschenbach.

Elisabeth Kobler kam mit offenem Pelzmantel und ohne anzuklopfen. »Ich bin enttäuscht«, sagte sie, zog einen Stuhl vor Eschenbachs Schreibtisch und setzte sich.

»Von was?«

»Von Ihnen!« Sie stand wieder auf und zog den Pelz aus.

»Ein Weihnachtsgeschenk?« Der Kommissar deutete auf den Nerz, der wie ein erlegter Bär vor ihm auf dem Tisch lag.

»Ich bin jetzt nicht zu Späßen aufgelegt, Eschenbach!«

Der Kommissar schwieg.

»Wenn das so weitergeht, entziehe ich Ihnen den Fall.« Die Polizeichefin saß wieder.

»Welchen Fall?«

»Winter«, zischte Kobler. »Professor Winter natürlich.«

»Professor Winter ist ein Fall?«

»Die Sache mit dem vermissten Assistenten … Konrad Schwinn, heißt er, glaube ich. Das meine ich.« Kobler zupfte ungeduldig an ihrem hochgesteckten Haar. »Sie haben nichts … aber auch gar nichts!«

»Das ist auch nicht unsere Angelegenheit – eigentlich.« Eschenbach wunderte sich. Zuerst hatte Winter die Sache heruntergespielt und jetzt, wie aus dem Nichts, wurde sie zur Staatsaffäre erhoben.

»Doch! Das ist es«, widersprach Kobler. »Es ist unser Fall!«

»Wir haben eine Suche veranlasst … im System ist er auch. Also wenn dieser Schwinn irgendwo zwischen Moskau und Neapel seinen Pass zeigt oder mit seiner Kreditkarte eine Rechnung begleicht, dann haben wir ihn.«

»Wir können nicht einfach nur warten.«

»Was denn sonst? Die Leute von der Vermisstenstelle haben die Eltern besucht, man spricht mit seinen Freunden … und das alles so diskret, wie's eben geht. Wollen Sie denn, dass ich mich auch noch persönlich um die Sache kümmere?«

»Genau, das sollten Sie!«, kam es fadengerade zurück. »Professor Winter fühlt sich nicht ernst genommen. Er will, dass Sie sich persönlich um den Fall kümmern.«

»Professor Winter?« Eschenbach holte tief Luft. Was bewog Winter dazu, auf diese Weise Druck auf ihn auszuüben? War es die Sache mit Judith, damals, eine späte Rache? Er betrachtete Koblers Pelzmantel und seufzte. »Geben Sie den Fall doch Roger Bühler.«

»Nein.«

Roger Bühler leitete den Dienst für Vorermittlungen, war achtundfünfzig und eine Pfeife. Eschenbach zuckte mit den Schultern: »Dann halt Adrian Matter.«

»Guter Mann – aber auch nein!«

Eschenbach schmunzelte. Etwas musste man Kobler zugutehalten. Sie kannte die Leute. Matter war als Leiter des Ermittlungsdienstes brillant. »Dann fällt mir nur noch Sherlock Holmes ein«, sagte er.

»Sie sind ein sturer Hund, Eschenbach.«

»Das hat mir kürzlich schon jemand gesagt.«

Die Polizeichefin verzog den Mund zu einem Lächeln. »Warum reden Sie nicht mal mit Winter? Gemütlich, bei einem Essen. Ein wenig Seelenmassage tut uns allen gut. Gehen Sie von mir aus mit ihm in die Kronenhalle. Schließlich kennen Sie sich ja von früher.«

»Na gut.«

»Professor Winter ist eine Ikone«, fuhr Kobler unbeirrt fort. »Für Zürich geradezu ein Segen …«

»Ich weiß.«

»Auch im Interesse der Öffentlichkeit. Bitte etwas mehr Engagement … im Dienste der Sache, meine ich. Das müsste sich doch machen lassen.«

»Ja, sicher.« Eschenbach sah auf die Uhr. »Ich werde ihn anrufen.«

»Tun Sie das.« Kobler nickte zufrieden und stand auf. Während der Kommissar ihr in den Mantel half, sagte sie in versöhnlicherem Ton: »Theophilius Winter ist vielleicht etwas kompliziert … ein Professor halt. Aber im Herzen ist er ein guter Mensch.«

»Na, dann ist ja alles bestens.« Eschenbach hatte längst aufgehört, die Menschen in Gut und Böse einzuteilen. Die Wahrscheinlichkeit, dass man dabei falschlag, war einfach zu groß.

Als Kobler Anstalten machte, zwischen Tür und Angel nochmals aufs Thema zu kommen, sagte er: »Ich hab's verstanden. Wir werden uns in der Kronenhalle quer durch die Speisekarte schlemmen, anschließend die Oper besuchen und …« Eschenbach hob die Arme, als greife er nach den Sternen. »Und sollte das alles noch nicht reichen, dann machen wir eine Schlittenfahrt hinauf ins Uto Kulm … vielleicht auch an den Nordpol.«

»Dass Sie nie ernst sein können.« Der herausfordernde Blick von Kobler verschwand in einem Augenaufschlag. Dann ging sie.

»Mit der Kutsche werden wir vorfahren und Steuergelder verschleudern wie französische Könige …«, redete sich Eschenbach in Rage, während er zurück zum Schreibtisch ging. Im Geiste dirigierte er einen Achtspänner. »Und ich werde singen: Theo, wir fahr'n nach Lodz!«

Aus dem Sekretariat kam das Gekicher von Rosa.

Einen Moment starrte der Kommissar auf den Telefonapparat. All das ging ihm gewaltig auf die Nerven, dieses Theater um Theos Assistenten, der Götzenstatus des Professors und das Geschwätz ums öffentliche Interesse. Es war so ganz und gar nicht seine Welt; das vermochten auch die einundzwanzig Jahre Polizeiarbeit, die er auf dem Buckel hatte, nicht zu ändern. Der Grund aber, weshalb er sich sträubte, den Hörer in die Hand zu nehmen, war ganz ein anderer. Er lag dreißig Jahre zurück und hatte ihn nun eingeholt. Winter und er mussten miteinander reden.

Eschenbach knipste ein paarmal mit dem Tacker und sah den gekrümmten Heftklammern zu, wie sie nutzlos auf den Schreibtisch fielen.

»Haben Sie noch was für heute?«, fragte Rosa. Sie kam mit Espresso und einem Stück Linzertorte.

»Weiß noch nicht«, antwortete der Kommissar lustlos.

»Ich würde sonst gerne den Nachmittag freimachen.« Sie zuckte mit den Schultern und wartete.

»Von mir aus.« Eschenbach stocherte mit der Gabel im Kuchen. »Morgen ist auch noch ein Tag.«

»Vielleicht«, sagte Rosa. »Aber heute ist *mein* Tag!« Und während sie Richtung Türe ging, fügte sie noch hinzu – gerade so laut, dass er es hören konnte: »Ich habe nämlich Geburtstag.«

Eschenbach sah hilflos zur Decke. Wie konnte er das nur vergessen! Er hörte noch, wie Rosa von außen die Bürotür schloss. Dann war es still.

# 16

Der Anruf von Salvisberg kam kurz nach halb vier.

»Es gibt Neuigkeiten«, sagte der Gerichtspathologe. »Und wenn Sie Zeit haben, dann würde ich es gerne etwas ausführlicher machen.«

»Ich komme vorbei«, sagte Eschenbach, nachdem er kurz auf die Uhr gesehen hatte. »Und zwar jetzt gleich.«

Es war eine Flucht nach vorne. Vielleicht ließe sich aus dem verkorksten Tag doch noch etwas machen, dachte er. Und was gab es schon Aufmunternderes als einen Ort, an dem man Tote wie tiefgefrorene Pizzen aufbewahrte und getrocknete Blutpartikel durch Zentrifugen jagte?

Das Institut für Rechtsmedizin der Universität Zürich lag an der Winterthurerstrasse. Es war grau und viereckig wie ein Bundesordner. Die Wiesen und Bäume, in die der Betonklotz eingebettet war, trugen die Farben des Winters. Alles war zugeschneit und schien im Dämmerlicht des frühen Abends blass wie ein Leichentuch.

»Das ging aber schnell.« Salvisberg lachte. »Haben Sie nichts zu tun?«

»Nein«, sagte Eschenbach.

Salvisberg verlängerte sein Lachen um zwei Strophen. Er stand vor dem Institut draußen in der Kälte und rauchte.

Immer wenn der Kommissar den dicklichen Mann sah, fielen ihm als Erstes seine wachen, klaren Augen auf. Sie strahlten in einem Hellblau, das man sonst nur bei Babykleidern sah, und passten überhaupt nicht zum Rest; zu seinem leicht schwammigen Gesicht und dem untersetzten Körperbau. Der Mediziner trug einen Ärztekittel aus dünner Baumwolle.

»Rauchen verboten«, sagte er und sog an einer filterlosen Gauloise. »Und das, obwohl hier achtzig Prozent der Belegschaft rauchen.«

Eschenbach rieb sich die kalten Hände.

»Die Institutsleitung hat herausgefunden, dass die Wände in den rauchfreien Zonen weniger oft gestrichen werden müssen – also wird nur noch draußen geraucht. Brillante Köpfe haben wir, sage ich dir.«

Zwei Frauen um die dreißig kamen aus dem Gebäude. Sie trugen dieselbe weiße Arbeitskleidung wie Salvisberg. Als sie den Pathologen sahen, grüßten sie freundlich. Dann wendeten sie sich ab, gingen zum Aschenbecher auf der anderen Seite des Eingangs und zündeten sich gegenseitig eine Zigarette an. Nach dem ersten gierigen Zug bliesen sie den Rauch in die klirrende Kälte.

»Dafür steht die halbe Belegschaft jetzt vor der Tür«, hustete Salvisberg. »Bei minus zehn Grad. Und den ganzen Winter hindurch ist irgendwer krank.«

»Es gibt Parks in Amerika«, sagte Eschenbach. »Da darf man auch unter freiem Himmel nicht mehr rauchen.«

»Eben! Und jetzt verrecken sie an Fettsucht – und das ganze Gesundheitswesen mit dazu.« Salvisberg drückte den Zigarettenstummel im überfüllten Aschenbecher an der Wand aus. »An irgendwas muss man sterben.«

Sie gingen durch die Schwingtür hinein in die Wärme.

»Sagt dir *Fugu* etwas?«, fragte der Pathologe, nachdem sie es sich in seinem Büro auf zwei alten, durchgerittenen Korbstühlen bequem gemacht hatten.

»Woher auch?« Eschenbach schüttelte den Kopf. Um ihn

herum türmte sich Papier: Berichte, Zeitungsausschnitte – neue und vergilbte alte – und Bücher. Massenweise Bücher. Amüsiert musterte der Kommissar die Unordnung. »Findest du immer, was du suchst?«

»Immer«, sagte Salvisberg. Aus einem der Stapel zog er ein Buch im Format einer Zigarrenkiste. Der blaue Leineneinband war vom häufigen Gebrauch abgegriffen und mindestens ein Dutzend Zettelenden lugten zwischen den Seiten hervor. »Das Finden ist nicht das Problem.«

»Sondern?«

»Das Wegwerfen.« Salvisberg zuckte die Schultern.

»Ich kann's auch nicht«, sagte der Kommissar. »Corina mistet immer aus … früher, meine ich.«

»Eben.«

»Und deine Sekretärin?«

»Schließt einfach die Tür.« Salvisberg schob den Schmöker über den Tisch. »Ich kann einfach nichts wegschmeißen. Nichts, verstehst du?«

*Fundamentals Of Aquatic Toxicology* las Eschenbach. »Das findest du doch alles im Internet.«

»Pah!« Salvisberg winkte ab. »Nichts Neues findest du da – nur die alten Geschichten. Und wenn's jeder beim andern abschreibt, wird's halt auch nicht besser. Die Relevanz ist das Problem!«

»Mir hilft's trotzdem«, sagte Eschenbach.

Der Pathologe nahm das Buch in die Hand, teilte bei einem der Zettelchen die Seiten und sagte: »Beim Toten aus der Limmat hab ich Reste von Tetrodotoxin gefunden.«

»Wenn du's sagst.«

»Fugu-Gift!« Salvisberg hustete. »Der Fugu ist ein Fisch … hässlicher Fisch übrigens.« Sein Husten ging in ein heiseres Lachen über. »Stell dir vor, da stirbt einer in der Limmat an Fischvergiftung …«

Eschenbach verstand gar nichts mehr. »Erklär's mir. Was weiß ich schon über Fische?«

»Klar doch …« Der Pathologe, der selbst ein begeisterter Angler war, nickte gut gelaunt. »Tetrodotoxin ist eines der stärksten nicht proteinartigen Gifte, die es gibt.«

»Tödlich also.«

»Absolut. Hundert Mikrogramm reichen. Ein grausames Gift. Es wirkt auf die Körpernerven, nicht auf das Gehirn. Das Opfer wird vollständig gelähmt – kann sich weder bewegen noch sprechen. In der Regel stirbt es an einem durch Lähmung bedingten Atem- oder Herzstillstand.«

»Und dieser Fugu hat das Gift in sich?«, wollte Eschenbach wissen.

»Ja und nein. Das Nervengift wird nicht vom Fisch selbst synthetisiert, sondern von in ihm lebenden Pseudomonas-Bakterien. Es gibt gezüchteten Fugu, der über kein Gift verfügt, sofern er nicht mit den Mikroorganismen gefüttert wird, die es produzieren. In Freiheit frisst der Fisch die Bakterien gezielt, um mit ihrem Gift Fressfeinde abzuschrecken.«

»Und er selbst ist gegen das Gift immun?«

»Ja. Durch den speziellen Aufbau seiner Nervenzellen ist er dagegen immun.« Salvisberg lächelte. »Der Fugu hat keine natürlichen Feinde.«

»Schön.«

»Außer den Japanern.« Salvisberg grinste breit. »Die machen sich einen Sport daraus, den Fisch giftfrei zuzubereiten. Was nicht immer gelingt …«

»Und du meinst, der Tote hat diesen Fisch gegessen?«

»Nein, das ist es ja gerade. Wir haben im Magen nichts Derartiges gefunden: keinen Fugu, kein Felchen – nichts, das auf eine Fischmahlzeit hindeuten würde.«

Eschenbach dachte einen Moment nach. »Dann könnte er auch …«

»Genau.« Salvisberg hob das Kinn. »Es sieht ganz so aus, als wäre er vergiftet worden.«

»Mit Fugu-Gift.«

»So ist es.«

# 17

Eschenbach legte den Postberg auf die Ablage im Flur. Er hatte drei Tage lang den Briefkasten nicht geleert. Corina war dafür zuständig gewesen und bis heute wollte er sich nicht daran gewöhnen. Er sortierte den Haufen. Gratiszeitungen und große, lose Blätter in grellen Farben: eine Einladung zur Eröffnung einer Boutique für Damenkleider ab Größe 42 in der Sihlstrasse, Rampenverkauf für Büromöbel in Zürich-Oerlikon und ein Gutschein für eine Fußreflexzonenmassage. Alles, was das Leben einem bot, wenn man einen Briefkasten hatte. Eschenbach warf es auf den Stapel Altpapier neben dem Schuhschrank.

Was er am Ende noch in den Händen hielt, waren Rechnungen. Briefe waren nicht dabei. Auch keine verspäteten Weihnachtskarten.

Auf dem Anrufbeantworter war zweimal Juliet wegen seines Portemonnaies. Er hatte es bei ihr liegen gelassen. »Ich hätte es dir in den Briefkasten gesteckt, aber der war schon voll …« und ein »Ich vermisse dich« kam auch noch. Dann folgte Corina. Eschenbach stockte, und weil er glaubte, die Nachricht nicht richtig verstanden zu haben, spulte er das Band zurück. »Kathrin ist im Spital«, sagte sie aufgeregt. Corinas Stimme wechselte zwischen Vorwurf und Verzweiflung. »Sie ist mir zusammengebrochen, einfach so.« Und dass er auf dem Handy nie erreichbar sei, sagte sie auch noch. Kein Wort darüber, wann es passiert war und in welches Spital man Kathrin gebracht hatte. Der Kommissar suchte sein Mobiltelefon, dann suchte er das Netzteil. »Scheißakku«, fluchte er. »Man bricht doch nicht einfach zusammen, nicht mit fünfzehn.« Als sein Handy wieder Strom hatte, wählte er Corinas neue Nummer, die er in der Anruferliste fand. Es meldete sich niemand. »Horgen«, murmelte er. »Sicher ist es das Spital Horgen. Verflixt.« Er sah auf die Uhr, es war zehn nach sieben. Im Präsidium würde er niemand mehr erreichen. Vielleicht hatte ihm Rosa eine Nachricht hinterlassen; eine SMS oder eine Mitteilung auf seiner Combox. Für Notfälle war ein Handy, das man abstellte, weil es einen nervte, dass man wegen Kleinigkeiten immer und überall gestört wurde, nichts wert. Eschenbach kam die Geschichte in den Sinn, bei der ein Junge mit seinen Anrufen ständig die Feuerwehr genarrt hatte; jedes Mal rückte der Löschzug vergeblich aus. Und als es dann wirklich einmal brannte, kam niemand mehr. Wir informieren uns in den Wahnsinn, dachte er und suchte auf dem Display seines Telefons nach einer SMS. Tatsächlich hatte seine Sekretärin ihm geschrieben: *Kathrin liegt im Spital Horgen, Avanti! Rosa.*

»Für was sind diese verdammten Schläuche?«, fragte der Kommissar. Er stand an Kathrins Bett, hielt ihre Hand und sah hinüber zu Corina.

Sie zuckte die Schultern.

Neben seiner Frau stand Wolfgang. Er hatte den Ausdruck einer Schlafaugenpuppe. Sein wachsbleicher Hals steckte in einem dunklen Rollkragenpullover; auf der Brust ein grün-rotes Rhombenmuster.

Was hat der Typ, das ich nicht habe?, überlegte Eschenbach und schob den Gedanken mit der Frage beiseite, ob – wenn er Wolfgang erwürgte – unter dem Strickkragen ein Abdruck zurückbleiben würde.

Auf einem Monitor malte ein grüner Punkt eine Bergkette. Der Apparat piepste im Rhythmus von Kathrins Herzschlag.

»Ich weiß nicht …«, sagte Corina nach einer Weile. »Als sie von der Schule nach Hause kam, sagte sie, dass sie sich nicht wohlfühlt. Nach einer Stunde ging ich in ihr Zimmer, um nachzusehen. Da lag sie auf ihrem Bett, regungslos … ihr Puls war kaum noch spürbar.«

Einen Moment lang sah es aus, als würde Corina gleich losheulen. Wolfgang schluckte. Er schien zu überlegen, ob er sie in den Arm nehmen sollte.

Corina fasste sich wieder. »Erst wollte ich Christoph anrufen, dann hab ich sie gleich hier ins Spital gebracht.«

Eschenbach beobachtete wie hypnotisiert den grünen Punkt auf dem Monitor. Auf, ab, auf, ab. Ein regelmäßiges Sägeblatt. »Und?«, fragte er, ohne den Blick abzuwenden. »War Christoph schon hier?«

Corina sah auf ihr Handgelenk. »Kurz vor acht«, sagte sie. »Eigentlich sollte er jeden Moment hier sein … Er hat mit dem Stationsarzt gesprochen. Telefonisch.«

»Und, was sagen sie? Die Ärzte?«

»Ein Kreislaufzusammenbruch. Mehr kann Dr. Schwalb noch nicht sagen.«

Eschenbach beobachtete, wie sich Kathrins Brustkorb hob und senkte. Ihre kurzen, schwarz gefärbten Haare lagen wie Asche im weißen Kissen. Ihr Gesicht war bleich. Der dünne Schlauch, der von ihrem rechten Nasenloch zu einem Sauerstoffgerät führte, bewegte sich nicht.

Der Kommissar schloss für ein paar Sekunden die Augen, dann ging die Tür auf.

Es war Christoph Burri. »Und, was macht unsere Patientin?«, fragte er in die Runde. In seiner Stimme klang der beschwörende Optimismus an, mit dem Ärzte gelegentlich vom Sterben ablenkten. »Da wollen wir doch mal schauen.« Bevor er sich zu Kathrin ans Bett setzte, drückte er Corina einen Kuss auf die Wange und schüttelte Wolfgang die Hand. Eschenbach hatte einen freundschaftlichen Klaps auf die Schulter abbekommen.

Der Kommissar sah schweigend zu, wie Burri Kathrin untersuchte. Der helle Lichtstrahl der Stablampe in den Augen, das Stethoskop, der kritische Blick auf den Monitor und der Eintrag ins Krankenblatt daneben.

»Ich warte vielleicht besser draußen«, murmelte Wolfgang nach einer Weile. Und als Corina nicht darauf bestand, dass er bleiben sollte, schlich er am Fußende des Bettes entlang zur Tür.

»Sie braucht Ruhe«, sagte Christoph Burri, nachdem er mit der Untersuchung fertig war. »Der Blutdruck ist immer noch am unteren Ende … aber mit den Medikamenten wird sich das schon geben. Immerhin hat sich ihr Kreislauf stabilisiert.«

Eschenbach und Corina nickten erleichtert. »Du meinst, es ist nichts Schlimmes?«, fragte sie.

»Ich kann noch nicht mehr dazu sagen«, sagte Burri. »In den nächsten Tagen wird man verschiedene Tests machen, dann werden wir sehen.«

»Das heißt, dass Kathrin hierbleiben muss?« Der Kommissar bemerkte die Hilflosigkeit in seiner Frage.

»Ein paar Tage auf jeden Fall.« Der Arzt nickte. »Immerhin ist sie uns zusammengebrochen … jetzt müssen wir schauen, dass sie wieder zu Kräften kommt.« Und nach einer kurzen Pause meinte er: »Es gibt immer wieder solche Fälle … die Mädchen stehen voll im Wachstum, essen und trinken zu wenig. Schlafen nicht …«

»Aber Kathrin isst doch«, warf Corina ein. »Das ist mir wichtig, ich kontrolliere das …«

Eschenbach spürte in Corinas Worten dieselbe Hilflosigkeit wie bei sich selbst.

»Sie schläft jetzt, mehr können wir nicht machen«, sagte Burri. Er packte Stablampe und Stethoskop wieder in seine Tasche.

Eine Weile sagte niemand etwas. Alle drei standen um das

Bett herum und sahen Kathrin zu, wie sie – unterstützt von Maschinen und Schläuchen – ein- und ausatmete. Schließlich folgten sie dem Arzt zur Tür. Auf halbem Weg hielt Corina inne, ging die paar Schritte zurück ans Bett und küsste ihre Tochter auf die Stirn.

Im Flur war es fast dunkel. Nur Streulicht fiel durch die Glaswand des Schwesternzimmers und erhellte den Korridor. Ein Rosenstrauß auf einem Beistelltisch warf einen gespenstischen Schatten an die Wand. Wolfgang war nirgends auszumachen.

Burri gab der Nachtschwester seine Notrufnummer, dann nahmen sie den Lift ins Erdgeschoss.

»Ich werde mich gleich morgen früh nach ihr erkundigen«, sagte der Arzt, als sie draußen auf dem Parkplatz standen. »Es wird schon gut.« Zum Abschied legte er Corina die Hand auf die Schulter.

Eschenbach sah seinem Freund zu, wie er durch den Schnee zum Auto stapfte. Dann drehte er sich zu Corina um und fragte leise: »Soll ich dich nach Hause bringen?«

»Ich weiß nicht …« Sie vergrub die Hände in den Taschen ihres Wintermantels und hob die Schultern: »Wolfgang … vielleicht ist er schon gefahren.«

Einen Moment lang sahen sie sich schweigend an. Dann bemerkte der Kommissar die beiden Halogenlichter, die sich vom Parkplatz her langsam näherten. Als der dunkle Wagen auf ihrer Höhe war, öffnete Wolfgang die Beifahrertür.

»Man hat dich nicht vergessen«, murmelte Eschenbach. Er küsste Corina zum Abschied auf die Wange.

»Das ist ja entsetzlich«, sagte Rosa, als ihr der Kommissar am nächsten Tag von Kathrin erzählte; von seinem Besuch im Spital, von den Schläuchen und den Monitoren.

»Heute Morgen, als ich dort war, ging es ihr schon besser. Sie hatte die Augen geöffnet … zwischendurch jedenfalls. Und gelächelt hat sie auch.« Der Kommissar fuhr mit dem Finger über den Rand seiner Espressotasse. »Der Stationsarzt meint, es gehe langsam wieder aufwärts.«

»Zum Glück!« Rosa nahm ihre Brille ab, ließ sie am goldenen Kettchen baumeln und pflückte die Serviette weg, die neben einem Teller mit Croissants lag. Sie tupfte sich einen Augenwinkel. »So ein junges, hübsches Mädchen …« Und nach einer Weile fügte sie noch hinzu: »Sie essen zu wenig, heutzutage.«

»Wem sagen Sie das.« Eschenbach schmunzelte.

»Und Sie? Sie essen auch nichts!« Rosa deutete auf die Croissants. »Die habe ich vom Sprüngli am Bahnhof.«

»Sie sind ein Goldschatz.« Er nahm sich einen Gipfel, biss die Hälfte ab und murmelte mit vollem Mund: »Die Haare hat sie sich färben lassen. Sind jetzt schwarz … und kürzer.« Er schaute seine Sekretärin an: »So wie Ihre.«

»Aha.«

»Eben. Das kommt noch dazu.«

»Schwarz und kurz ist immer gut«, sagte Rosa. »Ist übrigens wieder groß im Kommen.« Sie fuhr sich ordnend durchs Haar.

»Schwarz?«

»Nein, kurz. Aber von Mode verstehen Schweizer Männer nichts.«

»Im Gegensatz zu den Italienern, ich weiß.« Der Kommissar nahm sich ein zweites Croissant. »Von Mode nichts, vom Fußball nichts und nichts vom Essen. Eigentlich verstehen wir von überhaupt nichts etwas.«

»Doch! Von Politik und Polizeiarbeit. Manchmal jedenfalls.« Rosa setzte sich die Brille wieder auf und deutete auf den *Tagesanzeiger*, der neben Post und Kaffeegeschirr auf dem Schreibtisch lag. »Haben Sie das auch gesehen?«

»Den *Tagi*? Nein«, sagte Eschenbach. »Ich lese nur Modezeitschriften.«

»Es ist nicht zum Lachen«, sagte Rosa. »Im Inlandteil, eine ganze Seite. In Zürich sterben die Randständigen weg, steht da. Die Kälte und der Schnee. Man lässt sie einfach erfrieren.

Und so wie ich den Artikel verstanden habe, ist mit Kälte nicht nur die Temperatur gemeint. Das alles wirft ein ganz schlechtes Licht auf unsere Stadt, unser Sozialsystem … Sie wissen schon.«

»Ach was«, sagte Eschenbach. »Das sind Einzelfälle. Unglücksfälle. Kürzlich beim Grieder, da bin ich zufällig dazugekommen. Ein armer Hund in der Passage und jetzt bauschen es die Medien auf. Typisch.«

»Zwölf Tote in vier Wochen, haben die geschrieben«, sagte Rosa. »Das ist nicht typisch. Lesen Sie es.« Sie stellte die Espressotassen auf den leeren Teller, hob ihn vorsichtig hoch und ging.

# 18

Zuerst telefonierte der Kommissar mit Adrian Conzett, dem stellvertretenden Leiter der Stadtpolizei. Adrian war zwei Jahre zuvor zur Stapo gekommen, als Quereinsteiger. Er war früher ein höherer Beamter im Justiz- und Polizeidepartement gewesen. Beim Bund, verantwortlich für das Beschaffungswesen. Seit die Schweizer Armee von rund sechshunderttausend Angehörigen auf ein Drittel zusammengestrichen worden war, gab es dort immer weniger zu beschaffen. Ein »Stumpengleis«, meinte Conzett. Der junge, ehrgeizige Mann, den Eschenbach bei einem Seminar kennengelernt hatte, war unterfordert. So zielgerichtet, sachlich und spröde, wie Conzett war – Eschenbach fand ihn nicht unsympathisch.

Auch Conzett wusste kaum etwas über die Geschichte in der Zeitung. »Ein paar der Fälle kenne ich«, hatte er gesagt. »Aber das Ausmaß überrascht mich.«

Dann telefonierte Eschenbach mit der zuständigen Stelle im Sozialdepartement. Die Leitungen waren besetzt. »Kunststück, bei dieser Presse«, murmelte er. Nachdem auch zwei weitere Versuche erfolglos geblieben waren, rief er Rosa.

»Also doch«, sagte sie.

»Nix doch.« Eschenbach löste mit dem Brieföffner die Zellophanpackung einer Schachtel Brissago. »Besorgen Sie mir den Artikel, dann werden wir weitersehen. Es kann doch nicht sein, dass weder wir noch die Stadtpolizei ausführlich über die Sache orientiert wurden.« Der Kommissar steckte sich einen Zigarillo in den Mund. »Gloors Departement ist ein Sauladen … und jetzt will ich mal wissen, was dort vor sich geht.«

»Kennen Sie Kurt Gloor denn?« Rosa blickte fragend über den Brillenrand.

»Seine Frau.« Eschenbach, der in der obersten Schublade nach Streichhölzern suchte, dachte an den Abend bei Burri. »Und das reicht mir völlig.«

»Aha.«

»Und wenn ich schon dabei bin, was macht eigentlich unser Tenor?«

»Bariton«, korrigierte Rosa. »Herr Pestalozzi recherchiert in Sachen Winter.«

»In was?« Eschenbach sah verdutzt auf. Die Packung Streichhölzer in seinen Händen war leer.

»Der vermisste Assistent, Sie wissen doch …«

»Hm.«

»Sie haben gesagt, man könnte ihn damit beschäftigen.«

»Hab ich das?«

»Und dass er dann weg ist, das haben Sie auch noch gesagt.«

»Ja, eben«, knurrte er. Zum einen war es dem Kommissar recht, dass Pestalozzi aus seinen Augen verschwunden war; obendrein noch mit einer Sache, in der sich kaum Schaden anrichten ließ. Zum andern widerstrebte es ihm, dort die Kontrolle abzugeben, wo das Vertrauen fehlte. »Hat er schon etwas?«, fragte er.

»Das weiß ich nicht.« Rosa lächelte. »Aber so wie ich ihn einschätze, wird er schon etwas finden.«

»Soso.« Der Kommissar ließ den Kopf ins Genick fallen und blickte zur Decke: »Dann bin ich aber gespannt.«

Auf dem Weg zum Zeughauskeller kaufte Eschenbach bei Zigarren Dürr fünf kleine Feuerzeuge, rote und blaue. Als er schließlich im Restaurant angekommen war, wartete Juliet schon auf ihn. Sie strahlte dieselbe Fröhlichkeit aus, die Eschenbach hatte verdrängen wollen: Sommersprossen, ein Lachen, hinter dem sich nicht ein einziger Vorwurf verbarg.

»Ich hätte anrufen sollen«, sagte der Kommissar und warf einen Blick in die Speisekarte.

Juliet bestellte einen Salat mit Poulet-Streifen und erzählte vom Institut: dass Winter viel um die Ohren hatte und sie ihn kaum zu Gesicht bekam.

Bei Manzo Brasato und einem Tessiner Merlot hörte der Kommissar aufmerksam zu. Er verfolgte die Gestik ihrer schönen Hände und die Bewegung ihrer Lippen. Selbst die kleinen Dinge des Lebens hörten sich bei Juliet so spannend an, als wäre Hannibal gerade dabei, ein zweites Mal die Alpen zu überqueren.

»Du hast einen netten Assistenten«, sagte sie beiläufig, als sie beim Dessert waren.

»Ach, tatsächlich?« Der Kommissar steckte den Löffel in das Stück Tiramisu und horchte auf.

»Ja, Tobias Pestalozzi. Ich finde, er sieht gar nicht aus wie ein Polizist.«

»Und der war bei euch im Institut?« Er trank den Espresso in einem Schluck.

»Nicht bei mir … bei Professor Winter. Vermutlich wegen Schwinn, aber das wirst du ja besser wissen als ich. Ich glaube, er nimmt seine Sache sehr ernst.«

»Soso.« Eschenbach rief den Kellner. Er bestellte einen Grappa und einen grünen Tee für Juliet. »Und die haben miteinander gesprochen.«

»Sicher!« Juliet musste lachen. »Sag nur, du weißt nichts davon.«

»Doch, doch.« Auch der Grappa verschwand in einem Zug.

»Ich hatte nur noch keine Zeit, mich mit Pestalozzi darüber zu unterhalten.«

»Ehrlich? Das war vor drei Tagen.«

Eschenbach fuhr sich durchs Haar.

Juliet sah ihn schweigend an. Dann sagte sie: »Hast du Sorgen? Ich meine, kann ich dir irgendwie …« Sie nahm seine Hand.

Nach einem kurzen Zögern erzählte der Kommissar ihr die Geschichte mit Kathrin: wie sie dagelegen hatte, bleich und mit geschlossenen Augen. Und wie schrecklich klein ihm alles vorgekommen war neben der großen Angst, der Angst um ihr Leben.

»Aber es geht ihr doch besser jetzt?«, fragte sie mit einem Lächeln. Er nickte.

»Wenn du Lust hast …« Sie fuhr mit den Fingern über seinen Handrücken, über die Härchen und entlang den Adern. »Wir gehen morgen Skilaufen, auf den Hoch Ybrig. Komm doch mit!«

»Wenn du sagst *wir*, dann meinst du nicht Pestalozzi, oder?« Eschenbach stellte sich den Polizeibeamten singend mit weißem Schal auf einem Snowboard vor.

Juliet lachte schallend. »Du bist eifersüchtig …«

»Logisch.«

Eine Weile schien Juliet die Situation zu genießen. Dann erklärte sie, dass sie mit einer Freundin verabredet war. »Fiona betreut ein Projekt für Langzeitarbeitslose bei der Stadt. Ich glaube, du würdest sie mögen.«

Eschenbach suchte in Gedanken bereits seine Skier im Keller. »Wenn es Kathrin besser geht«, sagte er leise. »Kann ich dir das auch heute Abend noch sagen?«

Sie lächelte. »Sicher.«

Als der Kommissar nach der Rechnung rief, hob Juliet den Finger:

»Heute lade ich ein.« Schmunzelnd nahm sie Eschenbachs Portemonnaie aus der Tasche. »Von meinem Finderlohn!«

»Nein, Signore Pestalozzi habe ich nicht gesehen, den ganzen Tag schon nicht.« Rosa schüttelte den Kopf.

Gleich nach dem Mittagessen, ohne erst den Mantel abzulegen, war Eschenbach auf seine Sekretärin zugegangen und hatte sie nach Pestalozzi gefragt. Er klopfte den Schnee von seinen Schuhen.

Rosa blickte missbilligend über den Schreibtisch auf die weiß-braunen Spuren. »Wieso? Sonst fragen Sie nie nach ihm.«

»Irgendjemand muss einen Blick drauf haben, was der macht«, raunzte der Kommissar. »Sonst wird das ein Blindgänger.«

Als Rosa etwas sagen wollte, war Eschenbach schon auf dem Weg in sein Büro. »Gehört an die Leine, dieser Pestalozzi ...«, murmelte er. »Wie die Pitbulls.« Mürrisch schloss er die Tür, warf den Mantel über einen Besprechungsstuhl und setzte sich an den Schreibtisch.

Vor ihm lag ein Umschlag: *Kommissar Eschenbach* stand drauf. Und in großen Lettern darüber: *PERSÖNLICH.*

Eschenbach stutzte. Der Umschlag war nicht von Rosa. Zum Glück nicht, dachte er. Einmal im Jahr kündigte seine Sekretärin traditionsgemäß. Meist im Februar, wenn der Nebel seit Monaten über der Stadt hockte und der Winter den Anschein erweckte, er wolle für immer bleiben. Dann lag ein ebensolches Kuvert auf seinem Tisch mit exakt demselben Wortlaut.

Plötzlich fiel Eschenbach ein, dass er in letzter Zeit zu Rosa nicht besonders nett gewesen war; ihren Geburtstag vergessen und noch immer kein Geschenk nachgereicht hatte.

Trotzdem: Es war nicht ihre Handschrift. Seit Kurzem schrieb Rosa mit Kalligrafiefeder, mit großem Schwung und grüner Tinte. Ein Protest, wie sie sagte. Weil alles so kleinkariert geworden sei und weil man wegen SMS und E-Mail das Schreiben nicht mehr pflegte.

Der Kommissar öffnete den Umschlag und entnahm ihm ein gefaltetes A4-Blatt:

*Lieber Herr Eschenbach,*
*ich halte mich versteckt – Sie wissen schon.*
*Es sind Dinge im Gang, von denen Sie Kenntnis haben sollten. Ich schlage vor, wir treffen uns.*
*Zeit und Ort erhalten Sie per SMS.*
*Ich vertraue darauf, dass Sie alleine kommen.*

*Konrad Schwinn*

Eschenbach drehte das Blatt um, aber es stand nichts weiter drauf. »Frau Mazzoleni?«, rief er in die Gegensprechanlage. Es antwortete niemand.

Der Kommissar sah auf die Uhr. Es war halb vier. Auch wenn es Freitag war, so früh war sie noch nie nach Hause gegangen.

Er fand sie schließlich summend bei der Kaffeestation. »Frau Mazzoleni?«

Sie reagierte nicht.

Erst jetzt sah der Kommissar die weißen Kabel, die zu ihren Ohren führten. Er wurde laut: »Nehmen Sie bitte sofort die Kopfhörer raus, Frau Mazzoleni! Und sagen Sie mir, woher Sie das haben!«

»Von meinem Sohn«, sagte Rosa, nachdem sie die Dinger aus den Ohren genommen hatte.

»Was?« Eschenbach stutzte.

»Der iPod … mein Geburtstagsgeschenk.«

»Das Kuvert, zum Donnerwetter! Wie kommt dieser Umschlag auf meinen Schreibtisch?«

»Ach der.« Rosa wickelte die weißen Kabel um ihr Gerät. »Ein Mann hat es gebracht. Ich soll's Ihnen geben. Hat nichts Spezielles gesagt, wieso?«

»Kommen Sie bitte mal mit.« Der Kommissar machte ein ernstes Gesicht.

Mit einer Serie von Augenaufschlägen folgte ihm Rosa in sein Büro. Eschenbach nestelte in Bergen von Papier auf seinem Schreibtisch. Er zog heraus und stapelte um. »Herrgott, es hat eben noch hier gelegen.«

»Was?«

»Ein rotes Mäppchen.« Er schnaufte.

»Das Dossier Schwinn meinen Sie?« Rosa ging zielstrebig zum Schrank und zog die Hängeregistratur heraus: »Hier. Das habe ich heute Morgen angelegt. Sonst findet man bald nichts mehr …« Sie reichte ihm die Mappe.

»Der Mann, der das Kuvert gebracht hat …« Eschenbach blätterte und suchte das Foto von Winters Assistenten.

»Schwinn war es nicht«, sagte Rosa.

»Wieso sind Sie sich da so sicher?«, wollte der Kommissar wissen.

»Der ist jung und hübsch«, sagte sie. »Verdammt hübsch sogar.«

»Aha.«

»Genau. Und der andere, der das Kuvert gebracht hatte … der war älter und trug einen Bart.«

»Und es könnte nicht Schwinn gewesen sein? Ich meine, Bärte kann man kaufen.«

»Ma dai! – Ich werde vielleicht langsam alt, aber blind bin ich nicht.« Sie zog einen Schmollmund. »Und wenn ich gewusst hätte, dass die Sache wichtig ist … aber hier sagt einem ja niemand etwas.«

»Schon gut.« Der Kommissar zeigte Rosa den Brief. »Und das wissen jetzt nur wir beide«, sagte er. »Kein Wort zu irgendjemandem – verstehen Sie? Und schon gar nicht zu Pestalozzi.«

»Wo denken Sie hin, Chef!«

»Eben.« Einen Moment sagten beide nichts. Dann deutete der Kommissar auf das kleine weiße Gerät. Rosa hielt es noch immer in der Hand, umwickelt mit den Kabeln der Kopfhörer. »Was haben Sie draufgeladen?«, fragte er.

»Franco hat es gemacht: Gipsy Kings, Celentano, Eros Ramazzotti …« Sie lächelte.

»Und Lucio Dalla?«

»Nein, den nicht … noch nicht. Sie kennen Lucio Dalla?«

»Kennen nicht, aber hören …«

Rosa nahm die Brille ab, fingerte am Display und sagte: »Ich habe erst fünfunddreißig Songs. Franco hat gesagt, ich soll ihm eine Liste machen. Er hat alles aus dem Internet … über fünftausend Lieder. Er sagt, sie tauschen das, ohne dass man etwas zahlen muss.«

»Soso.« Eschenbach schmunzelte. »Internetkriminalität hat eine eigene Abteilung bei uns, denken Sie dran. Und sagen Sie Franco einen lieben Gruß von mir.«

Die S-Bahn nach Horgen war vollgestopft mit Pendlern und der Mief des Tages kroch aus Mänteln und Mützen. Der Kommissar saß am Fenster. Er hatte mit Kathrin telefoniert und ihr seinen Besuch angekündigt. Dass er in der Klinik zu Abend essen würde, zusammen mit ihr. Und dass er sich freue, das hatte er auch gesagt. Ihre Stimme hatte schwach geklungen. Aber immerhin sprach sie wieder und das war ein guter Anfang.

Der Kommissar sah durch die Fenster auf den See. Er machte im Nebel zwei kleine Fischerboote aus, die langsam entlang einer kleinen Bucht fuhren. Vermutlich nach Felchen, dachte er. Sein Freund Gabriel, der im Seefeld ein Restaurant führte, überließ ihm manchmal sein Boot. Ein kleiner Holzkahn, ideal, um die Welt zu vergessen, wie er sagte. Die Welt von Mord und Totschlag. Und weil der Kommissar vom Fischen keine Ahnung hatte, einen Egli von einem Felchen nicht unterscheiden konnte, waren es Ausflüge in eine heile Welt, in der selbst die Fische nichts zu befürchten hatten.

Bei Thalwil schnappte sich Eschenbach eine der Gratiszeitungen, die zu Dutzenden herumlagen. Er blätterte sie durch und blieb bei der Wetterkarte hängen. Sie versprach in höheren Lagen Sonne, während unten in der Stadt kein Ende des Nebels abzusehen war. *Hoch Ybrig, Pulverschnee, gut,* las er im Pistenbericht. Dann wählte er die Nummer von Juliet.

# 19

Konrad Schwinn fuhr am Hotel Dolder vorbei, über Gockhausen Richtung Schwerzenbach. Er war spät dran. Ungeduldig trommelte er mit den Fingern aufs Lenkrad. Wer immer die Person war, die mit vierzig Stundenkilometern vor ihm hertuckerte, sie sollte das Autofahren aufgeben, dachte er. Wenigstens im Winter. Er multiplizierte seine Durchschnittsgeschwindigkeit mit der noch zu fahrenden Kilometerzahl. Wenn es so weiterging, würde es eine halbe Stunde länger dauern, als er angenommen hatte.

Glenn Gould spielte die *Goldberg-Variationen* von Bach. Schwinn liebte die Komplexität dieser barocken Komposition und die unangestrengte Art, mit der der Pianist sie interpretierte. Es war die Einspielung von 1955, bei der Gould – entgegen der Intention des Komponisten – auf die Wiederholungen verzichtete. Auch Schwinn mochte keine Wiederholungen und es nervte ihn, dass das Rezital andauernd vom unpassenden Akkord des Verkehrsfunks unterbrochen wurde; es kamen Stau- und Unfallmeldungen am Laufmeter. Die CD von Gould hatte ihm Denise geschenkt.

Einen Moment überlegte Schwinn, ob er sich nicht besser für die Autobahn entschieden hätte. Er rief Dr. Chapuis an und erklärte ihm kurz, warum er eine halbe Stunde später kommen würde.

Jedes Mal wenn Schwinn ins ETH-Labor für Verhaltensneurobiologie fuhr, fiel ihm auf, dass kein einziges Schild auf die Forschungsstätte hinwies. Sie waren vor Jahren entfernt worden, als Tierschützer mit einem Großaufmarsch versucht hatten, das Gelände zu stürmen. Siebzigtausend Versuchstiere pro Jahr; für einen WWF-Romantiker musste dies die schiere Apokalypse bedeuten.

Schwinn war anderer Ansicht. Er stellte seinen Wagen auf einem der Parkfelder vor dem Institut für Neurobiologie ab, stieg aus und meldete seinen Besuch an der Pforte.

Marc Chapuis war ein schlaksiger Mann Ende vierzig, mit blutleeren Lippen und grauen Augen. »Wir mussten die Sache abbrechen«, sagte er trocken. »Du 'ättest dir diese Fahrt wirklich sparen können.« Mit seinem französischen Akzent klang auch die schlechteste Nachricht wie eine Liebeserklärung.

»Ich weiß«, sagte Schwinn und legte seine Daunenjacke über die Stuhllehne in Chapuis' Büro. »Aber die Resultate der Versuchsreihen, die wir bereits haben ... die sollten doch reichen, oder nicht?«

Chapuis nickte. »Trotzdem werde ich gehen nach Deutschland. Ich 'abe genug von dieser Polemisierung deiner Regierungsbe'örde.«

Schwinn wollte weder über Chapuis' Karriereplanung noch über irgendwelche Behördenentscheide diskutieren. Das Einzige, was ihn interessierte, waren die neuesten Ergebnisse der Marmoset-Versuche.

Marmosets waren kleine, wuschlige Krallenaffen, die ursprünglich aus den Wäldern Südamerikas stammten und die in Schwerzenbach nachgezüchtet wurden. Über siebzig Tiere waren in die Versuche einbezogen. Die Affen wurden in der Wissenschaft als Primaten bezeichnet und bildeten für Forschungszwecke eine Brücke zwischen Nager und Mensch. In der Depressionsforschung waren sie deshalb von Nutzen, weil ihre Psyche jener des Menschen am ähnlichsten ist.

Der Versuch war in drei Stufen auf sechs Jahre ausgelegt.

In einem ersten Schritt wurden Affenbabys, es waren immer Zwillinge, einer Zwangsdeprivation unterzogen. Vom zweiten bis zum achtundzwanzigsten Tag ihres Lebens wurde ein Zwilling zwischen dreißig und hundertzwanzig Minuten pro Tag gewaltsam von der Mutter getrennt, und zwar zu immer anderen Tageszeiten. Dank einer Reihe ähnlicher Experimente war bekannt, dass eine hohe Korrelation zwischen frühkindlicher Deprivation und Depression besteht. Um diesen Effekt zu verstärken, wurde den deprivierten Jungtieren zusätzlich der Stoff Dexamethasone verabreicht. Also eine Substanz, die man aus der Therapie von Frühgeburten kannte und die als Nebenwirkung beim Menschen unter anderem Depressionen verursacht. Auf diese Weise erhielt man eine Generation Äffchen, die im direkten Vergleich zu ihren gleichaltrigen Geschwistern ängstlich und in ihrem Sozialverhalten hochgradig gestört war.

Die zweite Stufe des Versuchs bestand darin, eine breite Palette therapeutischer Substanzen, darunter auch das von Winter entwickelte *Proetecin*, an den Zuchttieren zu testen. Und in der abschließenden dritten Phase, zu der es aufgrund des Abbruchs gar nicht mehr kommen würde, hatten sie anhand von Zuchtreihen die Auswirkung auf die Erbfolge der Tiere untersuchen wollen.

Konrad Schwinn sah sich zusammen mit Chapuis auf dem PC einige kurze Filmaufnahmen an. Sie zeigten die Tiere in den verschiedenen Stadien der Behandlung. Anfangs hockten die ängstlichen Äffchen abseits der Gruppe und sahen ihren Geschwistern beim Spielen zu. Manchmal fuhren sie sich mit den schwarzen Krallenhändchen über ihre pelzigen, hellen Köpfe oder bissen sich plötzlich selbst. Hilflosigkeit hatte auch hier ihre Gesten.

In einer Aufnahme, die ein halbes Jahr später datierte, waren die Tiere wie ausgewechselt. Sie waren überhaupt nicht mehr von ihren gesunden Kumpanen zu unterscheiden.

»Das ist sensationell.« Schwinn sah sich die Laborwerte an

und hob erfreut die Augenbrauen. »*Proetecin* ist die Grundlage für ein perfektes Medikament.«

»Eben.« Chapuis nahm die Brille ab und fuhr sich mit den Händen übers Gesicht. Es war dieselbe Geste wie bei den deprimierten Marmosets. »Nach Versuchsende 'aben wir die Ge'ege gewechselt … drei Tage später waren zwei Tiere tot. Die anderen sind in einem kritischen Zustand.«

»Nur die *Proetecin*-Tiere?«, wollte Schwinn wissen.

»Ja, nur die … wir klären noch immer ab.«

Eine Zeit lang saß Schwinn schweigend da und dachte nach. Sie waren so kurz vor dem Ziel, und jetzt das. Keine gute Nachricht. »Hat Winter etwas gesagt?«

»Er ruft jeden Tag an, ob wir etwas 'erausgefunden 'aben. Und gestern war er den ganzen Nachmittag 'ier im Labor. Er sagt nicht viel.«

»Hm.« Schwinn stand langsam auf. »Lässt du mich wissen, wenn ihr etwas gefunden habt?«

»Ja, sicher.« Chapuis klang müde. Er hatte dunkle Schatten unter den Augen.

Es war kurz nach acht, neblig und schwarz, als Schwinn denselben Weg wieder zurück Richtung Zürich fuhr. Glenn Gould spielte wieder und mittlerweile betrug die Verspätung im Vergleich zum ursprünglichen Zeitplan eine volle Stunde. »Wo bist du?!« stand auf dem Display seines Handys. Es war bereits die zweite SMS von Denise.

Schwinn hielt nicht viel von Gefühlsduselei. Aus diesem Grund hatte er sich auch nie auf eine echte Beziehung mit einer Frau eingelassen. In diesem Punkt kam ihm Denise entgegen. Sie war verheiratet und das war geradezu ideal. Das Einzige, was sie miteinander verband, war Sex. Nicht mehr, aber auch nicht weniger.

Er brauchte eine knappe Dreiviertelstunde zurück bis zum Dolder.

Das Hotel lag auf demselben Hügel wie die ETH und protzte mit der Üppigkeit einer reichen alten Dame. Auf dem Parkplatz stand Nobelkarosse eng neben Nobelkarosse. Schwinn brauchte eine Weile, bis er einen Platz fand, an dem er seinen alten VW abstellen konnte. Er nahm das Kuvert mit der Liste aus dem Handschuhfach, tippte eine Nachricht für Denise in sein Handy und stieg aus.

Auf halbem Weg zum Eingang piepte es zurück. »Ich warte bei der Garderobe, Kiss, D.«

Denise Gloor war in festlicher Aufmachung. Schwinn sah die Frau des Stadtrats schon von Weitem. Sie trug ein enges, braunes Strickkleid, das ihr nur knapp über die Knie reichte; ihre blonden Locken hatte sie kunstvoll hochgesteckt. »Die Veranstaltung ist gleich zu Ende«, sagte sie mit einem zerknirschten Gesichtsausdruck. »Dabei habe ich uns extra ein Zimmer reserviert.«

»Es ging nicht anders, sorry.« Schwinn legte das Kuvert auf die Garderobenablage und zog die Liste heraus. »Alles Namen, mit denen ich nichts anfangen kann. Vielleicht kannst du bei Kurt im System mal nachsehen …« Bevor sie etwas sagen konnte, fasste er Denise um die Hüfte, zog sie eng an sich heran und flüsterte: »Du bist mein blondes Gift.«

Sie drückte ihm ein Knie zwischen die Schenkel.

Einen Stock weiter oben debattierte der rechte Flügel des Zürcher Freisinn darüber, ob das Kopftuchverbot für muslimische Frauen ins Parteiprogramm aufgenommen werden sollte oder nicht. Kurt Gloor war dagegen. In einem pointierten Votum sprach er sich für die Selbstbestimmung der modernen Frau aus. Aller Frauen! In allen Kulturen! Ungeachtet deren, wie er meinte, nicht immer selbst gewählter Religionszugehörigkeit. Es hagelte Applaus und Zustimmung.

»Du willst tatsächlich hier?«, fragte Schwinn und sah sich um.

»Warum nicht?« Denise zog ihn am Gürtel nach hinten, zwischen die Kleiderstangen. »Die ganze Zeit diskutieren die über Kopftücher und ich hab kein Höschen an. Kannst du dir das vorstellen?«

Schwinn stellte sich Kurt Gloor vor, wie er kam und seinen Mantel verlangte: »Den dunkelblauen bitte!« Und er würde – während Denise ihm einen blies – hinter hundertfünfzig dunkelblauen hervorlugen und rufen: »Ich komme gleich!«

»Konzentrier dich bitte!«, nuschelte sie an seiner Hose.

»Wir gehen aufs Zimmer, Denise.« Er blickte an sich hinunter, sah in ihre lebensfrohen blauen Augen und dorthin, wo ihr Lippenstift Spuren hinterlassen hatte. »Nicht hier«, murmelte er. Dann zog er sie hoch.

# 20

Es war ein schöner Abend mit Kathrin gewesen. Mit einem Kissen im Rücken und angewinkeltem Kopfende hatte sie im Spitalbett gesessen und ein komplettes Menu vertilgt: Vorspeise, Hauptspeise, Nachspeise. Ihr fiel die Decke auf den Kopf und sie wollte endlich raus aus dem Spital. Deshalb müsse sie essen – viel essen, habe der Arzt gemeint.

Kurz nach neun war Eschenbach nach Hause gekommen und gleich in den Keller gestiegen. Hinter dem Schlauchboot, zwischen Kathrins Puppenstube und dem leeren Aquarium hatten sie gestanden. Zwei-Meter-fünf-Latten mit Rostkanten und einer Tourenbindung aus dem letzten Jahrhundert. Von den Schuhen keine Spur. »Miet dir eine Ausrüstung«, hatte Kathrin ihm schon im Voraus geraten. »Heute sind die Skier tailliert wie die Hemden. Und eine Sicherheitsbindung brauchst du auch – so wie du fährst!«

Das Einzige, was der Kommissar am nächsten Morgen auf dem Weg zur Gondel, die hinauf zum Hoch-Ybrig führte, noch sein Eigen nennen konnte, waren lange Unterhosen, Wollsocken und ein brauner Strickpulli mit Zopfmuster. Der Rest war von Ybrig-Sport: gemietet, gekauft und geliehen. »Kein Mensch fährt mit Jeans und Lederjacke«, hatte Juliet gesagt und bei ihrer Freundin ein zustimmendes Nicken eingefordert. Fiona war eine karge Schönheit, etwa gleich alt wie Juliet, mit halblangen, dunklen Haaren. Eschenbach zählte sie zu jenem Frauentyp, der mit fünfzig kurze, graue Haare hatte und der, ohne sich übermäßig zu pflegen, immer noch verdammt gut aussah.

Die beiden hatten ihn von Kopf bis Fuß neu ausgestattet: Carvingbretter, Stöcke, Schuhe und Helm sowie eine Hose mit Teflonbeschichtung und eine Daunenjacke. Dazu Handschuhe (für Temperaturen bis minus neununddreißig Grad Celsius) und ein schwarzes Halstuch mit kleinen roten Herzchen. Letzteres war ein Geschenk von Juliet. Sie hatte es ihm mit einem dicken Kuss um den Hals gebunden.

»Sir Hillary hatte nicht die Hälfte von all dem Zeugs, als er den Mount Everest bestieg«, maulte Eschenbach. Er zwängte sich durch das Drehkreuz an der Kasse und folgte mit Roboterbewegungen den beiden Frauen zur Einsteigeplattform.

Die riesige Gondel bot Platz für achtzig Personen. Sie war nur zur Hälfte gefüllt, als es mit einem Ruck in die Höhe ging.

»Samstagmorgen ist immer wenig los«, sagte Juliet. »Die Schweizer rennen zuerst in die Migros und kaufen fürs Wochenende ein. Dann wird noch der Wagen gewaschen. Bis um drei hat man richtig Platz auf der Piste.«

Bei einem der Masten schaukelte es heftig. Eschenbach spürte die Leere im Magen und war froh, dass er noch nicht gefrühstückt hatte. Als die Gondel oben ankam, war der Kommissar bachnass unter seiner neuen Daunenjacke. Und als er draußen im Wind stand, fror er.

»Du siehst gut aus«, sagte Juliet und strich ihm Sonnencreme auf die Nase.

»Ihr könnt ja schon mal fahren.« Der Kommissar blinzelte in Richtung Sonnenterrasse. »Die ersten Kurven sind bekanntlich die besten, da falle ich nur zur Last …«

»Kommt nicht infrage«, sagte sie.

Eschenbach steckte die Skier in einen Schneehügel, ging auf Juliet zu und küsste sie auf den Mund. »Doch«, murmelte er. »Der Aufstieg hat mich völlig erschöpft.«

»Wir sind nicht aufgestiegen, wir sind hochgefahren …«

»Egal.«

»Und so alt, wie du tust, bist du gar nicht.«

»Die Ausrüstung täuscht.«

»Das sehe ich anders …« Mit vielsagendem Lächeln zog sie die Skibrille über die Augen.

»Du bist gerontophil, mein Engel.«

Fiona, die neben Juliet kauerte und an der Bindung ihres Snowboards nestelte, kicherte.

»Jetzt fahrt endlich los«, sagte er. »Ich warte oben auf der Terrasse und trinke mir Mut an.« Ohne den Blick von Juliet zu lassen, ging der Kommissar ein paar Schritte in Richtung Restaurant.

Mit einer Kusshand und einem Winken rutschten die Frauen in den Hang hinein. Mit zunehmendem Tempo fuhren sie, die ganze Breite der Piste ausnützend, in langen, ausgezogenen Schwüngen talwärts.

Die Jugend wird verschwendet an die Jungen, dachte Eschenbach, während er ihnen nachsah. Nach einer Weile stapfte er die letzten Meter hoch zur Terrasse.

Das Panorama war umwerfend. Verschneite Hügel und Bergketten ragten aus einem Meer von Nebel, streckten sich gierig ins wolkenlose Blau. Es war, als füttere sie der Himmel. Eschenbach spürte die Wärme der ersten Sonnenstrahlen im Gesicht und bestellte eine Sennenrösti und eine kleine Flasche Veltliner.

Seit dem Brief von Schwinn hatte er immer wieder auf sein Handy geschaut. Kathrin hatte es im Spital sofort bemerkt und gefragt, wie seine Neue denn hieße. »Geschäftlich«, hatte er gesagt. »Ha, ha« war ihre Antwort gewesen. Dass sie ihm kein Wort glaubte, zeigten die drei SMS, die ihm seine Tochter seither geschrieben hatte. Jetzt, zwischen Himmel und Erde, auf der Terrasse eines Restaurants mit dem Namen »Sternen«, würde er sie beantworten.

Nach einer knappen Stunde kamen Juliet und Fiona; durstig und hungrig und mit wilden Geschichten über *Spins*, *Tricks* und *Jumps.* Es folgten Pommes frites neben Bratwürsten mit dunkler Zwiebelsauce; dazu wurden drei Brotkörbli hingestellt und zwei Flaschen Dôle entkorkt.

»Jetzt hast du bald keine Ausrede mehr«, sagte Juliet und schmunzelte. »Du wirst sehen, mit diesen neuen Latten geht alles wie von selbst …«

»Ja, sicher«, murmelte der Kommissar zwischen zwei Bissen. »Alter Wein in neuen Schläuchen.« In Gedanken kämpfte er bereits mit der Buckelpiste, dachte an seine Bandscheiben und die lottrigen Kniegelenke.

Zum Abschluss nahmen sie alle das »kleine Winterwunder«: Es bestand aus einer großen Portion Vermicelles mit Vanilleeis, zwei Schalen Meringue und Schlagsahne.

»Und du arbeitest also im Sozialdepartement … bei Kurt Gloor?« Eschenbach hatte mit der Frage absichtlich bis zum Nachtisch gewartet. Er war bemüht, sie möglichst beiläufig zu stellen.

»Achtung, Fiona, jetzt wirst du verhört«, funkte Juliet dazwischen und lachte.

»Du merkst aber auch alles«, sagte der Kommissar und kniff Juliet in die Seite. Dann wandte er sich wieder zu Fiona und schaute sie an. »Ich hab die Berichte in den Zeitungen gelesen. Nehme an, das hat großen Wirbel ausgelöst …«

»Es gab nur einen Bericht«, sagte Fiona. Sie zerdrückte mit dem Löffel ein kleines Stück Meringue. »Das ist es ja gerade.«

»Der im *Tagesanzeiger*?«

»Ja.« Sie schwieg einen Moment.

»Du kannst es ihm ruhig sagen«, mischte sich Juliet ein.

»Ich hätte vielleicht wirklich nicht …«, druckste Fiona.

»Man hat ihr gekündigt, das ist es.« Juliet sah Eschenbach an. »Nur weil sie sich für den Artikel eingesetzt hat. Kannst du das verstehen?«

Der Kommissar dachte an interne Richtlinien und daran, wie heikel der Umgang mit der Presse war. »Ein schwieriges Thema«, sagte er.

»Pah!« Juliet schüttelte den Kopf. »Da sterben Dutzende weg und keiner will's wissen.«

»Wir hatten letztes Jahr zehnmal mehr Drogentote als Verkehrsopfer«, sagte Fiona leise.

»Ja, die Verkehrsopfer sterben auf dem Land und die Drögeler in der Stadt. So ist das«, sagte Eschenbach. Er kannte die Statistiken.

»Schon …« Fiona räusperte sich. »Ist auch nichts Neues. Nur, die Fälle, die ich meine … die auch in der Zeitung gestanden haben, das sind keine Drogentoten.«

»Sondern?«, fragte Juliet.

»Es sind Randständige … Ausgesteuerte. Leute ohne Perspektiven.«

»Und die nehmen keine Drogen«, warf Eschenbach ein.

»Doch, schon auch.« Fiona nippte am Glas und merkte, dass es leer war. »Der eine oder andere nimmt sicher was. Die wollen einfach überleben.«

»Mmh.« Eschenbach konnte verstehen, dass einem so was an die Nieren ging. Doch vermutlich war sie eine der jungen Frauen, die für die Hoffnungslosen kämpften und irgendwann irgendwas zusammenspannen, das nicht zusammengehörte; weil sie die Nerven verloren oder einfach nur schwarzsahen. »Und wegen dieser Pressesache hat man dir gekündigt?«

»Ich vermute es.« Sie nickte. »Offiziell sind es Sparmaßnahmen.«

»Kannst du da nichts machen?« Juliet sah ihn erwartungsvoll an. »Ich meine, eine fristlose Kündigung … da könnte man doch auch juristisch etwas dagegen unternehmen.«

Eschenbach seufzte. »Schon möglich«, sagte er. »Allerdings ist Kurt Gloor nicht gerade einer, der mir meine Wünsche von den Lippen abliest.«

»Du wirst seine Frau angebaggert haben«, sagte Juliet.

Sie lachten über ihren Witz.

Der Kommissar verteilte den kleinen Rest Weißwein auf die Gläser. »Ein guter Freund von mir kennt Gloor recht gut.

Wenn du willst, kann ich ihn ja mal darauf ansprechen. Große Hoffnungen würde ich mir allerdings nicht machen.«

»Ich weiß, und ich bin mir auch gar nicht sicher, ob ich wieder dorthin zurückwill. Es hat sich viel geändert, seit Gloor vor einem Jahr das Departement übernommen hat.«

»Ein Erfolgsmensch halt.« Eschenbach trank den letzten Schluck und blinzelte gegen die Sonne. »Alle loben ihn …«

»In einer Welt, die nur den Misserfolg kennt, ist es schwierig, ein Erfolgsmensch zu sein«, sagte Fiona und lächelte. »Ich mach das jetzt schon über fünf Jahre. Päpple jeden Einzelnen auf, bis er wieder einigermaßen geradeaus denken kann. Außenplatzierungen bei Bauern und ab und zu bei einem Handwerkerbetrieb. Ich hoffe immer, dass ich sie nie mehr sehe.« Sie machte eine kurze Pause, trank und knackste mit den Fingern. »Aber die meisten kommen wieder. Pendler zwischen Sucht und Abstinenz, als wollten sie in diese Welt der Fakten nicht hineinpassen.«

Eine Familie mit drei Kindern drängte sich zwischen den Stühlen an ihnen vorbei, rempelte und schubste. Fiona schien es gar nicht zu bemerken.

»Und wenn es tatsächlich einer schafft, dann hab ich nicht mal Lust zu feiern. Aus Angst, er wird rückfällig. Es gibt zu viele falsche Orte und zu viele falsche Zeitpunkte; ich glaube nicht an den Erfolg, schon gar nicht kurzfristig. Höchstens ans Ausbleiben von Misserfolg – das ist schön genug. Und dazu braucht es Geduld und nochmals Geduld … etwas anderes ist mir dazu noch nicht eingefallen.« Sie machte eine kurze Pause. »Ich denke, für Gloor muss dieses Departement ein Albtraum sein.«

»Er ist ein Arschloch«, sagte Juliet und stand auf.

»Kennst du ihn denn?«, fragte Fiona erstaunt.

»Nein.« Juliet zwängte sich zwischen zwei Stühlen hindurch zum Eingang. Bevor sie im Innern des Restaurants verschwand, rief sie, dass es draußen jeder hören konnte: »Ich kenn keine Arschlöcher.«

»Da sind wir aber froh«, murmelte der Kommissar und rief nach der Rechnung.

Als das »Fräulein« kam, hatten Fiona und Eschenbach den Betrag bereits zusammengerechnet und aufgerundet. Mit dem Hundertfrankenschein flog ein Bild von Kathrin auf den Tisch. Schwarz-weiß, von einem Fotoautomaten.

»Meine Tochter …«

»Darf ich mal?« Fiona hielt das Bild bereits in den Händen und sah es sich genau an. »Eine hübsche Tochter hast du.«

»Sie ist eigentlich nicht meine Tochter …«, sagte der Kommissar etwas verlegen und steckte das Retourgeld ins Portemonnaie. »Genetisch meine ich. Die Schönheit hat sie von der Mutter.«

Fiona nahm ihre Sonnenbrille ab und betrachtete das Foto ein weiteres Mal, als hätte sie einen Fehler entdeckt. Leicht irritiert sagte sie: »Vor einem Monat oder so, da hatten wir ein Mädchen bei uns im Tageshaus … also, die glich ihr aufs Haar.«

»Sie lebt bei der Mutter«, sagte Eschenbach.

»Ich dachte nur, es ist verblüffend, wie sich Menschen manchmal gleichen.«

Die SMS von Schwinn kam, als sich der Kommissar gerade die Skier anschnallen wollte. Erst dachte er, es wäre wieder eine Mitteilung von Kathrin. Aber seit er ihr geschrieben hatte, die Neue hieße Juliette Binoche, war Funkstille. Nein, es war Schwinn, anscheinend Schwinn, denn dort stand: *City, Hotel Central – 17.00 – KS.* Als Absender erschien auf dem Display ein Smiley – keine Nummer also, die er hätte anrufen können.

»Jetzt hab ich dich nicht einmal fahren sehen«, sagte Juliet und schmollte ein wenig, als er sich mit einem Kuss verabschiedete.

In der Gondelbahn rechnete sich Eschenbach aus, dass ihm für die Fahrt nach Zürich eine Stunde blieb. Das wird knapp, dachte er.

»Sind Sie denn überhaupt gefahren?«, fragte der Verkäufer bei Ybrig-Sport. Mit der flachen Hand fuhr er Belag und Kanten ab.

»Nur im Restaurant«, sagte Eschenbach. Hastig zog er sich um. Mit der einen Hand stopfte er das Hemd in die Hose, mit der andern unterschrieb er die Kautions- und Mietbelege. Nachdem der ockerfarbene Volvo, den der Kommissar seit über siebzehn Jahren fuhr, endlich angesprungen war, preschte er entlang des Sihlsees Richtung Einsiedeln. Die Straße war geräumt und glänzte; wie eine feuchte, schwarze Schlange zog sie sich durch die hügelige Winterlandschaft. Das Radio spielte Hits aus den Siebzigerjahren. Bei Sihlbrugg tauchte er in den Nebel und wie durch Geisterhand fand er eine Viertelstunde später die Auffahrt zur Autobahn.

Kurz vor Zürich stand er. Ein Möbelwagen hatte sich quer gestellt und aus Minuten wurden Ewigkeiten. Um diese Zeit war die Innenstadt ein einziges Chaos, und das Blaulicht, das für solche Fälle gedacht war, funktionierte in seiner privaten Karre nicht. Bei der Sihlporte stellte Eschenbach den Wagen vors Hallenbad und ging den Rest zu Fuß: durch die Bahnhofstrasse, dann rechts zum Beatenplatz und über die Brücke zum Central. Er hatte nur zehn Minuten Verspätung.

Eschenbach lief entlang der Traminsel, überquerte die Straße, ging in die Central Bar hinein und wieder nach draußen. Vor seinem geistigen Auge stand Schwinn: Eins achtzig groß, schlank und dunkel; mit den ebenmäßigen Gesichtszügen eines Inders. So hatte er ihn – dem Foto nach – in Erinnerung. Er stellte ihn sich mit gelber Mütze vor oder mit Hut. Mit umgebundenem Schal, Parka oder Wollmantel.

»Eine Scheiße ist das«, zischte er nach einer Weile. »Unter Hunderten von Leuten …« Eschenbach nahm den Seiteneingang zum Hotel Central, ging die paar Stufen hinunter ins Untergeschoss und schaute sich um. Dann ging er in Richtung Herrentoilette. Ein älterer Herr kam ihm entgegen und hielt die Tür auf.

Der Kommissar stand schon beim Pissoir, als die Tür hörbar ins Schloss fiel. Er nestelte am Reißverschluss seiner Hose.

»Jetzt bin ich wieder allein«, sagte eine Stimme hinter ihm. Zwei Kabinen befanden sich dort; eine war besetzt. Der Kommissar lauschte überrascht.

»Eschenbach ist nicht gekommen … wie ich dir gesagt habe. Er nimmt die Sache nicht ernst.«

Der Kommissar hielt den Atem an.

»Ist ja auch gut so. Ich würde einfach abwarten, ich seh's, wenn sich wieder was anbahnt«, sagte der Mann. Es folgte eine Pause.

Obwohl der Harndrang stärker wurde, traute sich der Kommissar nicht, ihm nachzugeben. Er würde nur die Spülung in Gang setzen und seine Anwesenheit verraten.

»Nein, das denke ich nicht …« Die Stimme klang unsicher. »Er wird dasselbe nochmals probieren … Ja, das ist am wahrscheinlichsten. Dass er das Land verlässt, glaube ich nicht.«

Wieder folgte eine kurze Pause. Dann öffnete sich die Tür zum Gang und zwei Männer kamen herein. Sie waren in ein Gespräch vertieft. Einer von ihnen betätigte den Wasserhahn. Es plätscherte.

»Okay, machen wir Schluss …«, kam es aus der Kabine.

Eschenbach nutzte die Gelegenheit, lief zur Tür und ging nach draußen. Einen Moment lang stand er im Korridor und überlegte. Geradeaus ging es ins King's Cave, das erst abends öffnete. Nach einem kurzen Zögern verschwand er in der Damentoilette. Hier konnte er sich einen Moment verstecken. Er hätte den Mann gerne gesehen, einfach um sicherzugehen. Denn die Stimme kannte er: Es war der säuselnde Bariton von Tobias Pestalozzi.

# 21

»Du sprichst im Schlaf«, sagte Juliet und drückte sich zärtlich an ihn.

»Mmh.« Eschenbach blickte nach der Uhr auf dem Nachttisch; es war kurz vor neun, Sonntagmorgen. Er schloss die Augen und versuchte, sich an seinen Traum zu erinnern; hinter den Augenlidern auf der Leinwand war's schwarz. Irgendwas war falsch gewesen.

»Wer ist Hagen?« Juliet strich mit den Fingern zärtlich über seine Lippen. »Du hast immer wieder Hagen gesagt.«

»Tatsächlich?«

»Einmal hast du sogar gerufen: Er muss den Hagen spielen! Richtig geschrien hast du. Und um dich geschlagen hast du auch.«

Es kam ein verschlafenes Murmeln.

»Weißt du's noch?«

»Ich glaube, ich habe Wagner dirigiert«, sagte er. Die *Götterdämmerung*, bei den Bayreuther Festspielen. Und Siegfried war Hagen … ich meine Pestalozzi. Aber der hat gar keine Tenorlage, verstehst du? Die verdammten Rollen waren vertauscht … ich glaub, das war's.«

»Ich versteh überhaupt nichts.«

Beim Frühstück gab der Kommissar die *Nibelungen* zum Besten, Wagners Version jedenfalls: »Und zum Schluss …« Er biss in ein dick bestrichenes Stück Butterzopf: »Da halten sie den wiedergewonnenen Ring in die Höhe und am Himmel sieht man Walhall in Flammen aufgehen … ein gewaltiger Feuerschein: Das Ende der Götter ist gekommen und Wotans Schicksal hat sich erfüllt.«

Juliet löffelte Erdbeerquark. »Du hast einen Hang zum Dramatischen«, sagte sie und schmunzelte. »Mir gefällt die Geschichte.«

Nachdem sie sich warm angezogen hatten, machten sie einen Spaziergang durch Zürich. Es lag noch immer überall Schnee, aber es schien, als hätte man sich damit abgefunden. Es gab Autos, die steckten schon seit Tagen zugeschaufelt am Straßenrand, und beim Hirschenplatz stand ein Schneemann, dem Zürcher Böög nachempfunden, und wartete mit den dicken Lippen eines Müllsacks auf den Frühling.

Eschenbach brannte es unter den Nägeln. Wo immer sie standen und in welches Schaufenster sie schauten; immer tauchten dieselben Fragen auf, kreisten in einer Warteschlaufe durch sein Gehirn: Welche Rolle spielte Tobias Pestalozzi? Mit wem hatte er telefoniert und wo war Konrad Schwinn? Im Café Schober tranken sie eine dunkle Schokolade, dann verabschiedeten sie sich.

»Du bist so anders?«, hatte Juliet bemerkt, bevor sie ihm nochmals und nochmals einen Kuss gab. »So abwesend … die ganze Zeit schon.«

»Ich muss nachdenken«, murmelte er.

»Über uns?«

»Nein.« Eschenbach lächelte. »Über alles andere.«

Den Rest des Nachmittags verbrachte der Kommissar bei Ewald Lenz. Er war gar nicht erst zu sich nach Hause gegangen. Vom Niederdorf marschierte er schnurstracks Richtung Bellevue, stieg in die Tram und fuhr hoch bis zur Burgwies. Lenz wohnte dort in einer alten Mühle an der Forchstrasse, bei einem Geigenbauer, der ihm eine kleine Zweieinhalbzimmerwohnung untervermietete. Ein winziger Vorgarten gehörte zur Wohnung und eine verwitterte Holzbank, von der aus man das Plätschern des Bachs hören konnte und – sehr leise nur – auch den Verkehr der Stadt.

Für Ewald Lenz waren Sonntage wie Montage oder Dienstage. »Die meisten Menschen brauchen das Wochenende, um abzuschalten«, hatte der kleine Mann mit dem rötlichen Schnurrbart und den intelligenten Augen einmal gesagt. »Mit Fußball, Benissimo und den Lottozahlen. Das hilft ihnen, die Dinge zu ordnen und wieder zu vergessen.«

Lenz war anders, er vergaß nichts. Durch eine Laune der Natur versagten bei ihm sämtliche Mechanismen, etwas zu vergessen: Alles, was er las, sah oder hörte – es blieb auf der Festplatte seines Gehirns hängen; hartnäckig wie Fußpilz. Am Wochenende, wenn es im Archiv der Kantonspolizei nichts zu tun gab, waren es die Resultate der Spiele, die er sich merkte. Die Torfolge und die Namen der Torschützen. Vor- und Nachnamen. Auch die Namen jener, die das Tor knapp verfehlt oder eine gelbe Karte erhalten hatten. Er memorierte die Namen der Glücklichen bei Benissimo, die Preise und Beträge, und die Wahrscheinlichkeiten, sie zu gewinnen oder zu verlieren. Bei den Lottozahlen reichte seine Statistik bis ins Jahr 1997; damals hatte ihm der Arzt verboten, sich dafür zu interessieren.

»Mach mit ihm, was du willst«, hatte der alte Stalder ihm mit auf den Weg gegeben, als er in Pension gegangen war und Eschenbach das Kommando übergeben hatte. »Lenz ist genial, aber daneben. Und wenn ihm die Birne überläuft, säuft er sich halb zu Tode.«

Lenz blieb, weil Eschenbach ihn mochte; weil der Kommissar mit den tagelangen Absenzen leben konnte, die infolge von Alkoholexzessen und gelegentlichen Klinikaufenthalten nicht zu umgehen waren, und weil Lenz der brillanteste Informationsdienstler war, den der Kommissar je getroffen hatte.

»Du hast abgenommen«, sagte Lenz und nuckelte an seiner Pfeife. »Ich schätze, neuneinhalb Kilo.«

»Zehn«, sagte Eschenbach.

Sie saßen draußen auf der Holzbank unter einem Wärmestrahler, eingewickelt in alte Militärdecken.

»Festtage sind Fresstage … die meisten Menschen nehmen zu.« Lenz sah geradeaus auf den verschneiten Garten. »Hat's dich erwischt?«

»Du meinst krank?« Eschenbach überlegte einen Moment. »Nicht wirklich.«

»Da hast du Glück. Die Wahrscheinlichkeit, sich etwas zu holen, an dem man stirbt, steigt mit fünfzig rapide an. Herz-Kreislauf-Erkrankungen und Krebs, das sind die Totmacher. Zweiundachtzig Prozent sterben daran.«

»An irgendetwas muss man ja sterben … irgendwann«, sagte der Kommissar. Er zündete sich eine Brissago an, paffte und warf das Streichholz hinaus in den Schnee. »Das Leben ist lebensgefährlich.«

»Ist von Erich Kästner, der Spruch.«

»Ich weiß.«

»Und trotzdem findet man kaum Platz in den Altersheimen. Die Leute wollen nicht sterben.«

»Ich glaube, sie wollen schon – aber sie können's nicht.«

»Meinst du?«

»Was weiß ich?« Eschenbach legte den Kopf in den Nacken. Er fühlte die Wärme, die vom Strahler unter der Dachrinne auf ihn abfiel.

»Irgendwann ist's wie mit einer Büchse hart gewordener Guetzli: Man will sie noch probieren, aber man beißt sich die Zähne aus.«

»Ich nehm's, wie's kommt.«

Lenz nahm ein kleines Stück Holz aus der Jackentasche und werkelte an seiner Pfeife. »Ja, das denke ich auch.«

Der Garten versank langsam in der Dämmerung und vom Licht der Heizschlange errötete leicht der Schnee.

»Ich hab frische Tomaten und Basilikum«, sagte Lenz, nachdem sie eine Weile draußen gesessen und geschwiegen hatten. »Ich mach uns was Anständiges.«

Beim Essen am kleinen Tisch in Lenz' behaglicher Stube erzählte der Kommissar die ganze Geschichte. Von Winter, seinem verschwundenen Assistenten und dem Toten aus der Limmat. Dass man bei der Leiche Fischgift gefunden und dass man ihm Pestalozzi aufs Auge gedrückt hatte, obwohl er von Anfang an dagegen gewesen war. Er erwähnte die Sache mit den Stadtstreichern, dass die Todesfälle auf der Straße erheblich über dem statistischen Durchschnitt lagen, und zeigte Lenz die SMS von Schwinn. »Natürlich habe ich zuerst gedacht, ich könnte Schwinn nun anhand der Kurzmitteilung ausfindig machen. Jedes Handy hinterlässt Spuren. Aber die SMS kam über einen öffentlichen Provider ... also ehrlich gesagt, ich weiß nicht, wie er das gemacht hat.«

»Ziemlich fit der Junge, was?« Lenz zupfte sich den Schnurrbart.

»Wir haben alles versucht, Ewald. Kreditkarte, privates Handy, seine Gewohnheiten, Freunde, Elternhaus ... einfach alles. Wir sind auf keine einzige brauchbare Spur gestoßen. Es ist, als habe Schwinn zwischen Weihnachten und Neujahr aufgehört zu existieren.«

»Und die Lebenszeichen von ihm ... der Brief, die SMS ... ich meine, die könnten genauso gut von jemand anderem stammen. Oder liege ich da falsch?«

»Nein, da liegst du richtig. Und wenn ich seinen Lebenslauf nicht gesehen hätte, nicht wüsste, dass Konrad Schwinn über die Intelligenz verfügt, mit der sich locker die ganze Welt an der Nase herumführen ließe ... also ich würde wetten, dass er tot ist.«

»Eine Möglichkeit, die man in Betracht ziehen sollte«, meinte Lenz nachdenklich.

»Allerdings. Und ich bin mir auch überhaupt nicht sicher, ob der ganze Rest da irgendwie reinpasst oder nicht.« Der

Kommissar rieb sich das Kinn. »Ich komm nicht weiter, verstehst du? Bis zu diesem Telefonat von Pestalozzi bewegte sich das alles irgendwo an der Peripherie meines Wirkungskreises. Es waren Dinge, die man ernst nehmen konnte oder nicht. Im Kanton Zürich wurden im letzten Jahr neuntausend Verhaftungen durchgeführt ...«

»Neuntausendsiebenhundertdreiundsechzig«, korrigierte ihn Lenz. »Insgesamt 49 Tötungsdelikte, 1830 Körperverletzungen, 4717 Drohungen und Nötigungen, 93 Erpressungen und 204 Vergewaltigungen. Es wurden 145 Mal Schusswaffen und 133 Mal Stichwaffen eingesetzt ... und wir hatten 353 Selbstmorde.«

»Ich weiß ... du kennst die Statistiken besser als ich. All das läuft durch den Apparat, Berichte werden verfasst und dort, wo es uns angebracht scheint, werden Untersuchungen eingeleitet. Über eine halbe Million Dienstleistungen pro Jahr.« Eschenbach füllte sein Wasserglas. »Papier, Sitzungen und nochmals Papier; und am Ende wird der Fall hoffentlich aufgeklärt sein. Meistens jedenfalls ist es so.«

»Wem sagst du das.« Lenz stand auf, ging zwei Schritte zu einem Sessel aus braunem Cord. Der Stoff war abgegriffen und die Holzlehnen glänzten speckig. Auf dem dazugehörigen Fußteil lag eine graue Wolldecke. »Den hat mein Vater zum Neunzigsten geschenkt bekommen – von Radio Beromünster. So hieß das Schweizer Radio früher, als man den Alten noch Stühle schenkte.« Er setzte sich mit einem leisen Seufzer. »Und jetzt willst du, dass ich diesen Pestalozzi durchleuchte ... ohne dass es jemand erfährt.«

»So ist es«, sagte Eschenbach, ohne zu zögern. »Inoffiziell ... am üblichen Prozedere vorbei. Nur du und ich.« Eschenbach sah Lenz an. Seine Mundwinkel zuckten leicht, so wie sie es immer taten, wenn er nachdachte oder über etwas brütete.

»Das kann uns die Pension kosten«, sagte er ruhig.

»Ich weiß«, sagte Eschenbach. Er nahm ein Stück Brot und tunkte es in den Rest der Sauce. »Soll ich dir sagen, was mich mehr bedrückt als die Angst um meine Pension?«

Lenz dachte einen Moment nach, dann sagte er: »Dass du von den eigenen Leuten bespitzelt wirst, nehme ich an.«

»Nicht nur das.« Der Kommissar brach nochmals ein Stück Brot ab.

»Sondern?«

»Dass ich nicht mehr weiß, wer die eigenen Leute sind.«

»Ich finde, jetzt übertreibst du.«

»Verfolgungswahn? Du denkst, so fängt es an?«

»Mich wundert's, dass du den nicht schon hast. Ehrlich. Du und ich, wir verbringen jetzt schon unser halbes Leben damit, andere auszuspionieren, abzuhören und auszufragen. Dachtest du wirklich, es trifft dich nie?«

»Vielleicht.«

»Ich habe gute Kontakte zu den großen Privatdetekteien in Europa … M5, Proximal Cause et cetera. Hie und da tauschen wir Informationen aus, schulden uns gegenseitig einen Dienst. Soll ich dir verraten, wer ihre größten Kunden sind und was die wollen?«

»Die Multis … die großen Unternehmen, nehme ich an.«

»Genau. Und da geht es nicht nur um Industriespionage, das sag ich dir.« Lenz machte eine kurze Pause. »Das meiste Geld – und es sind Millionen – geben sie aus, um ihre eigenen Leute zu bespitzeln. So ist die Welt.«

Der Kommissar schwieg. Das Brot war gegessen und die Sauce auch.

»Und du machst dir wegen eines kleinen Assistenten Sorgen. Stell ihn doch einfach. Quetsch ihn aus, sag, was Sache ist.«

»Hab ich mir alles auch überlegt, sicher. Nur, es passt nicht.« Eschenbach fuhr sich mit der Hand durchs Haar. »Dass man mir Pestalozzi untergejubelt hat … so locker, flockig als unbedarften Assistenten; dann Winters Assistent, dessen Verschwinden ja weiß Gott nicht der Weltuntergang ist …«

»Letztes Jahr wurden 1753 Vermisste gemeldet«, unterbrach ihn Lenz.

»Eben. Und alles läuft bei Sacher zusammen. Vor Regierungsrätin Sachers Gnaden, sozusagen.«

»Du meinst, der Fisch ist zu groß?«

»Ich weiß es nicht, um ehrlich zu sein. Aber ich will nicht mit der Angelrute dastehen, wenn eine Harpune vonnöten ist.«

»Einen Griff an die Eier, um …«

»So was in der Art, ja.« Eschenbach grinste.

»Also gut«, sagte Lenz nach einer Weile. »Machen wir eine Voruntersuchung. Beschreib mir diesen Pestalozzi: Name, Wohnort, was du gerade hast. Den Rest finde ich.«

Der Kommissar holte drei gefaltete A4-Blätter aus der rechten Jackentasche und gab sie Lenz. Bevor dieser einen Blick draufwerfen konnte, sagte er: »Da sind noch zwei mehr drauf …«

»Ich glaub's nicht«, stöhnte Lenz. »Du hast damit gerechnet, dass ich diesen ganzen Türk mitmache …«

»Gehofft«, warf Eschenbach ein. »Nur gehofft.«

Lenz suchte seine Lesebrille in der Brusttasche. »Pestalozzi, Schwinn und Winter, nehme ich an.«

»Nicht ganz«, sagte Eschenbach und lächelte. »Winter und Schwinn können wir offiziell abdecken. Immerhin liegt hier eine Anfrage von Sacher vor.« Der Kommissar hielt einen Moment inne. »Am allerliebsten hätte ich dir Sacher auf den Zettel geschrieben …«

»Natürlich, und den ganzen Bundesrat dazu.« Lenz kicherte, setzte sich die Brille auf und las: »Kurt Gloor … Aha, zu viel Glanz und Gloria, denkst du.«

»So ähnlich.«

»Und zu guter Letzt noch eine Frau.« Lenz schmunzelte.

»Richtig.«

»Juliet Ehrat«, las Lenz und bemühte sich, den Namen französisch klingen zu lassen. »Assistentin von Winter steht hier … soso.«

»Genau.« Der Kommissar räusperte sich.

»Juliet … Ein schöner Name, nicht wahr?«

»Doch, das finde ich auch. Ein wirklich schöner Name.«

Als Eschenbach die Wohnung von Lenz verließ und vorsichtig den schmalen Weg Richtung Forchstrasse hochging, war es kurz vor zehn.

Auf einer der vereisten Stufen blieb er stehen. Er drehte sich um, atmete tief ein und genoss den Blick über die Stadt. Die Nebeldecke hatte sich aufgelöst. Vereinzelt noch streunten ein paar Schwaden Richtung Uetliberg. Die überzuckerten Dächer und weißen Gärten; die mit Schnee befrachteten Bäume der Alleen; alles schien friedlich zu sein, friedlicher als sonst. Und ruhig. Auffallend ruhig war es. Auf den Straßen herrschte wenig Verkehr. Nur ein leises Brummen war zu hören. Wie ein Bienenstock im Winter, in dem sich ein Teil des Volkes um seine Königin schart und sich mit den Tieren, die an der Peripherie ihre Flügel schlagen, abwechselt, damit diese nicht erfrieren.

# 22

Entscheidend in einem Polizeiapparat waren die Ressourcen.

Die erste Sitzung nach den Weihnachtsferien war wie gewohnt Montagmorgen, Punkt acht. Eschenbach traf sich mit den wichtigsten Führungsleuten seines Bereiches. Die Leiter der vier Spezialabteilungen waren dabei, Franz Haldimann vom Ermittlungsdienst und Röbi Ketterer von der Technischen Analyse. Dazu kamen die Chefs der Innen- und Außendienste und ein Stabsoffizier. Zehn Leute, ihn selbst eingeschlossen. Auf der Tagesordnung standen die Top-A-Prioritäten, wie sie es nannten; die großen Sorgen der Kriminalpolizei, auf die man sich konzentrierte und für die man bereit war, einen erheblichen Teil der knappen Mittel zu investieren. Normalerweise waren es Projekte, die über die Kantonsgrenze hinausreichten und nicht selten auch einen internationalen Bezug hatten. Die organisierte Kriminalität, die seit geraumer Zeit von den ehemaligen Ostblockstaaten dominiert wurde, Terrorismus und in zunehmendem Maße Internetkriminalität. Das waren die Standardthemen. Es gab kurze Berichte aus den Bereichen, Gipfeli, Kaffee und ein knapp gehaltenes Protokoll; nie dauerte die Sitzung länger als fünfzig Minuten.

Dass an diesem Montag eine Wasserleiche, die man beim Letten aus der Limmat gefischt hatte, auch auf der Liste stand, irritierte die meisten. Der Tote stand in keinem Zusammenhang mit einem der Top-Themen: Er war kein international gesuchter Terrorist, hatte keinen Bezug zur Mafia oder anderen einschlägig bekannten Organisationen. Man hatte die Datenbanken gründlich durchforstet. Im Gegenteil: Das Team Polizisten, das sich mit dem Fall Letten beschäftigt hatte, war einhellig der Meinung, dass es sich beim Toten um einen Nobody handelte, einen armen Hund, der einen Schwächeanfall erlitten, ausgerutscht und in die Limmat gefallen war. Ertrunken und erfroren. Möglicherweise unter Drogeneinfluss, hatte man erwogen – vielleicht eine Lebensmittelvergiftung. So jedenfalls hatte man die Rückstände von Fischgift gedeutet, die man laut Bericht von Salvisberg gefunden hatte. »Viele dieser Leute ernähren sich von Abfällen. Die Hinterhöfe der Restaurants und Hotels sind voll davon …« war im Schlussrapport zu lesen. Eine traurige Logik – und doch wusste jeder, dass sie stimmte.

Eschenbachs Leuten stand die Verwunderung ins Gesicht geschrieben, als er auf die Sache zu sprechen kam: »Wir rollen den Fall noch mal auf, Herrschaften!«, sagte er bestimmt. »Und dabei werden wir jeden einzelnen Stein umdrehen.«

Einen Moment lang herrschte betretenes Schweigen.

»Von mir aus«, seufzte Röbi Ketterer, und Haldimann, der sich demonstrativ eine Notiz gemacht hatte, knurrte: »Wir haben ja sonst nichts zu tun.«

»Ich weiß«, sagte der Kommissar bedächtig. Er nahm sich einen Gipfeli, biss hinein und kaute: »Wir machen's trotzdem, Leute. Sorry.«

Wieder herrschte Stille.

Eschenbach wartete ab. Er blickte in die Runde. Aber keiner zeigte ihm einen Vogel oder fragte, ob er jetzt völlig »plemplem« sei. Nicht einmal ein Kopfschütteln war auszumachen. Sie dachten es nur. Jeder Einzelne. Der Kommissar sah es an ihren Mundwinkeln und daran, wie sie die Krawatte lockerten oder diskret auf die Uhr sahen. Irgendwann verrecken wir an der *political correctness*, dachte er. Daran, dass keiner mehr sagt, was er denkt. Oder denkt, was er sagt. Anstand hatte etwas schrecklich Lähmendes. Etwas, das der menschlichen Evolution eines Tages mit einem freundlichen Lächeln ein Ende bescheren würde.

»Aber die haben sich wirklich ins Zeug gelegt ...« Es war Haldimann, der hoffen ließ. Der Leiter des Ermittlungsdienstes suchte in seinen Unterlagen den Lettenbericht.

»Sag uns wenigstens, was du dir dabei gedacht hast«, meldete sich Röbi Ketterer und fuhr sich über den kurz rasierten Schädel.

»Hier ...«, unterbrach Haldimann, der den Bericht nun in den Händen hielt. »Alles erfahrene Leute. Eine sehr überzeugende Leistung insgesamt. Gerade auch von diesem ...«

»Pestalozzi«, sagte Eschenbach.

»Ja, Pestalozzi.« Der Chef des Ermittlungsdienstes griff sich an die Stirn. »Einen tollen Bericht hat der hingepfeffert. Innert kürzester Zeit, wohlgemerkt.«

»Eben, das hat er tatsächlich.« Eschenbach spülte den letzten Bissen seines Gipfelis mit Kaffee hinunter und richtete sich auf. Er stützte beide Unterarme auf den Tisch. »Ich hab den Bericht auch gelesen ...« Er lächelte. »Gern gelesen, übrigens. Schließlich ist das meiste, das ich von euch bekomme, nicht so gut formuliert und abschließend ... so stringent und logisch.«

Franz Haldimanns Augen funkelten.

»Nimm es als Kompliment, Franz. Polizeiberichte dürfen in ihrer Logik nie abschließend sein. Solange es Fragen gibt, müssen sie auch gestellt werden. Und deshalb soll das, was ich eben gesagt habe, bitte nicht als Vorwurf verstanden werden.«

Ein leicht versöhnliches Blinzeln kam über den Tisch.

In den folgenden fünf Minuten zerpflückte der Kommissar den Bericht wie eine Artischocke. Blatt für Blatt, Punkt für Punkt.

»Da ist so viel Fleisch dran wie an einer indischen Hochlandziege«, wetterte er. »Wir haben glaubhafte Hinweise, die zur Sihlcity führen. Gut. Das ist ein netter Anfang. Dann folgen dreißig Seiten mit Befragungen. Türken, Albaner, Libanesen ... was weiß ich, wer noch alles. Jeder gibt irgendeinen Scheiß zu Protokoll. Fünftausend Franken interne Übersetzungskosten inklusive, versteht sich. Und dann?« Eschenbach sah in die Runde. »Wissen wir nun mehr? Zum Beispiel wie unser Mann heißt? Wo er wohnte, oder wenigstens wo er schlief? Freunde, Bekannte und Verwandte? Alles Fehlanzeige!« Wieder machte der Kommissar eine kurze Pause.

»Miroslav Koczowic ... oder so.« Haldimann blätterte. »Seite siebzehn, unten. Da steht's. Den Namen haben wir sehr wohl.«

Einige der Kommissare nickten oder hüstelten.

»Koczojewic – ich weiß. Steht in der Aussage eines gewissen Arkan Gömöri.«

Jetzt nickten auch diejenigen, die den Bericht nicht gelesen hatten.

»Ich konnte es nicht lassen und hab nachgeforscht«, fuhr der Kommissar fort. »Zehn Minuten hab ich gebraucht, um herauszufinden, dass der Name Koczojewic überhaupt nicht existiert. Kein Miroslav, Vladislav oder Stanislav. Koczojewic gibt's nicht. Nicht in der Schweiz und vermutlich auch anderswo nicht. Im ganzen World Wide Web hab ich keinen gefunden.« Eschenbach schenkte sich Kaffee nach und wartete einen Moment. Als niemand das Wort ergriff, setzte er seine Ausführungen fort. »Da führt es auch nicht weiter, wenn man Koczojewic über Interpol, Europol oder jeden anderen erdenklichen Dienst suchen lässt und die Negativmeldungen groß in den Anhang klemmt. Koczojewic ist wie Müller mit zwei X.«

Der Stabsoffizier, der Protokoll führte und selbst einen italienischen Namen trug, lachte still in sich hinein.

»Natürlich kann es sein, dass jemand den Namen falsch in Erinnerung hatte. Dass unser Mann tatsächlich Kecojevic hieß. Das wäre dann Müller mit zwei L. Aber mehr noch hat mich der Umstand stutzig gemacht, dass ein Türke seinen Kollegen vom Balkan – der laut Zeugenaussagen höchstens zwei, drei Tage als Taglöhner dort gearbeitet hatte – mit Vor- und Nachnamen kannte.« Eschenbach sah hinüber zum Stabsoffizier. »Giancarlo Boscardin …« Der Kommissar betonte jede einzelne Silbe. »Ich brauchte drei Wochen, bis ich mir Ihren Namen korrekt merken konnte.«

Boscardin lächelte. Es sah aus, als wüsste er nicht, ob er stolz oder beschämt sein sollte.

»Um's kurz zu machen«, fuhr Eschenbach fort. »Ich war heute dort. Morgens um sieben, auf der Baustelle bei der Sihlcity, Baracke elf. Die ganze Mannschaft schaufelte Schnee. Gömöri auch. Er ist Hilfsmaurer und konnte sich auf Anhieb an die Befragungen erinnern. Da er nur gebrochen Deutsch spricht, half ein Kollege bei der Übersetzung.« Der Kommissar rieb sich mit beiden Handballen die Augen. »Er hat sofort genickt, als ich ihm das Bild des Toten zeigte. Ja, ja, hat er gemeint. Ja, ja … Und als ich ihm ein Pressefoto von Samuel Schmid unter die Nase hielt, hat er ebenfalls genickt und ja, ja gesagt … bei Moritz Leuenberger war's nicht anders. Erst als ich ihm Fatih Terim, den türkischen Nationalcoach, vorgelegt habe, da hat er mich mit großen Augen angesehen. Es war der Einzige, den er wirklich kannte.«

»Ein Schwarzarbeiter also«, seufzte Haldimann, dem sofort klar war, was das bedeutete.

»Der hatte einen solchen Schiss … ich glaube, er hätte mir ohne Weiteres unterschrieben, dass sein Großvater Kennedy erschossen hat.«

Es gab keine weiteren Fragen mehr. Franz Haldimann zeigte sich bereit, den Fall neu aufzurollen. Und zwar »von Grund auf«, wie er selbst betonte.

Eschenbach hatte, was er wollte. Zum Schluss sagte er: »Es geht nichts von all dem ins Protokoll, ist das klar? Und kein Wort zu Pestalozzi.« Er sah jeden Einzelnen an. »Ich denke, es ist in unser aller Interesse, wenn diese Peinlichkeit unter uns bleibt und nicht bei Regierungsrätin Sacher auf dem Tisch landet.«

Alle nickten und Eschenbach büschelte nachdenklich seine Akten. Es war das erste Mal, seit er die Leitung der Kripo innehatte, dass er seinen Leuten einen Teil der Wahrheit verschwieg. Und es war auch das erste Mal, dass die Montagssitzung weit über eine Stunde gedauert hatte.

Auf dem Weg vom Sitzungszimmer in sein Büro kam ihm Rosa entgegen. Auf halbem Weg und schnaufend: »Das hat schon wieder jemand gebracht«, sagte sie. »Es ist dieselbe Handschrift wie beim letzten Kuvert ... ich hab nachgesehen.«

»Sehr gut«, grummelte der Kommissar. »Und wer brachte es diesmal?«

»Eine Frau, offenbar ...« Noch immer außer Atem machte Rosa eine kurze Pause. »Sie hat's abgegeben ... und als der Pförtner anrief, bin ich sofort nach unten gerast ...«

»Und?« Eschenbach nahm den Umschlag und sah ihn sich an.

»Sie war natürlich schon weg.«

»Natürlich?«

»Herrgott ja«, japste Rosa. »Wir sind im dritten Stock ... und morgens ist der Lift immer überlastet. »Da bin ich halt die Treppen runter ... jedenfalls war sie nicht mehr da.«

»Haben wir eine Beschreibung?«, wollte der Kommissar wissen.

»Nichts Brauchbares«, seufzte Rosa. »Bei minus zwölf Grad sehen halt alle irgendwie gleich aus. Sie trug einen Mantel, Wollmütze und Handschuhe.«

»Haarfarbe? Augenfarbe? Teint?« Eschenbach konnte seine Gereiztheit nicht verbergen. »Es gibt schon Nuancen, denke ich.«

»Affolter ist Pförtner ... Immerhin hat er gemerkt, dass es eine Frau war.« Rosa nahm genervt die Brille ab.

»Schon recht.« Der Kommissar riss das Kuvert auf.

»Wieder so etwas Geheimnisvolles?«, wollte sie wissen und reckte den Kopf.

»Listen …« Eschenbach zuckte die Schultern. »Namen, Orte, Daten … ich muss mir das mal genauer ansehen«, sagte er.

»Hat es wieder mit dem vermissten Assistenten zu tun?« Rosa ließ nicht locker.

»Ich weiß es nicht.« Der Kommissar fuchtelte mit dem Umschlag und drei losen A4-Blättern herum; dann ging er langsam in Richtung seines Büros. »Es ist nichts Handschriftliches dabei.«

Insgesamt zählte er achtzehn Namen. Sie ließen an das vereinigte Europa denken: Italienische, französische und spanische Namen waren dabei; solche mit *ic* am Schluss, die vermutlich aus dem Balkan stammten; und dann schweizerische oder deutsche, jedenfalls solche, die so vertraut klangen wie Huber oder Meier. Zehn Leute schienen nicht mehr am Leben zu sein, denn hinter ihren Namen standen Kreuze. Bei etwa der Hälfte der Personen folgte eine Anschrift. Keine richtige Adresse, nur eine Postleitzahl und ein Ort. Eine Stadt oder eine Gemeinde. Bei anderen wurde nur das Land genannt, manchmal gekennzeichnet mit einem Fragezeichen, oder es war überhaupt nichts vermerkt. In einer Spalte waren Daten aufgeführt. Tag, Monat und Jahr. Das älteste Datum war der 11. November des vergangenen Jahres. Das jüngste, das vier Tage zuvor. Daneben fanden sich Angaben, die nach Ortsbezeichnungen aussahen: Zürich Hauptbahnhof, Belvoirpark, Bahnhof Enge, Bahnhofstrasse, Limmat, Lindenplatz, Basel-Heuwaage usw. In einer weiteren Spalte wurde vier Mal ein Spital genannt.

Eines der Blätter war eine Kopie des Artikels aus dem *Tagesanzeiger: Die Randständigen der Stadt – lassen wir sie erfrieren?*

Es war die Sache, auf die ihn Rosa vor ein paar Tagen aufmerksam gemacht hatte und die, so hatte er später erfahren, von Juliets Freundin Fiona initiiert worden war. Hatte ihm Fiona das Kuvert gebracht? Oder war es womöglich Juliet?

Eschenbach ging nochmals die Listen durch. Der Vorfall bei Grieder kam ihm in den Sinn; es war am Tag vor Heiligabend, als er zu Burri aufs Fest gegangen war. Da die Einträge dem Datum nach geordnet waren, fand er es sofort. Jacques Rindlisbacher, gestorben in der Bahnhofstrasse, am 23. Dezember. Und als er weiterforschte, fand er zu seinem großen Erstaunen auch den Toten, den sie vor einer Woche bei der Badi Letten aus der Limmat gefischt hatten. Er stand auf Position 14. Eschenbach sah zur Sicherheit in seinem Kalender nach. Freitag, der 13. Januar, das war's. Er hatte sich nicht geirrt. Vladislav Koczojewic hieß er und das Datum stimmte auch. Als Ort war *Limmat* eingetragen. Koczojewic – Eschenbach las den Namen ein zweites Mal. Er nahm den Bericht hervor, den er seinen Leuten gerade eben um die Ohren gehauen hatte, und blätterte darin. Seite siebzehn – die Seite mit dem Eselsohr war es. Und neben exakt demselben Namen stand seine Notiz: *Müller mit zwei X;* der Kommissar hatte es eigenhändig dorthin gekritzelt, als er dem falschen Namen auf die Spur gekommen war.

Abgeschrieben, dachte er. Hier hatte offenbar jemand einfach abgeschrieben! Wie früher in der Schule, wenn ein kleiner, dummer Fehler alles auffliegen ließ. Ein wenig war der Kommissar stolz, dass er diese Zusammenhänge sah. Nur was half es? Er hatte keinen Schimmer, wer hier bei wem abgeschrieben hatte. Monsieur Läuchli, sein alter Französischlehrer, wusste immer, wer sich einfach nur verhauen und wer gespickt hatte. Gute Lehrer wissen das, sie kennen ihre Pappenheimer.

Im Gegensatz zu Läuchli wusste der Kommissar rein gar nichts. Er hatte einen offiziellen Bericht und eine anonyme Liste. Er wusste, das Pestalozzi Ersteren maßgeblich manipuliert hatte. Aber war er auch der Verfasser der Liste? Oder hatte jemand bei ihm abgeschrieben oder war es genau andersherum? Und die Anschrift auf dem Kuvert; es schien dieselbe Handschrift zu sein wie beim letzten Mal. Doch war es wirklich die Handschrift von Konrad Schwinn? Eschenbach war, als blickte er auf ein Gleichungssystem mit ein paar Unbekannten zu viel.

Den Rest des Morgens verbrachte der Kommissar in fremden Gärten. Genauer gesagt in jenen des Sozialdepartements der Stadt. Natürlich wusste er einiges über den Moloch, der mit einem breit ausgelegten Netz versuchte, die Fallenden aufzufangen. »Eine Palette an Dienstleistungen und Programmen zur Sicherstellung der beruflichen und sozialen Integration« wurde angeboten. *Soziokultureller Frieden* hieß es im Fachjargon. Man verwendete Wörter wie *Existenzsicherung, Überlebenshilfe* und *Beschäftigung.* Zum Teil wurden die Dienstleistungen von privaten Trägern erbracht, die dafür bezahlt wurden. Großzügige Entschädigungen, wie Eschenbach fand. Ein Kuchen, an dem man sich satt essen konnte. Vorausgesetzt, man saß auf der richtigen Seite des Tisches.

Einen Bericht über die seltsamen Todesfälle fand der Kommissar nicht. Er fand Bruchstücke, Bausteine in einem Chaos zwischen Verwahrlosung und Tod. »Wäre es Sommer«, hatte ihm Joel Crisovan von der Betreuungsstelle Treffpunkt Züri gesagt, »dann wären viele dieser Leute gar nicht hier, sondern in Frankreich, Italien oder Spanien.« Manche kämen nur im Winter nach Zürich, weil man mit Tagesstätten und Nachtschlafstellen einen vergleichsweise luxuriösen Standard bietet. »Im Sommer schlafen die draußen.« Es hatte so geklungen, als würde es Crisovan selbst gerne tun: an der Côte d'azur, irgendwo unter Pinien am Strand.

Eschenbach musste erfahren, wie schwierig es ist, an Informationen heranzukommen, wenn man nicht einfach »Kripo Zürich« sagen und den Ausweis zeigen wollte oder konnte. Wenn er sich am Telefon als Journalist ausgab, wurde es auffallend ruhig am anderen Ende der Leitung, und als er sich als Ludwig Hirschbrunner von der Drogenberatungsstelle Solothurn vorstellte, wurde er sofort in eine Fachdiskussion verwickelt. Nur ein vorgetäuschter Hustenanfall rettete ihn über die Runden. »Ich rufe noch einmal an«, keuchte er und legte auf. Dann kratzte es ihn im Hals und er musste tatsächlich husten. Aber angerufen hatte er nicht mehr.

# 23

»Diesen Platz kann man nicht reservieren«, sagte Theo Winter und reichte dem Kommissar zur Begrüßung die Hand. Er saß im vorderen Teil der Kronenhalle und machte keine Anstalten aufzustehen. »Wird einem zugeteilt, der Tisch. Von der Chefin persönlich. Je näher beim Buffet, desto VIP«, meinte er mit einem Lächeln.

Eschenbach setzte sich.

»Dürrenmatt und Chagall waren schon hier …«

»Ich werd mich benehmen.« Eschenbach seufzte innerlich. Er berichtete Winter kurz, dass sie immer noch nicht wussten, wo sich Schwinn aufhielt.

»Nichts wirklich Neues also«, bemerkte der Professor.

»Nicht wirklich, nein.«

Dabei blieb es. Keine Klagen über unfähige Ermittler und nichts über Steuerfranken, die für so unnötiges Zeug wie Radarblitzgeräte zum Fenster hinausgeworfen werden. Hatte sich Winter damit abgefunden, dass sein pfiffiger Assistent verschollen war? So gleichgültig hatte er Winter nicht in Erinnerung. Vielleicht hatte er schon alles mit Pestalozzi besprochen und ging nun davon aus, dass er, Eschenbach, im Bilde war. Der Kommissar entschloss sich, kein Wort darüber zu verlieren. Vielleicht kam Winter später darauf zurück.

Der Kellner, ein umtriebiger Italiener mit großer Nase, kam

und brachte die Karte. Es war ein Unding in Weiß, mit einer Zeichnung von Chagall auf der Vorderseite. Es gab Leute, die wären froh, wenn sie so was zu Hause an der Wand hätten, dachte der Kommissar und schlug die Seite mit den Hauptgerichten auf. Die Preise waren gepfeffert. Aber wenn man pro Gericht zwanzig Franken abzog, die man für einen Museumsbesuch (mit vergleichbaren Bildern an der Wand) bezahlen musste, waren sie zumindest erträglich.

»Du lädst ein, hast du gesagt?«

»Der Steuerzahler«, sagte Eschenbach, ohne den Blick von der Karte zu nehmen. Es fiel ihm ein, dass der Betreuungssatz für einen Drogenabhängigen vierhundert Franken pro Tag betrug. Das hatte er im Laufe des Morgens in Erfahrung gebracht. Vermutlich würde es reichen, dachte er. Für einmal Kronenhalle; für Winter und für ihn.

Die Brasserie war brechend voll, es lärmte und schepperte. An den Wänden hing Chagall. Schon wieder Chagall. Und Picasso und Matisse und Kandinsky; auf den Stühlen und Bänken saß das Geld. Leute, die es hatten, und Leute, die es auch ausgeben wollten.

»Erzähl mir was über Fugu-Gift«, sagte der Kommissar, nachdem sie ausgiebig die Karte studiert hatten. »Das interessiert mich.«

»Der Fugu … soso.« Winter runzelte die Stirn.

Der Kellner kam und erkundigte sich nach dem Befinden. So wie er dastand, mit dem gefalteten weißen Küchentuch über dem Unterarm, sah er aus wie aus einer anderen Zeit. Er ergänzte die Karte mit einem kurzen Vortrag zum Tagesangebot: Nudeln mit Trüffeln aus dem Piemont gab es und Tintenfisch vom Grill mit frischem Brokkoli und Pinienkernen.

Frisch aus dem Gewächshaus, dachte Eschenbach. Er zog die Jacke aus und legte sie neben sich auf die Bank.

»Und natürlich die Gerichte unserer Japanischen Woche«, sagte der Kellner. Er wies auf die kleine Karte hin, die wie ein Buchzeichen in der großen steckte.

»Ich hab's gesehen«, sagte Winter.

»Ich mag keinen rohen Fisch«, sagte Eschenbach und zeigte auf das Wiener Schnitzel für fünfundfünfzig Franken.

Der Kellner nickte freundlich. »Die meisten unserer Gäste nehmen die Traditionsgerichte. Trotzdem, Herr Nobuyuki Matsuhisa ...« Er las den Namen von einem Zettel ab. »Er ist ein Starkoch aus Tokyo.«

»Wenn das so ist, nehme ich Chiri«, sagte Winter und gab dem Kellner die Karte zurück. »Das bekommt man hierzulande selten.«

»Nächste Woche kocht Herr Matsuhisa im Baur au Lac.« Der Mann mit der großen Nase notierte die Speisen und sagte zum Kommissar: »Dann ist hier alles wieder beim Alten, Monsieur.«

»Ich nehm Chiri«, sagte Winter. »Und vorher die Tagessuppe, wenn's recht ist.«

»Schauen Sie mich an, ich bin der Schnitzel-Typ.« Eschenbach wählte als Vorspeise ebenfalls die Suppe, dann warf er einen Blick in die Weinkarte. »Du trinkst doch auch?«

»Wenn's drinliegt ...«

Sie einigten sich auf einen roten Piemonteser und eine Karaffe Wasser ohne Kohlensäure.

Der Kellner zog sich diskret zurück.

»Der Fugu interessiert dich also?«

»Ganz genau.«

»Darf ich wissen, warum?«

»Wir haben Rückstände dieses Giftes gefunden, kürzlich bei einer Leiche.«

»Tetrodotoxin?«

»Exakt.«

»Ach so.« Winter griff sich in den Nacken, machte ein paar lockernde Bewegungen mit dem Kopf. »Ich sitze zu viel«, sagte er nachdenklich. »Kugelfische also ...« Er ratterte eine Liste von wissenschaftlichen Begriffen herunter, mit denen Eschenbach nichts anfangen konnte.

»Ich bin Laie, Theo.«

»Natürlich, ich weiß. Aber ihr habt doch Drogenexperten bei euch … und das Gerichtsmedizinische Institut …« Wieder wackelte Winter mit dem Kopf. Ein großer Kopf auf schmächtigen Schultern. »Ich frag mich manchmal, ob man das nicht einfach zusammenlegen sollte. Das, was ihr so macht … und unser kleines Institut.«

»Kleines Institut …« Eschenbach lachte. »Du bist ein Gott, Theo!«

Während sie die Kürbiscreme-Suppe löffelten und den Wein probierten, erfuhr der Kommissar, dass es sich um eine der giftigsten Substanzen handelte, die in der Natur vorkamen. Winter hatte zwei Arten von Fischen genannt: den *fou-fou*, der sich lateinisch als *Diodon hystrix* entpuppte, und den *crapaud de mer* oder die Meereskröte; wissenschaftlich *Sphoeroides testudineus.*

»Hast du das irgendwo … in Kurzform, meine ich«, unterbrach ihn Eschenbach. Er wischte sich mit der Serviette den Mund. »Sonst muss ich mir das alles aufschreiben.«

»Da gibt es Hunderte von Abhandlungen«, sagte Winter etwas gelangweilt. »Im Englischen heißen sie Kugelfische, weil sie immer, wenn sie bedroht werden, große Mengen Wasser schlucken und sich dadurch aufblähen. Für die Angreifer wird es fast unmöglich, sie zu verschlingen.«

Der Kellner räumte die leeren Suppenschüsseln weg und goss Wasser und Wein nach.

»Die Natur übertreibt mal wieder …« Winter nahm einen Zahnstocher und zerbrach ihn. »Das Tier hat diesen passiven Verteidigungsmechanismus gar nicht nötig, eigentlich …«

Der Kommissar erfuhr, dass beide Fischarten zu einer großen pan-tropischen Familie gehörten, deren Eigenart es war, Tetrodotoxin in der Haut, der Leber, den Ovarien und den Eingeweiden bereitzuhalten.

»Ein tödliches Nervengift …« Winter nahm einen zweiten Zahnstocher aus dem kleinen, silbernen Gefäß und spielte damit. »Eine der giftigsten nicht proteinhaltigen Substanzen, die bekannt sind.«

Eschenbach erinnerte sich, dass Salvisberg dieselben Worte verwendet hatte.

»Laboruntersuchungen haben gezeigt, dass es hundertsechzigtausendmal stärker ist als Kokain. Als Gift ist es ungefähr fünfhundertmal wirksamer als Zyanid, vorsichtig geschätzt, wohlgemerkt. Eine tödliche Dosis reines Tetrodotoxin ...« Winter deutete mit dem Kinn auf den Zahnstocher, den er zwischen Daumen und Zeigefinger hielt. »Es wäre ungefähr die Menge, die auf der Spitze dieses Zahnstochers Platz hätte.«

»Hoppla.« Eschenbach nahm das Weinglas. »Haben wir völlig vergessen. Auf dich, Theo.« Sie stießen an und tranken.

Während des Hauptgangs verirrte sich Winter in die Geschichte des Giftes, die bis zu den Anfängen der Zivilisation reichte. Schon den Ägyptern war es bekannt gewesen. »Auf dem Grab von Ti, einem Pharao der fünften Dynastie, findest du die Abbildung eines Kugelfisches. Und vermutlich war das tödliche Biest aus dem Roten Meer der Grund für das Verbot, schuppenlose Fische zu essen. *Fünftes Buch Mose*, dort kannst du es nachlesen.«

Eschenbach ließ Winter reden. Theo war ein gebildeter Mensch und es machte Spaß, ihm zuzuhören. Immer wieder dachte er an Judith. Vielleicht war es besser, sie nicht zu erwähnen.

Es folgte ein Abriss über die Dynastien Chinas, die die Giftigkeit des Fisches im *Pentsao Chin* dokumentierten; einem der ersten großen Arzneibücher, das während der Herrschaft des legendären Kaisers Shun Nung entstanden war. »Zur Zeit der Han-Dynastie wusste man bereits, dass das Gift konzentriert in der Leber des Fischs vorkommt. Vierhundert Jahre später, in der Sui-Dynastie, erscheint eine genaue Beschreibung der Giftigkeit von Leber, Eiern und Ovarien in einer bekannten medizinischen Abhandlung. Das letzte der großen Pflanzenbücher, das *Pentsao Kang Mu* – führt schon Ende des 16. Jahrhunderts aus, dass die Giftigkeit von Art zu Art verschieden ist und dass auch innerhalb einer Art jahreszeitlich bedingte Schwankungen auftreten können. Du kannst dort auch nachlesen, was passiert, wenn ein Mensch die Leber und Eier isst.«

»Tatsächlich?« Der Kommissar sah Winter zu, wie er die halb garen Filets aus dem Topf zog, der vor ihm stand, sie mit einer dunklen Sauce bestrich und zusammen mit einer Gabel Reis verspeiste. Er war froh, dass er sich für das Schnitzel entschieden hatte.

»Im Mund zersetzt das Gift die Zunge, und wenn du Leber und Eier schluckst, zersetzt es die Eingeweide. Dagegen ist kein Kraut gewachsen.« Winter kaute genüsslich.

»Und trotzdem scheint man den Fisch zu mögen, wenigstens in Japan.« Der Kommissar zog eine Grimasse.

»Ich sehe, du hast dich auf unser Gespräch vorbereitet«, sagte Winter mit anerkennendem Nicken.

Es klang fast wie Spott. Eschenbach tröstete sich mit einer Gabel Pommes.

»Auch diese Entwicklung wird im Pflanzenbuch des Mandarin, dem *Pentsao Kang Mu*, angedeutet. Ende des 16. Jahrhunderts werden, ungeachtet der immensen Risiken, Rezepte aufgeführt, wie der Fisch zu kochen ist. Einzelheiten zu Verfahren werden beschrieben, die dazu dienen, das Gift zu neutralisieren und das Fleisch genießbar zu machen. Wie viel Spielraum man allerdings dem Irrtum einräumte, ist ungewiss.« Winter legte die Stäbchen zur Seite und nahm nun die Gabel. Er vermischte die Sauce mit dem restlichen Reis und kostete.

»Haufenweise Tote jedes Jahr, nur weil man auf einen Fisch nicht verzichten möchte. Das ist absurd, finde ich.« Eschenbach nahm die Serviette und tupfte einen Flecken auf seinem Hemd weg.

»Die Fertigkeit, einen Kugelfisch so zuzubereiten, dass er ungefährlich ist, war den europäischen Seefahrern völlig unbekannt. Das Ergebnis waren einige höchst farbige Schilderungen der möglichen Wirkung dieses Giftes.«

Der Kommissar hörte sich auch noch geduldig die Geschichte von James Cook an, der bei seiner zweiten Weltumsegelung gemeinsam mit Naturheilkundlern geringe Mengen des Fischs probiert hatte.

»Eine außerordentliche Schwäche befiel sie, nach einer winzigen Kostprobe«, referierte Winter munter. »Eine Taubheit, wie man sie empfindet, wenn man völlig durchgefroren ist und Hände oder Füße ans Feuer hält. So beschrieb es Cook in seinen Tagebüchern.«

»Na, das kann man sich doch schenken«, sagte Eschenbach und sah auf die Uhr.

»Nicht unbedingt«, mahnte Winter. »Heute ist die Leidenschaft der Japaner für den Kugelfisch so etwas wie Teil ihrer Identität. Allein in Tokio verkaufen über zweitausend Fischhändler Fugu. Er wird in fast allen Restaurants der Spitzenklasse serviert. Um den Anschein einer Kontrolle aufrechtzuerhalten, erteilt die japanische Regierung speziell ausgebildeten Köchen Lizenzen. Sie allein haben die Erlaubnis, den Fisch zuzubereiten.«

»Und jetzt haben die hier vermutlich auch so einen«, sagte der Kommissar.

»Und keiner isst's«, konterte Winter.

»Der Bauer isst nur, was er kennt.«

»Eben. Das ist typisch Schweiz.« Winter faltete die Serviette.

»Das bin typisch ich«, sagte Eschenbach. »In Zürich schießen die Sushi-Bars wie Pilze aus dem Boden. Sogar bei Sprüngli hab ich's gesehen. In Plastikboxen, wie bei McDonald's.«

»Im Allgemeinen wird Kugelfisch als Sashimi gegessen, also roh und in Streifen geschnitten. In dieser Form ist das Fleisch relativ ungefährlich. Das gilt auch für die Hoden, nur besteht die Gefahr, dass sie manchmal selbst von den erfahrenen Küchenchefs mit den tödlichen Eierstöcken verwechselt werden.«

»Die Weiber also …«, brummte Eschenbach und sah nach dem Kellner.

»Aber viele Feinschmecker bevorzugen ein Gericht namens Chiri.« Winter ließ sich von seinem Finale nicht abbringen.

»Das sind halb gare Filetstückchen. Man serviert sie in einem Topf, zusammen mit den giftigen Teilen wie Leber, Haut und Eingeweide.«

Eschenbach musterte misstrauisch den Topf, der vor Winter stand. In diesem Moment kam der Kellner mit einem kleinen, asiatisch aussehenden Mann im Schlepptau an ihren Tisch. »Nobuyuki Matsuhisa«, sagte der Italiener in einem Tonfall, der eines Staatsmanns würdig war. Er deutete auf den Mann mit der weißen Schürze und dem pechschwarzen Haar.

»Sayonara«, platzte es aus Eschenbach heraus. Er hatte gerade den letzten Tropfen Rotwein getrunken und stellte das Glas auf den Tisch.

Der kleine Asiate faltete die Hände vor der Brust und machte eine tiefe Verbeugung vor Winter.

Der Professor tat dasselbe sitzend.

»Have you been well with my Chiri?«, erkundigte sich der Mann freundlich.

»Very well indeed«, sagte Winter. Er stand auf und machte abermals eine Verbeugung.

Als Kellner und Koch gegangen waren, fragte Eschenbach: »Du meinst, das ganze Giftzeug war in dem Topf?« Er blickte dem Asiaten nach, der ihn Richtung Küche trug.

Winter nickte. »Es ist anzunehmen.«

»Und wo kommt das jetzt hin?«

»In den Abfall natürlich.« Winter lachte. »Die Japaner bevorzugen vier verschiedene Arten von Kugelfisch und bezahlen viel Geld dafür. Alle gehören zur Gattung *ugu* und sind, wie du jetzt ja weißt, hochgiftig.«

Der Kellner brachte Espresso und einen Jasmintee.

»Du scheinst kein Verständnis dafür zu haben.« Winter schlürfte nachdenklich Tee aus der Tasse, die er wie einen kostbaren Kelch mit beiden Händen hielt. »Der Fisch gehört zu den seltenen Genussmitteln, die auf der Grenzlinie zwischen Nahrungsmittel und Droge liegen. Für den Japaner bedeutet der Verzehr von Fugu ein erlesenes ästhetisches Erlebnis. Die hohe Kunst der Fuguköche besteht nicht darin, das Gift zu entfernen. Sie liegt vielmehr darin, dessen Konzentration zu verringern und gleichzeitig sicherzustellen, dass der Gast trotzdem die anregenden physiologischen Nachwirkungen genießen kann.«

»Das klingt völlig durchgeknallt, Theo.«

»Nein, ganz und gar nicht.« Winter lächelte. »Hättest du davon probiert, wüsstest du's jetzt: leichte Taubheit von Zunge und Lippen, ein Gefühl der Wärme, eine Rötung der Haut ...« Winter sinnierte einen Moment mit geschlossenen Augen. »Ein allgemeines Gefühl von Euphorie ... ja, so könnte man es beschreiben.«

»Und dieses Gefühl hast du jetzt?« Der Kommissar wusste nun, was der Professor mit seiner Anspielung bezwecken wollte. Seine Bemerkungen zum Effekt der Droge ... sie waren reines Kalkül. Winter hatte Judith geliebt, geradezu abgöttisch, und jetzt zwang er Eschenbach, sich an ihre gemeinsame Vergangenheit zu erinnern. Er hatte den Spieß umgedreht. Jede beiläufige Bemerkung war so präzise gesetzt wie eine Akupunkturnadel, exakt an der richtigen Stelle.

Der Professor schmunzelte. »Natürlich gibt es auch Leute, die zu weit gehen. Obwohl es verboten ist, bereiten einige Küchenchefs für risikoverliebte Gäste ein spezielles Gericht aus der, wie du ja nun weißt, besonders giftigen Leber zu. Das Organ wird gekocht, zerdrückt und dann immer wieder gekocht, bis vom Gift nicht mehr viel übrig ist.«

»Und das hast du natürlich auch schon probiert«, sagte der Kommissar.

»Mitte der Siebzigerjahre führte dieses Gericht zum umstrittenen Tod von Mitsugora Bando, einem der besten Kabuki-Schauspieler Japans. Bando war eine Ikone im Land der aufgehenden Sonne. Und wie alle, die die gekochte Leber essen, gehörte er zu den Menschen, die nach den Worten eines Fugu-Kenners *gefährlich leben.*«

»Ein kultiviertes russisches Roulette also.«

»So würde ich es nicht nennen«, sagte Winter leise. Er massierte sich mit beiden Händen den Nacken und schwieg eine Weile. Sein Blick wurde ernster.

Der Kommissar wartete darauf, dass der Professor weitersprach. Es war dieser spezielle Ausdruck in seinem Gesicht, der Eschenbach faszinierte, ein Abwägen des Wagnisses, wie man es von Kindern kennt, die darüber brüten, ob sie ihre Lieblingsmurmel ins Spiel bringen oder nicht. Es beschäftigte ihn, dass Winter ihm so fremd geworden war. Zwischen ihnen war so viel Distanz.

»*Bios* … das ist das griechische Wort für Leben«, fuhr Winter fort. »Und wenn ich mich als Biochemiker mit so giftigen Substanzen wie Tetrodotoxin beschäftige, dann geht's ums Leben, nicht ums Sterben.«

»Worauf willst du hinaus?« Der Kommissar war sich nicht sicher, ob er die Antwort hören wollte.

Winter nahm einen Schluck Tee, bevor er weitersprach. »Richtig strukturiert ist Tetrodotoxin ein Heilmittel. Und mit etwas Glück vielleicht das Wundermittel unseres Jahrhunderts … vergleichbar mit der Erfindung von Penicillin.«

»Ach ja?« Eschenbach war ehrlich überrascht. »Deshalb weißt du das alles. Also, ich hab mich schon gewundert.«

»Es interessiert mich, es ist ein Teil meiner Arbeit.«

»Und gegen was soll das Gift gut sein … ich meine, nach all dem, was du mir gerade erzählt hast?«

»Als Schmerzmittel zum Beispiel. Es bewirkt eine Blockade der Natriumkanäle in den Nervenzellen, so werden Schmerzsignale nicht weitergeleitet … In seiner medizinischen Form ist Tetrodotoxin etwa zweihundertmal wirksamer als Morphium, zudem macht es nicht süchtig.«

»Und das erforscht ihr an der ETH?«

»Unter anderem, ja.« Winter nickte. »Wir stehen kurz davor zu beweisen, dass es für Nervenkrankheiten wie Alzheimer und Parkinson und für sogenannte Major Depressions effiziente Therapien mit Tetrodotoxin geben könnte.«

»Depressionen, das ist dein Thema, nicht wahr?«

»Ja.« Winter sah Eschenbach lange in die Augen. »Seit dieser Sache damals mit Judith. Man könnte sogar sagen, du bist der Grund, weshalb ich Forscher geworden bin.«

Der Kommissar wusste nicht, was er darauf erwidern sollte.

»Denkst du manchmal auch noch an sie?«, fragte Winter nach einer Weile.

»Ja. In letzter Zeit sogar häufig.« Einen Moment fühlte er sich Winter nahe.

Der Kellner kam mit der Rechnung. Eschenbach hob kurz die Augenbrauen, als er den Betrag sah. Dann legte er ein Bündel Geldscheine auf das kleine, silberne Tablett und stand auf. Die Rechnung steckte er ein. Ihre Mäntel wurden gebracht und sie verließen schweigend das Lokal.

»Ich geh noch ein paar Schritte«, sagte Winter.

»Ich meld mich bei dir, Theo.« Sie gaben sich zum Abschied die Hand.

Eine Weile sah Eschenbach dem kleinen Mann nach, wie er die Rämistrasse hoch durch den Schnee stapfte. Der lange, dunkle Mantel fiel ihm bis auf die Fersen, unförmig und breit verbarg er den Körper, der den großen, fast kahl geschorenen Kopf mit der Erde verband.

# 24

Konrad Schwinn saß auf einem der altmodischen Sessel in der kleinen Lobby des Hotel Florhof und wartete.

Als er am Morgen mit dem Professor telefoniert hatte, war alles anders gewesen als sonst. »Mensch Koni«, hatte dieser gesagt. »Endlich rufst du an. Ich hab mir wirklich Sorgen gemacht.« Der Professor hatte tatsächlich erleichtert geklungen. Seine sonst so fordernde Art, der harte Tonfall, alles war wie weggeblasen. »Wir müssen miteinander reden«, hatte er hinzugefügt.

Die Ledermappe mit den Unterlagen lag auf dem leeren Stuhl neben Schwinn. Darin der *Proetecin*-Bericht und die Liste mit den Namen, die er bei Meiendörfer gefunden hatte. Immer wieder warf der Assistenzprofessor einen Blick auf die kleine, französische Pendule auf dem Kaminsims. Es nervte ihn, dass ihre Zeiger stillstanden und sich um den Lauf der Zeit foutierten.

Als Winter endlich die kleine Hotelhalle betrat, hob Schwinn die Hand.

Der Professor kam auf ihn zu, hastig, mit kleinen Schritten, und nach einer kurzen Begrüßung sagte er gleich: »Ich hab nicht viel Zeit, Koni.« Ohne den Mantel abzulegen, setzte er sich.

»Solltest du aber, Theo«, sagte Schwinn. »Wenigstens eine halbe Stunde.« Er zog die Liste mit den Namen aus der Mappe und breitete sie auf dem niedrigen Couchtisch aus. In kurzen Sätzen erklärte Schwinn, wie er mithilfe des Periodensystems der Elemente auf die Namen, Postleitzahlen und Orte gekommen war.

»Und jetzt?«, wollte Winter wissen. »Was bedeutet das alles?«

»Es scheinen real existierende Personen zu sein, Randständige, Bettler, Drögeler … was weiß ich. Allzu viel hab ich noch nicht über sie erfahren. Jedenfalls hab ich die Liste Denise Gloor gezeigt. Erst konnte sie nicht viel damit anfangen, aber dann …«

»Du meinst die Frau von Kurt Gloor?«, unterbrach ihn Winter.

»Ja. Ich hab da was am Laufen … aber das tut nichts zur Sache. Sie fand in seinen persönlichen Files dieselben Namen. Es gibt da ein Projekt, ›Pro Sommer‹ heißt es. Weißt du davon?«

»Keine Ahnung.« Winter schüttelte den Kopf, dachte einen Moment darüber nach und meinte lakonisch: »Also wenn's ›Pro Sommer‹ heißt, kann's mit mir nicht viel zu tun haben.«

»Ach, Theo. PRO-ETE-cin – ETE, das französische Wort für Sommer …«

»Ach was!« Diesmal war das Kopfschütteln noch heftiger.

Schwinn sah, dass der Professor zu schwitzen begann. »Willst du nicht doch den Mantel …«

»Mach lieber weiter«, sagte Winter. »Ich hab wirklich keine Zeit.«

»Also gut, ich hab herumtelefoniert. Die ganzen Anlaufstellen, die es für solche Leute gibt, habe ich kontaktiert: Treffpunkt Züri, Streetwork, Wohn- und Obdachlosenheime. Die meisten habe ich erreicht und sie fragen können, ob ihnen die Namen etwas sagen würden. Aber sie wussten von nichts. Dann hab ich mir die Spitäler vorgenommen. Zuerst nur in Zürich, dann auch in Basel und Bern. Das war extrem schwierig. Arztgeheimnis, Datenschutz, du kannst dir nicht vorstellen, was die für ein Theater machen. Trotzdem hab ich etwas rausgefunden. Von zehn Leuten weiß ich nun, dass sie eingeliefert wurden. Man hat sie auf der Straße aufgelesen; beim Bahnhof, Limmatquai oder im Bellevoirpark, in Basel, bei der Heuwage, überall halt. Kreislaufkollaps. Sie haben alle nicht überlebt.«

Winter nickte besorgt.

»Weißt du davon, Theo?«

Der Professor wischte sich mit dem Handrücken kleine Schweißperlen von der Stirn. »Nein«, sagte er. »Glaub mir! Ich hab damit nichts zu tun. Aber es schockiert mich!«

Es entstand eine kurze Pause.

Schwinn sah auf die Listen. »Wenn es das ist, was ich vermute … dann ist hier eine Riesensauerei im Gang. Das ist dir hoffentlich auch klar, oder?«

»Natürlich. Und was hast du jetzt vor?«

»Ich bin bei Marc Chapuis gewesen, im Labor, ich habe mir die Versuche nochmals angesehen. Marc sagt, dass ein Teil der Tiere eingegangen ist.«

»Ich weiß.« Winter nickte.

»Hast du eine Idee, warum?«

Der Professor schüttelte den Kopf. »Nein. Im Moment noch nicht.«

»Was die Liste betrifft«, fuhr Schwinn fort. »Ich habe sie mit den Informationen ergänzt, die ich herausgefunden habe: Fundorte, Spitäler und die Daten, zu denen die Leute eingeliefert worden sind. Dann habe ich sie heute Morgen Kommissar Eschenbach zugestellt. Anonym, versteht sich.« Schwinn sah Winter gespannt an. Und als nicht sofort eine Reaktion kam, fügte er hinzu: »Eigentlich wollte ich es ihm persönlich geben … an einem vereinbarten Ort. Aber dann war ich mir plötzlich nicht mehr sicher. Keine Ahnung, wie dieser Kommissar tickt … jedenfalls war mir das Risiko dann doch zu groß, dass der mich am Ende noch festnimmt.«

Winter seufzte. »Ich komme gerade von einem Mittagessen mit ihm.«

»Hat er die Liste erwähnt?«

»Er wollte etwas über Tetrodotoxin wissen.«

»Du meinst, es geht hier um das?«

Der Professor zögerte. »Ich kann es nicht sagen ... keine Ahnung.« Er zuckte die Schultern. Dann sah er auf die Uhr und stand auf.

Schwinn wunderte sich, dass Winter, trotz der Sache mit der Polizei, so gelassen reagiert hatte. Warum ging Winter plötzlich mit Eschenbach essen und wie war der Kommissar auf Tetrodotoxin gekommen? Der Professor verschwieg ihm etwas. »Sehen wir uns später noch?«, fragte er.

»Vielleicht.« Winter wirkte abwesend. »Ich muss jetzt dringend etwas erledigen.«

Sie reichten sich die Hand.

»Wo finde ich dich?«

»Das möchte ich im Augenblick nicht sagen. Ich melde mich.«

Nachdem der Professor gegangen war, saß Schwinn noch eine Weile da und überlegte.

Die Zeiger der Pendule standen noch immer auf halb fünf. In einer Stunde würden auch sie, wenigstens für eine Minute, die richtige Uhrzeit anzeigen.

# 25

Sie hatten sich damals nicht viel gedacht dabei, Christoph, Judith und er. Und eigentlich war auch immer alles gut gegangen.

Als angehender Arzt hatte Burri an der Quelle gesessen und sie hatten die Substanzen der Reihe nach ausprobiert. Judith hatte genauso ihren Spaß an der Sache gehabt wie sie. Es waren Ausflüge über den Regenbogen und zurück. Leichtsinnig und voller Neugier. Keiner von ihnen hatte geahnt, dass es einmal so enden würde. Es war ein Unfall gewesen; und Eschenbach hatte sich oft gewünscht, er könnte das Rad der Zeit zurückdrehen.

Der Kommissar hing diesen Gedanken nach, während er von der Kronenhalle zurück ins Präsidium ging. Hatte Winter ihm verziehen? Als ihn der Professor gefragt hatte, ob er noch an Judith denke, war zu seiner Verwunderung nichts Vorwurfsvolles daran gewesen. Jedenfalls hatte Eschenbach es so empfunden. Heilte die Zeit doch alle Wunden?

Mit einer Brissago zwischen den Zähnen ging der Kommissar Richtung Sihlporte. Die Kälte kitzelte in der Nase und er war froh um seine Wollmütze, die er bis zu den Augenbrauen über die Stirn gezogen hatte. Bei Jecklin im Untergeschoss sah er sich die schwarz-weißen Cover der Jazzplatten an. Bei Oscar Petersons *Fly Me To The Moon* wurde er schwach;

Juliet bekam Astrud Gilbertos *Finest Hour* und Rosa etwas von Lucio Dalla eingepackt: in blaues Papier mit Silberschleife. Hoffentlich würde er die Päckchen nicht verwechseln.

Während Eschenbach den kleinen Arm der Sihl überquerte und in die Gessnerallee einbog, sah er beim Haus Ober einen Mann liegen. Oder war es eine Frau? Der Kommissar beschleunigte seine Schritte. Nach dem großen Schaufenster von Sotheby's, dort, wo eine kleine Treppe zum Eingang einer Bank führte, lag sie. Schultern und Kopf lehnten an der grauen Hauswand, die dünnen Beine waren angewinkelt. Der Kommissar sah in ihr bleiches Gesicht.

»Hesch mer fünf Franken?« Sie zog eine blonde Strähne durch den Mund. Ihre Lippen waren rissig und der glasige Blick ließ Eschenbach nicht los.

»Du brauchst Hilfe, Mädchen.« Er reichte ihr die Hand. »Komm, ich bring dich hier weg.«

Sie reagierte nicht.

Als der Kommissar sie bei der Schulter fasste, ihr auf die Beine helfen wollte, wehrte sie sich.

»Verpiss dich, alter Sack!«

Er ließ sie los. Was sollte er tun?

Das Mädchen sah ihn missmutig an. »Wenn du willst, kannst mich ficken. Fünfzig Franken.«

Eschenbach räusperte sich. »Lass dir doch wenigstens helfen. Hergott noch mal! Hier kannst du nicht bleiben. Ich bring dich zu einem Arzt …«

Sie schüttelte energisch den Kopf. Dann stand sie auf und machte sich in die Richtung davon, aus der Eschenbach gerade gekommen war.

»Verfluchter Mist!« Der Kommissar suchte sein Handy, konnte es aber nicht finden. Vermutlich hatte er es in der Kronenhalle liegen gelassen. Dafür fand er das Päckchen, das ihm Kathrin zu Weihnachten geschenkt hatte. Es steckte in der Innentasche seines Mantels, zusammen mit einer Handvoll roter und blauer Feuerzeuge.

Zwei Kollegen grüßten Eschenbach von der gegenüberliegenden Straßenseite. Ein zögerliches Winken. Es war halb drei und sie kamen gerade aus dem Restaurant Reitstall. Eschenbach winkte zurück, blieb aber auf seiner Seite. Er musste nachdenken.

»Rufen Sie einen Streifenwagen, Frau Mazzoleni.« Eschenbach sagte es, noch bevor er den Mantel ausgezogen und den Schnee von den Schuhen gestampft hatte. »Und dann hab ich mein Handy in der Kronenhalle liegen gelassen … Ich wäre froh, wenn es jemand holen könnte.«

Sie sah ihn mit großen Augen an.

»Sie sollen die Gegend um die Sihlporte nach einem Mädchen absuchen. Blond, so um die zwanzig. Wahrscheinlich unter Drogeneinfluss.«

Rosa nahm sich einen Notizblock. »Und dann?«

»Direkt ins Triemli mit ihr, in die Notaufnahme. Und wenn sie sie gefunden haben, sollen sie mich anrufen. Es ist wichtig.«

Rosa schrieb und nickte.

»Avanti, bitte.«

»Ma si«, fauchte seine Sekretärin. Dann nahm sie den Telefonhörer und wählte.

Eine halbe Stunde war vergangen und die Polizeistreife hatte sich noch immer nicht gemeldet. Der Kommissar saß in seinem Büro und trommelte mit den Fingern auf die Tischplatte. Er hatte Judith damals nicht gesucht, als sie davongelaufen war. Später war sie von der Polizei aufgegriffen worden. Christoph und er, selbst noch zugedröhnt von Burris Spezialcocktail, hatten in seinem Studentenzimmer gelegen und gewartet. Einfach nur gewartet. Jetzt musste er handeln.

»Frau Mazzoleni, Sie sagen, wenn was ist, oder?«

»Miei nervi!«, kam es aus der Gegensprechanlage. »Es ist aber nichts!«

Wieder verging eine Weile. Vielleicht müsste er mit mehr Nachdruck an die Sache rangehen, dachte er. Die paar Telefonate, die er kürzlich mit den Anlaufstellen im Sozialdepartement geführt hatte, es war nichts dabei herausgekommen. »Frau Mazzoleni!«, rief er; und als Rosa mit Notizblock und säuerlicher Miene ins Büro kam, fragte er: »Wo ist eigentlich Signore Pestalozzi?«

»Weshalb fragen Sie?«, kam es misstrauisch.

»Wir sollten einmal zusammentragen, was im Sozialdepartement der Stadt alles schiefläuft. Es sterben Leute bei uns auf der Straße ...« Eschenbach zog die Liste aus der Schublade, die ihm am Morgen anonym zugestellt worden war.

»Das sagte ich auch, erinnern Sie sich?« Rosa nahm ihre Brille ab, ließ sie am Kettchen baumeln und meinte mit ernster Miene: »Aber das können Sie doch nicht ihm ...?«

»Doch. Gerade ihm.«

Es folgte ein ungläubiger Blick: »Wenn ein Praktikant von uns im Sozialdepartement rumschnüffelt ... also das gibt Probleme. Und Sie wissen das ganz genau!« Es klang wie eine Mischung aus Anklage und Resignation.

»Ja, vermutlich gibt es das«, sagte Eschenbach. »Eigentlich hatte ich eine ganze Reihe anderer Projekte für Signore Pestalozzi in petto: Sie reichen von der Benzinverbrauchs-Statistik unseres Wagenparks bis zur Messung des Wärme-Feuchte-Klimas in Chefbüros. Es ist mir so ziemlich alles eingefallen. Aber mit dem Sozialdepartement ist es mir ernst.«

»Capito«, sagte Rosa und setzte ihre Brille wieder auf.

»Vielleicht zeigt sich, dass ich völlig danebenliege. Aber bis dahin sollten wir mehr dazu herausfinden.«

Rosa nickte.

»Und natürlich werde ich nichts über die wahren Hintergründe dieser Untersuchung sagen ...« Eschenbach fegte mit der Hand über die Tischplatte. »Sonst gibt es nur ein Gerede ... am Ende lesen wir's noch in der Zeitung.«

»Pestalozzi wird selbst draufkommen«, meinte Rosa trotzig.

»Vermutlich hat er den Artikel über die toten Penner auch gelesen. Da muss man nur eins und eins zusammenzählen.«

»Das ist mir egal. Er soll Fragen stellen und die Leute nervös machen. Das reicht mir schon.« Der Kommissar machte eine kurze Pause.

»Und das finden Sie fair?«

»Der Situation angemessen, würde ich sagen. Pestalozzi ist ein Wadenbeißer …«

Rosa rümpfte die Nase und schwieg.

Eschenbach stand auf. Er ging zum Besprechungstisch, nahm seinen Mantel und klopfte die Taschen ab. Dann zog er das blaue Päckchen hervor. »Hier«, sagte er. »Das ist mir zugeflogen. Irgendwie werden Sie es schon auf ihr kleines Ding …« Er tippte mit beiden Zeigefingern an seine Ohren. »Na, Sie wissen schon, Ihr iPod*: la bella musica.*«

»E vero!« Sie hob entzückt die Schultern. »Sie haben es nicht vergessen?«

»Wie könnte ich.« Lächelnd ging der Kommissar zurück zum Schreibtisch. Er saß noch nicht richtig, da vernahm er Elisabeth Koblers Stimme:

»Ist er da?«, schrillte es vom Gang herein.

»Wir sind hier«, sagte Rosa, noch immer ganz hingerissen. »Im Büro.« Sie versteckte das blaue Päckchen hinter ihrem Rücken.

»Würden Sie mich bitte mit ihm alleine lassen«, sagte die Polizeichefin giftig, nachdem sie hereingeplatzt war, sich einen Stuhl genommen und Rosa nicht eines Blickes gewürdigt hatte.

Eschenbach rollte mit den Augen und Rosa verließ das Zimmer.

»Wollen Sie mich lächerlich machen?«

»Natürlich nicht«, sagte Eschenbach. »Aber vielleicht sagen Sie mir erst mal, um was es geht?«

»Regierungsrätin Sacher hat mich vor einer halben Stunde angerufen.« Kobler unterstrich die Bedeutung des Anrufs mit einem Blick an die Decke. »Kurt Gloor habe sie gefragt, ob wir uns jetzt gegenseitig bespitzeln. Jemand habe seinen Leuten in seinem Departement Fragen gestellt. Dumme Fragen.«

»Wir stellen keine dummen Fragen«, protestierte Eschenbach.

»Ist das alles, was Sie zu Ihrer Verteidigung zu sagen haben?«

»Ich weiß nicht, was Sie mit Verteidigung meinen. Aber wir haben einen Fall zu klären ... und da gehören Fragen eben dazu. Auch gegenüber Leuten, die beim Sozialdepartement angestellt sind.«

»Dann halten Sie sich das nächste Mal an den Dienstweg oder informieren mich vorher. Das ist das Mindeste.«

Eschenbach nickte. »Von mir aus, gern.«

»Frau Sacher hat sehr erstaunt reagiert ... ich möchte fast sagen: ungehalten. Offenbar mag Sie Stadtrat Gloor nicht besonders.«

»Kann schon sein«, murmelte Eschenbach.

»Na also«, meinte Kobler. »Wenn Sie das schon wissen, dann müssen Sie ihn ja nicht gleich provozieren. Machen Sie wenigstens keine formalen Fehler mehr.«

»Ich werd's versuchen.«

»Dann kann ich mich auch hinter Sie stellen ...« Kobler stand auf. »Sie wissen ja, ich stehe immer hinter meinen Leuten. Aber so?«

»Ich weiß.«

»Dann ist ja gut.« Im Hinausgehen sagte sie fast wie zu sich selbst: »Schließlich wollen wir uns vom Sozialdepartement auch nicht vorschreiben lassen, was wir zu tun haben.«

Einen Moment saß Eschenbach da und dachte über das nach, was er soeben gehört hatte. Seit seinen Anrufen am Vormittag waren sechs Stunden vergangen. Es schien unmöglich, dass Gloor so schnell Wind von der Sache bekommen hatte. Vielleicht gab es noch jemanden, der Nachforschungen anstellte? War er dabei, in ein Wespennest zu stechen?

»Sie sitzen ja im Dunkeln.« Rosa kam mit Espresso und knipste das Licht an.

»Wenn's um vier dunkel wird, möchte man sterben«, sagte der Kommissar und gähnte.

»Jetzt tun Sie mal nicht so. Am Nordpol wird's erst gar nicht hell. Ich kann jammernde Männer nicht ausstehen.«

Eschenbach nahm einen Schluck und sagte: »Ich auch nicht, das ist etwas ganz Grässliches …« Sie schüttelte den Kopf, und als sie sich zum Gehen wandte, sagte er: »Vergessen Sie die Geschichte mit Pestalozzi …«

Rosa stutzte: »Also doch. War Frau Kobler deshalb bei Ihnen?«

»Ja.«

»Und was bedeutet das?«

»Tun Sie nicht so, Frau Mazzoleni! Als ob Sie es nicht selbst wüssten. An der Geschichte ist was dran. Und ich weiß auch schon, wie wir damit umgehen.«

»Ach ja? Und wie bitte?«

»Das sage ich Ihnen, wenn es so weit ist.«

Rosa zog einen Schmollmund und verließ das Büro.

Eine halbe Stunde später rief Juliet an. »Sag, weißt du, wo Winter ist?«, fragte sie besorgt. »Ihr wart doch essen, oder? Und um Viertel nach fünf hat er Vorlesung …«

»Dann hat er noch eine halbe Stunde.«

»Eben. So spät kommt er sonst nie. Er schaut vorher immer noch ins Skript.«

»Er ist gleich nach dem Essen den Hügel rauf.« Eschenbach sah nochmals auf die Uhr. »Das ist allerdings schon zwei Stunden her.«

»War's denn gut?«, wollte Juliet wissen.

»Das Essen oder Winter?«

»Beides.« Sie lachte.

»Er hat die meiste Zeit geredet, du kennst ihn ja. Schien gut gelaunt zu sein. Also, da war nichts, das mir besonders aufgefallen wäre.«

»Hm.«

»Er wird schon kommen«, sagte der Kommissar und kritzelte einen Blumenstrauß in seine Agenda. »Ich muss ihn unbedingt noch was fragen.«

»Er hat nur eine Stunde, du kannst ihn nach sechs erreichen.«

»Okay.«

In der folgenden Stunde telefonierte Eschenbach. Zwischendurch erkundigte er sich nach dem Mädchen. Sie war nicht gefunden worden. Das ganze Quartier rund um die Sihlporte hatten seine Leute abgesucht und mehr als zwanzig Leute waren befragt worden. Das Mädchen war wie vom Erdboden verschluckt.

Kurz vor sechs brachte Rosa ihm sein Handy und verkündete, dass sie nach Hause gehen würde. Dann rief Juliet wieder an. Winter war nicht gekommen. Nun machte sie sich ernsthaft Sorgen. Blaumachen ging an der ETH nicht. Nicht einmal für Studenten. Wenn eine Koryphäe wie Winter nicht erschien, war das, also ob die Sonne morgens nicht aufging. Eschenbach versuchte, Juliet zu beruhigen. Es gelang ihm nur halbwegs. Zerstreute Professoren gab es in dieser Welt angeblich genauso wenig wie Analphabeten. Am Ende einigten sie sich darauf, bis zum nächsten Tag zu warten. Er versprach, sie abends anzurufen. Wenigstens das.

Nachdenklich notierte Eschenbach auf einem Blatt Papier, wie er die Sache mit dem Sozialdepartement angehen wollte. Gegen sieben verließ er das Präsidium.

Vom Auto aus rief er Kathrin an. Endlich. Die ganze Zeit über hatte er ein ungutes Gefühl gehabt. Und jedes Mal, wenn er sie hatte anrufen wollen, war etwas dazwischengekommen. Er freute sich, ihre Stimme zu hören.

»Stell dir vor, Papa. Morgen kann ich nach Hause.« Sie klang fröhlich.

»Das ist ja toll.« Eschenbach war nicht wirklich begeistert. Er konnte sich einfach nicht überwinden, zu Wolfgang zu fahren, und hätte Kathrin deshalb lieber im Spital besucht.

»Komm doch einmal bei uns vorbei. Mama würde sich bestimmt freuen.«

»Vielleicht. Aber wenn ich Zeit hab, schau ich morgen noch in der Klinik vorbei.« Er brachte es nicht übers Herz, zu erzählen, dass er gerade in ihre Richtung fuhr und es für einen Besuch am selben Abend nicht reichte. Als das Schild »Ausfahrt Horgen« im Nebel an ihm vorbeizog, seufzte Eschenbach. Er hatte ein schlechtes Gewissen. Eine Weile hörte er ihr noch zu, wie sie vom Krankenhausalltag erzählte. Dann legten sie auf.

Zwanzig Minuten später verließ er die breite, von Matsch und Eis befreite Fahrbahn. Die Landstraße war nur spärlich beleuchtet. Wechten aus aufgeworfenem Schnee standen links und rechts wie weiße Mauern; sie nahmen einen großen Teil der Straße in Anspruch, sodass Eschenbach zirkeln musste, als ihm der Kastenwagen einer Reinigungsfirma entgegenkam. Die Wagenheizung lief auf Hochtouren und der Volvo tuckelte langsam durch die engen Kurven den Berg hinauf, Richtung Schindellegi. Die lange Auffahrt zum Hotel Panorama Resort & Spa war vom Schnee befreit und die im Boden eingelassenen Scheinwerfer zündeten senkrecht hinauf ins trübe Dunkel.

Das Hotel lag auf einer einsamen Anhöhe mitten in der Landwirtschaftszone. Der Kommissar stellte seinen Wagen auf den Parkplatz, löschte das Licht und stieg aus. Nicht einmal ein Glühwürmchen hätte ihm unbemerkt folgen können. Während er noch eine Weile wartete und sich umsah, entdeckte er den silbernen Audi A3 mit Bündner Kennzeichen. Das schneidige Wägelchen passt zu ihm, dachte er und fragte sich, wann er Claudio Jagmetti zum letzten Mal gesehen hatte.

## 26

»Claudio, du musst mir helfen.«

Eschenbach und sein ehemaliger Praktikant saßen im Restaurant des Hotels Panorama Resort & Spa am Fenster. Dort, wo sich bei Tageslicht und schönem Wetter ein gewaltiges Panorama zeigte, vom Zürichsee bis zu den Glarner Alpen, sah man eine schwarze Wand. Nicht einmal die Lichter des Ufers waren zu erkennen. Eschenbach seufzte.

Auf dem Tisch, der wie die übrigen mit einem apricotfarbenen Tuch bedeckt war, standen zwei Teller Spaghetti Vongole. Eine Kerze aus Bienenwachs flackerte. Es war ein Ort für Verliebte, für Wellnessverrückte und Fremdgeher. Und ein paarmal im Jahr quartierte sich die Schweizer Fußball-Nationalmannschaft hier ein. Doch selbst dann war es so ruhig wie am Montag in der Kirche.

Eschenbach hatte die Ellbogen aufgestützt und fixierte Jagmettis hellbraune Augen. Er kannte diesen Hundeblick von früher; die Liebenswürdigkeit, die von ihm ausging und die nichts, aber auch gar nichts von dem verriet, was der Polizei-Leutnant schon in jungen Jahren draufhatte.

»Das klingt tatsächlich seltsam«, sagte Jagmetti leise. Er blickte sich diskret um, als wollte er sichergehen, dass man am Nebentisch von ihrem Gespräch keine Notiz nahm. Offenbar hatte ihn ein Funke jenes Misstrauens erfasst, das Eschenbach seit zwei Tagen wie einen dunklen Schatten mit sich herumtrug.

»Und bist du dir sicher, dass es sich dabei nicht um einen Scherz handelt?«

»Ich bin mir bei gar nichts mehr sicher, Claudio«, sagte Eschenbach. »Das ist es ja. Spitzeleien sind wie Krebs. Wenn du davon hörst, nickst du, aber wenn es dich selbst trifft, ist es eine andere Geschichte.«

Jagmetti sah auf die zwei Teller Spaghetti Vongole, von denen bisher noch keiner einen Bissen gekostet hatte. »Ja, ich glaube, da ist was Wahres dran.«

»Bei Lenz bin ich mir sicher, dass er mit offenen Karten spielt ... setzt sogar seine Pension aufs Spiel. Kein großer Happen zwar, aber es ist alles, was er hat.«

»Lenz ist pensioniert?«

»Ja, letztes Jahr. Kurz nachdem du nach Chur desertiertest.«

»Desertieren ...« Jagmetti lachte laut heraus. »Ich bin ein Bündner ... ein Geißenpeter mit Margerite hinterm Ohr und einer HC-Davos-Fahne im Schirmständer.«

»Ich weiß. Trotzdem ... wegen dir hab ich jetzt diesen Pestalozzi am Hals.«

»Soso ...« Jagmetti drehte Spaghetti auf die Gabel und schmunzelte.

»Natürlich nicht ... aber eigentlich schon.« Eschenbach winkte dem Kellner. »Und überhaupt ... ich nehm jetzt eine Flasche von diesem Roten.« Er zeigte auf einen Rotwein in der Karte. »Gehauen oder gestochen.« Der Kommissar erzählte Jagmetti die Geschichte mit Juliet. Zuerst etwas zögerlich. Aber nach ein paar dummen Sprüchen von Claudio kam die alte Vertrautheit wieder zurück; und mit der Vertrautheit auch die Details. Eschenbach rieb sich den Nacken. »Ich male mir plötzlich aus, man hätte sie auf mich angesetzt. Kannst du dir das vorstellen?«

Jagmettis Mundwinkel zuckten verdächtig.

»Lach nicht! Warum sollte eine junge Frau auf einen alten Knacker wie mich stehen?«

»Weiß ich auch nicht«, warf Claudio ein. Er machte ein unschuldiges Gesicht.

Eschenbach winkte ab, legte Gabel und Löffel quer über den leeren Teller und hielt nach der Dessertkarte Ausschau.

»Ich kenne viele Frauen, die stehen auf ältere Männer«, doppelte Jagmetti nach.

»Hör auf!«

Beim Dessert diskutierten sie die Lage und erwogen mögliche Szenarien. Die Bandbreite reichte von einer kleinen, selbst gestrickten Intrige bis zu einem international motivierten, terroristischen Komplott; gegen Zürich und gegen die Schweiz, gegen einen der bedeutendsten Finanzplätze der Welt.

»Wir fangen klein an«, sagte Eschenbach. »Lenz wird uns vermutlich morgen die erste Grundlage liefern. Dann sehen wir weiter.«

Claudio nickte nachdenklich. Nach einer Weile fragte er: »Warum stellst du den Jungen nicht einfach? Schau ihm in die Augen und rede Klartext.« Er wischte sich mit der Serviette über den Mund. »Was wir hier bereden, so eine Guerilla-Aktion … das kann die Peinlichkeit des Jahrhunderts werden.«

»Das weiß ich auch. Ich hab's mir tausend Mal überlegt«, entgegnete Eschenbach ruhig.

»Und gesehen hast du ihn nicht, diesen Pestalozzi, wenn ich's richtig verstanden habe?«

»Nein, das ist der einzige Haken.« Der Kommissar fuhr sich durch die Haare. »Aber jedes Mal, wenn ich meinen Mantel vergesse und am Hintern friere, sage ich mir: Kälte kann man auch nicht sehen.«

Eschenbach bezahlte die Rechnung, dann gingen sie hinaus in die Hotelhalle. Hinter dem Glasschacht, in dem ein Lift geräuschlos die Gäste auf ihre Etagen brachte, fanden sie zwei kleine Tische, an denen man rauchen durfte. Sie setzten sich vor die riesige Fensterfront, die außer einem Spiegelbild ihrer selbst nichts preisgeben wollte.

Am nächsten Morgen war die Aussicht nicht besser. Draußen wartete die reinste Waschküche auf Eschenbach. »Hotel Panorama«, grummelte der Kommissar. Manchmal half auch der Name nichts. Er stand mit einem großen Teller am Frühstücksbuffet, nahm sich Lachs mit Meerrettich, Schinken und Toasts und setzte sich an denselben Tisch, an dem sie am Abend zuvor gegessen hatten. Er versuchte nachzudenken. Claudio war gegen zwei in der Früh nach Chur gefahren, wo er noch ein paar Dinge erledigen wollte, bevor er ihm half.

Eschenbach machte auf dem Tisch etwas Ordnung, sodass er gleichzeitig die Zeitung lesen und essen konnte. Es war eine Angewohnheit, die er sich nach Corinas Auszug zugelegt hatte und die er zu kultivieren begann. Das Panorama Resort & Spa war beim Zeitungsangebot ebenso wenig knauserig wie bei dem Angebot der Speisen: Der *Tagesanzeiger* würde zusammen mit den Früchten ein leichtes Entree geben, die *Neue Zürcher Zeitung* zusammen mit Fisch und Fleisch das *pièce de resistence.* Und zum Schluss würde er noch den Sportteil des *Blicks* würdigen; mit dem zweiten Espresso und etwas Friandises.

Dass er die Reihenfolge änderte, lag an Juliet. Sein Handy vibrierte in der Hose. Als er es aus der Tasche kramte, sah er ihre Nummer.

»Hast du den *Blick* zur Hand«, fragte sie geradeheraus. Sie klang aufgeregt. Während Eschenbach die unterste Gazette aus dem Zeitungsstoß zog, sagte sie: »Winter ist drin … das heißt drauf, er ist verschwunden.«

»Drauf und weg …«, murmelte Eschenbach. Er sah den kurz geschorenen Schädel auf der Frontseite. »Starbiologe arbeitet für die CIA«, las er. Der ganze Bericht stand auf Seite fünf.

»Du musst kommen … unbedingt, hier spinnen alle.«

Es war das erste Mal, dass Juliet so klang. Verzweifelt und etwas hilflos.

Eschenbach schaute auf die Uhr. »Ich bin immer noch in Feusisberg, da brauch ich eine Dreiviertelstunde … mindestens, hörst du? Du musst jetzt durchhalten.«

»Ich halt ja durch«, sagte sie genervt. »Ich versteh nur einfach nicht, warum der *Blick* gestern schon weiß, dass Winter heute verschwunden sein wird?«

»Wir wissen ja nicht, seit wann Winter verschwunden ist …« Eschenbach sah nach. »Eher ist's umgekehrt«, sagte er. »Winter ist vermutlich weg, weil er wusste, dass all das heute im *Blick* steht.«

»Scheißzeitung«, fluchte sie.

»Sag nichts«, riet der Kommissar.

»Du glaubst nicht, wie aufdringlich die …« Es klang, als halte sie nun die Hand über die Muschel.

»Habt ihr denn keine PR-Abteilung?«

»Raus!«, schrie es gedämpft am anderen Ende der Leitung. Dann waren Schritte zu vernehmen und dass eine Tür abgeschlossen wurde.

»Unsere PR-Abteilung ist auf das Leben von Albert Einstein spezialisiert, darauf, die Relativitätstheorie relativ einfach auf eine Stellwand zu bringen.«

»Und das Rektorat? Hast du es dort schon versucht?«

»Herrgott, natürlich. Professor Jakobeit ist Physiker … oder Mathematiker … was weiß ich. Jedenfalls scheint hier keiner in der Lage zu sein, mit diesem Ansturm von Journalisten und Fotografen fertig zu werden.«

Der Kommissar versuchte sie zu beruhigen, und als er sicher war, dass sie ihm zuhörte, sagte er: »Organisiere eine Pressekonferenz, hörst du? Verfrachte die Leute in einen Hörsaal, in den nächstbesten. Sag ihnen: um halb neun …«

»Das ist in fünf Minuten.«

»Spielt keine Rolle. Dann hast du sie alle in einem Raum und verhinderst, dass sie im Institut rumlaufen. Du musst die Situation jetzt unter Kontrolle bringen.«

»Okay, mach ich. Und was dann?«

»Gib mir die Nummer vom Rektorat … ich werde das erledigen.«

Nachdem sie aufgelegt hatten, telefonierte Eschenbach mit Olaf Thornsten, dem Vizerektor der ETH, einem Physiker mit Berliner Akzent. Er erklärte ihm in knappen Worten, was zu tun sei. Dass er jetzt reagieren müsse und dass er sich ebenso überrascht, ja überrumpelt zeigen dürfe wie alle andern. Ja, das dürfe er sein: überrascht und ratlos. Auch als Stellvertreter des Rektors, denn schließlich wüssten sie auch nicht mehr als alle anderen.

Während Eschenbach mit Thornsten telefonierte, bezahlte er sein Zimmer, ging hinaus auf den Parkplatz und stieg ins Auto. Offenbar bereitete es dem Professor Mühe, in einen Hörsaal zu gehen, ohne mehr zu wissen als die Leute auf den Bänken. »Da müssen Sie durch, Herr Professor. Einfach durch. Und sagen Sie, dass die ETH Abklärungen treffen und die Medien über weitere Entwicklungen informieren wird.« Eschenbach musste den Satz wiederholen, der Professor machte sich Notizen.

Als er bei Wollerau auf die Autobahn fuhr, hatte er Thornsten so weit, dass der sich die Sache zutraute. Es war kurz vor neun. Der Kommissar dachte an Juliet und daran, dass die Preußen auch nicht mehr hielten, was sie einmal versprochen hatten. Er wollte im Präsidium anrufen, aber Rosa kam ihm zuvor.

»Sind Sie dran, Chef?«

»Wer denn sonst?« Eschenbach ärgerte sich über die Frage. Von Weitem sah er schon die Autos, die sich gegen Ende der Autobahn kurz vor Zürich auf der Brücke stauten. Das übliche Spiel am Morgen. »Ich fahr direkt zur ETH, dort ist der Teufel los. Winter ist weg … Sie haben's vielleicht gelesen.«

»Ich weiß, das ist es ja … die Sache mit der CIA.« Rosa machte eine kurze Pause. »Kobler und Sacher sind in Ihrem Büro. Sie warten. Vergessen Sie die ETH und kommen Sie, so schnell wie's geht.«

Der Kommissar fluchte. Er wusste nicht, ob er bei Brunau raus und über den Bahnhof Enge fahren oder auf der Autobahn bleiben sollte. Der Verkehr staute sich hier wie dort; es war eine Entscheidung wie zwischen Pest und Cholera.

# 27

Es war dasselbe Gefühl wie früher, wenn er zu spät zur Schule gekommen war und das Klassenzimmer als Letzter betreten musste.

»Sind sie noch drin?«, fragte Eschenbach, als er an Mazzolenis Schreibtisch vorbei Richtung Büro ging.

»Seit einer Stunde.« Rosa schaute demonstrativ auf die Uhr. »Wo waren Sie nur, Chef?«

»In der Kur … in einem Wellness-Hotel … unter Palmen.« Als er sah, dass Rosa nicht zu Späßen aufgelegt war, fragte er: »Ist es ernst?«

Sie nickte.

Es musste ernst sein, dachte der Kommissar, denn er konnte sich nicht erinnern, wann ihn Regierungsrätin Sacher zum letzten Mal besucht hatte. Ob sie ihn überhaupt einmal besucht hatte, in seinem Refugium an der Kasernenstrasse. Als Regierungsrätin des Kantons ließ man bitten und pflegte einzuladen. Was man nicht tat, war, über eine Stunde zu warten.

Klara Sacher stand auf, als er ins Büro trat, und Eschenbach ging, noch im Wintermantel, direkt auf sie zu. »Es tut mir leid, wenn Sie hier warten mussten. An der ETH ist gerade der Teufel los.«

»Ich weiß.« Sie reichte ihm die Hand.

Ihre feingliedrigen Finger fühlten sich an wie Wachs. Eine

glycerinhaltige Hautcreme, dachte Eschenbach. Trockenheit, Kälte und die Angst vorm Altern. Der Kommissar hatte die Vorsteherin des kantonalen Polizeidepartements kleiner in Erinnerung. So wie sie dastand, in hellem Deuxpièce und weißer Bluse, mochte sie gut eins achtzig groß sein. Ausgemergelt wie eine Salzsäule und ohne hohe Absätze; die trug sie nicht.

Nachdem der Kommissar auch Kobler die Hand gegeben hatte, begrüßte er Tobias Pestalozzi. Zu seiner Überraschung saß der Blonde ebenfalls am Tisch. Er war, wie die beiden Frauen, kurz aufgestanden.

Eschenbach hängte seinen Mantel in den Schrank und ließ sich dabei Zeit. Dann ging er zum Besprechungstisch. »Und was gibt mir die Ehre«, fragte er, während er sich setzte. »So hohen Besuch habe ich selten.«

»Nun, die Sache ist etwas delikat«, begann Sacher.

»Winter ist weg«, sagte Eschenbach und nickte.

»Nicht nur das …« Sacher rückte ihren Stuhl etwas zurück und schlug die Beine übereinander. »Wir haben Professor Winter schon lange in Verdacht … das heißt, nicht wir, natürlich.« Sie sah zu Tobias Pestalozzi. »Ich denke, es ist angebracht, wenn Sie die Sachlage kurz erörtern.«

Es war ein ihm fremder Gesichtsausdruck, den Eschenbach bei seinem scheinbar unbedarften Assistenten entdeckte. Die blauen Augen waren dunkler, kälter, als er sie in Erinnerung hatte, und die hohen Wangenknochen ließen Pestalozzi plötzlich alt und hart wirken. Einzig die halblangen, blonden Locken waren dieselben geblieben; und die passten nicht zum Rest.

Und dann staunte Eschenbach nicht schlecht. Pestalozzi hieß in Wirklichkeit Tobias Meiendörfer und war Offizier beim SND, beim Strategischen Nachrichtendienst des Bundes. »Ich weiß nicht, was Sie über Professor Winter wissen?« Ohne auf eine Antwort zu warten, fuhr er fort. »Winter ist einer der weltweit bedeutendsten Forscher auf dem Gebiet der psychotropen Substanzen. Das sind bewusstseinserweiternde Drogen: Im

Allgemeinen Alkohol, Rauschdrogen und Medikamente. Beim vorliegenden Fall können wir den Alkohol weglassen.«

Es entstand eine kurze Pause. Eschenbach fühlte sich scheußlich, haderte mit sich und der Welt. Er war gegenüber diesem Pestalozzi von Anfang an skeptisch gewesen. Und doch, was hatte es genützt? Man hatte ihn reingelegt, so viel war jetzt klar. Er kam sich vor wie der letzte Depp.

»Wesentliche Meriten seiner Forschung erzielte Winter in den USA«, fuhr Meiendörfer fort. »Und zwar mit der Entwicklung sogenannter Anti-Carving-Substanzen. Das sind Stoffe, die in das körpereigene Belohnungssystem eingreifen und über biochemische Prozesse das menschliche Verlangen steuern.« Pestalozzi hielt inne und dachte offenbar kurz über das eben Gesagte nach. »Ja, so könnte man sie vereinfachend beschreiben: als Anti-Verlangens-Substanzen.« Er nickte und es sah aus, als gebe er sich selbst recht. »Das ist natürlich Neudeutsch – aber dafür besser verständlich.«

Eschenbach verschränkte die Arme vor der Brust.

»Herr Meiendörfer ist ebenfalls Biochemiker«, sagte Sacher. Und als niemand eine Frage stellte, fügte sie noch hinzu: »Ich verstehe von alldem natürlich genauso wenig wie Sie.«

»Ich kenne nur den Pawlow'schen Hund«, erwiderte Eschenbach trocken. »Dann hört es bei mir auf.«

»Richtig!« Pestalozzi alias Meiendörfer schenkte dem Kommissar ein Lächeln. »Iwan Petrowitsch Pawlow begründete mit seinem weltbekannten Experiment die klassische Theorie der Konditionierung. Er ist sozusagen ein Vorläufer der modernen Verhaltensforschung und auch Begründer diverser Lerntheorien.« Meiendörfer ließ es sich nicht nehmen, das Experiment mit dem Hund zu erläutern. Fast rührte Eschenbach die Begeisterung, mit der er sprach. Andererseits empfand er Meiendörfers Vortrag auch als einen überflüssigen Reflex. Wobei er wieder beim Hund war, bei dem nicht nur der Anblick von Nahrung Speichelfluss auslöste, sondern auch ein beliebig anderer Reiz. Und da Sacher keine Anstalten machte, die

Ausführungen abzukürzen, vermutete Eschenbach, dass die Departementvorsteherin den berühmten Hund noch nicht kannte.

»Ein Klingelton zum Beispiel kann die Sekretion von Speichel und anderen Verdauungssäften genauso auslösen. Natürlich nur, wenn dieser regelmäßig der Fütterung vorausgeht.«

Eschenbach dachte an den Klingelton seines Handys, daran, was er bei ihm auslöste, und dass er vergessen hatte, es auf *lautlos* zu stellen.

»Seit Pawlow, der übrigens 1904 mit dem Nobelpreis für Medizin ausgezeichnet wurde, weiß man, dass solche Verhaltensprozesse konditioniert werden können. Beim Futter und dem Klingelton waren es noch optische und akustische Reize, die über einen längeren Zeitraum miteinander verknüpft worden sind, bis sich via Wiederholung ein Kausalzusammenhang im Hirn verankerte. Wohlverstanden, das war vor über hundert Jahren.« Der Beamte unterstrich den Zeitsprung mit einer kurzen Pause. »Die moderne Biochemie eröffnet einem heute ganz andere Möglichkeiten. Solche Prozesse, die bekanntlich über chemische Botenstoffe laufen, lassen sich verändern ... und wenn man das konsequent weiterdenkt, natürlich auch steuern. Bei den Anti-Carving-Substanzen zum Beispiel versucht man indirekt oder direkt die Dopaminfreisetzung im Belohnungssystem zu blockieren. Deshalb nennt man sie auch Dopaminantagonisten.«

Eschenbach dachte an *Star Wars*, an Zellen, die mit Laserschwertern aufeinander losgingen.

Kobler räusperte sich. »Ich weiß nicht, ob ich das richtig verstehe«, sagte sie und massierte sich die linke Schläfe. »Aber erklären Sie uns wenigstens noch, wofür das alles gut sein soll.«

»Der klinische Aspekt ... darauf wollte ich gerade kommen.« Meiendörfer strich sich etwas selbstverliebt eine Locke aus der Stirn. Er schien sich in der neuen Rolle zu gefallen. »Es gibt schier unermessliche Möglichkeiten einer Anwendung in der Biochemie der Gefühle ... um einmal eine sehr populistische

Formulierung zu wählen. Wenn es Sie interessiert, dann kann ich Ihnen gerne ein paar Aufsätze dazu geben.«

Klar. Er hatte ja sonst nichts zu tun, als Aufsätze zu lesen, dachte Eschenbach und nickte.

»Das interessanteste und mit einem Blick auf die Pharmaindustrie wohl lukrativste Gebiet für psychotrope Substanzen ist die Glücksforschung ...« Er lächelte kurz. »Eigentlich müsste man Unglücksforschung sagen. Aber vermutlich führt das jetzt zu weit.« Meiendörfer schaute fragend zu Sacher.

»Konzentrieren wir uns aufs Wesentliche«, stimmte die Vorsteherin des Polizeidepartements zu.

Meiendörfer berichtete in knappen Sätzen, dass der Strategische Nachrichtendienst der Schweiz den Professor seit über fünf Jahren im Auge hatte. »Seine Zusammenarbeit mit verschiedenen Instituten der amerikanischen Regierung – alle auf dem Gebiet der Biochemie – gab dem SND damals dazu Anlass. Das ist im Wesentlichen Routine. Wir tun das mit einer ganzen Liste von Forschern ... Es steht im Pflichtenheft unseres Dienstes, dass wir die Entwicklungen in Sachen biochemischer Kriegführung im Auge behalten. Und wenn da ein Schweizer involviert ist, so ist das gewissermaßen wie ein Sechser im Lotto. Wir kennen heute Winters Forschungsgebiet relativ gut, pflegen einen angenehmen Kontakt mit ihm und tauschen gelegentlich Gedanken und Forschungsergebnisse aus. Die wissenschaftlichen Foren sind da sehr offen, man darf sich das nicht als einen Geheimniskrämerladen vorstellen.«

»Und wo ist jetzt das Problem, bitte?«, wollte Eschenbach wissen.

»Es geht um Meriten, die am Schluss auch dem Standort Zürich zugutekommen«, holte Sacher aus. »Der hiesigen Pharmaindustrie, der ETH und gewissermaßen auch uns ist es gelungen, Professor Winter zurück in die Schweiz zu holen. Natürlich aufgrund völlig unterschiedlicher Interessen.«

Meiendörfer nickte. »Wir nehmen, was wir kriegen … eigentlich wissen wir von allen immer am wenigsten genau, was wir wissen wollen.«

»Das glauben Sie doch selbst nicht«, sagte Eschenbach.

»So ist es aber«, sagte der Biochemiker und rieb sich ein Auge. »Obwohl Winters Gebiet nicht wirklich sensibel ist – zumindest nicht in Bezug auf Kampfstoffe und deren Gegenmittel –, so erhofften wir uns doch Informationen. Winters Steckenpferd sind Botenstoffe, die menschliche Software, wenn man so will. Und darüber wissen wir kaum etwas.«

»Dann führten Sie quasi aufs Geratewohl ein Winter-File?« Eschenbach hob die Augenbrauen.

»Das Geschäft von Nachrichtendiensten sind nun einmal Informationen«, sprang Sacher Meiendörfer zur Seite.

»Ich will Ihnen mal etwas sagen, Herr Meiendörfer …« Eschenbach stützte beide Ellbogen auf die Tischplatte, faltete die Hände unterm Kinn zusammen und sah dem Biochemiker direkt in die Augen. »Als ich noch Militärdienst leistete, da gab es den bösen Feind tatsächlich; er kam von rechts aus dem Wald oder von links, von vorne und von hinten. Für jede halbwegs gescheite Truppenübung musste er herhalten. Für kilometerlange Märsche und für C-Alarm, meistens bei Nacht. Und später, als ich Offizier im Regimentsstab war, kam er mit Panzern durchs Aargauische Rheintal geschossen, ein andermal landete er mit Fallschirmspringern in der Linthebene. Der *böse Feind* war immer da. Immer kommunistisch, immer russisch und immer gut bewaffnet. Und jetzt ist er weg; hat sich mit Perestroika und Glasnost davongeschlichen, sich selbst aus dem Verkehr gezogen. Ehrlich gesagt, ich frage mich manchmal, wie die Schulkommandanten ihre Jungs heute noch aus dem Bett bekommen. Morgens um sechs, und im Winter.«

*»Point taken«*, sagte Meiendörfer trocken. »Natürlich weiß ich, worauf Sie hinauswollen. Aber gerade der neu aufflackernde Terrorismus hat uns eines Besseren belehrt. Glau-

ben Sie mir, nur weil die Sonne nicht mehr blendet, heißt es nicht, dass es sie nicht mehr gibt.«

»Seit euch der Feind abhandengekommen ist …«, sagte Eschenbach stur und mit bitterer Miene, »… seitdem bespitzelt ihr ziellos alles und jeden. Und die Tatsache, dass dies der Bespitzelte mit seinen Steuergeldern auch noch selbst finanziert, ist geradezu zynisch.«

»Ich möchte hier zu einem Ende kommen«, sagte Sacher ungeduldig. Dabei zupfte sie die Manschette ihrer Bluse aus dem Jackettärmel. »Was ich sagen will: Die Affäre Winter ist ab sofort eine Angelegenheit der Bundespolizei. Wir ziehen uns vollständig aus der Sache zurück.«

Meiendörfer blickte zufrieden vor sich auf den Tisch.

»Natürlich stehen wir bereit, sollte das BAP lokal Unterstützung brauchen. Aber der Lead liegt klar beim Bund.« Sacher sah zu Meiendörfer, bis dieser zustimmend nickte.

Elisabeth Kobler nickte auch. Sie sah erwartungsvoll zu Eschenbach, bis der Kommissar milde lächelte und ebenfalls den Kopf bewegte.

»Das wär's dann also.« Sacher sah in die Runde.

»Und der Assistent?«, wunderte sich Eschenbach. »Es läuft immer noch die Suche. Sollen wir die jetzt stoppen?«

»Das müssen Sie nicht.« Meiendörfer wich Eschenbachs Blick aus. »Natürlich ist Konrad Schwinn auch bei uns ausgeschrieben … in Absprache mit allen kantonalen Polizeidienststellen. Es gelten hier die üblichen Verfahrensrichtlinien interkantonaler Zusammenarbeit.«

»Okay.« Der Kommissar wartete darauf, dass Sacher erneut betonen würde, dass die Verantwortung beim Bund lag.

»Und dasselbe gilt im Übrigen jetzt auch für Winter«, fügte Meiendörfer hinzu. »Obwohl wir hier Hinweise haben, dass sich der Professor nicht mehr in der Schweiz aufhält.«

»Alles klar.«

»Schön, wenn sich die Herren und Damen einig sind.« Sacher strich sich den Jupe glatt und stand auf.

»So ist es«, sagte nun auch Kobler. Die ganze Zeit über hatte sie sich zurückgehalten und mit Eschenbach immer wieder einen Blick gewechselt. Auch er stand nun auf.

Nachdem sich Sacher und Meiendörfer verabschiedet hatten, setzten sich die Polizeichefin und Eschenbach wieder an den Besprechungstisch. Einen Moment sah er seine Chefin schweigend an. Verglichen mit Sacher wirkte sie geradezu jugendlich in ihrem dunkelgrauen Hosenanzug und mit den langen, braunen Haaren, die sie zu einem Pferdeschwanz zusammengebunden hatte. Offenbar fiel es ihr schwer, einen Anfang zu machen.

»Ich bin von der Sache genauso wenig überzeugt wie Sie«, begann sie vorsichtig. »Sacher hat *mir* diesen Bären mit ihrem Cousin, diesem Pestalozzi, zuerst aufgebunden. Da spielt vermutlich auch der verletzte Stolz mit. Trotzdem, ich mag's nicht, wenn man mich anlügt.« Sie verschränkte ihre Arme und der Kommissar sah, dass ihr die Sache naheging. »Meine Großmutter hat immer gesagt, wer lügt, der stiehlt auch … diesen Satz habe ich nie vergessen.«

Eschenbach überlegte einen Moment, ob er seiner Chefin die Geschichte mit Pestalozzi und dem Gespräch in der Toilette des Central erzählen sollte.

»Ich weiß nicht, was Sie vorhaben«, sagte Kobler nachdenklich. »Aber so wie ich Sie kenne, wird Sie die Sache nicht in Ruhe lassen. Es hat nie etwas gebracht, wenn man Ihnen die Fälle weggenommen hat. Im Gegenteil.«

»Ich wüsste nur gerne, um was für einen Fall es sich handelt«, sagte Eschenbach. Er strich sich mit der flachen Hand über das Haar. »Bis jetzt sind es Puzzlesteine … Ungereimtheiten und ein paar Lügen. Mehr ist es nicht. Und Fragen natürlich … Fragen, denen ich gerne nachgehen würde. Keine Ahnung, wohin uns das führt.«

»Gehen Sie der Sache nach, Eschenbach. Sie haben meine Unterstützung … passiv, natürlich.« Kobler lächelte. »Sie können mich informieren oder nicht … Vielleicht besser nicht.

Tun Sie, was Sie nicht lassen können. Und nichts Schriftliches, ja? Keine Berichte … das dürfte wohl klar sein.«

Der Kommissar nickte.

Nachdem Kobler gegangen war, saß Eschenbach eine Weile in seinem Bürostuhl und dachte nach. Wie ein Boxer hing er im schwarzen Leder seiner Stuhllehne, hielt die Beine übereinandergeschlagen auf dem Tisch und sah zur Decke oder zum Fenster hinaus. Er versuchte zu verstehen, was sich gerade abgespielt hatte. Einen Moment lang verfluchte er sich, weil er es unterlassen hatte, aus Winter mehr herauszuholen. Der Professor, der als Einziger hätte Licht ins Dunkle bringen können, war verschwunden. Winter wusste sicher, welches Spiel gespielt wurde. Sonst wäre er nicht exakt zu diesem Zeitpunkt untergetaucht. Theo war ein Genie und das Timing seines Abgangs geradezu perfekt.

Der Kommissar nahm die Füße vom Tisch und drückte den Knopf der Gegensprechanlage. »Frau Mazzoleni?«

Es dauerte eine Weile, dann kam Rosa mit einem Tablett zur Tür herein. »War's schlimm, Chef?« Sie sah ihn mitleidvoll an und stellte den großen, silbernen Servierteller vor ihm auf die Holzplatte.

»Kuchen?« Eschenbach machte große Augen.

»Eigentlich wollte ich Sachertorte kaufen«, sagte Rosa mit einem Schmunzeln. »Aber vielleicht hätte es Frau Regierungsrätin seltsam gefunden … und dann war noch so viel los draußen. Also, ich hab's ganz vergessen zu servieren …«

»Saint Honoré!« Mit Begeisterung nahm sich der Kommissar eine Gabel: »Außer uns, Frau Mazzoleni, hat das hier sowieso niemand verdient.«

Rosa nahm sich einen Stuhl, setzte sich gegenüber von Eschenbach an den Schreibtisch und beide aßen sie ein Stück dieser luftigen Torte.

»Sie kennen doch jemanden beim *Blick*, oder?«, erkundigte sich der Kommissar nach einer Weile.

»Mmhh …« Rosa nahm eine weiße Papierserviette und

tupfte sich den Mund ab. »Eine gute Bekannte, ja. Wir kennen uns schon lange … kochen gelegentlich zusammen, bei einem Abendkurs. Wie kommen Sie darauf?«

»Ich möchte wissen, woher die das Zeug haben …« Eschenbach legte die Gabel hin, stand auf und ging zum Schrank. Er nahm ein mehrfach zusammengefaltetes Exemplar der Boulevardzeitung aus seiner Manteltasche. »Hier, sie haben's gleich gedruckt. Geheimdienstunterlagen, die man offenbar zufällig in Zimmerwald aus dem Äther gesogen hat.«

»Aus dem was?«

»Äther.« Eschenbach machte eine Geste, die normalerweise seiner italienischen Sekretärin vorbehalten war. Sie verwendete sie, wenn sie nicht mehr weiterwusste oder ein Wort suchte. »Aus der Luft halt.« Er setzte sich wieder hin. »Unsere flotten Informationsdienstler betreiben dort eine Abhöranlage mit Satellitenschüsseln und so. Steht alles hier drin, mit Fotos … es sieht dort aus wie im Märchenwald.«

Während sich Eschenbach ein zweites Stück Torte nahm, überflog Rosa den Bericht. »Ich kann ja mal nachfragen. Obwohl, es steht hier: *aus vertraulichen Quellen* … weiß nicht, ob mir meine Freundin etwas sagen kann.«

»Versuchen Sie's einfach.« Eschenbach sprach mit halb vollem Mund. »Kommt's vom Militär oder vom Bund? Anonym? Gefaxt? Bestehen irgendwelche Verbindungen? Beziehungen? Schon ein kleiner Hinweis wäre gut. Und dann interessiert mich auch noch, wann sie's bekommen haben. Der Zeitpunkt … wenn ich den kenne, ist's auch schon recht. Zudem ist das eine Information, bei der sie ihre Quelle nicht preisgeben müssten.«

Rosa schien sich schon zu überlegen, wie sie etwas erreichen könnte, als Eschenbach noch hinzufügte: »Ich würde ja schon … aber wenn's über den offiziellen Weg läuft, bekommen die immer das große Muffensausen. Da geht dann nix mehr.«

»Ich weiß.« Rosa lächelte ihn an. Insgeheim mochte sie diese Aufträge, das wusste er.

»Eben … und es werden noch große Wellen folgen, vermute ich. CIA und ETH, diskreter geht's kaum. Wenn die jetzt die Schweizer Boulevardpresse füllen … Prost Maxe!«

Nachdem er die dringendsten E-Mails beantwortet und ein drittes und ein viertes Stück Saint Honoré weggeputzt hatte, verließ der Kommissar sein Büro.

# 28

»Eigentlich sind wir alle drei nicht die Typen für große Organisationen«, sagte Ewald Lenz.

Eschenbach grinste, als er sah, wie spitzbübisch sich der pensionierte Beamte freute, dass man seine bescheidene Wohnung in der alten Mühle an der Forchstrasse zum Polizeihauptquartier umfunktioniert hatte.

Den kleinen Stubentisch aus rau belassenem Holz hatte Lenz mitten ins Wohnzimmer gestellt und ihn großzügigerweise als Konferenztisch bezeichnet. Und weil er nur zwei Stühle hatte, musste Claudio mit einem Klappschemel vorliebnehmen. »Du hast die jüngsten Knochen«, hatte der Alte gesagt, nachdem er das unbequeme Ding hinter dem Eisschrank in der Küche hervorgekramt und ihm hingestellt hatte.

»Klein und gemein.« Claudio bezweifelte, dass der lottrige Schemel seinem Gewicht überhaupt standhalten würde. Er setzte sich trotzdem. Nichts geschah.

»Also, fangen wir an«, sagte Eschenbach und erteilte Lenz das Wort.

»Dass der gute Pestalozzi nicht Sachers Neffe ist, wissen wir nun ja«, begann der Alte. Er hatte ein paar Unterlagen vor sich hin gelegt, fein säuberlich sortiert und in bunte Plastikmäppchen eingeordnet. »Manchmal wird man gescheiter, ohne es wirklich verdient zu haben. Ich hab mir jedenfalls die Zähne ausgebissen ...« Lenz nahm ein paar Notizen aus einem grünen Mäppchen heraus. »Den Neffen gibt's übrigens tatsächlich. Er studiert Drama am Lee Strasberg Institute in New York. Er sieht diesem Meiendörfer sogar ein wenig ähnlich.« Und mit einem Seufzer fügte er noch hinzu: »Aber das ist jetzt alles kalter Kaffee ... völlig irrelevant, leider.«

»Trotzdem, tausend Dank, Ewald.« Der Kommissar sah, wie unwohl sich Lenz fühlte, weil ihn für einmal der Lauf der Geschichte überholt hatte. »Und dieser Meiendörfer ... hast du da schon etwas herausgefunden? Ich weiß natürlich, dass die Zeit knapp war.«

»Tobias Meiendörfer ist tatsächlich der, der er vorgibt zu sein.« Der Alte nahm ein weiteres Mäppchen zur Hand. »Bundesbeamter beim Strategischen Nachrichtendienst, dem SND. Er koordiniert dort die Projekte mit der Bundespolizei ... teilweise auch mit den anderen Nachrichtendiensten. Grosso modo entspricht es dem, was du mir schon gesagt hast. Und was seine Ausbildung betrifft, so ist er studierter Biochemiker und Informatiker. Beides übrigens ETH.«

»Bei Professor Winter?«, wollte Jagmetti wissen.

»Nein. Meiendörfer war nicht mehr dort, als Winter aus den USA zurückkam. Seine Abschlüsse datieren zwei Jahre früher.«

»Ist es möglich, dass sie sich sonst irgendwie kennen?« Es war Eschenbach, der die Frage stellte. »Ich meine, Biochemie ist nicht gerade Massenware, so wie Jura oder Betriebswirtschaft.«

»Ehrlich gesagt, so weit bin ich noch nicht.«

»Schon gut, Ewald.« Der Kommissar winkte ab. »Lass dir Zeit. Wir kommen schon noch dahinter.«

»Und Konrad Schwinn?«, meldete sich Jagmetti. »Es könnte doch sein, dass die sich kennen. Biochemiker und Biochemiker ... zudem dürften sie altersmäßig nicht so weit auseinanderliegen.

»Sie haben sogar denselben Jahrgang.« Lenz zupfte sich

am Schnurrbart. »Und trotzdem hat Schwinn drei Jahre früher abgeschlossen als Meiendörfer. Er war dann allerdings Assistent … also, die beiden müssten sich eigentlich kennen. Obwohl, klare Beweise haben wir keine.«

»Noch nicht«, sagte Jagmetti mit einem Schmunzeln.

Eschenbach erinnerte sich an den Sommer, als Jagmetti bei ihm Assistent gewesen war und er ihn eine ganze Woche zu Lenz ins Archiv geschickt hatte. Lenz war ein Arbeitstier, malochte Tag und Nacht, wenn es sein musste.

»Mit diesen Bundesheinis ist es so eine Sache«, seufzte der Alte. »Die wissen selbst am besten, wie man Informationen versteckt. Vor allem dann, wenn's um die eigene Person geht und wenn man wie Meiendörfer selbst zur Spitzelgruppe gehört.«

»Du meinst, die Winter-Geschichte könnte auf Meiendörfers Konto gehen? Immerhin wissen die vom BAP offensichtlich ziemlich genau über den Professor Bescheid.«

»Das ist nicht ganz aus der Luft gegriffen.« Lenz sah seinen ehemaligen Chef an und nickte. »Doch da ist eine Sache, die mich irritiert. Nehmen wir an, Winter hat Dreck am Stecken und die in Bern kommen drauf, dann wäre der *Blick* wohl der Letzte, dem man es zuschieben würde.«

»Wieso das?«, hakte Jagmetti sich ein.

»Trümpfe sind Trümpfe, mein Lieber, und … irgendwie bin ich ja froh, dass unser Bündner noch nicht so verdorben ist.«

»Bah …« Claudio verdrehte die Augen.

»Bern hätte Winter damit völlig in der Hand. So ehrgeizig, wie unser Professor ist … ich glaube, er würde alles tun, damit sein Ruf nicht den Bach runtergeht. Und für Geheimdienste werden Informationen wertlos, wenn sie publik werden.«

»Eine Ente also?«

»Nicht unbedingt …« Lenz strich sich nachdenklich über den Schnauzbart. »Ich glaube, es ist mehr als eine Ente, es ist ein Täuschungsmanöver!«

»Ach ja?« Jagmetti stand kurz auf und massierte seinen Hintern. »Und wer soll getäuscht werden?«

»Na wir ... die Polizei, die öffentliche Meinung, was weiß ich. So ganz durchschau ich's ja auch noch nicht.«

»Und das führt uns natürlich zur Frage, wer uns täuschen will. Wer und warum?« Eschenbach stand ebenfalls auf. Er machte ein paar Schritte, und weil die Wohnung klein war, sah es aus, als tigere ein Waschbär in einem Mikrogehege herum. Einen Moment stand er Aug in Aug mit Jagmetti, dann gab der Jüngere nach und setzte sich wieder. »Weshalb der ganze Kokolores um CIA und Nervengift, wenn Theo doch nur eines im Sinn hatte: nämlich Schmerzen zu lindern und ein effektives Mittel gegen Depressionen zu finden, basta. Davon hat er gesprochen ... das interessiert ihn. Er will die Welt erobern, nicht zerstören.«

»Das macht tatsächlich Sinn«, meinte Lenz. »Und was ich so höre, steht er kurz vor dem Durchbruch. Jedenfalls schleichen die großen Pharmafirmen um die ETH wie die Wölfe.«

»Es macht ökonomisch Sinn und es macht menschlich Sinn«, sagte Eschenbach, als müsste er sich noch selbst davon überzeugen. »Und Herrgott noch mal, all das ist von der CIA und von unseren Nachrichtendiensten etwa so weit weg wie ... wie der Sommer vom Winter.« Mit einer ausholenden Geste traf der Kommissar den kleinen Leuchter über dem Tisch. Einen Moment flackerten die Birnen.

»Schlag mir das Ding nicht runter«, knurrte Lenz.

»Sorry, Ewald.«

»Muranoglas ... ein Erbstück von meiner Mutter.«

Eine Weile sagte niemand etwas. Im Raum stand die Frage, ob und wie sich diese Vermutung beweisen ließe.

»Wirst du nach Winter fahnden lassen?«, fragte Lenz.

»Das ist nicht mehr mein Ding, Ewald. Da gibt jetzt Bern den Takt an. Wir sind nur noch ein kleines Entchen im großen Tanz der Schwäne. Natürlich werden wir uns brav ins eidgenössische Großfahndungsspektakel einreihen.«

Lenz kicherte leise, dann nahm er die nächste Plastikhülle zur Hand. »Gloor, Glanz und Gloria. Wollt ihr dazu noch etwas hören?«

Beide nickten.

»Wenn's dazu was zu trinken gibt.« Eschenbach machte ein unschuldiges Gesicht.

»Erst wenn wir fertig sind ... es gibt eh nicht viel zu berichten. Nichts Spannendes jedenfalls.«

»Das wundert mich aber«, sagte der Kommissar und setzte sich wieder.

»Viten von Politikern ...« Lenz schob ein Gähnen vor. »Da ist ein Sexskandal das höchste der Gefühle.«

»Na also.«

»Aber auch da muss ich dich enttäuschen«, lächelte Lenz. »Das Fremdvögeln überlässt er seiner Frau. Das ist für ein Großmaul wie Gloor vielleicht peinlich, aber was soll's ... sie tut's so offensichtlich, dass er mit etwas Glück bei den nächsten Wahlen mit einem Solidaritätsbonus rechnen kann.«

»Bei uns gäb's einen Malus«, meinte Jagmetti trocken und unternahm den nächsten Versuch, sich die Beine zu vertreten.

»Wie gesagt, Gloor hat einen Persilschein ... bis jetzt jedenfalls. Er hat es verstanden, die Sozialpolitik seiner linken Vorgängerin zu diskreditieren. Dabei setzt er die Boulevardmedien derart geschickt ein, dass heute jeder Sozialempfänger als Abzocker oder Schmarotzer gilt. Jedenfalls ist es kälter geworden in Zürich, seit er im Amt ist.«

»Wir werden ja sehen ... Claudio, setz dich bitte, du machst mich ganz nervös mit deinem Rumgehample.« Eschenbach verteilte die Liste mit den Namen. »Die paar mit den Kreuzen sind vermutlich über den Jordan. Man hat mir gewaltig eins auf die Finger gehauen, als ich begonnen habe, Fragen zu stellen. Es scheint also, dass es sich um etwas Größeres handelt. Mehr weiß ich nicht.«

»Donnerwetter«, sagte Lenz, nachdem er die Liste Zeile für Zeile durchgegangen war. »Woher hast du das?«

Eschenbach zuckte die Schultern und, als sich der Alte damit nicht zufriedengab, sagte er lakonisch: »Ich frag dich schließlich auch nicht, woher du dein Zeug hast.«

Der Schnurrbart des Alten zitterte einen Moment, dann gab Lenz nach: »Also gut, von mir aus. Sag uns, was du vorhast.«

# 29

Es war ein einfacher Plan.

Während Lenz sich die Drogen- und Obdachlosenheime, Gassenzimmer und die Tages- und Nachtschlafstätten in Bern vornahm, würde Eschenbach dasselbe in Basel tun. Und bei der Frage, wer sich um die Szene in Zürich kümmern musste, sahen beide zu Claudio.

»Nach zwanzig Jahren Kripo …«, seufzte der Kommissar. »Mich kennt jeder Hund im Kanton. Als Bündner hast du einen Sympathiebonus …«

Jagmetti war schließlich einverstanden.

Eschenbach nahm den Zug. Die Strecke führte durch den Aargau, über Baden, Brugg und dann durchs Fricktal den Rhein entlang. Es war eine große, fruchtbare Ebene, in der es im Frühjahr nach Mist roch, bevor die Kirschbäume zu blühen begannen und später der Raps und die Apfelbäume prächtige Farben ins satte Grün der Landschaft zauberten.

Nur im Winter gab es nichts zu sehen. Dann stand der Nebel, so dick und so grau wie sonst nirgends. Er schlich durch die halbhohen Sträucher, die man entlang der Gleise gepflanzt hatte, und er besetzte die Felder. Auch auf den Bahnhöfen tummelte er sich; ungebeten, wie ein schlecht gekleideter Gast, der sich nicht abweisen ließ und an den man sich langsam gewöhnte.

Bei Rheinfelden lichtete sich die trübe Suppe und zwanzig Minuten später, in Basel, schien die Sonne. Eschenbach blinzelte, als er über den Bahnhofplatz ging. Auch hier lag überall Schnee. Mannshohe Haufen standen herum; man hatte versucht, das Gröbste aus dem Weg zu räumen. Entlang der Straßenränder zog sich ein brauner Wall. Einzig die Gehsteige hatte man weiß belassen. Sie waren rutschig und der Kommissar war froh um das dicke Profil seiner alten Militärschuhe.

Der Weg führte an der Confiserie Frey vorbei. Eschenbach warf einen Blick auf die Auslagen: auf die Boule de Bâle und die Truffes de Champagne, die sich hinter der großen Fensterscheibe ins beste Licht rückten. Dann ging er weiter. Am Ende der Häuserblocks überquerte er die Straße und folgte dem schmalen Fußgängerpfad, der über eine Autobahnbrücke Richtung Elisabethen führte. Auf der Höhe des kleinen Viaduktes sah er die helle Fassade einer Bank. »Sie finden uns gleich hinter der Bank Sarasin«, hatte ihm Max Hollenweger am Telefon gesagt.

Das Tageshaus für Obdachlose an der Wallstrasse war ein dreistöckiges Mietshaus; quadratisch und nüchtern. Kaum hatte Eschenbach es betreten und sich seinem Leiter vorgestellt, wurde er von der dort herrschenden Geschäftigkeit mitgerissen.

»Sie können gleich mit anpacken«, hatte Hollenweger gesagt und ihm eine Küchenschürze in die Hand gedrückt. »Der Freiwillige, der für heute zugeteilt war, ist ausgefallen. Er hat die Grippe.«

Der Kommissar hatte nicht einmal die Zeit zu protestieren.

»Aber geben Sie mir zuerst Ihre Wertsachen.«

Eschenbach zögerte einen Moment. »Ich hab nix«, sagte er.

»Portemonnaie und Uhr … das ist doch eine alte IWC, nicht wahr?«

»Eine alte, ja.« Der Kommissar fingerte am Lederarmband.

»Hardy ist zwar nicht hier … den haben sie wieder eingelocht wegen irgendwas. Aber ich sage Ihnen, der könnte als Trickdieb im Zirkus auftreten.«

»Sie kennen die Leute alle? Ich meine, die von der Straße …«

»Oh ja, die meisten schon«, sagte Hollenweger. Er nahm Uhr und Geldbörse, ging damit in sein kleines Büro und verstaute sie in einem Aktenschrank.

»Vielleicht kennen Sie jemanden auf dieser Liste …« Eschenbach holte die zusammengefalteten Blätter aus seiner Jackentasche.

»Später«, kam es von Hollenweger ungeduldig. »Es ist kurz vor zwölf und das Essen ist noch nicht angerichtet.«

Der Kommissar wurde auf direktem Weg in die Küche geführt. Hähnchen mit Nudeln stand auf dem Menuplan; und als Vorspeise grüner Salat.

»Früher gab's nur Nudeln«, sagte Christine Bloch. Sie war groß, blond und eine von drei Mitarbeiterinnen, die sich zusammen mit Hollenweger und dessen Stellvertreter René Zobel den Dienst teilten. »Aber seit man uns die meisten Lebensmittel kostenlos zur Verfügung stellt, gibt's einen richtigen Zweigänger, mit Fleisch und so.«

Eschenbach wurde angewiesen, Salat zu verteilen, auf kleine, weiße Porzellanteller.

»Gleich große Portionen, wenn's geht …« Christine deutete auf die Durchreiche. »Und weil Sie schon dastehen, können Sie's den Leuten grad ausgeben … und einkassieren natürlich. Drei Franken pro Menu. Getränke kosten einen extra.«

Der Kommissar reichte durch und kassierte. Er sortierte die Münzen in die Kassenschublade: die Zehner zu den Zehnern, die Fünfziger zu den Fünfzigern. Als eine ältere Frau mit Strickjacke anschreiben lassen wollte, nickte Christine. »Machen wir.« Und zum schlaksigen Blonden, der sechs Fränkler hingelegt hatte, sagte sie: »In Ordnung, Kudi.« Der kleine Zettel an der Schranktür, auf dem die Schuld vermerkt war, wurde abgenommen, zerrissen und in den Müll geworfen. »So geht das hier«, sagte sie mit einem Lächeln, das ebenso routiniert schien wie die Handbewegung, mit der sie weiter Hähnchen und Nudeln auf die Teller lud.

Eschenbach sah in die Gesichter der Leute, die ihm die Münzen gaben und ihr Essen entgegennahmen. »En Guete«, sagte er jedes Mal. Ein seltsames Gefühl beschlich ihn. Zum Glück hatte er eine sinnvolle Tätigkeit zu verrichten, dachte er.

Es waren nicht die Kleider der Leute, die sie verrieten; die waren allesamt in Ordnung. Keine Anzüge natürlich, aber Jeans oder dunkle Hosen, Sweatshirts und anständige Hemden. Nicht kaputt jedenfalls. Zum Teil schienen sie neu zu sein, poppig oder frech, mit Flair kombiniert, und manchmal sogar chic. Eschenbach musste unweigerlich an seine Strickjacke denken, die er entsorgt hatte, weil sie ihm nicht mehr gefiel, und an die Sachen, die Corina zweimal im Jahr in Texaid-Säcke stopfte, um für Neues im Schrank Platz zu schaffen. Er dachte über diese ungewollte Großzügigkeit nach: über die Ironie, dass sie das Elend fürs Auge erträglicher machte.

Aus der Nähe, eingeklemmt zwischen Herd und Durchreiche, sah der Kommissar das Schwarze unter den Fingernägeln der Leute und wie ihre rissigen Hände manchmal zitterten, wenn sie ihm das Geld reichten.

Warum nimmt man denen überhaupt was ab, dachte er. Manchmal sah er in ihre Augen, folgte dem unruhigen Blick, der sich ihm wieder entzog, voller Scham oder Gleichgültigkeit.

Ohne dass Eschenbach es verhindern konnte, begann diese Welt an ihm zu nagen: die Welt der Habenichtse, die sich zwischen Essen und Schlafen wie in einem Käfig hin und her bewegten und denen als letztes Ausflugsziel ein anständiger Drogenrausch geblieben war.

Der Kommissar spürte, wie ein tiefes Unbehagen in ihm hochfuhr; etwas, das ihm sagte, dass er das alles gar nicht sehen wollte. Und dass es ihn auch gar nichts anging. Plötzlich hatte er Verständnis für all die, die sich so etwas ersparten. Traurigkeit war ansteckend, Hoffnungslosigkeit auch. Eschenbach spürte diesen Sog und war froh, als das letzte Essen ausgegeben war und das Fenster zur Durchreiche geschlossen wurde.

Sein Hunger war weg. Während Christine und Hollenweger in der Küche noch etwas aßen, trank er Kaffee. Eine scheußliche Brühe, die ihm sofort auf den Magen schlug. Nachdem der Kommissar in kurzen Sätzen sein Anliegen erläutert hatte, gingen sie ins kleine Büro im Parterre.

»Hier ist die Liste«, sagte Eschenbach. »Vielleicht kennen Sie den einen oder anderen … jedenfalls wird die Heuwaage erwähnt und zweimal auch das Kantonsspital Basel.«

Hollenweger runzelte die Stirn, während er die Namen durchging. »Sind die alle tot?«, fragte er.

»Es sieht so aus, ja.«

»Das ist happig.«

»Wir hatten tatsächlich einen Fall …«, begann Christine zögerlich. »Zwischen Weihnachten und Neujahr, ich kann Ihnen das ganz genau sagen.« Sie stand auf und ging zum Aktenschrank.

»Über jeden Zwischenfall schreiben wir einen Rapport.« Hollenweger nickte. »Das ist genau geregelt.«

»Führen Sie auch Buch über die Leute, die hierhin kommen und die Sie verpflegen?«, wollte Eschenbach wissen.

»Wir führen ein Tagesjournal. Wenn die Person eintrifft, werden Name, Adresse und Uhrzeit eingetragen. So wissen wir ganz genau, wer sich gerade im Haus befindet. Und abends, bevor wir schließen, jagen wir die Liste durch den Schredder. Wegen dem Datenschutz, Sie wissen schon.«

»Ja, ich weiß.« Eschenbach fuhr sich durchs Haar.

»Ich hab die Akte«, sagte Christine und kam mit einem Mäppchen aus Umweltpapier zurück an den Tisch. »Wie ich vermutet habe. Carla Schwob heißt sie. Ist uns einfach zusammengebrochen am 27. Dezember letzten Jahres. Hier steht's … Kreislaufzusammenbruch.«

»Und dann? Ich meine, wohin wurde sie gebracht?«

»Wenn so etwas passiert, rufen wir immer direkt den Notarzt. Kantonsspital Basel … die kommen dann mit einem Krankenwagen. Wie das halt so ist. Wir haben im Jahr ein Dutzend solcher Fälle.«

Eschenbach sah nach. Carla Schwob war Nummer elf auf der Liste. Als Ort war das Kantonsspital Basel vermerkt und das Datum stimmte.

»Und sind Sie der Sache nachgegangen?«

»Nein, das machen wir grundsätzlich nicht.« Die Antwort kam prompt. Nach einer kurzen Pause sagte Hollenweger: »Sie wundern sich vielleicht darüber. Aber wir sind hier in erster Linie Verpflegungs- und Aufenthaltsposten. Jeder kann kommen, jeder kann gehen. Manchmal sind es bis zu achtzig Leute am Tag.«

»Ich wundere mich gar nicht«, sagte Eschenbach. »Ich frage nur.«

»Natürlich haben wir zu denen, die schon jahrelang hierherkommen, ein engeres Verhältnis. Vielleicht hätten wir in so einem Fall … jedenfalls gehörte Frau Schwob nicht zu denen.«

»Kann ich von diesen Unterlagen eine Kopie haben?«

»Es ist wegen dem Datenschutz«, sagte Hollenweger und schüttelte den Kopf. »Aber ich kann die Akte hier liegen lassen und mit Christine auf einen Kaffee … Sie wissen schon.«

Der Kommissar lächelte. »So machen wir's.«

Nachdem den beiden zu den Namen auf der Liste nichts mehr einfiel, holte Hollenweger Eschenbachs Wertsachen aus dem Schrank und verließ mit Christine das Büro.

Warum hatte Eschenbach immer das Gefühl, dass in anderen Städten die Taxifahrer freundlicher waren? Der Mann fuhr ihn direkt in die Notaufnahme des Kantonsspitals.

»Hier nicht gehen Schnee.«

Eschenbach rundete den Betrag großzügig auf. Vielleicht lag es daran, dass man gegenüber Orten, wo man nicht lebte, toleranter war.

»Fehlt Ihnen etwas?«, fragte ein hünenhafter Kerl in weißem Kittel. »Wenn nicht, sind Sie nämlich falsch hier.«

»Ich suche Dr. Gürtler«, sagte Eschenbach. Es war der Name des Arztes, der am 27. Dezember den Krankentransport von Carla Schwob begleitet hatte.

»Das bin zufälligerweise ich«, sagte der Mann. Er wies auf das kleine Schildchen an seinem Kittel.

»Eschenbach.« Dem Kommissar fiel nichts Besseres ein, als seinen Dienstausweis zu zeigen. Einen Zürcher Polizistenausweis. »Ich bin Kriminalbeamter und würde Ihnen gerne ein paar Fragen stellen … es betrifft eine Notaufnahme im Dezember, reine Routine.«

Der Mann kratzte sich nachdenklich am Hals und Eschenbach vermutete Schlimmes. Seit seine Dienstkollegen einen ganzen Zug Basler Fußballfans auf einem Stumpengleis vor Zürich – weit weg vom Hardturmstadion – festgehalten hatten, herrschte Eiszeit zwischen den beiden Städten.

»Also gut«, brummte Gürtler. »Schießen Sie los.«

Eschenbach fand heraus, dass Carla Schwob noch während des Transports gestorben war. Da sie von der Wallstrasse kam, hatte man nachträglich ein Drogenscreening durchgeführt. Ein paar Amphetamine und Koks. So genau wusste es Gürtler nicht mehr.

»Dazu kam, dass sie schwer unterkühlt war … alles zusammen keine hübsche Sache. Ich erinnere mich deshalb daran, weil wir zwei Tage später noch einen hatten. An der Heuwaage. Als sie den brachten, war er steif wie ein Brett … Müsste eigentlich alles bei euch sein. Sie sind doch von der Polizei, oder?«

»Natürlich, klar.« Eschenbach nickte.

»Da war nämlich schon einmal einer hier … vor ein paar Tagen. Der hat haargenau dasselbe gefragt wie Sie.« Der Mann kratzte sich wieder am Hals. »Zeigen Sie mir noch mal Ihren Ausweis?«

Der Kommissar seufzte, als er den Ausweis zückte. »Ich bin allerdings aus Zürich – Kripo Zürich.«

»Das war der andere auch … dasselbe Ding. Zeigen Sie mal her!« Gürtler hielt den Plastikfetzen auf Augenhöhe. »Eschenbach, Eschenbach … ja, genau. Der hieß auch Eschenbach! Also bei euch Zürchern wundert mich gar nichts mehr, ehrlich.«

»Wollen Sie mich jetzt veräppeln?«

»Ich?« Gürtler lachte schallend.

»Ich meine, sind Sie sicher?«

»Na klar! Eschenbach. Das ist doch dieses Kaff im Sankt Gallischen. Da war ich drei Wochen in der Verlegung … in der Rekrutenschule. Dass ich da nicht gleich draufgekommen bin.«

Der Kommissar verstand die Welt nicht mehr. Nachdem er einen Moment geschwiegen hatte, zuckte er die Achseln. »Nun, ich kann's jedenfalls nicht gewesen sein.«

Wieder lachte Gürtler.

»Ich wäre froh, Sie könnten mir die Person beschreiben, die mit meinem Ausweis in der Gegend rumläuft.«

Gürtler kniff die Augen zu: »Etwas kleiner als Sie, vielleicht. Und jünger … jünger auf jeden Fall.«

»Geht's etwas genauer? Ich meine, blond, dunkel, lange Haare, kurze Haare, dick, dünn, breites Gesicht, schmales Gesicht …« Eschenbach ging die Luft aus. »Die halbe Welt ist jünger als ich.«

»Er trug eine Wollmütze … was weiß ich, was der für Haare hatte. Ist wie Sie einfach hereingelatscht … in die Notaufnahme.«

Es sah aus, als dachte Gürtler einen Moment nach. »Draußen hat's geschneit wie blöd. Bei all den Leuten, die kommen und gehen. Rund um die Uhr. Arbeiten Sie mal hier … siebzig Stunden die Woche.«

»Würden Sie ihn wiedererkennen, auf einem Foto zum Beispiel.«

»Vermutlich schon.«

»Haben Sie E-Mail?«

»Wer hat das nicht …« Der Arzt suchte in seinen Hosentaschen nach einer Visitenkarte. »Hier, steht alles drauf.«

»Gut, ich melde mich.« Bevor Eschenbach hinaus ins Freie trat, drehte er sich noch einmal um und rief: »Danke übrigens. Sie haben mir sehr geholfen.«

# 30

Es war kurz vor halb acht Uhr abends, als Jagmetti in der alten Mühle an der Forchstrasse eintraf.

»Du bist zu spät!«, maulte Lenz.

»Aber nicht der Letzte«, sagte Jagmetti.

»Eschenbach hat angerufen.« Die Miene von Ewald Lenz wurde finster. »Seine Tochter ist wieder im Spital. Offenbar sind Drogen im Spiel. Er hat nicht viel gesagt … vielleicht kommt er später noch dazu.«

Jagmetti biss sich auf die Unterlippe. »Mist«, sagte er.

Sie gingen in die Stube und setzten sich an den Tisch. Jagmetti erzählte, was er in Zürich herausgefunden hatte. »Vier Kontakt- und Anlaufstellen für Drogenabhängige, bei der Kaserne, in Brunau, in Selnau und in Oerlikon; dann die Jugendberatung Streetwork an der Wasserwerkstrasse, ein Bus für Frauen auf dem Drogenstrich …« Jagmetti ratterte eine ganze Liste mit Namen herunter. »Und ich hab gedacht, in Zürich gibt's nur Banken. Die Hacken hab ich mir abgelaufen, also ehrlich!«

»In Bern waren es ein paar weniger«, erwiderte Lenz trocken.

»Die meisten haben mit den Namen eh nichts anfangen können oder sie versteckten sich hinter dem Datenschutz. Und beim Treffpunkt Züri hab ich vor verschlossenen Türen gestanden. Stell dir vor, die haben zugesperrt, vor einer Woche oder so. Das hat mir dieser Typ erzählt …« Jagmetti sah in seinen Notizen nach: »Joel Crisovan hieß der, ein dickgesichtiger Geistlicher … der ist mir zufälligerweise über den Weg gelaufen. Von der Mission St. Martin, hat er gesagt. Die führen jetzt das Ganze.«

»Und die Alten?«, wollte Lenz wissen. »Diejenigen, die das früher gemacht haben. Wo sind die?«

»Das hab ich auch gefragt. Aber er wusste es nicht. Hat nur gemeint, dass jetzt alles renoviert und dann dieser Mission übergeben würde … von neuen Ufern hat er geredet. Ich bin dann gleich mit ihm rein.« Wieder sah er in sein Notizbuch. »Das war an der Selnaustrasse, dort gleich beim Lauschuli's Karaoke Bistro. So heruntergekommen sah die Bude gar nicht aus. Trotzdem, es war kaum noch was da. Nur ein paar Stühle und Tische. Wie bei meiner Großmutter, nachdem sie gestorben war und die Leute vom Trödelmarkt fast alles abgeholt hatten.«

»Das ist allerdings interessant.« Lenz nickte bedächtig.

Innerhalb einer Woche sollte der Treffpunkt wieder eröffnet werden. Ein Haufen in Leder gebundene Bibeln hatte im Büro gelegen. »Als ich ihn gefragt habe, ob er es denn richtig findet, dass man bei minus achtzehn Grad den Laden dichtmacht, hat er tatsächlich geantwortet, Jesus würde auch mir den Weg noch zeigen. Also ehrlich, mich hat's gefroren.«

Während der nächsten zwei Stunden versuchten sie sich von der Lage ein Bild zu machen. Der Alte hatte einen großen Pappkarton an die Wand genagelt und notierte mit farbigen Filzstiften darauf, was sie herausgefunden hatten.

Für sieben von den achtzehn Namen auf der Liste hatten sie eine heiße Spur. Es war im Wesentlichen Pfarrer Sieber zu verdanken, dass sie überhaupt so weit gekommen waren. Sieber, der sich mit einer privaten Stiftung seit Jahren um die Bedürftigen der Stadt kümmerte, war auch der Grund gewesen, weshalb sich Jagmetti verspätet hatte. Nachdem der Polizist die städtischen Häuser durchhatte, war ihm die Idee gekommen, den Pfuusbus des Pfarrers aufzusuchen. Zum Glück.

»Der bärtige Alte hat Hochkonjunktur. Seine zwei ausrangierten Campingbusse und die Holzbaracke, die er auf einem leer stehenden Gelände bei Albisrieden betreibt, quellen über. Der ist völlig verzweifelt, sag ich dir … weiß gar nicht, wo er mit allen hinsoll.« Jagmetti machte ein nachdenkliches Gesicht. »Das ist mir unter die Haut gegangen. Wenn du siehst, wie sich der Achtzigjährige für die ganzen Leute aufopfert. Ich bin mir ziemlich nutzlos vorgekommen, wenn du weißt, was ich meine.«

»Ich kann dir's gut nachfühlen«, sagte Lenz. »Wenn man so nah draufhockt und einem die Leute in die Augen schauen, dann sieht alles anders aus.«

»Genau. Jedenfalls habe ich lange warten müssen, bis sich der Pfarrer die Zeit genommen und sich die Sache mit der Liste und den Namen angehört hat. Aber es hat sich gelohnt. Er kennt die Leute, die mit nichts in der Tasche auf der Straße leben. Wenn er von ihnen spricht, ist es, als spräche ein Schäfer über seine Herde. Sein wilder Bart, die weißen Haare, die ihm an der Stirn kleben, und dann dieser lange Mantel aus Lammfell … also ich hatte den Eindruck, dass er diesen Vergleich geradezu provozieren will.«

Jagmetti hatte alles in sein Notizbuch geschrieben und zusammen mit Lenz versuchte er nun, die Details in ein größeres Ganzes zu stellen.

»Fassen wir zusammen«, sagte der Alte. »Die fünf Namen von Sieber, die zwei Personen, auf die Eschenbach gestoßen ist, und der alte Mann, den ich in Bern ausfindig gemacht habe … Wir wissen nun, dass hinter den Namen auf der Liste real existierende Menschen stehen.«

»Und dass sie tot sind, das wissen wir auch«, sagte Jagmetti.

»Nicht in allen Fällen. Nur dort, wo wir eine Leiche haben. Aber es dürfte kein Hexenwerk sein, die restlichen Personen abzuklären.«

Jagmetti nickte.

»Wir haben Jung und Alt, Frauen, Männer … alle Klassen, alle Kategorien.« Lenz zupfte an seinem Schnurrbart. »Und doch muss es etwas geben, das alle miteinander verbindet.«

Jagmetti schaute ratlos zu dem Karton.

»Einen gemeinsamen Nenner, meine ich.« Lenz drehte den Kopf in alle Richtungen und massierte sich den verspannten Nacken. »Wir müssen jetzt alles ganz genau wissen. Sonst kommen wir nicht weiter.« Er stand auf, ging zum Pappkarton an der Wand und schrieb: Wohnort? … Bekannte? … Freunde? … Tod? … Todesursache? … Totenschein?

Gemeinsam erstellten sie eine lange Liste. Als der ganze Karton vollgeschrieben war, seufzte Jagmetti laut: »Ohne Hilfe brauchen wir Wochen! Wir sind aber nur zu dritt.«

»Zu zweit«, bemerkte Lenz trocken. »Im Moment jedenfalls.«

Sie gingen die Liste nochmals durch, strichen wieder und setzten Prioritäten.

Eschenbach kam nicht mehr. Gegen halb eins verabschiedete sich Jagmetti und fuhr zurück in die Innenstadt. Er stellte seinen Wagen auf dem Parkplatz hinter dem Frauenmünster ab und ging den Rest des Weges zu Fuß. Auch zu Hause war der Kommissar nicht. Es sah alles noch genau so aus wie am Morgen, als sie gemeinsam gefrühstückt hatten. Der Honig stand noch da, der Deckel halb offen; und Brotkrümel zierten den Küchentisch.

Jagmetti lag eine Weile wach und dachte nach. Eschenbach hatte ihm Kathrins altes Zimmer hergerichtet. Ein *BRAVO*-Poster von Bon Jovi hing noch da und eins von Eminem. Er dachte an die kleine Familie, die er immer für unzertrennlich gehalten hatte, und daran, wie es Kathrin wohl ging. Kurz bevor die Gedanken in seinem Kopf zu kreisen begannen, schlief er ein.

# 31

Konrad Schwinn stand in der Migros und studierte das Kleingedruckte auf einer Packung Fertigrisotto.

3-Carboxy-3-hydroxy-pentan-1,5-disäure, besser bekannt als Zitronensäure, ist ein farbloser, wasserlöslicher Feststoff. Sie wird in der Lebensmittelindustrie als Säuerungsmittel und zur Konservierung verwendet, trägt die Bezeichnung E 330 und wird mit dem Urin wieder ausgeschieden. Der menschliche Organismus produziert diesen Stoff ebenfalls, im Rahmen seines Citratzyklus. Es handelt sich dabei um einen komplizierten Stoffwechselvorgang, für dessen Aufklärung der deutsche Biochemiker Hans Adolf Krebs 1953 mit dem Nobelpreis für Medizin belohnt wurde.

Dies alles wusste Schwinn, nur kochen konnte er nicht. Wahllos füllte er seinen Einkaufskorb mit Fertigprodukten. Er wäre gerne wieder einmal in ein Restaurant gegangen; in den Kreis 6 oder zu Barbara in die Caffetteria am Limmatplatz. Aber weil es nicht klug war, ließ er es bleiben. Nicht einmal zu McDonald's traute er sich. Zürich war nicht New York, Untertauchen kein Zuckerschlecken.

Schwinn schleppte die Tüten am Zeitungsstand vorbei. Einen Moment zögerte er, vielleicht sollte er sich noch eine Zeitschrift mitnehmen. Flüchtig las er die Überschriften. Bei einer blieb er hängen. Ungläubig las er sie ein zweites Mal: *ETH ent-*

*wickelt Drogen für CIA*, titelte der *Blick*. Auf der Frontseite war Winters Kopf groß abgebildet. Schwinn durchfuhr ein eiskalter Schauer. Der Professor sah ihm direkt in die Augen: »Mein lieber Koni …« Schwinn stellte die Einkaufstaschen auf dem Boden ab. Er nahm ein Exemplar und blätterte darin. Es ging um geheime Dokumente des Nachrichtendienstes. Einige Passagen wurden zitiert. Schwinn kannte sie. Er hatte sie selbst übersetzt, Heiligabend in Zimmerwald. Die Berichte – das Original und die deutsche Übersetzung – waren abgebildet.

»Sind das Ihre Tüten?«, meckerte ein älterer Herr. Er hatte Schwinn von hinten angerempelt und sah ihn nun giftig an.

Der Assistenzprofessor nickte.

»Sie müssen die Zeitung noch bezahlen!«, rief die Kioskfrau.

»Ja.« Mit zwei Einkaufstaschen in einer Hand, der Zeitung unterm Kinn und den Gedanken ganz woanders bezahlte Schwinn.

Zurück in seinem Übergangsdomizil, verriegelte er die Wohnungstür, setzte sich auf den nächsten Stuhl und las den Artikel nun ganz genau. Es bestand kein Zweifel, jemand musste das Original samt Übersetzung der Zeitung zugespielt haben. Schwinn erfuhr, dass man Winter an der ETH nicht habe erreichen können. Eine Kurzbiografie des Professors war abgedruckt sowie eine Liste seiner Forschungsschwerpunkte und wissenschaftlichen Meriten. Ein Fachmann auf dem Gebiet der Verhörmethodik – Schwinn hatte den Namen noch nie gehört – meinte, dass er all das für möglich hielt. Und ein emeritierter Professor, angeblich ein Experte in Militärfragen, verkündete: »Natürlich weiß ich von all dem nichts. Aber es überrascht mich auch nicht.« Der Kern der Geschichte wurde mit einem geschwätzigen Überhang aufgemöbelt. Es war grauenhaft.

Schwinn versuchte in den folgenden Stunden Winter auf dem Handy zu erreichen, erfolglos. Auch bekam er keine Antwort auf die SMS, die er dem Professor geschickt hatte. Was sollte er tun?

Bis spät in den Abend las sich Schwinn durch die letzten drei Ausgaben des *Journal of Biological Chemistry*. Die erhoffte Ablenkung brachte es nicht. Vielleicht lag es aber auch an den Beiträgen; es war kaum etwas Weltbewegendes darunter.

Der Anruf von Winter kam kurz nach elf. »Koni, ich hab's mir überlegt. Wir müssen reden.«

»Einverstanden.«

»Aber nicht am Telefon.«

»Wo dann?« Schwinns Augen blieben an der Zeitung hängen. »Dein Bild ist auf der Titelseite vom *Blick*. Du wirst gesucht, Theo!«

»Du auch.«

Schwinn stutzte. »Also gut. Was schlägst du vor?«

Winter nannte eine Adresse in Celerina, im Oberengadin. »Ein Freund hat mir seine Wohnung überlassen. Am besten, du kommst gleich morgen früh hoch, dann sprechen wir über alles.«

»Abgemacht«, sagte Schwinn.

Am nächsten Tag, kurz nach zehn, stand Konrad Schwinn in Thusis. Der Julierpass war einzig Fahrzeugen mit Vierradantrieb und Schneeketten vorbehalten. Schwinn hatte beides nicht. Er musste warten und hoffen, dass er es auf einen der nächsten Autozüge der Rhätischen Bahn schaffen würde. Während er in seinem Wagen saß und es immer kälter wurde, zählte er die Fahrzeuge, die zwischen ihm und der Verladestation ebenfalls auf ein Weiterkommen drängten.

Die Engadiner Sonne hatte ihren höchsten Stand längst erreicht, als Schwinn das Wohnhaus fand, in dem sich Winter versteckt hielt. *Dr. Frank Hummer* stand auf dem Klingelschild. Offenbar gehörte die Residenz dem Chef des größten Pharmakonzerns im Land. Beziehungen musste man haben, dachte Schwinn.

Es war ein riesiges Haus, hell und modern. An den Wänden hing zeitgenössische Kunst im Großformat und im Kamin brannte ein Feuer.

»Auf unser Wiedersehen«, begrüßte ihn Winter und entkorkte eine Flasche Veuve Clicquot.

Schweigend tranken sie.

Schwinn hatte ein ungutes Gefühl. Würde der Professor ihm diesmal eine Antwort auf seine Fragen geben? Nach einer Weile stellte er sein Glas auf den Sims beim Kamin, öffnete seine Mappe und nahm die Zeitung heraus. »Ist das wahr, Theo?«

»Setzen wir uns doch erst einmal«, sagte Winter. Er ging zur großen Sitzgruppe, ließ sich in die hellen Kissen fallen und schlug die Beine übereinander.

Schwinn, der ebenfalls Platz genommen hatte, wartete unruhig.

Es geschah nichts.

»Ich fahr doch nicht vier Stunden hier hoch, damit du mich anschweigst. Sag was, Theo!« Der Assistent saß lauernd auf der Couchkante.

Der Professor drückte seinen kurzen Oberkörper in die hellen Kissenbezüge und sah zum Fenster hinaus. Ein weißes Schneefeld zog sich bis zur alten Pfarrkirche San Gian. Zwei Türme aus altem Stein reckten sich wie ein Geschwisterpaar in den makellosen Winterhimmel.

»Der kleinere ist älter«, begann er leise. »Zusammen mit Teilen des Langhauses und des Chors stammt er aus der Zeit um 1100. Später kam der große … du solltest mal reingehen. Eine wunderschöne Decke mit Spitzbögen, prächtig bemalt. Ein Meisterwerk des späten 15. Jahrhunderts.«

Schwinn rollte die Augen. »Sicher ist sie schön … du magst Kirchen, ich weiß. Aber das ist nicht das Thema.«

»Doch das ist es«, sagte Winter. »Stell dir vor: Zur selben Zeit, als man hier solche Kunstwerke errichtete, hauste ganz Amerika noch in Tipizelten und schnitzte Marterpfähle.«

»Das hat sich geändert, Theo.«

»Nein, hat es eben nicht. Amerika ist bis heute ein Land der Barbaren.«

»Worauf willst du hinaus?«

»Die Kultur eines Landes erkennt man daran, wie es seine Feinde behandelt.« Winter hob das Kinn. »Es ist grauenhaft, mit welchen Holzhackermethoden man noch immer vorgeht.«

»Dann ist es also wahr, was in der Zeitung steht.«

»In der Zeitung steht überhaupt nichts.« Winter schüttelte energisch den Kopf. »Aber wenn es dich interessiert, kann ich dir erzählen, was NICHT in der Zeitung steht. Etwas über die verschärften Verhörmethoden der CIA zum Beispiel, die man im Frühjahr 2002 beschlossen hat.«

»Erspar mir die Details, Theo. Ich will lediglich wissen, ob an dieser Geschichte etwas dran ist. Ob du mit drinhängst, Herrgott noch mal.«

Winter hörte nicht zu. Er berichtete über die von der amerikanischen Regierung genehmigten Foltermethoden, angefangen bei Schlägen mit der offenen Hand, in Gesicht und Magengrube, über Kältebehandlungen bis hin zu weiteren qualvollen Torturen. Der Professor redete, als müsse er eine tonnenschwere Last loswerden. »Das Wasserbrett ist eine der wirkungsvollsten Behandlungen, um schweigsame Internierte zum Sprechen zu bringen. Eine Person wird mit den Füßen nach oben auf ein schräges Brett geschnallt, der Kopf mit Zellophan umwickelt, dann Wasser dosiert in die Nase gegossen.« Winter schloss die Augen. »Ein Gefühl, als zerspränge einem der Schädel. Angehörige der CIA haben es im Selbstversuch keine fünfzehn Sekunden ausgehalten. Das reinste Mittelalter im 21. Jahrhundert.«

Schwinn saß da und schwieg. Er hatte es aufgegeben, Winter unterbrechen zu wollen. Am besten war es, ihn einfach reden zu lassen, dachte er. Und weil er sich das, was der Professor erzählte, nicht vorstellen mochte, kritzelte er in Gedanken die Molekülverbindung von Wasser.

»Hörst du mir überhaupt zu?« Der Professor stand auf. »Der Clou kommt nämlich erst: Khaled Mohammed, der Drahtzieher des 11. September, lag auch auf diesem Brett. Zweieinhalb Minuten hat er es ausgehalten, bis ihm die Augen fast aus den Höhlen gesprungen sind. Dafür gab's sogar Respekt vom Feind. Aber was er dann ausgeplaudert hat, war Humbug. Irrelevant, und von der Wahrheit etwa so weit weg wie die Erde vom Mond.« Es entstand eine kurze Pause. Winter fügte hinzu: »In den offiziellen Protokollen steht natürlich was ganz anderes. Aber was soll's.«

»Und dann bist du gekommen und hast ihm Aspirin gegeben?« Schwinn hob genervt den Blick. Winter stand jetzt direkt vor ihm.

»Du bist ein Zyniker, Koni.«

»Ja, vielleicht. Aber ich versteh immer noch nicht, was das alles mit dir zu tun hat. Erklär's mir bitte!«

Winter setzte sich wieder. Wie ein Sack sank er in die Kissen und seufzte. »Diese ganzen religiösen Fanatiker … die verraten ihren Gott nicht. Denen ist das Sterben egal, verstehst du? Sie sprengen sich auch ohne unser Zutun in die Luft. Und deshalb hat man irgendwann eingesehen, dass man mit diesen Methoden nicht weiterkommt.«

»Und dann bist du auf den Plan getreten?«

»Gewissermaßen ja.« Winter hob die Augenbrauen. »Zusammen mit dem Hudson Institute habe ich Substanzen entwickelt, mit denen man diese Leute in ihr eigenes Paradies katapultieren kann.« Der Professor machte eine Handbewegung. »Du weißt ja selbst, dass wir heute mit Chromatografie und Spektroskopie über Techniken verfügen, bekannte psychoaktive Moleküle zu spalten.«

»Natürlich.« Schwinn nickte. »Ihr habt denen einen Gefühlbaukasten zusammengezimmert und ihn auch gleich ausprobiert.« Der Assistenzprofessor wusste um die Möglichkeiten und er konnte sich auch vorstellen, wie groß die Versuchung gewesen war, sie an Menschen testen zu können.

Der Professor sah seinen Assistenten an: »Es ist natürlich illegal, aber es ist keiner daran gestorben. Das ist entscheidend.«

»Ich bin nicht dein Richter, Theo. Das musst du schon selbst verantworten.«

»Ja, ich weiß.«

Schwinn sah auf die Zeitung, die die ganze Zeit zwischen ihnen auf der Couch gelegen hatte. »Ich weiß schon länger davon«, sagte er nach einer Weile. »Ich hab den Bericht selbst übersetzt. Er stammt vom VEVAK und ist am 24. Dezember über *Onyx* reingekommen.« Der Assistent erzählte seinem Professor die ganze Geschichte. Wie er überraschend zum Militär aufgeboten und am Heiligabend nach Zimmerwald abkommandiert worden war. »Ich hätte deinen Namen gern rausgenommen, aber es ging nicht.« Schwinn zuckte die Schultern. »Sie haben mir die ganze Zeit auf die Finger geschaut.«

Winter, der aufmerksam zugehört hatte, nickte. »Mach dir nichts draus, es hätte nichts geändert. Es war von Anfang an ein abgekartetes Spiel.«

»Ich versteh nicht ganz …« Schwinn runzelte die Stirn.

»Es ist ein Kuhhandel, Koni. Teil einer Geben-und-Nehmen-Strategie.«

»Mit dem SND?«

»Ja. Der Strategische Nachrichtendienst interessiert sich schon lange für meine Arbeit. Sie wissen genau, was ich für die CIA gemacht habe. Das ist ein ganz alter Zopf. Die Sache in Zimmerwald hatte einen anderen Hintergrund.«

»Kannst du deutlicher werden?«

»Es war auf dich ausgelegt … ganz bewusst. Hast du dich nie gefragt, warum ausgerechnet du das Ganze übersetzen musstest?«

»Doch. Es war ungewöhnlich, das ist mir aufgefallen.«

»Eben. Und wie viele solcher Dokumente hast du fürs Militär bisher übersetzt? Arabische, meine ich.« Winters Mundwinkel zuckten.

»Keine.«

»Siehst du? Auch wenn der Inhalt stimmt, grosso modo wenigstens, so hat es dieses Dokument in Wirklichkeit nie gegeben. Schon gar nicht auf Arabisch. Alles Bullshit!«

»Meinst du?« Schwinn erinnerte sich daran, wie wichtig ihm dieser Auftrag vorgekommen war und wie stolz er insgeheim gewesen war, weil man ihn gebraucht hatte. Wer konnte schon Arabisch, an einem Heiligabend in Zimmerwald? Verlegen strich sich Schwinn eine Haarsträhne aus der Stirn. »Und was war deiner Ansicht nach der Sinn der Sache?«

»Dass du es der Presse zuspielst, was sonst?« Winter lachte.

»Ach ja?« Schwinn hob den Kopf. »Aber das hab ich nicht getan, Theo. Ich schwör's dir, das war nicht ich!«

»Schon klar«, sagte Winter ruhig. »Trotzdem, dass ein hochbegabter Assistenzprofessor mit Ambitionen auf einen ETH-Lehrstuhl diese Gelegenheit beim Schopf packen würde … so ganz abwegig ist der Gedanke nicht.«

»Weiß nicht.«

»Es war jedenfalls Teil ihres Kalküls … so denken die.« Der Professor schmunzelte, dann fuhr er mit ernster Miene fort: »Jetzt mussten sie's selbst tun. Vermutlich werden sie versuchen, es dir in die Schuhe zu schieben.« Winter machte eine Pause.

»Dann müssen wir zur Polizei, Theo. Das ist die einzige Möglichkeit, Klarheit zu schaffen.«

»Für dich vielleicht.« Der Professor lachte kurz auf. »Nein, mein lieber Koni. Diese Option steht nicht zur Debatte. Dann ist das Spiel aus, für mich … für alle.«

»Ich verstehe überhaupt nichts mehr. Dann geh ich eben«, sagte Schwinn entschlossen. »Ich lass mich doch nicht zum Affen machen für Dinge, mit denen ich gar nichts zu tun hab.« Er wollte aufstehen.

»Nein!« Winter hielt ihn fest. »Nicht jetzt!«

Schwinn riss sich los. »Ich hab viel zu lange gewartet … mich immer wieder von dir vertrösten lassen, Theo!«

»Warte!« Auch Winter stand auf. »Drei Tage … mehr brauch ich nicht. Dann kannst du tun, was du willst.«

Schwinn zögerte.

»Es ist ein Wettlauf mit der Zeit«, sagte Winter und fuhr sich mit der Hand über die kurzen, stoppeligen Haare. »Eschenbach ist klug. Er wird auch ohne deine Hilfe draufkommen.«

»Es geht um die Liste, nicht wahr? Um die *Proetecin*-Studie«, sagte Schwinn. »Du weißt davon!«

»Ja.«

»Dann sag's mir, ich will's wissen!«

»Es geht um Politik, Macht … und ums Versagen. Ein ganzer Apparat steckt dahinter. Mehr kann ich dir nicht sagen. Nicht jetzt.«

Schwinn ging ein paar Schritte, sah hinaus auf das Schneefeld und die Kirche. Dann meldete sich sein Handy.

»Was ist?«, fragte Winter.

»Marc Chapuis.« Schwinn kannte die Nummer auf dem Display. Eine Weile sprach er mit dem Forschungsleiter, dann klappte er das Handy zu.

»Und?« Winter sah fragend zu Schwinn. »Was meint er? Hat er eine Ahnung, weshalb die Affen eingegangen sind?«

»Ja. In einem der Gehege gab's über Nacht einen Stromausfall. Die Wärmeanlage ist ausgefallen … es wurde recht kalt. Chapuis meint, die Tiere sind deswegen tot. Erfroren, gewissermaßen.«

»Es können doch nur ein paar Stunden …« Winter stockte. »Das ist unmöglich, Koni.«

»Doch. Es betrifft nur die Tetrodotoxin-Affen, die andern haben überlebt. Es ist das Medikament. Chapuis meint, es besteht überhaupt kein Zweifel. Er hat's im Labor getestet. Die Resultate zeigen, dass bei tiefen Temperaturen die Molekülverbindung der Substanz aufbricht. Dadurch geht unser verändertes Tetrodotoxin wieder in seine Ursprungsstruktur zurück …«

»Ich glaub's nicht …« Der Professor schüttelte den Kopf, ging langsam zum Fenster und drückte seine große Stirn ans kalte Glas. »Ich kann's einfach nicht glauben.« Er wiederholte den Satz mehrmals und schlug dabei seinen mächtigen Kopf leicht gegen die Fensterscheibe. Dann sah er draußen das Mädchen. Auf einem Pferd galoppierte sie über das große Schneefeld in Richtung der Kirche San Gian. Sie wurde immer kleiner.

»Es ist nicht dein Fehler«, sagte Schwinn.

»Doch.« Winter drehte sich um. »Ich hätte es wissen müssen. Es ist die Kälte, sie macht alles kaputt.«

# 32

Zuerst wusste Eschenbach nicht, wo er war.

Die ungewohnten Geräusche, der Geruch, den er von irgendwoher zu kennen glaubte, und das Halbdunkel, das ihn umgab. Er rieb sich die Augen. Nach einer Weile dämmerte es ihm. Der Anruf von Corina und seine Fahrt ins Spital. Das Gespräch mit Dr. Schwalb und die Fragen, die er Kathrin nicht stellen konnte, nicht stellen durfte. Eschenbach erinnerte sich an den Abend mit Corina. Nachdem sich Kathrins Zustand stabilisiert hatte, waren sie in ein kleines Restaurant gefahren und hatten lange miteinander geredet. Eschenbach hatte sich gewundert, wie vertraut sie sich immer noch waren, auch wenn sie mehr über Kathrin als über sich selbst gesprochen hatten. Und überraschenderweise hatte er den Eindruck, als sei zwischen Wolfgang und ihr nicht mehr alles nur rosarot.

Der Kommissar sah auf die Uhr. Es war kurz vor sieben. Er musste auf dem Lehnstuhl neben dem Bett eingeschlafen sein. Leise erhob er sich, ging zu seiner Tochter ans Bett und strich ihr die schwarzen Strähnen aus der Stirn. Sie schwitzte. Einmal zuckten ihre Augenlider und er hatte für einen Moment das Gefühl, sie wache auf. Aber es war nur der flache Atem, der den Brustkorb kaum zu heben vermochte. Es blieb das Bangen und das Hoffen. Während er das bleiche Antlitz seiner Tochter betrachtete, fiel ihm auf, wie schön sie war. Ihre ebenmäßigen Gesichtszüge mit dem zierlichen Näschen und die hohen Wangenknochen, die sie von ihrer Mutter hatte.

Er erinnerte sich daran, wie er ihr stundenlang Geschichten erzählt hatte, damals, als sie sieben oder acht Jahre alt gewesen war. Sie liebte die schönen Feen und Prinzessinnen, Rapunzel und Schneewittchen. Und als er ihr einmal Andersens *Das Mädchen mit den Schwefelhölzern* vorgelesen hatte – das letzte Streichholz war erloschen und die Kleine in den Himmel zurückgekehrt und von der verstorbenen Großmutter in die Arme genommen worden –, da hatte sie ihn gefragt: »Papa, ist Sterben eigentlich was Schönes?«

Eschenbach wusste nicht mehr, was er darauf geantwortet hatte. Nur die Frage war ihm geblieben. Die Frage und die Erinnerung daran, dass er ihr die letzte Seite des Buches nicht mehr gezeigt hatte: das Bild des kleinen Mädchens, das tot zwischen den Häuserschluchten lag, erfroren im Schnee.

Auf einmal kam dem Kommissar ein grauenhafter Gedanke. Noch ein paarmal strich er mit der Hand über Kathrins feuchte Stirn, dann verließ er das Zimmer.

Im Gang wäre er beinahe von einem heranrollenden Frühstück überfahren worden.

»Um Himmels willen!« Die Schwester, eine stämmige Frau in den Fünfzigern, entschuldigte sich.

»Keine Ursache.« Eschenbach sah auf den Teller mit den Brötchen, Bütterchen, Konfitürchen und dem Joghurt. Plötzlich fiel ihm auf, dass er Hunger hatte. »Ich suche Dr. Schwalb. Können Sie mir sagen, wo ich ihn finde?«

Die Suche nach Dr. Bernhard Schwalb führte Eschenbach durch Treppenhäuser, Glastüren und endlose Korridore. An den Wänden in den Gängen hingen Aquarelle, eingerahmt hinter Glas; Seerosenteiche und Segelschiffe im ersten Stock, Sonnenauf- und -untergänge im zweiten. Zuoberst, unter dem Dach, sinnigerweise Berge: Matterhorn, Allalinhorn und Dufourspitze. Dort fand er auch Dr. Schwalb, im Schwesternzimmer neben dem Brienzer Rothorn.

Der Arzt saß an einem großen Tisch. Auf der weißen Platte vor ihm lagen ein paar Krankenblätter und ein halbes Käsesandwich, daneben stand ein Pappbecher mit Kaffee. »Schon so früh unterwegs?«, fragte er, als Eschenbach auf ihn zukam.

»Darf ich?«

»Nur zu.« Schwalb deutete auf den Stuhl neben sich.

Der Kommissar setzte sich wortlos hin. Einen Moment wartete er in der Hoffnung, der Arzt würde von sich aus was sagen.

Schwalb biss in die zweite Hälfte seines Sandwichs. Kauend bemerkte er: »Sie sehen aus, als hätten Sie hier übernachtet.«

»Hab ich auch.« Eschenbach seufzte. »Und ich würde mich gerne mit Ihnen über die Krankengeschichte meiner Tochter unterhalten.«

»Kein Problem.« Der Mann im weißen Kittel schluckte den letzten Bissen herunter und spülte mit Kaffee nach. »Wenn Sie wollen, können wir auch in ein anderes Zimmer ...« Er sah zur Krankenschwester, die am Fenster stand und Reagenzgläser mit Blutproben beschriftete.

»Nicht nötig.«

»Gut.« Schwalb drehte den Stuhl so, dass er dem Kommissar direkt in die Augen sehen konnte. »Es war ein Kreislaufzusammenbruch ... der zweite jetzt schon.«

»Ja, ich weiß, Drogen sollen der Grund sein, hat meine Frau gesagt. Aber vielleicht geht es etwas präziser ... ich meine, welche Substanzen hat man bei ihr gefunden?«

»Amphetamine im Wesentlichen. Amphetamin und Methamphetamin ... Der Arzt machte ein hilfloses Gesicht. »Koks oder Speed vermutlich. Das lässt sich nur schwer sagen.«

»Und was heißt das?« Eschenbachs Erfahrungen mit bewusstseinserweiternden Drogen lagen dreißig Jahre zurück. Seither hatte er das Thema gemieden. Doch er musste wissen, womit er zu rechnen hatte.

»Amphetamine erhöhen die Konzentration der körpereigenen Botenstoffe im Gehirn: das Noradrenalin und Dopamin. Im Gegensatz zu Kokain, das lediglich die Wiederaufnahme der Botenstoffe in die präsynaptische Nervenzelle hemmt, dringen Amphetaminmoleküle direkt in die Nervenzelle ein. Sie bewirken dort die Freisetzung der Stoffe. Außerdem kommt es zur Ausschüttung von Adrenalin aus dem Nebennierenmark …« Der Arzt hielt einen Moment inne. »Das ist alles ein wenig technisch jetzt … aber so funktioniert's.«

Der Kommissar fuhr sich mit der Hand über Kinn und Mund, nickte und dachte nach.

»In der Technoszene werden diese Psychostimulansien eingenommen«, fuhr Schwalb fort, »um nächtelang durchtanzen zu können. Alle Körperfunktionen, die zum Kämpfen oder Flüchten notwendig sind … Atmung, Blutdruck, Puls werden auf Hochtouren gebracht. Und durch die Noradrenalinfreisetzung im Gehirn kommt es zu einer erhöhten Aufmerksamkeit und einem gesteigerten Selbstbewusstsein. Als sage einem jemand: Du bist okay – du wirst es schaffen! Eine beliebte Droge bei Studenten, um mit dem Prüfungsstress fertig zu werden. Übrigens auch bei manchen Ärzten …« Der Doktor lächelte. »Und weil sie Schmerzempfindung, Hunger- und Durstgefühle dämpft, funktioniert sie auch als Appetitzügler … gerade bei jungen Frauen.« Es kam ein leichter Seufzer. »Ein weites Feld, mit dem wir uns da herumschlagen, Herr Kommissar. Aber wem sag ich das … Sie sind schließlich Polizist.«

»Ja«, murmelte Eschenbach. »Als ob dies etwas nützte.«

»Wir tun alle unser Bestes.«

»Vielleicht.«

Der Arzt machte eine aufmunternde Geste mit dem Daumen. »Ihre Tochter bekommen wir schon wieder hin. Sie braucht jetzt erst einmal Ruhe. Und wenn es ihr wieder besser geht …« Schwalb brach mitten im Satz ab.

»Was dann?« Erwartungsvoll sah der Kommissar den Arzt an.

»Es liegt nicht in meiner Kompetenz, ich weiß: Aber vielleicht wäre es gut, Sie würden sich Zeit für sie nehmen. Ich glaube, Ihre Tochter braucht Sie.«

Eschenbach sah zur Decke. »Ja, kann sein.«

»Ich habe darüber auch mit Ihrer Frau gesprochen. Aber es liegt natürlich ganz bei Ihnen beiden.«

Der Kommissar nickte.

Der Arzt begann, die Krankenblätter zu einem Stapel zusammenzuschieben, als Zeichen dafür, dass er weitermusste. »Dieses Drogenscreening … ich meine, finden Sie da auch andere Substanzen? Nervengifte zum Beispiel?«

Schwalb stutzte. Dann schien es ihm einzufallen: »Tetrodotoxin, meinen Sie?«

»Ja, genau. Wie sind Sie jetzt darauf gekommen?«

»Das Drogenscreening, wie Sie es nannten … nun, da finden wir natürlich kein Tetrodotoxin. Das ist ein Standardverfahren. Wenn wir das Gefühl haben … oder auch Hinweise, dass der Patient unter Drogeneinfluss steht, dann machen wir das. Bei Verkehrsunfällen auch, oder eben bei jungen Leuten, die mitten in der Nacht in der Disco zusammenbrechen. Da liegt so was auf der Hand.«

»Ich habe das Tetrodotoxin gemeint. Warum wissen Sie davon?« Eschenbach durchlief ein kalter Schauer. »Ist Kathrin davon betroffen?«

Der Arzt wirkte plötzlich unsicher. »Nein, wir haben nichts gefunden.«

»Und warum haben Sie überhaupt danach gesucht?« Eschenbachs Stimme wurde lauter.

»Der Befund ist negativ. Sie können sich wieder beruhigen.«

»Ich beruhige mich einen Dreck!«, polterte der Kommissar. »Wenn Tetrodotoxin nicht auf der ganz normalen Checkliste … nicht Teil eines Standardprozederes ist, wie Sie sagen, warum zum Teufel suchen Sie es dann bei meiner Tochter?«

Der Arzt schwieg.

»Hatten Sie Fälle, bei denen Tetrodotoxin gefunden wurde?«

Wieder schwieg Schwalb. Und als er Anstalten machte aufzustehen, drückte ihn der Kommissar zurück auf seinen Stuhl. »Ich will Ihnen mal etwas sagen, Sie Arzt.« Eschenbach kochte. »Ich arbeite an einem Fall, in dem vermutlich eine ganze Reihe Leute an diesem Gift verreckt ist … und ob es Ihnen passt oder nicht, ich kann Ihnen das ganze Spital hier auf den Kopf stellen lassen!«

»Tun Sie das!« Schwalb nahm Eschenbachs Arm von seiner Schulter. »Und jetzt lassen Sie mich weiterarbeiten.« Er stand auf.

Der Kommissar erhob sich ebenfalls. Er überlegte, ob er sich dem Weißkittel in den Weg stellen oder ihn am Kragen packen sollte. Schließlich ließ er ihn wortlos passieren. »Sie hören noch von mir«, rief er ihm nach. »Darauf können Sie sich verlassen!«

Bevor der Arzt das Schwesternzimmer verließ, drehte er sich noch einmal um: »Es gibt eine ärztliche Schweigepflicht, Herr Kommissar. Daran halte ich mich. Aber wenn Sie wollen, fragen Sie doch Ihren Freund, den Dr. Burri. Er kann Ihnen sicher weiterhelfen.«

»Was zum Teufel soll Christoph damit zu tun haben?«

»Er hat den Test angeordnet.«

# 33

Eschenbach saß in seinem Büro und telefonierte. Burri war nicht aufzutreiben. In der Praxis hieß es, er habe diverse Meetings »... bei der Stadtverwaltung in irgendeinem Ausschuss«. Außerdem müsse er zur Visite, ins Spital Horgen und nach Wollishofen, in die Klinik im Park. Aber wann genau, das wusste Frau Dürler auch nicht. Burris Sekretärin war ein Ausbund an Freundlichkeit.

Nachdem der Kommissar seinem Freund auf dem Handy eine Nachricht hinterlassen hatte, starrte er missmutig auf seinen Bildschirm. Was um alles in der Welt veranlasste Christoph, bei Kathrin nach Tetrodotoxin zu suchen?

*Speed* war der erste Begriff, den der Kommissar in die Internet-Suchmaschine GOOGLE eingab. Und was er las, entsprach im Wesentlichen dem, was Schwalb auch schon gesagt hatte. Natürlich hatte er ihm ein paar hässliche Details erspart, aber das hätte der Kommissar an seiner Stelle auch getan. Eschenbach fand weitere Begriffe, bekannte und weniger bekannte Drogen. Er notierte sie auf einem Blatt Papier und schon bald stellte er erstaunt fest, wie schnell seine Liste wuchs:

SPEED – AMPHETAMINE – ECSTASY – KOKAIN – CRACK – LSD – MDMA – GHB – CANNABIS – HEROIN – KETAMIN – MESKALIN – DMT – PCP – BENZODIAZEPINE – METHADON – BUPRENORPHIN.

Ein weites Feld rauscherzeugender Substanzen tat sich auf. Und als verlöre er sich selbst darin, googelte der Kommissar durch den Vormittag. Er las Erfahrungsberichte von Drogenabhängigen und Szenegängern, überflog Expertenberichte und orientierte sich über Nebenwirkungen und Spätfolgen. Mit jedem Klick stieg seine Sorge um Kathrin und plötzlich sah er seine Tochter vor sich, im Haus an der Wallstrasse, wie sie mit ausdruckslosem Gesicht vor der Durchreiche stand und ihm für ein Essen drei Franken entgegenstreckte.

Er rief in der Klinik an. Die Stationsschwester versicherte ihm, dass es Kathrin besser ging. Sie habe das Frühstück restlos aufgegessen und sei danach wieder eingeschlafen. Und nun brauche sie Ruhe, hatte sie hinzugefügt. Eschenbach wurde das Gefühl nicht los, alles schon einmal gehört zu haben.

Er musste sich unbedingt mit Corina treffen, dachte er. Zumindest was Kathrin betraf, gab es einiges, das sie besser machen konnten.

Es klopfte und Rosa kam herein.

»Nicht jetzt«, sagte er.

»Ich dachte nur, Sie brauchen das.« Sie legte ihm den Drogenbericht der Weltgesundheitsorganisation auf den Tisch. Er hatte ihn irrtümlicherweise über den Printer im Sekretariat ausgedruckt.

»Ach so.«

Rosa nahm die Post, die noch immer unerledigt im Eingangskorb lag, und verließ ohne einen weiteren Kommentar das Zimmer.

Eschenbach surfte weiter durchs Netz. Beim Begriff *Utopiate* blieb er hängen. Er gefiel ihm, eine Zusammensetzung aus Utopie und Opiate. Wenn er alles richtig verstand, waren ein paar Molekularbiologen drauf und dran, eine Tür zu zimmern, die zurück ins verlorene Paradies führte. Ein gleichsam verlockendes und erschreckendes Vorhaben, fand er. Erschreckend deshalb, weil dieses Szenario umso realistischer wurde, je mehr er darüber las.

Eschenbach klickte sich durch eine Reihe von Artikeln und Foren und landete beim Hudson Institute, New York. Auf dessen Seite fand er ein Interview mit Winter.

Der Professor berichtete, dass sie an der ETH mit der Chromatografie und Spektroskopie über Techniken verfügten, bekannte psychoaktive Moleküle zu spalten. So konnten biologisch aktive Bestandteile von Pflanzen und niedrigen Wirbeltieren isoliert werden. »Denken Sie an die starken Nervengifte, die in der Natur vorkommen. Durch eine Veränderung ihrer molekularen Struktur eröffnen sich neue Welten.«

Eschenbach suchte im Interview den Namen Tetrodotoxin, fand ihn aber nicht. Stattdessen fand er bereits erforschte Substanzen wie das 2C-B oder DIPT – Wirkstoffe zur Gefühlssteigerung, zur Freisetzung von Kindheitsfantasien und zur Entfesselung von Kreativität: »Stellen Sie sich unsere Alltagswelt vor als ein Museum interessanter Wahrnehmungen.«

Was der Professor sagte, klang faszinierend. Der Kommissar nahm eine Brissago aus der obersten Schublade seines Schreibtischs, zündete sie an und las weiter.

Wieder klopfte es an der Tür und wieder war es Rosa, die den Kopf hereinsteckte.

»Muss das denn sein, jetzt?«

»Ja, Herrgott.« Sie kam mit zügigen Schritten auf ihn zu und sagte, dass sie ihre Bekannte beim *Blick* nun habe erreichen können. »Diese CIA-Berichte kamen tatsächlich anonym per Post.« Rosa nannte das Datum des Poststempels. »Mehr konnte oder durfte sie mir nicht sagen.«

»Das ist schon okay.« Eschenbach sah in seinem Kalender nach. Es war der Tag, bevor er mit Winter in der Kronenhalle gewesen war. Winter musste davon gewusst haben.

Als der Kommissar nichts weiter mehr sagte, legte Rosa eine Unterschriftenmappe und zwei Berichte auf den Tisch und meinte freundlich: »Wenigstens die Post sollten wir erledigen, finden Sie nicht?«

Wortlos unterschrieb der Kommissar acht Briefe.

»Und etwas essen sollten Sie vielleicht auch. Es ist bald zwei Uhr.«

»Tatsächlich?« Eschenbach stutzte. Er musste völlig die Zeit vergessen haben. Nun dämmerte ihm, weshalb die Stadtverwaltung das Surfen im Internet während der Arbeitszeit verboten hatte. Der Kommissar warf einen Blick auf die Berichte. »Und woher kommt das?«

»Ewald Lenz. Er hat's gefaxt.«

»Der Lenz also …« Eschenbach blätterte die Seiten durch. Es waren Kopien von Krankenblättern und Totenscheinen: Kantonsspital Basel, Zürcher Stadtspital Triemli, Universitätsspital, Klinik Balgrist, Inselspital Bern. Auf den letzten vier Seiten fand er Notizen von Lenz und Jagmetti. »Das ging aber fix«, sagte er.

»Lenz halt.«

»Genau.«

»Ist er denn nicht pensioniert?«

»Frau Mazzoleni!« Eschenbach rollte die Augen. »Fragen Sie mich nicht Sachen, die Sie schon wissen.«

Sie unterdrückte ein Kichern.

»Eben.«

»Und Claudio?«, fragte Rosa. »Ich finde, er könnte wenigstens einmal vorbeischauen. Hallo sagen ist ja nicht verboten.«

»Wie kommen Sie denn auf Jagmetti?«

»Jetzt hören SIE aber auf!« Eschenbachs Sekretärin unterstrich ihre Empörung mit einem Griff ans Ohrläppchen. »Ich kenn doch seine Handschrift. Oder haben Sie wirklich gemeint, ich bin völlig plemplem?«

»Natürlich nicht.« Der Kommissar informierte Rosa über die kleine Guerilla-Aktion mit Lenz und Jagmetti, über die nächtlichen Sitzungen in der alten Mühle und auch über das, was sie bisher herausgefunden hatten.

Rosa hörte aufmerksam zu. »Ich hab's immer geahnt«, sagte sie, als er mit seinen Ausführungen fertig war. »Erinnern Sie sich noch an den Artikel mit den toten Stadtstreichern, den ich Ihnen gegeben habe?«

»Ja, natürlich! Sie ahnen immer alles, Frau Mazzoleni.«

Einen Moment schien sie darüber nachzudenken, ob Eschenbach es ernst meinte. »Sie sollen ihn übrigens zurückrufen … Lenz, meine ich. Er hat noch was in petto. Mehr wollte er mir nicht verraten.«

»Ach ja.« Der Kommissar zog die Visitenkarte, die ihm Dr. Gürtler gegeben hatte, aus der Jackentasche und gab sie Rosa. »Schicken Sie bitte ein Foto vom schönen Schwinn an diese Adresse … per E-Mail. Und fragen Sie ihn, ob das der zweite Eschenbach ist.«

Rosa hob die Augenbrauen und machte ein verständnisloses Gesicht. Einen Moment sah es so aus, als wollte sie etwas fragen. Dann verschwand sie mit Mappe und Hüftschwung.

Sein erster Anruf galt nicht Lenz, sondern dem Spital Horgen. Nachdem er viermal intern verbunden worden war, hatte er Kathrin am Apparat. Seine Erleichterung war hörbar: »Wie geht's dir, mein Schatz?«

»Gut … mir geht's gut, Papa.«

Eschenbach fand, dass ihre Stimme dünn klang. »Bist du im Bett?«

»Ja.«

»Gut.«

»Mmh.«

Einen Moment lang entstand eine Stille, wie zwischen zwei Menschen, die einander einmal nahegestanden und sich dann aus den Augen verloren hatten.

Eschenbach räusperte sich. »War Christoph schon bei dir?«

»Er hat angerufen.«

»Was wollte er wissen?«

»Wie's mir geht halt … dasselbe wie du, Papa.«

»Ich werde schauen, ob ich heut Abend vorbeikommen kann.«

»Das hat er auch gesagt.«

»Wer, Christoph?«

»Mmh.«

»Ich vermisse dich.«

»Ich dich auch, Papa.«

Eschenbach legte auf und blieb eine Weile reglos sitzen. Beim Telefonieren fällt es einem auf, dachte er; man erreicht den andern nicht mehr. Es kam ihm vor, als hätten sich Lichtjahre zwischen ihn und Kathrin geschoben. Er hatte keine Ahnung, wie sie sich so weit hatten voneinander entfernen können; und noch viel weniger wusste er, wie sie wieder näher zueinander finden sollten.

# 34

Der Alte hatte sich geirrt.

Der Anruf von Lenz erreichte Eschenbach am Sonntag kurz vor fünf im Spital Horgen.

»Verdammt!«, knurrte der Kommissar in sein Handy. Er war noch keine Stunde bei Kathrin und schon wurde er gestört. Mit Corina hatte er vereinbart, dass sie sich die Besuche bei ihrer Tochter übers Wochenende aufteilen würden. Heute war sein Tag. Aber so besorgt, wie Lenz klang, verhieß es nichts Gutes. Es gäbe eine längere Sache, hatte er sich vage ausgedrückt.

»Also gut, ich komme.« Mit einem Seufzer beendete Eschenbach das Gespräch.

»Ist schon gut, Papa. Um sechs bringt die Schwester eh das Abendessen.«

Eschenbach sah Kathrin an und nickte. Es war ein schlechter Trost.

Eine knappe Stunde später saßen der Kommissar und Lenz am Arbeitstisch in der kleinen Wohnung in der Mühle.

Völlig überraschend hatte sich herausgestellt, dass Tobias Meiendörfer alias Tobias Pestalozzi tatsächlich der Neffe von Regierungsrätin Sacher war. »Es tut mir leid, dass ich da falschgelegen bin.«

»Ich hab's ja auch nicht gecheckt«, sagte Eschenbach.

»Trotzdem.« Lenz war es unangenehm. Für ihn waren die eigenen Fehler die härtesten Brocken. Und wie alle Menschen, die zur Perfektion neigten, litt er darunter. »Ich hätte darauf kommen können. Geheimdienstler arbeiten oft so. Der Lebenslauf von Pestalozzi ist eine einzige Täuschung. Den Opernsänger gibt es nicht, auch der Pestalozzi am Lee Strasberg Institute ist ein Fake … ich hätte die paar Anrufe viel früher machen sollen.«

»Schon gut. Hauptsache, du bist noch draufgekommen.«

Lenz sah Eschenbach an, als hätte er eine andere Reaktion erwartet. Ein Moment verstrich. »Weißt du überhaupt, was ich dir zu erklären versuche.«

»Dass es diesen Pestalozzi nicht gibt.«

»Nein, das ist es nicht.«

Eschenbach zog die Stirn kraus.

»Das kommt davon, wenn du mir nicht richtig zuhörst.«

»Also was dann?«

»Meiendörfer ist Pestalozzi! Das ist der Clou.«

»Sag mir, worauf du hinauswillst.« Der Kommissar rückte den Stuhl zurecht und sah Lenz aufmerksam an.

»Verstehst du denn nicht? Der Lebenslauf ist die Fälschung, nicht das Leben.« Lenz fuhr sich mit den Fingern durch die Schnauzhaare. »Das Perfide an Pestalozzi war doch, dass er von Sacher installiert worden war. Diese Annahme haben wir fallen gelassen, nachdem er sich als Mann vom BAP zu erkennen gab und sich als Biochemiker entpuppte. Pestalozzis Lebenslauf im Hinterkopf hatte uns dann genügt, um anzunehmen, dass Meiendörfer also nicht Sachers Neffe ist. Erinnerst du dich jetzt?«

Langsam dämmerte es dem Kommissar.

»Und weil es tatsächlich so schien, als gäbe es einen Pestalozzi … die Einträge am Lee Strasberg Institute, der schon fast professionell getürkte Lebenslauf … Deshalb haben wir diese Spur fallen gelassen.«

Eschenbach nickte bedächtig. »Ein fast perfekter Bluff also.«

»In der Tat. Es gibt Situationen, da ist die Wahrheit das beste Mittel zur Täuschung.«

»Du meinst tatsächlich, Sacher steckt dahinter?«

»Jedenfalls mehr, als wir angenommen haben.« Lenz machte eine Pause. Dann nahm er ein Papier und schrieb den Namen der Regierungsrätin drauf: KLARA SACHER PESTALOZZI. »Sie hat ihren Mädchennamen behalten, schreibt sich ohne Bindestrich. Du weißt schon, das neue Eherecht.«

»Ich hab's kapiert, ja.«

Darunter schrieb Lenz einen zweiten Namen: MERET MEIENDÖRFER-SACHER. »Die beiden sind Schwestern ... Zwillingsschwestern übrigens.«

»Und jetzt?«

»Jetzt wird's interessant«, sagte Lenz und fuhr sich erneut aufgeregt über seinen Schnauz. »Nach der Geburt ihres Sohnes erkrankte Meret Meiendörfer schwer. Eine postpartale Depression, die man lange nicht erkannt und auch falsch behandelt hat. Sie entwickelte sich zu einer schizodepressiven Langzeitpsychose, begleitet von mehreren Suizidversuchen ... eine lange traurige Geschichte.« Lenz seufzte.

»Und woher weißt du das? Ich meine, solche Krankengeschichten stehen nicht in der Zeitung ...«

»Manchmal eben doch«, unterbrach ihn Lenz. »Aber dazu komme ich später. Jedenfalls hat sich ihr Mann, Niklaus Meiendörfer, von ihr scheiden lassen. Und obwohl er später wieder geheiratet hat, fiel das Sorgerecht für den gemeinsamen Sohn ihrer Schwester, Klara Sacher, zu. Ein Streitfall, der damals groß in den Schlagzeilen gewesen ist.« Lenz kramte eine Plastikfolie hervor. »Hier sind einige Zeitungsausschnitte vom *Berner Bund*, datiert vom Mai und Juni 1963. Man munkelte damals, dass dem Unternehmer Meiendörfer, der finanziell in Schwierigkeiten steckte, eine größere Summe zugeschoben worden war. Jedenfalls war er plötzlich mit allem einverstanden.«

»Dann ist Tobias Meiendörfer so etwas wie der Ziehsohn von Klara Sacher.«

»Genau so ist es.«

Während der Kommissar eine Brissago aus der Schachtel zog, sie nachdenklich zwischen den Fingern drehte, fuhr Lenz fort.

»Sacher und ihr Mann, die selbst keine Kinder hatten, adoptierten den Jungen; er wuchs unter dem Namen Tobias Pestalozzi in Zürich auf, ging dort zur Schule et cetera. Dafür gibt es eine Bestätigung der Adoptionsstelle, zudem findet man seinen Namen unter den Absolventen der eidgenössischen Maturitätsprüfung.«

»Trotzdem hat er seinen Namen später wieder geändert oder liege ich da falsch?«

»Nein, da liegst du völlig richtig. Einem entsprechenden Antrag wurde 1985 durch das Zivilstandesamt Thun stattgegeben. In der Begründung wird eine starke, emotionale Bindung zu seiner leiblichen Mutter aufgeführt.«

»Manchmal frage ich mich, warum wir ganze Abteilungen mit Recherchen beschäftigen, wenn du das alles so ruck, zuck mal selbst herausfindest.« Eschenbach kaute auf seiner Brissago. Er wusste, dass Lenz es nicht liebte, wenn man seine Wohnung vollqualmte. Und wie es schien, half auch ein Kompliment nicht weiter, denn der Alte machte keine Anstalten, ihn zum Rauchen aufzufordern.

»So schnell ging's nun auch wieder nicht … jedenfalls hatten wir eine ganze Menge Glück.«

»Ach komm!«

»Nein, wirklich. Meret Meiendörfer ist wissenschaftlich gesehen der interessante Fall einer besonders gravierenden PPD.«

»Einer was?«

»Einer postpartalen Depression.«

»Ach so.«

»Auf diese Weise bin ich darauf gestoßen. Außer in Forschungskreisen, die sich mit diesem Thema beschäftigen, kommt der Name Meiendörfer nämlich äußerst selten vor.«

»Lebt die Dame noch?«, wollte Eschenbach wissen.

»Ja. Nach mehreren Klinikaufenthalten wohnt sie nun im Altersheim Seewinkel in Gwatt. Das ist in der Nähe von Thun. Sie genießt dort eine Art Sonderstatus, was die Betreuung betrifft. Ansonsten ist sie eine von vielen Leuten, meist älteren, die dort leben. Der Arzt, der die Krankheit damals an der Psychiatrischen Klinik am Inselspital Bern diagnostiziert hatte, betreut sie noch immer.«

»Hast du mit ihm gesprochen?«

»Nein. Ich habe gedacht, das überlasse ich dir.«

»Ach ja? Wieso das denn?« Eschenbach stutzte. Delegieren war noch nie eine Sache von Lenz gewesen.

»Weil du ihn kennst. Es ist Christoph Burri.«

# 35

Mitternacht war vorüber, als der Kommissar von der alten Mühle zurück in seine Wohnung kam. Jagmetti, der am Wochenende in Chur gewesen war, schlief bereits. Seine Schuhe standen im Flur, auf einem Flecken eingetrockneten Schneewassers.

Eschenbach schlief schlecht. Er träumte vom Spital, von Kathrin und von Judith. Auf merkwürdige Weise vermischten sich die Bilder. Im Medikamentenschrank fand er ein Fläschchen Baldriantropfen. Zuerst nahm er sie mit einem Glas Wasser, eine Stunde später zusammen mit Whisky ein. Es half nichts.

Natürlich hatten Burri und er sich damals gefragt, wohin Judith gegangen war. Mitten in der Nacht, im Dezember. So wie man sich eben fragt, wenn man sich selbst nicht sicher ist, wer man ist und wo man sich gerade befindet. Nur unternommen hatten sie nichts. Und irgendwann später, am nächsten Morgen, es war gerade hell geworden, hatte Winter dagestanden. Der kleine Theo, schreiend, im Schlafzimmer von Eschenbachs Studentenbude an der Zentralstrasse. Er erzählte, dass man Judith aufgegriffen habe, völlig verwirrt, beim Stauffacher, und drohte, dass er ihnen die Polizei auf den Hals hetzen werde. Als Judith später – die ärztlichen Abklärungen hatten nichts ergeben – ins Burghölzli eingeliefert wurde, sorgte

Winter dafür, dass Eschenbach und Burri sie nicht besuchen konnten. Einmal gelang es ihm trotzdem. Über eine Stunde saß er bei ihr, aber sie hatte keinerlei Ähnlichkeit mehr mit der Judith, die er gekannt hatte. Zwei Tage später war sie tot. Man hatte nie herausgefunden, wer ihr die Schlaftabletten besorgt hatte. Eschenbach hatte Winter im Verdacht. Dass die polizeilichen Ermittlungen eingestellt wurden, war schließlich Judiths Eltern zu verdanken.

Bei der Trauerfeier von Judith hatte Eschenbach ganz hinten gesessen und Theo ganz vorne. Es war das letzte Mal gewesen, dass sie sich begegnet waren, für eine lange, lange Zeit.

Mit dem Gefühl, dies alles nochmals durchlebt zu haben, stand der Kommissar vor seiner Haustür und wartete auf Jagmetti, der den Wagen holte.

Wie vereinbart, um Punkt sieben, fuhren sie bei Lenz vor. Der Alte stand bereits oben an der Straße. Er trug eine alte Gebirgsmütze vom Militär und einen verfilzten Wollschal. Es war noch immer stockfinstere Nacht. An der Autobahnraststätte Gunzgen-Nord gab es Kaffee und eine Kleinigkeit zum Frühstück. Dann ging es weiter.

Die Fahrt von Zürich nach Bern war ein einziges Elend.

Dort, wo im Sommer die Baustellen die Fahrt behinderten, krochen im Winter die Lastwagen. Sie kamen aus Griechenland, Spanien und Kroatien. Aus Ländern, die Schnee nur vom Hörensagen kannten; mit Sommerreifen schlitterten sie über die matschige Fahrbahn.

»Wir hätten besser die Bahn genommen.« Eschenbach schüttelte den Kopf.

»Nach Gwatt mit der Bahn ist wie ans Ende der Welt zu Fuß«, gab Jagmetti zurück. Der junge Polizist saß am Steuer seines schnittigen Audi A3 und trank aus einer Coladose.

Lenz schlief im Fond des Wagens.

Eschenbach hatte die Unterlagen, die ihm der Alte gegeben hatte, auf den Knien und telefonierte die Krankenhäuser ab: Bern, Basel und Zürich. Nirgends hatte man Anhaltspunkte gefunden, die auf eine Tetrodotoxinvergiftung hingewiesen hätten. Solche Tests würden nur auf besondere Anweisung hin durchgeführt, hatte man ihm erklärt.

Was man gefunden hatte, war das Übliche: SPEED – AMPHETAMINE – METHAMPHETAMIN – ECSTASY – KOKAIN – CRACK – LSD – MDMA – GHB – CANNABIS – HEROIN – KETAMIN – MESKALIN – DMT – PCP – BENZODIAZEPINE – METHADON – BUPRENORPHIN und so weiter. Eschenbach konnte mitreden.

Nach den Spitälern waren die Bestattungs- und Friedhofsämter an der Reihe und bei Kriegstetten war der Akku leer. Eschenbach wechselte auf das Handy von Jagmetti. Es folgten die Krematorien und die Sozialdienste der Heimatgemeinden, die Beratungs-, Koordinations- und Rückführungsstellen.

Eschenbach gähnte. Er war hundemüde und fühlte sich schlecht.

Zusätzlich zu den zehn Fällen, bei denen der Kommissar langsam den Durchblick hatte, fand er Hinweise zu zwei weiteren Personen auf der Liste. Es war das alte Lied vom Suchen und Finden. Und mit jeder neuen Erkenntnis wuchs seine Zuversicht, dass sich die einzelnen Schicksale hinter den Namen bis zu einem gewissen Punkt rekonstruieren ließen. Es brauchte etwas Glück – und Zeit. Und es war eine Frage zusätzlicher Ressourcen; das wurde ihm ebenso klar wie der Umstand, dass sie im Moment weder das eine noch das andere wirklich hatten.

Kurz vor Thun stieg Jagmetti plötzlich in die Eisen.

Eschenbach hing im Gurt und fluchte. Die Unterlagen flogen ihm übers Knie wie über einen Schanzentisch.

»Was ist los?«, fragte Lenz von hinten. Er war aufgewacht und rieb sich die Stirn.

Während sie eine halbe Stunde im Schritttempo vorwärtsstotterten, fasste der Kommissar zusammen, was er über die Toten in Erfahrung gebracht hatte. Dass es Menschen gewesen waren, die jenseits der Straße über kein soziales Netz verfügten. Keine Kinder, keine Familie, kein Zuhause. Und was die zwei Schweizer betraf, die bis jetzt identifiziert wurden: Sie hatten nicht einmal eine AHV-Nummer.

»Das gibt's doch gar nicht«, sagte Lenz. »Eine AHV-Nummer hat man immer.«

»Und Eltern!«, warf Jagmetti ein. »Wenigstens die müsste jeder haben.«

»Bestimmt.« Eschenbach zuckte die Schultern. »Kontakt abgebrochen, gestorben ... Die Sozialbehörden hatten darüber keine Informationen.«

»In diese Richtung müssten wir aber suchen«, kam es von Lenz.

»Sicher. Und ich bin überzeugt, dass wir mit dem entsprechenden Aufwand auch etwas finden würden ... nur das kann ewig dauern. Zudem sind die wenigsten Schweizer. Und keiner hat irgendwelche Papiere.« Eschenbach ging nochmals seine Notizen durch. »Ach ja. Bei drei Personen hat man Geld gefunden. Hunderter- und Fünfzigernoten. Dem Spitalpersonal ist das aufgefallen.«

»Vermutlich Diebstahl«, sagte Jagmetti. Er war froh, dass es auf der Straße wieder zügiger vorwärtsging.

»Wenn man stirbt und nichts hat, nichts und niemanden auf der Welt, dann gibt's wenigstens einen Staatssarg«, meinte der Kommissar lakonisch. »Der ist aus Tannenholz und gratis. Das hat man mir auch noch gesagt. Und damit wandert man ins nächste Krematorium ... ziemlich rasch sogar, leider.«

»Keine Spuren von Tetrodotoxin?«, fragte Jagmetti.

»Bisher nicht ... außer beim Toten, den wir aus der Limmat gefischt und zu Salvisberg gebracht haben. Das war sozusagen ein Glücksfall. Kein Mensch sucht Tetrodotoxin bei einem Penner.«

»Es fehlt uns also eine Leiche«, meinte Lenz nachdenklich.

»Du hast es erfasst.«

Sie erreichten Gwatt eine Stunde zu spät, aber das machte nichts. Im Seewinkel war man froh, wenn überhaupt jemand kam.

Die Altersresidenz lag direkt am Thunersee. Ein zweistöckiger Flachdachbau aus den Siebzigerjahren, mit einem Mittelteil und zwei rechtwinklig abstehenden Flügeln. Den Fassaden hatte man einen Anstrich in Altrosa verpasst und die Fenster mit einer weißen Umrandung optisch vergrößert. Es schien, als wäre die Anlage erst vor Kurzem renoviert worden.

»Ein typischer Asbest-Bau, den man verschönert hat«, bemerkte Lenz.

Nachdem man sie geheißen hatte, einen Moment zu warten, ließen sie sich auf einer Ansammlung neuer Polstermöbel in der Eingangshalle nieder: karierte Bezüge in Altrosa, Gelb und Beige. Eschenbach überlegte, ob die Farben Teil eines durchdachten Konzeptes waren.

Jagmetti las in einer Broschüre. Sie hatte den Herbst des Lebens zum Thema. Er gähnte.

Eine alte Frau ging langsam an ihnen vorbei. Sie schob ein Stahlgestell mit Gummirädern wie einen Einkaufswagen vor sich her. Die elegante Kleidung hing an ihr wie etwas Fremdes.

Es war bemerkenswert still.

Nach einer Weile kam eine jüngere Frau auf sie zu. Um die fünfzig. Stämmig, mit rosa Wangen und einem Ansatz zu einem Doppelkinn. Der blonde Pagenschnitt verlieh ihr etwas Ritterliches. »Ich bin Schwester Irmgard«, sagte sie und stützte dabei die Hände in die Hüften.

Eschenbach stand auf: »Wir haben miteinander telefoniert.«

»Schön, dass Sie es doch noch geschafft haben.«

Jagmetti und Lenz standen ebenfalls auf.

»Sie können nicht zu dritt … das ist unmöglich.«

Lenz und der Kommissar sahen sich einen Moment lang an, dann sagte der Alte: »Okay, wir warten hier.«

»Ich bring Sie jetzt zu Frau Meiendörfer.«

Eschenbach nickte. Schweigend folgte er der Schwester zum Aufzug.

Auf dem Weg zu Meret Meiendörfer erfuhr Eschenbach,

dass die alte Dame, wie die Schwester sie nannte, den Seewinkel vor zwei Jahren gekauft hatte. Alles sei von Grund auf renoviert worden und neues Personal sei auch eingestellt worden. Qualifiziertes Personal, wie Schwester Irmgard betonte.

»Das Ganze ist dann in eine Stiftung überführt worden, unter der Leitung von Dr. Burri. Ich nehme an, er hat Sie über den Gesundheitszustand der Patientin orientiert.«

»Natürlich«, log Eschenbach.

»Seit Frau Meiendörfer bei uns ist, ist alles besser geworden.« Schwester Irmgard klopfte an die Tür.

Die Frau, die ihn mit dem wehrlosen Händedruck eines Kindes begrüßte, war groß und hager. Obwohl sie den Angaben nach Sachers Zwillingsschwester sein musste, schien sie zehn Jahre älter. Mindestens. Eschenbach sah sie an. Er blickte in ein heimatloses Gesicht, aus dem sich Zuversicht und Freude vor langer Zeit verabschiedet hatten.

»Setzen wir uns ans Fenster«, sagte sie mit leiser Stimme, so als handelte es sich dabei um eine mühselige Angelegenheit.

Eschenbach ging hinter ihr her durch eine geräumige Dreizimmerwohnung, deren Wohnzimmer einen herrlichen Blick auf Park und See bot.

»Ich habe den See immer vermisst«, sagte Meret Meiendörfer, nachdem sie sich langsam auf einem Sessel am Fenster niedergelassen hatte. »In Bern … die Aare. Das ist schön, wenn man jung ist. Aber Flüsse reißen einen fort, sie führen ins Ungewisse.«

Sie musste einmal eine wunderschöne Frau gewesen sein, dachte Eschenbach. Er sah ihre Augen, die Symmetrie ihres Antlitzes und es fiel ihm leicht, sie sich als Zwanzig- oder Dreißigjährige vorzustellen. Mit vollen Lippen und strahlendem Blick. Formen haben etwas Kraftvolles; etwas Bleibendes, auch wenn sich die Inhalte über die Zeit änderten.

Der Kommissar mochte die kubistischen Frauenbilder von Picasso mit ihrer aufgelösten Tiefe. Wenn man die dritte Dimension an die Oberfläche zauberte, wurde das Essenzielle plötzlich sichtbar. Der Kern, die Seele des Menschen, das Innerste – wie immer man es nennen wollte: Es wurde sichtbar durch die Formen der Geometrie.

Das Bild der Frau, das Eschenbach vor sich hatte, war trotz seiner Traurigkeit schön. Es übte auf Eschenbach eine starke Anziehungskraft aus, es hatte etwas, das ihn bewegte und an ihm zerrte. Und plötzlich wusste der Kommissar, was Meret Meiendörfer mit den Flüssen gemeint hatte.

»Tobias hat mir von Ihnen erzählt.«

»Ach ja?«

»Sind Sie ihm noch immer böse?«

»Mmh … ich weiß nicht.« Eschenbach versuchte ein Lächeln.

»Gehen Sie nicht zu hart ins Gericht mit ihm … er hat es meinetwegen getan.«

»Was?«

»Das Mittel … von Winter. Er ist ein Genie. Allerdings kein besonders mutiges, muss ich zugeben. Obwohl die Tests positiv waren, die Tierversuche, Sie wissen schon … es ging trotzdem nicht vorwärts. Er ist ein Zauderer, unser Professor.«

»Es gibt Vorschriften, nehme ich an.«

»O ja, immer mehr sogar. Es vergehen Jahre, bis ein Wirkstoff den Weg von der Forschung in die Regale der Apotheken findet. Und dieser Zeitraum wird länger und länger … Wir brauchen mehr mutige Menschen, Herr Kommissar. Sind Sie es?«

»Nein.«

»Sie lügen.«

Eschenbach zuckte die Schultern.

»Tobias ist ein mutiger Mensch … Christoph auch. Ich liebe sie für diese Tugend.«

»Das kann man auch anders sehen.«

»Nein. Die Angst bröckelt einem die Seele auf. Es braucht Mut, um sie daran zu hindern.«

»Oder Hoffnung.«

»Mut ist die Mutter der Hoffnung.«

Der Kommissar schwieg und dachte über das Gesagte nach.

Draußen im Park waren ein paar Arbeiter dabei, die Wege und Parkbänke freizuschaufeln.

»Um diese Jahreszeit ist es besonders schlimm«, sagte sie nach einer Weile. Sie sprach mit einer leisen, monotonen Stimme. »Dann nehme ich Tabletten und schlafe. Tagelang. Schwester Irmgard meint zwar, es täte mir nicht gut, das viele Schlafen. Aber sie gibt mir Tabletten gegen die Rückenschmerzen, die ich vom Liegen bekomme, und etwas gegen den niedrigen Blutdruck. Sie ist eine mutige Frau. Wenn ich nicht mehr einschlafen kann, denke ich, vielleicht sind es auch Wachmacher. Schwester Irmgard sagt Nein. Ich kann es nicht sagen. Ich sitze dann hier am Fenster und schaue dem Schnee zu, und dem Eis, wie es sich langsam in den See hineinfrisst.«

»Bekommen Sie keine Besuche?«

»Ich mag die Leute nicht. Das dumme Geschwätz ums Essen und ums Wetter, es ödet mich an. Die ganzen Familiengeschichten … sie interessieren mich einfach nicht.« Sie machte eine abwehrende Geste mit der Hand.

»Und Christoph?«

»Ja, natürlich. Er kommt, wenn er Zeit hat. Und Tobias auch. Aber eigentlich möchte ich niemanden sehen. Auch sie nicht.« Einen Moment schloss sie die Augen. »Ich bin eine große Last geworden, für alle … und für Tobias sowieso. Er hat das Gefühl, an allem schuld zu sein.«

Eschenbach verstand, was sie meinte, und er wusste nicht recht, was er antworten sollte.

»Ich bin am liebsten allein«, sagte sie.

»Das verstehe ich.«

»Außer an Weihnachten … das ist eine Ausnahme«, fuhr sie fort. »Dann muss ich zur Feier. Christoph will das so, weil der Gemeindepräsident mit einem Blumenstrauß kommt und sich für das Geld bedankt, das ich in den Seewinkel gesteckt habe.« Wieder machte sie eine wegwerfende Geste. »Nach dem Essen singen alle *Vom Himmel hoch da komm ich her* … so ein Blödsinn: vom Himmel hoch … Die Blumen gebe ich Irmgard, sie freut sich. Wenigstens das. Und jetzt gehen Sie bitte, ich bin müde.«

Eschenbach tat so, als ob er aufstehen wollte. »Und das Mittel, das Ihnen Tobias beschafft hat … haben Sie es hier?«

»Ja. Ich nehme es …« Sie seufzte leise. »Seit ein paar Tagen. Vielleicht Wochen. Ich weiß es nicht. Ich spüre nichts … aber vielleicht kommt das ja noch.«

»Könnte ich es sehen?«

Einen kurzen Moment sah sie Eschenbach an. Aus tiefen Lidern ein ausdrucksloser Blick, der dem seinen flüchtig begegnete. »Ich darf mit niemandem darüber reden.« Sie schüttelte den Kopf. »Auch nicht mit Schwester Irmgard.«

»Ich weiß. Machen Sie eine Ausnahme.«

Wortlos stand sie auf, ging ins Schlafzimmer und kam mit einem Dutzend Tabletten zurück. »Hier, nehmen Sie. Ich habe genug davon.«

Eschenbach streckte ihr die Hand entgegen.

»Vielleicht helfen sie Ihnen ja. Sie haben traurige Augen, Herr Kommissar.«

Er steckte die kleinen weißen Dinger in die Brusttasche seines Hemdes und lächelte. »Danke … ich danke Ihnen.«

Während Eschenbach durch den hell erleuchteten Flur zurück zum Aufzug ging, dachte er über den verlorenen Mut der alten Frau nach. Er selbst kannte auch Momente, in denen ihm vieles sinnlos erschien und er so etwas wie Schwermut empfand. Aber das, was Meret Meiendörfer gefangen hielt, war etwas ganz anderes. Etwas, das er sich nicht hatte vorstellen können.

Er fand seine Kollegen im Park.

»Du wolltest uns erfrieren lassen, gib's zu«, knurrte Lenz. Er hatte sich eine Pfeife gestopft und Jagmetti, der neben ihm stand, blies in die Hände. Beide hatten sie rote Nasen.

»Ich hab die Tabletten.«

»Also doch!« Lenz nickte vor sich hin. »Wie wir vermutet haben.«

Jagmetti sah auf die Uhr. »Dann nichts wie zurück.« Und zu Eschenbach meinte er: »Ruf doch schon mal Salvisberg an, damit er sich ein Zeitfenster offen hält.«

# 36

Auf dem Heimweg hatte der Kommissar wieder Jagmettis Handy am Ohr. Nachdem er Salvisberg nicht erreichen konnte, rief er Rosa im Präsidium an. Er sagte ihr, um was es ging, und bat sie, es bei Salvisberg weiter zu versuchen. »Und für den Fall, dass weitere Personen tot aufgefunden oder eingeliefert werden: Alles geht ab sofort ins Gerichtsmedizinische Institut Zürich. Veranlassen Sie, dass ein Merkblatt an die Notaufnahmen der Spitäler gefaxt wird. Ebenso an sämtliche Polizeidienststellen des Kantons.«

»An alle kantonalen Polizeikorps der Schweiz soll sie's schicken«, mischte sich Lenz von hinten ein. »Das ist kein Zürcher Süppchen mehr.«

»Ja, natürlich.« Eschenbach wiederholte den Satz für Rosa. »Einfach allen halt.« Er stellte sich vor, wie seine Sekretärin die Botschaft mit ihrer Kalligrafiefeder und grüner Tinte auf ein Umweltpapier schnörkelte. Vielleicht hatten sie ja Glück und finden noch eine Leiche, dachte er. »Und wenn Sie das haben, dann suchen Sie mir Tobias Meiendörfer. Er soll sich umgehend bei mir melden.«

»Pestalozzi?«

»Ja, den meine ich. Ich muss ihn unbedingt sprechen.« Dann wählte er die Nummer von Winters Institut an der ETH. Juliets Stimme klang aufgeregt. Sie erzählte ihm, dass der Professor wieder aufgetaucht und alles in bester Ordnung sei. Es war alles ein Missverständnis gewesen; ein großer Patzer. Man hatte beim Strategischen Nachrichtendienst einen ursprünglich arabischen Text falsch ins Deutsche übersetzt. Ein peinlicher Irrtum, der nun beim *Bund* und beim *Blick* für Zündstoff sorgte.

»Hoffentlich rollen Köpfe. Ich will so was nicht mehr erleben.« Sie sagte es mit einer Mischung aus Rachlust und Erleichterung.

»So kenn ich dich gar nicht.«

»Ich mich auch nicht.«

Eschenbach fühlte sich besser, jetzt, da er Juliets Stimme hörte. Ihre aufgeregte Fröhlichkeit schien sich auf ihn zu übertragen. Er fragte, ob sie Lust habe, abends mit ihm essen zu gehen.

»Bist du alleine?«

»Jetzt? Nein … wir fahren gerade ins Institut für Rechtsmedizin. Wieso?«

»Du klingst so … so geschäftig.«

Der Kommissar hörte, wie sie leise zu kichern anfing.

»Was hast du?«

»Sag mir, dass du mich begehrst.«

»Ja, tu ich.«

»Sag, dass du mich bumsen willst.«

»Ja, das auch.«

»Sag es laut … sonst komm ich nicht mit.«

Eschenbach grinste. Nun wusste er, auf was sie hinauswollte und dass sie dachte, er schämte sich ihrer. Er wechselte das Handy in die andere Hand und sagte so laut, dass alle es hören konnten: »Ich begehre dich, mein Engel, und will dich bumsen!«

Jagmetti unterdrückte ein Lachen. Lenz schaute diskret aus dem Fenster.

»Ich dich auch«, kam es vom anderen Ende der Leitung. Dann beendeten sie das Gespräch.

Salvisberg wollte sich eine Nacht lang Zeit lassen.

Der Mann mit dem schwammigen Gesicht und den intelligenten, hellblauen Augen, der ansonsten immer für einen Schwatz zu haben war, schien in Eile zu sein. Er nahm die Tabletten entgegen und betrachtete sie. »Also dann«, sagte er zu den Beamten und deutete mit dem Kinn zur Tür. »Ihr könnt hier nicht rumstehen wie die Ölgötzen ... In der Kantine gibt's was zu trinken, wenn ihr wollt. Ich muss jetzt arbeiten!«

»Schon recht.« Eschenbach war enttäuscht.

Doch immerhin interessierte sich der Professor brennend für die Substanz, denn er machte sich gleich an die Arbeit. In einer kleinen, weißen Schale zermalmte er mit einem Stößel eine der Tabletten. Dann ging er zu einem Apparat, der aussah wie eine große, weiße Kaffeemaschine. Fasziniert schauten Eschenbach und die anderen beiden Männer zu, wie er das Pulver in ein Reagenzglas gab, mit einer Flüssigkeit vermischte und schüttelte. Dann tippte er mit seinen dicklichen Fingern geschickt auf einem Display herum, bis es dreimal piepte. Erst jetzt merkte er, dass die Kollegen immer noch dastanden und ihm bei der Arbeit zusahen.

»Immer noch da? Es gibt keinen Chemieunterricht heute.«

»Wir verschwinden schon.« Eschenbach gab nur unwillig nach.

Lenz und Jagmetti machten Augenaufschläge.

Hätte Salvisberg die drei noch eines Blickes gewürdigt, es hätte vermutlich sein Herz erweicht; wie Kinder, die man zu früh ins Bett schickte, schlichen sie zum Ausgang.

»Der war doch nicht immer so«, sagte Lenz, nachdem sie an einem Tisch in der Kantine Platz genommen hatten und auf Claudio warteten, der Getränke und etwas Kleines zum Essen holte.

»Forscher halt.« Eschenbach zuckte die Achseln. »Wenn die auf etwas stoßen, das sie noch nicht kennen, verlieren sie komplett den Anstand.« Er zog den Mantel aus und hängte ihn über die Stuhllehne.

Jagmetti kam mit einem Tablett zurück; mit Kaffee, Tee, Kuchen und einer Dose Red Bull. »Die ist für dich«, sagte er zu Eschenbach und stellte ihm das taurinhaltige Getränk hin. »Weil du noch bumsen musst.«

»Ha, ha«, machte Eschenbach. »Da spricht der blanke Neid.«

Sie tranken und teilten mit ihren Gabeln das einzige Stück Linzertorte. »Es gab nur noch das eine«, entschuldigte sich Jagmetti.

»Zum Glück, es ist trocken wie ein Wüstensturm«, beschwerte sich Lenz. Nach einer Weile sagte er zu Eschenbach: »Die Abklärungen, um die du mich gebeten hast, ich meine diese Sekretärin, Juliet Ehrat. Du hast mich nie mehr danach gefragt ...«

»Ich will's auch gar nicht mehr wissen«, unterbrach ihn der Kommissar.

»Ist das der Bums?« Claudio lachte.

»Dann halt nicht«, sagte Lenz mit Nonchalance. Er fuhr sich mit der Hand über den Schnauz und verbarg ein Schmunzeln.

»Ihr könnt mich doch, alle beide!« Der Kommissar stand auf und nahm den Mantel von der Stuhllehne. Einen Moment stand er nachdenklich da, dann setzte er sich wieder. »Von mir aus, Ewald. Wenn's etwas gibt, das ich wissen sollte, dann schieß los.«

»Es gibt aber nichts«, sagte der Alte und zwinkerte mit den Augen. »Das ist es ja; sie ist einfach nur ein nettes Mädchen.«

Nachdem sie sich verabschiedet hatten, ging Eschenbach nochmals zu Salvisberg. Aber dort gab es nichts Neues. Noch nicht.

»Kann ich wenigstens dein Telefon benutzen?«, fragte der Kommissar.

»Ja.«

»Wo?«

»Mein Büro.«

Die Einsilbigkeit zeigte Eschenbach, dass der Pathologe abgetaucht war in die Welt der Moleküle und Verbindungen. Es war eine Welt, die aus weniger als hundert Elementen bestand und die sich mit einem einfachen Baukasten, dem Dimitri Mendelejew den unsinnigen Namen *Periodensystem* gegeben hatte, beliebig zusammensetzen und wieder auseinandernehmen ließ. Sonne, Mond und Sterne, Küsse und ein Geschnetzeltes à la Zurichoise – all das bestand in seinem Kern lediglich aus H, He, Li, Be, B, C, O, N, F, Ne et cetera. Aus ein paar läppischen Buchstaben.

So logisch und strukturiert diese Welt war, Eschenbach hatte sie nie richtig begriffen. Jetzt, an Salvisbergs Pult, zwischen den vollgestopften Bücherwänden und Regalen fiel es ihm besonders auf. Überall lagen Berichte herum, Studien und Gutachten. Das ganze Zeugs, das so gescheit und klar war, dass es einem mulmig wurde. Eschenbach hatte plötzlich das Gefühl, schreien zu müssen. Er überlegte sich, ob ihm all das fehlende Wissen bei den Fragen, die er ans Leben stellte, wirklich geholfen hätte. Er seufzte laut. Wie alle Betrachtungen, die sich mit dem Konjunktiv quälten, brachten sie einen nicht weiter. Wenigstens das wusste der Kommissar ganz genau.

Er nahm den Telefonhörer, wählte die Nummer von Rosa und auf einen Schlag war es mit der Einsilbigkeit vorbei. Die Moleküle verließen ihre geordneten Strukturen und die Elemente purzelten wie ein Haufen besoffener Buchstaben aus ihrem Periodensystem. Alles lebte wieder.

»Und jetzt bitte alles nochmals der Reihe nach, Frau Mazzoleni.«

Es war ein weiterer Toter gefunden worden. Genauer gesagt eine Tote. Bei der Universitätsklinik Balgrist. Eschenbach dachte an das blonde Mädchen, das ihm beim Haus Ober entwischt war. Er notierte sich den Namen des Arztes und sagte Rosa, sie solle den Leichnam direkt zu Salvisberg ins Rechtsmedizinische Institut überführen lassen. »Wenn's geht, heute noch.«

»Das wird aber spät.«

»Trotzdem.« Der Kommissar schrieb Salvisberg eine Notiz auf ein Blatt Papier und legte es zuoberst auf sein Schreibtisch-Chaos.

Rosa raspelte eine Reihe von Namen herunter, von Leuten, die in seiner Abwesenheit angerufen hatten. Sacher und Burri waren die Einzigen, die für den Moment von Belang waren. Dann gab sie ihm die Nummer von Meiendörfer. »Er war sehr nett, sehr zuvorkommend auch«, meinte sie.

Die Seele einer italienischen Mutter, dachte Eschenbach.

»Ganz im Gegensatz dazu dieser Schwinn ... also der läuft tatsächlich mit Ihrem Ausweis herum. Doktor Gürtler hat ihn auf dem Foto erkannt. Er ist sich ganz sicher ...« Rosa ereiferte sich.

»Keine Sorge«, Eschenbach schmunzelte. Er hatte nun eine Ahnung, was gespielt wurde. »Nein, Frau Mazzoleni, da müssen Sie wirklich nichts unternehmen.«

Nachdem er Rosa auf den nächsten Morgen vertröstet hatte, wählte er die Nummer von Tobias Meiendörfer. Er hatte Glück. Der Biochemiker war in Zürich und sie verabredeten sich in der Bar des Hotel Central.

Die Idee mit dem Central war gut. Und doch war es ein Pokerspiel, denn er hatte keinerlei Beweise, ob die Substanz, mit der Salvisberg gerade hantierte, wirklich etwas mit den seltsamen Todesfällen zu tun hatte. Aber jetzt, da sie einen weiteren Toten gefunden hatten – und somit über eine Leiche verfügten, die sie für weitere Analysen verwenden konnten –, gab es eine Chance, alles vielleicht nachweisen zu können. Der Kommissar sah auf das Poster an der Wand mit dem Periodensystem. Vielleicht war doch etwas dran, an dieser Welt der Elemente und Verbindungen.

Je länger Eschenbach darüber nachdachte, desto mehr beschlichen ihn Zweifel, ob er richtig handelte. War das spontan vereinbarte Treffen mit Meiendörfer zu früh angelegt? Würde er sich damit etwas vergeben? Der Junge war intelligent, sehr sogar, das wusste er. Aber das Telefonat, das er vor Tagen in der Toilette des Central mitgehört hatte, könnte er verwenden. Und auf die Mutter im Seewinkel würde er ihn ebenfalls ansprechen.

Es war ein heikles Unterfangen, das er sich eingebrockt hatte. Eine knappe Stunde blieb ihm noch, um sich für das Gespräch eine Strategie zusammenzuschustern. Langsam stand er auf, nahm seinen Mantel in die Hand, die er über einen Stapel Bücher am Boden gelegt hatte, und ging zur Tür.

# 37

Rund um das Central brummte der Abendverkehr. Geschäftsleute eilten über die Tramgleise oder standen im Windfang; sie trugen Wintermäntel, warteten, telefonierten oder starrten gedankenverloren ins Leere. Von der Polybahn kamen Studenten in dicken Pullovern; mit Umhängetaschen und Turnschuhen.

Eschenbach war zehn Minuten zu früh. Er beobachtete eine Schulklasse, die sich eine Schneeballschlacht lieferte. Mit dumpfem Klatschen landeten die Geschosse an Billetautomaten, Haltestellentafeln und an der Wand des Tramhäuschens. Als eine Frau mit Pelzmantel an der Schulter getroffen wurde, drohte sie lautstark mit der Polizei.

Der Kommissar ging hinüber zum Hotel. Die Bar war brechend voll. Ein Eros-Ramazzotti-Typ saß am kleinen, schwarzen Flügel am Eingang und spielte Dave Brubecks *Take Five*. Er sah besser aus, als er spielte. Eschenbach war genervt. Das Stück, zu dem Paul Desmond die Vorlage geschrieben hatte, war für Saxofon gedacht: ein rauchiges, warmes Saxofon!

Der Kommissar sah sich um. Nachdem er Meiendörfer nirgends erblicken konnte, ging er zur Theke und bestellte ein Bier. Eine laszive Rothaarige saß neben ihm und bat um Feuer.

Ein »Danke« kam, gefolgt von einem Lächeln.

Der Kommissar musterte die Dame diskret. Sie hatte schöne

Beine und zeigte mehr davon, als um diese Jahreszeit üblich war. Er dachte an den Abend mit Denise Gloor und an seinen Freund, den Arzt. Sobald er die Ergebnisse von Salvisberg hatte, würde er Christoph anrufen.

Tobias Meiendörfer kam eine Viertelstunde zu spät. Eine akademische Viertelstunde, wie er meinte. Er entschuldigte sich.

Als sich das Lokal immer mehr füllte und kaum mehr Platz zum Stehen bot, entschlossen sie sich zu gehen. Der Kommissar bezahlte.

Tobias Meiendörfer war bleicher, als ihn Eschenbach in Erinnerung hatte. Abgekämpft und müde sah er aus. Die blonden Strähnen hingen ihm traurig in die Stirn.

Sie gingen langsam entlang der Limmat Richtung Walche-Brücke.

»Sie haben meine Mutter besucht, nicht wahr?«

»Ja, heute.«

»Es geht ihr schlecht.«

»Ich weiß.«

»Es ist der Winter«, sagte Meiendörfer. Er fuhr sich mit der Hand durchs Haar. »Dann ist es besonders kritisch.«

»Das hat sie angedeutet.«

»Und trotzdem will sie nicht weg. Unzählige Male haben wir es versucht, Klara und ich. Es gibt wunderschöne Kliniken in Florida, wissen Sie. Und das Wetter ist die ganze Zeit über heiter.« Er schüttelte den Kopf. »Sie sagt, sie brauche den Winter. Ihn durchzustehen sei wie Anlaufnehmen für den Frühling und fürs Weiterleben. Es ist schwierig, das alles zu verstehen.«

»Ja, vielleicht.«

Sie überquerten die Brücke. Rechts vor ihnen stand jetzt das Landesmuseum. Es sah aus wie ein Gespensterschloss, beleuchtet durch das Licht der Scheinwerfer, die auf das alte Gemäuer, die Zinnen und Türme gerichtet waren. Es fing wieder leicht zu schneien an.

»Ich möchte mit offenen Karten spielen, Herr Kommissar. Sie haben sicher herausgefunden, dass ich meiner Mutter das Medikament beschafft habe. Die Substanz, mit der Winter derzeit seine Forschungen betreibt.«

Eschenbach sagte nichts. Mit ausdruckslosem Gesicht setzte er einen Fuß vor den andern.

Der Biochemiker blieb einen Augenblick stehen. »Doch, doch«, sagte er. »Sie sind ein smarter Typ ... Sie haben das sicher herausgefunden.«

»Spätestens jetzt weiß ich's ja.« Der Kommissar sah Meiendörfer prüfend an.

Der junge Mann verzog den Mund zu einem Lächeln. »Und ziemlich ausgebufft ... ich nehme an, die Tabletten sind bereits im Labor?«

Eschenbach schwieg. Offenbar wollte Meiendörfer herausfinden, welchen Informationsstand die Polizei hatte. Er war ein Nachrichtendienstler. Trauen konnte man ihm nicht.

»Es würde mich nicht wundern ... Trotzdem, ich erzähle Ihnen jetzt, wie alles gewesen ist.«

Diesmal nickte der Kommissar deutlich.

Vom Eisfeld vor dem Museum kam lautes Gegröle. Ein paar Halbwüchsige jagten auf Kufen den Mädchen hinterher. Meiendörfer deutete mit dem Kinn Richtung Park. Sie setzten ihren Spaziergang fort.

»Es war beim Militär, in Zimmerwald ... Ende letzten Jahres. Ich bin dort in einer Einheit für Elektronische Kriegsführung. Wir verschaffen uns via Satelliten Informationen ... Sie haben vielleicht davon gehört.«

»Es stand kürzlich im *Blick* ... im Zusammenhang mit Winter.«

»Ja. Obwohl ... was da stand, es war eine Fehlinformation.«

»Das weiß ich mittlerweile auch.«

»Natürlich. Es tut auch nichts zur Sache. Jedenfalls suchen wir dort verwertbare Informationen. Und grundsätzlich ist nur brauchbar, was das Ausland betrifft. Das ist gesetzlich geregelt.

Innerschweizerische Angelegenheiten dürfen nicht ausgewertet werden.«

»Und trotzdem haben Sie dort etwas gefunden«, folgerte Eschenbach.

»Richtig. Eine klinische Studie, basierend auf Winters *Proetecin.*«

Der Biochemiker erklärte Eschenbach, dass der Professor im Begriff war, mit seiner neuen Wirkstoff-Generation einen weiteren Meilenstein zu setzen. »Gerade weil ich den Professor von meiner Tätigkeit beim SND kannte und eigentlich glaubte, über den Stand seiner Forschungen informiert zu sein, überraschte mich die Studie.«

»Weshalb?«

»Da muss ich etwas weiter ausholen.«

»Dann tun Sie's.«

»Man streitet sich in der Wissenschaft darüber, ob Depressionen einer erblichen Disposition bedürfen, also grundsätzlich genetische Ursachen haben, oder ob sie durch Fehlregulationen an der sogenannten hormonellen Stressachse ausgelöst werden. Traumatische Erlebnisse in der Kindheit oder, wie bei meiner Mutter, eine hormonelle Dysfunktion aufgrund einer Geburt.«

»Kann nicht beides eine Rolle spielen?«

»Doch, auf jeden Fall. Wir konnten bis heute nicht ausschließen, dass bei Mutter auch eine erbliche Vorbelastung gegeben ist. Jedenfalls hatte meine Tante Klara große Angst und verzichtete darauf, Kinder zu kriegen.«

»Dafür hat Frau Sacher Sie adoptiert.«

»Ja. Obwohl … man sollte seine Wurzeln nicht leugnen. Auch dann nicht, wenn sie krank sind.« Meiendörfer machte eine Pause.

»Sie haben Ihren Namen wieder angenommen … später, ich weiß. Erzählen Sie mir mehr von diesem Medikament.«

»Wir glauben, dass Winter eine präzise Vorstellung davon hat, wie genetische Disposition, Neurotransmitter und Hormone zusammenspielen. Und auf dieser Erkenntnis muss er seinen neuen Wirkstoff aufgebaut haben. Nehmen Sie die derzeit erfolgreichen Antidepressiva … diese regulieren lediglich den Versorgungsprozess mit körpereigenen Stoffen. Im Wesentlichen sind das die Neurotransmitter Serotonin und Noradrenalin. Sie ändern die genetische Zellstruktur nicht. Oder anders gesagt, sie machen aus Ihnen keinen neuen Menschen.«

»Und bei dieser neuen Substanz ist das anders?«

»Ja, wir vermuten es.«

»Eine genetische Veränderung also.«

»Genau. Ethisch problematisch … wissenschaftlich käme es einem Geniestreich gleich. Vermutlich eine der größten Entwicklungen in der neueren Medizin.«

»Wenn's funktioniert.«

»So ist es.«

»Eine zentrale Annahme in Winters neurologischem Gleichgewichtssystem ist das CRF-Gen. Es steuert die Ausschüttung von Corticotropin und dies wiederum veranlasst die Nebennierenrinde, das Stresshormon Cortisol auszuschütten. Es ist eine Art Überlebensgen: Werden wir bedroht, trimmt es unseren Organismus auf Kampf- oder Fluchtbereitschaft. Gleichzeitig schaltet es überflüssige, hinderliche oder ablenkende Aktivitäten ab. Beispielsweise sorgt es für eine höhere Brennstoffversorgung der Muskeln, unterdrückt Hunger und Sexualtrieb und steigert die Wachsamkeit. Zur Bewältigung von Gefahren ist das System überlebenswichtig. Eine chronische Aktivierung der Stressachse hingegen – davon ist Winter überzeugt – führt zu einer Veränderung des CRF-Gens. Interessanterweise ist dieser Vorgang irreversibel.«

»Wir vertragen also nur ein gewisses Quantum an Stress.«

»Einfach gesagt, ja.«

»Und wenn's zu viel wird, wenn der Schaden einmal da ist, dann vererben wir's weiter an unsere Kinder. Ist das die Quintessenz der Geschichte?«, wollte Eschenbach wissen.

»So ungefähr.«

»Wenn Sie das testen könnten ...«, Eschenbach überlegte, »an Tieren oder Menschen zum Beispiel. Welche Spezies würden Sie für diesen Test bevorzugen?«

»Es gibt Experimente mit Indischen Hutaffen«, antwortete Meiendörfer vorsichtig. »Sie sind als Primaten dem Menschen emotional näher als ein Nagetier. In den ersten drei Monaten nach der Geburt der Jungtiere hielt man die Affenmütter unter drei verschiedenen Bedingungen: Einige wurden immer reichlich mit Futter versorgt, andere stets knapp; die dritte Gruppe schließlich erhielt in unregelmäßigem Wechsel bald viel, bald wenig Nahrung. Diese unüberschaubare Situation verängstigte und beschäftigte die Affenweibchen dermaßen, dass sie sich nicht mehr richtig um ihren Nachwuchs kümmerten. Wie von Winters Modell vorhergesagt, waren die Jungtiere dieser Versuchsgruppe weniger aktiv und unternehmungslustig als die der anderen, mieden das gemeinsame Spiel und fielen in Schreckensstarre, wenn etwas Ungewohntes geschah – ein typisches Verhalten bei sozialer Deprivation. Als ausgewachsene Tiere hatten sie dann deutlich erhöhte CRF-Konzentrationen in der Rückenmarkflüssigkeit.«

»Und jetzt?«

»Es liefen Studien mit Marmosets, das sind ebenfalls Primaten. Es wurde untersucht, wie sich das Verhalten der Tiere unter Einnahme von Winters Wirkstoff verändert.« Meiendörfer seufzte. »Leider mussten diese wegen einer Intervention des Tierschutzes abgebrochen werden.«

»Wenn man Menschen nehmen würde«, überlegte Eschenbach laut. »Dann würde man genau solche Leute wählen: sozial Randständige, die heute nicht wissen, wovon sie morgen leben werden. Mit dem ständigen Stress, der Angst um die eigene Existenz. Oder liege ich da falsch?«

»Nein, da liegen Sie richtig.«

»Und das haben Sie recherchiert?«

»Ja.«

»Behaupten Sie.«

»Ja.«

»Und wer sagt mir, dass nicht Sie es waren, der diese ganzen Versuche inszeniert hat – im Wahn, Ihrer Mutter helfen zu müssen? Weil Sie glauben, Sie seien schuld an allem?« Eschenbach hatte das Gefühl, dass sein Gegenüber ihm einen Teil der Wahrheit verschwieg.

»Sie unterstellen mir ein Motiv?«, fragte Meiendörfer leise. Er sah einen Moment auf die Limmat, die still und schwarz an ihnen vorbeifloss.

»Natürlich haben Sie ein Motiv!« Eschenbach wurde laut. »Ein sehr starkes sogar. Ich habe Ihre Mutter gesehen, in ihrem ganzen jämmerlichen Elend.«

Meiendörfer schüttelte verzweifelt den Kopf.

Und wo haben Sie eigentlich das Medikament her? Winter kann es Ihnen unmöglich selbst gegeben haben.«

»Nein.«

»Na also.« Eschenbach sah Meiendörfer direkt in die Augen. Er hatte ihn dort, wo er ihn haben wollte. »Und mit wem haben Sie telefoniert, als Sie im Central meinten, vergeblich auf mich gewartet zu haben?«

»Sie waren dort?« Meiendörfer sah ihn ungläubig an.

»Sicher! Und die Person, mit der Sie in der Toilette telefoniert haben, war Klara Sacher, nicht wahr? Sie wurden die ganze Zeit von ganz oben gedeckt.«

»Nein, so war es nicht. Es ist nicht Klara ...« Meiendörfer sah auf die Uhr an seinem Handgelenk, dann griff er in seine Manteltasche.

Eschenbach, der selbst nie eine Waffe trug, realisierte die Bewegung zu spät. Er hatte Meiendörfer nicht mehr daran hindern können. Rasch wich er zurück. Was Meiendörfer in seiner Hand hielt, sah im Dämmerlicht der Parkbeleuchtung aus wie eine Pistole mit einer Spritze.

»Bleiben Sie doch stehen ...« Der Biochemiker kam auf ihn zu.

»Halt!« Der Kommissar stand jetzt nahe dem Ufer und

starrte auf das Ding, das Meiendörfer mit halb erhobener Hand auf ihn richtete. Eine Betäubungspistole, schoss es ihm durch den Kopf. Wieder ging er rückwärts, dann stolperte er und verlor das Gleichgewicht.

Während er über die kniehohe Mauer in die Limmat stürzte und ins eiskalte Wasser eintauchte, sah er das Bild eines Wildhüters vor seinem inneren Auge, der eine Ampulle auf einen Löwen feuerte. Er sah, wie der König der Tiere langsamer wurde, einknickte und scheinbar leblos auf dem Boden liegen blieb. Es war eine Szene aus dem ersten Kinofilm, den er gesehen hatte, mit seiner Großmutter, damals, als er fünf oder sechs Jahre alt war. Das Bild des einbrechenden Löwen und die Frage nach dem Tod hatten ihn lange beschäftigt.

Meiendörfer schrie etwas zu ihm hinunter, das Eschenbach nicht verstehen konnte.

Die eisige Kälte des Wassers umklammerte ihn wie ein Schraubstock. Mit ein paar kräftigen Stößen schwamm er in die Mitte des Flusses, nur weg, dachte er. Dann ließ er sich treiben. Er spürte einen kalten Wind im Gesicht und die Haare, die sich wie ein Gefrierpack über seine Stirn gelegt hatten. Eschenbach überlegte, wie lange er es im Wasser aushalten würde. Erfrieren war sicher kein schöner Tod. Erst recht nicht, wenn man gleichzeitig ertrank. Plötzlich kam ihm die Leiche in den Sinn, die sie weiter unten, bei der Badi Letten, aus dem Fluss gezogen hatten. Aus diesem Fluss. Genau so konnte es gewesen sein, eine Injektion und dann ein Sturz in die Limmat, vielleicht sogar dort, wo er selbst hineingefallen war.

Eschenbach schnappte nach Luft. Er zog Mantel und Veston aus, machte daraus ein Bündel und schob es sich unter die Brust. Es gab ihm etwas Auftrieb. Später streifte er auch noch die Schuhe ab.

Wie ein kaltes Stück Holz trieb er im Wasser.

Ein älteres Paar, das entlang dem Limmatquai spazierte, winkte. Der Kommissar schrie. Aber nichts geschah. Plötzlich hatte er Panik, dass er das Ufer nicht mehr rechtzeitig erreichen würde. Er sprach sich Mut zu und fühlte, wie ihm die Kälte den Brustkorb zuschnürte. Er machte Schwimmbewegungen. Dann kam der Krampf im Bein. Ein Schmerz, den er vom Laufen kannte. Im eisigen Wasser war er kaum zu ertragen. Er drehte sich auf den Rücken, doch es half nichts. Bis in die Hüfte stach es. Während er versuchte, das Bein zu lockern, verkrampfte sich nun auch das zweite. Eschenbach unterdrückte ein Stöhnen; er musste raus. Nachdem er sich zurück auf den Bauch gedreht hatte, zog er das Kleiderbündel wieder unter Kinn und Brust. Verzweifelt ruderte er Richtung Ufer. Er konnte nur noch die Arme einsetzen. Zum Glück sah er in der Ferne einen Steg, dort würde er aus dem Wasser klettern. Er musste aber näher heran und das war nicht so einfach. Ohne Beine! Kräftig zog er mit Armen und Händen durchs Wasser, den Steg mit den blau-weißen Pfosten immer im Auge. Auf den letzten Metern rutschte ihm das Kleiderbündel weg.

Eschenbach fluchte. Wie ein toter Körper zogen Mantel und Veston gegen die Mitte des Stroms. Jetzt nur nicht ablenken lassen, dachte er und fixierte mit den Augen die Leiter zum Steg. Bald war sie in Griffnähe. Noch zwei kräftige Züge.

Der Kommissar klammerte sich an die Eisenrohre und schnaubte. Mit den Füßen stand er auf den glitschigen Sprossen im Wasser. Er spürte seine Zehen nicht mehr. Dafür hämmerte das Herz im Kopf und sein Brustkorb drohte zu platzen. Einen Moment stand er da, halb im Wasser, halb draußen, und versuchte seinen schnellen, keuchenden Atem zu kontrollieren. Nur langsam, dachte er. Es ist alles okay.

Erst nach einer Weile, als der Kommissar sich wieder unter Kontrolle hatte, rief er um Hilfe.

# 38

Es war ein Insulin-Pen gewesen. Keine Todesspritze und auch kein Gerät, mit dem man auf Löwen schoss. Nur ein gottverdammter Insulin-Pen. Meiendörfer hatte ihn nochmals gezeigt und erklärt, dass es sich um ein Schweizer Produkt von Ypsomed handele, aus Burgdorf bei Bern. Er hatte geklungen, als wolle er ihm nachträglich die Angst davor nehmen.

Ein paar Minuten nachdem Eschenbach aus der Limmat geklettert war, kam die Stadtpolizei; mit Blaulicht und Meiendörfer im Schlepptau. Der Biochemiker war, nachdem niemand auf seine Rufe reagiert hatte, zum nächsten Polizeiposten gerannt. Zusammen mit den Beamten hatte er das Ufer abgesucht. Es sei das erste Mal, dass er sich für seine Diabetes entschuldigen müsse, hatte er gemeint.

»Schon recht«, stotterte der Kommissar. »Schon recht.« Er war bis auf die Knochen durchgefroren.

Der Polizeikorporal, der den Einsatz leitete, hatte ihm sofort die Kleider ausgezogen und ihn in Wolldecken gepackt. Zitternd saß Eschenbach auf dem Rücksitz des Polizeiwagens. Daneben Meiendörfer und eine junge Polizistin, die aus einer Thermosflasche eine heiße Bouillon in einen Becher goss.

Zähneklappernd nannte Eschenbach die Adresse von Juliet. Er brauchte drei Anläufe, bis ihn der Korporal verstand. Meiendörfer wollte er für den nächsten Morgen ins Präsidium bestellen. Aber das brachte er beim besten Willen nicht mehr heraus.

Sie fuhren mit aufgedrehter Heizung Richtung Westen. Beim Hauptbahnhof staute sich der Verkehr, und als sie der Weg am Präsidium vorbeiführte, warf der Kommissar einen Blick auf die Fenster im dritten Stock. Alles war dunkel.

Sie hielten vor dem mehrstöckigen Gebäude, in dem Juliet ihre Wohnung hatte.

»Ist jemand zu Hause?«, wollte der Korporal wissen.

»Ich … ich weiß … weiß es nicht.«

Nachdem Eschenbach auch noch den Namen Ehrat heruntergestottert hatte, verließ die Polizistin den Wagen.

Nach einer Weile winkte sie von der Gegensprechanlage des Wohnblocks und kam etwas später, zusammen mit Juliet, zurück zum Auto.

»Ich bleibe in Zürich«, sagte Meiendörfer. »Sie können mich jederzeit unter meiner Handynummer erreichen.«

Der Kommissar presste die Zähne zusammen und nickte. Dann öffnete er die Tür und verließ den Wagen.

Morgens um halb acht kam Jagmetti mit frischen Kleidern und eine halbe Stunde später saßen sie zu dritt am kleinen Tisch in Juliets Küche.

»Wie der Dalai Lama bin ich barfuß über den Schnee«, sagte Eschenbach. Er schob sich ein dick mit Butter bestrichenes Gipfeli in den Mund.

Juliet lachte und schwieg. Sie erwähnte nicht, dass der Kommissar am ganzen Leib gezittert hatte und wie ein hilfloser, alter Mann zu ihr in die Wohnung gehumpelt war. Dass er über eine Stunde in der Badewanne in heißem Wasser gelegen und vom Sterben geredet hatte. Und dass sie mitten in der Nacht in die Notapotheke am Stauffacher gefahren war, um ein Mittel gegen Fieber und Schüttelfrost zu besorgen; das alles sollte ihr kleines Geheimnis bleiben.

Als der Kommissar nach dem Frühstück das Gerichtsmedizinische Institut anrief, war Salvisberg nicht da.

»Der Professor ist schlafen gegangen«, sagte seine Sekretärin. »Er ist fix und fertig … und ich soll Ihnen ausrichten, dass es nicht ganz gereicht hat, mit dieser Sache.«

»Mist!«

»Trotzdem kann ich Ihnen sagen, dass die Tetrodotoxinvergiftung bei dem Toten von dieser oder einer ähnlichen Substanz stammen könnte. Und bei der Frau, die man uns gestern Abend noch von der Klinik Balgrist gebracht hat …«

»Anfang zwanzig, blond?«

»Richtig«, kam es erstaunt. »Kennen Sie sie?«

»Also doch!« Das Mädchen vom Haus Ober, dachte Eschenbach. Und nach einer kurzen Pause fügte er hinzu: »Nein, ich kenne sie nicht. Nicht wirklich.«

»Also, da könnte es sich möglicherweise ebenso verhalten.«

»Möglicherweise und könnte«, murmelte Eschenbach. Er machte sich Vorwürfe, dass er damals nicht entschlossen genug gehandelt hatte. Vermutlich würde die junge Frau jetzt noch leben.

»Sind Sie noch da?«, fragte die Stimme in der Leitung.

»Ja.«

»Wie gesagt, es ist alles noch nicht ganz hundert Prozent.«

»Typisch Salvisberg«, sagte der Kommissar. »Aber er war sich immerhin so sicher, dass er Ihnen aufgetragen hat, mir das so auszurichten, oder?«

»Sie kennen den Professor gut, nicht wahr?«, sagte die weibliche Stimme mit einem Seufzer.

»Sagen wir so, ich kenn ihn schon lang.«

»Na gut, ich muss es Ihnen überlassen, welche Schlüsse Sie daraus ziehen. Mehr hat er jedenfalls nicht gesagt.«

Eschenbach bedankte sich und hängte ein.

»Schlechte Nachrichten?« Juliet schaute interessiert.

»Wie man's nimmt«, gab er zur Antwort und dachte nach.

Juliet und Claudio räumten das Geschirr vom Tisch in die Spülmaschine, stellten Honig und Brotkörbchen in den kleinen Kasten in der Ecke und die Milch, das übrig gebliebene Joghurt und die Butter wieder zurück in den Kühlschrank.

Der Kommissar saß immer noch da und spiegelte sich in der blank geputzten Tischplatte.

»Manchmal sitzt er eine Stunde lang so da und rattert mit den Hirnzellen«, sagte Jagmetti.

»Ich weiß.« Juliet lächelte.

»Und dann steht er plötzlich auf, hat eine Idee und kein Mensch weiß, wie er draufgekommen ist.«

»Und du?«, fragte Juliet. »Was für Ideen hast du?«

»Ich würde jetzt zu Winter in die ETH fahren ... ihn mal so richtig in die Zange nehmen.« Der junge Polizist blinzelte mit beiden Augen und machte ein bedeutendes Gesicht. »Er ist der Schlüssel zu allem, glaube ich. Das Mastermind.«

Juliet sah schweigend von Jagmetti zum Kommissar und wieder zurück.

Durch den Spalt des angestellten Küchenfensters hörte man die Glocken einer Kirche, die bedächtig auf halb neun zählten.

Eschenbach stand auf und sagte zu Juliet: »Kannst du mir noch die Anschrift deiner Freundin Fiona geben? Auf einem großen Blatt Papier ... und leserlich, bitte. Ihre Telefonnummer auch.«

»Und daran hast du so lange rumstudiert?« Juliet lachte, nahm sich Block und Bleistift und schrieb.

Nachdem Eschenbach das Blatt mit den Angaben in seiner Ledermappe verstaut hatte, sagte er: »Und jetzt fahren wir zu Kurt Gloor.«

Jagmetti sah ihn ungläubig an.

Der Kommissar sah das Unbehagen in Claudios Blick. Er ahnte, dass sich der Junge gerade fragte, was er als illegaler

Bündner Polizei-Saisonier bei einem Zürcher Stadtrat verloren hatte. »Du musst nicht mitkommen … vielleicht ist es sogar besser, ich gehe allein.«

Jagmetti sah zu Juliet.

Sie hob die Schultern.

»Ach was, ich komm mit«, sagte er.

Sie fuhren zu dritt bis zum Stauffacher; dort trennten sie sich.

»Ich kann die Herren bei ihren Streifzügen leider nicht weiter begleiten«, meinte Juliet. Bevor sich die Tür schloss und die Tram weiter Richtung Central holperte, schickte sie eine Kusshand hinaus durch den kalten Morgen zu Eschenbach und überließ die beiden Beamten ihrem Schicksal.

Der Besucher, der normalerweise in Kurt Gloors stattliches Büro kam, sah als Erstes die großen Bilder an den Wänden. Rote und gelbe Quadrate im Stil von Mark Rothko. Sie sagten ihm: Hier arbeitet ein moderner Mensch. Das geölte Eichenparkett erzählte die Geschichte eines geerdeten Sympathieträgers, der sich in Einklang mit der Natur und sich selbst befand; und das geübte Lächeln hinter dem aufgeräumten Schreibtisch wollte sagen: Kurt Gloor hat alles im Griff.

Forscher auf dem Gebiet der *Social Neuroscience* hatten herausgefunden, dass optische Signale dieser Art unter anderem in zwei unterschiedliche Hirnregionen gelangten: ins Stirnhirn, in dem bewusste Denkvorgänge stattfanden, und in die Amygdala, auch Mandelkern genannt, sie saß hinter den Augen in der Mitte des Gehirns und war vor allem für die Gefühlsregungen zuständig. Beide Hirnteile bewerteten das Gesehene auf völlig unterschiedliche Weise, wobei die Entscheidung, ob Freund oder Feind, schon nach wenigen Millisekunden – völlig unabhängig und automatisiert – von der Amygdala getroffen wurde. Das Großhirn kam erst ins Spiel, wenn es daranging, über die Informationen bewusst nachzudenken, sie einzuordnen und gründlich zu verarbeiten.

Eschenbach hatte dieses Wissen aus den Publikationen von Theo Winter, die bei Juliet im Bücherregal standen. Er wunderte sich, was davon alles bei ihm hängen geblieben war. Seine Amygdala hatte ihre Arbeit längst getan, sein Urteil war gefällt.

»Ich habe eigentlich gar keine Zeit«, sagte Gloor mit einem gequälten Gesichtsausdruck. »Aber bitte, meine Herren. Wenn's wichtig ist ...« Er deutete auf die kleine Sitzgruppe vor dem Rothko-Verschnitt. »Dann setzen wir uns doch einen Moment.«

»Weil wir eigentlich auch keine Zeit haben, kommen wir am besten gleich zur Sache«, begann der Kommissar. Sie setzten sich und Eschenbach zog die Liste aus seiner Ledermappe. »Es ist Ihnen sicher nicht entgangen, dass wir in Ihrem Departement Nachforschungen angestellt haben.«

»Sie haben herumgeschnüffelt ... ja, das ist mir zu Ohren gekommen. Und das liegt außerhalb Ihrer Kompetenzen, wohlgemerkt.« Gloor bemühte sich um einen gleichgültigen Tonfall. »Zudem wurde Ihnen ...«

»Wurde was?«, unterbrach ihn der Kommissar. »Sie glauben, man hat mir den Fall entzogen, ist es das?«

»Genau. Und dass Sie hier unangemeldet hereinplatzen ... ich glaube nicht, dass dies für Ihre Karriere förderlich ist.«

»Ach, meine Karriere«, sagte Eschenbach mit einem Seufzer. »Machen Sie sich da mal keine Sorgen. Sie sind doch derjenige, der gewählt werden will ... der Versprechungen macht und sie einhalten muss, nicht ich. Ich stelle nur Fragen.«

»Ich will Ihnen mal etwas erzählen«, sagte Gloor großmütig und schlug die Beine übereinander. Die Geschichte, die der Stadtrat erzählte, war Eschenbach und Jagmetti nur zu bekannt. Sie handelte von einer kleinen Insel mit tüchtigen Leuten. Obwohl man keine Rohstoffe hatte, nur Geist und Chuzpe, war sie über die Zeit zum reichsten Staat der Welt herangewachsen. Und weil die Insulaner nie einen Machtanspruch vertraten, sondern frei und unabhängig sein wollten, blieben sie von großen Kriegen verschont. Durch geschicktes Taktieren gelang es ihnen sogar, sich in misslichen Situationen einen Vorteil zu verschaffen, vielleicht auch zu erschleichen.

»Ich kenne die Geschichte«, sagte der Kommissar.

»Na und?« Die Gleichgültigkeit in Gloors Tonfall war verschwunden. »Ich bin stolz auf unser Land.« Er sagte es mit einem Anflug von Trotz, als müsse er sich verteidigen.

»Ich auch«, sagte Eschenbach. »Stolz ist vielleicht das falsche Wort. Und trotzdem ist es keine Insel mehr ... ist es Festland geworden.«

»Eben.«

»Und wenn ich Ihre Partei richtig verstehe, dann hätten Sie am liebsten einen Wassergraben drum herum, einen großen ... und vielleicht ein paar Brücken, die Sie nachts hochziehen würden.«

»Zugbrücken, ja.« Gloor gluckste freudig. »Das ist ein schönes Bild ... Ich muss mir das aufschreiben.«

Eschenbach dachte über den Vergleich nach, dann sagte er: »Ich erzähle Ihnen jetzt auch eine Geschichte: Sie handelt von den Kranken und Schwachen auf dieser Insel ... von Leuten, die es nicht einmal mehr fertigbringen, sich selbst zu ernähren.«

»Die meisten sind selber schuld.«

»Ich bin noch nicht fertig«, sagte der Kommissar energisch. »Denn ehrlich gesagt, ich habe es lange nicht für möglich gehalten, dass man diese Leute, die überhaupt nichts mehr haben, für Experimente benutzt. Wie Ratten oder Mäuse. Und dass es Politiker gibt, die solches dulden – vielleicht sogar veranlasst haben.«

»Das ist purer Blödsinn«, bellte Gloor.

»Nein, das ist es nicht. Wir haben inzwischen Beweise. Und wir werden jeden einzelnen Stein in Ihrem Departement umdrehen ... jedes Blatt, bis wir die ganze Wahrheit herausgefunden haben. Sie haben das falsche Departement, Herr Gloor. Ihre Probleme lassen sich nicht mit Zugbrücken lösen.«

»Ich habe davon nichts gewusst.«

»Oh doch, Sie haben es gewusst. Sie haben sogar reagiert und den Treffpunkt Züri räumen lassen.«

»Vermutlich wollten Sie den ganzen Schlamassel dieser christlichen Mission St. Martin in die Schuhe schieben«, mischte sich jetzt Jagmetti ein.

»Nein, so war es nicht!«

»Wie denn? Wie soll es denn gewesen sein?« Eschenbach sprach laut und bestimmt. Er spürte, dass der Politiker kurz davor war auszupacken.

Mit ausdruckslosem Blick starrte Gloor zwischen Jagmetti und Eschenbach hindurch an die Wand.

»Sie sind ein talentierter Politiker, Herr Gloor«, fuhr der Kommissar fort. »Sie setzen sich Ziele und erreichen sie in der Regel, auch wenn ich Sie deshalb nicht wählen würde.« Einen Moment hielt er inne. »Nehmen wir einmal an, Sie überleben diese ganze Geschichte hier …« Eschenbach deutete auf das Mäppchen, das immer noch auf seinen Knien lag. »Dann dürfte Ihnen bei den nächsten Wahlen das Wirtschaftsdepartement zufallen und Sie könnten zeigen, was Sie wirklich draufhaben.«

Gloor nickte schweigend.

»Wenn wir also schon von Karrieren sprechen, reden wir über Ihre eigene. Über eine, die noch gar nicht richtig begonnen hat und die vielleicht einmal über den Stadtrat hinaus ins eidgenössische Parlament führen könnte …« Eschenbach brach seine Überlegungen ab. Er war sich sicher, dass Gloor den Gedankenlauf selbst zu Ende führen und sich auch ohne sein Zutun als visionärer Bundesrat in die Geschichtsbücher der Zukunft eintragen würde.

Eine Weile sagte niemand etwas.

Der Kommissar warf einen Seitenblick auf Jagmetti.

»Es war Dr. Burris Idee, nicht meine«, kam es halblaut. »Er ist mit der Sache auf mich zugekommen … im Rahmen einer Klausurtagung. Wir hatten uns über die neue Ausrichtung des Departements Gedanken gemacht. Da hat er uns Winters Forschungsgebiet vorgestellt. Der große Winter, Sie wissen schon …« Der Stadtrat hielt einen Moment inne, bevor er weitersprach. »Eine Wohlstandsgesellschaft wie die unsere fordert das Glück wie die Kirche die Frömmigkeit. Und ohne Krieg und Elend fehlen einem die Argumente dagegen. Man kommt ins Grübeln, wenn Rezepte gefragt sind und wenn man Lösungen vorlegen muss. *Prozac* ist für fünfzig Millionen Menschen eine Lebenshilfe. Das sind Zahlen und Fakten, Herr Kommissar. Wir können unsere Probleme nicht schöngeistig lösen. Es braucht Zahlen und Fakten. Jedenfalls hat uns Burri Forschungsergebnisse präsentiert, die bald auch einen Durchbruch in der Schmerz- und Drogentherapie versprachen. Eine Nachfolgegeneration von *Prozac*, wie er es nannte.«

»Also haben Sie eingewilligt?«, wollte Eschenbach wissen.

»Wir geben ja heute schon Drogen an Schwerstsüchtige ab. Heroin, Methadon … Lesen Sie die Richtlinien des Bundes zur Drogentherapie. Dort hat man längst eingeschwenkt. Es geht nicht mehr um Entzug … nicht ums Gesundwerden. Es geht um Alternativen. Andere Städte wie Vancouver haben unser Konzept übernommen. Jeden Monat kommt eine Delegation von irgendwoher und will sich das ansehen. Unser Modell macht Schule, Herr Kommissar.«

»Es geht um Versuche an Menschen, das ist ein Unterschied.«

Gloor schwieg eine Weile, dann räusperte er sich. »Also gut, was schlagen Sie vor?«

»Eine umfangreiche Untersuchung und eine lückenlose Aufklärung der Sachlage«, antwortete der Kommissar trocken. »Das ist das Mindeste.«

»Und was offerieren Sie?« Es war die Überzeugung des guten Schwimmers, nicht ertrinken zu können, die sich in Kurt Gloors Augen spiegelte.

»Eine diskrete Lösung, meinen Sie?«

Der Stadtrat nickte.

»Die wird es in diesem Fall kaum geben, denke ich.« Eschenbach nahm seine Ledertasche vom Boden auf und verstaute das rote Mäppchen. Dann zog er das Blatt Papier mit Fionas Anschrift heraus und gab es Gloor: »Diese Frau kann Ihnen bei der Aufklärungsarbeit sicher behilflich sein.«

»Fiona Fieber?«

»Sie haben sie erst kürzlich entlassen, ich weiß.« Der Kommissar lächelte. »Aber diesen Fehler können Sie sicher beheben. Und wenn Sie die Sache engagiert angehen, die Dinge offenlegen ... dann kommen Sie vielleicht mit einem blauen Auge davon.«

»Das werde ich«, sagte Gloor zuversichtlich.

Die Beamten standen auf, verabschiedeten sich und gingen zur Tür.

»Das glaubst du doch nicht wirklich, oder?«, fragte Jagmetti, nachdem sie wieder draußen vor der Tür standen und die Mantelkragen hochschlugen.

»Was?«

»Dass der mit einem blauen Auge davonkommt.«

»Nein, aber er glaubt es. Deshalb wird er jeden, der etwas damit zu tun hat, ans Messer liefern. Und wir werden ihm bei seiner Arbeit gehörig über die Schultern gucken.«

Eschenbach fühlte eine innere Leere. Trotz der vielen kleinen Indizien, die auf Burri hingewiesen hatten; der Kommissar hatte bisher nicht daran glauben wollen. Doch jetzt hatte er Gewissheit und mit ihr zusammen starb einmal mehr auch die Hoffnung.

Der Schnee knirschte unter ihren Schritten. Sie gingen vorbei am Hochhaus Werd, das sich in seiner ganzen Hässlichkeit und Größe in die Nebelschwaden reckte. Es schien, als blicke es mit der wohlwollenden Güte des Größeren auf die

Kirche St. Peter und Paul gleich neben ihm. Zwei Welten, so nahe beieinander; und trotzdem hatten sie sich nichts zu erzählen.

# 39

»Du hast es gewusst, nicht wahr?«, fragte Jagmetti.

Die beiden Beamten saßen auf der Rückbank eines Taxis. Eschenbach schaute ungeduldig auf die Uhr. Zwischen Bürkliplatz und Bellevue staute sich der Verkehr. Es war wie immer.

»Was meinst du?«

»Die Sache mit Burri, meine ich.«

»Mmh.«

»Sind wir zuerst zu Gloor gefahren, weil Burri dein Freund ist?«

»Nein.« Der Kommissar hüstelte. Vorher, bei Gloor, da hatte er noch nichts gespürt. Aber jetzt kratzte es im Hals. Er musste niesen. »Nein«, sagte er nochmals.

»Aber?« Jagmetti gab nicht auf.

Eschenbach dachte nach. Vielleicht hatte Claudio doch recht und man hob sich die wirklich schwierigen Dinge bis zum Schluss auf.

»Da war dieser Satz von Meret Meiendörfer über die Angst«, sagte er. »Dass sie einem die Seele aufbröckle … das ist mir geblieben. Ich glaube, Gloor hat Angst.«

»Wie kommst du darauf?«

»Politiker haben immer Angst.« Wieder musste Eschenbach niesen. Er nahm sein Stofftaschentuch und schnäuzte sich einmal kräftig. »Die Vorstellung, dass einen die Mehrheit nicht mehr will … dieser Gedanke muss Angst machen. Zudem ist er ein rationaler Mensch. Bei dieser Kombination kommt man meistens zu einem Punkt, an dem man verhandeln kann.«

»Und Burri?«

»Der hat die Sache angezettelt.« Einen Moment überlegte der Kommissar, dann sagte er: »Ich glaube, mit Christoph müssen wir bis an den Bach runtergehen … bis ans bittere Ende.«

Das Taxi folgte dem Kreisverkehr am Bellevue und fuhr die Rämistrasse hoch auf den Berg.

»Und weshalb willst du zuerst zu Winter?«, fragte Jagmetti.

»Ich will wissen, wo er steht. Danach fahren wir zu Burri.«

»Aber wir wissen doch …«

»Wir müssen eine Komplizenschaft aufbrechen, darum geht es.« Eschenbach sog Luft ein und hielt sich das Taschentuch vors Gesicht. Kein Niesen. Nur tränende Augen.

Vor einem Garagentor jagten ein paar Jungs mit Hockeyschläger einem Puck nach. Der Taxifahrer bremste vorsichtig.

»Kurt Gloor ist das schwächste Glied in der Kette …« Der Kommissar sprach ins Taschentuch. »Diese Mischung aus Opportunismus und Angstschweiß … Aber jetzt geht's um Winter. Welche Rolle spielt er im Ganzen?«

Sie waren fast schon bei der ETH, als Juliet anrief:

»Wo bist du«, fragte sie besorgt.

»In ein paar Minuten bei dir … ist Winter da?«

»Deshalb rufe ich an. Er ist vor zehn Minuten weg. Ich mache mir Sorgen.«

»Wohin?«

»Zu Burri, glaube ich.«

Der Kommissar bat den Taxifahrer bei der nächsten Gelegenheit zu wenden. Er nannte Burris Adresse. »Bist du sicher?«, fragte er Juliet.

»Sie haben gestritten, ja … am Telefon. Heftig gestritten sogar. Ich habe den Professor noch nie so in Rage gesehen. Ich bringe ihn um, hat er gesagt. Ich bring ihn um, diesen Quacksalber … Dann ist er gegangen.«

»Wir sind schon auf dem Weg«, sagte Eschenbach. Er versuchte ruhig zu bleiben. Als es wieder kitzelte in der Nase, drückte er sie zu. »Es sind beides gebildete Leute … mach dir bitte keine Sorgen.«

Nachdem er die Verbindung beendet hatte, raufte sich Eschenbach die Haare.

»*Bitte keine Sorgen* klingt wenig überzeugend«, befand Jagmetti.

»Ja, eben! Eine Scheiße ist das … eine elende Scheiße!«

Während der knapp zehn Minuten, die der Taxifahrer bis ins Englischviertel-Quartier brauchte, sagte keiner etwas. Eschenbach nieste dann und wann, sonst herrschte Stille.

Wie in Zeitlupe zogen die Häuserfronten an ihnen vorbei. Und nach den Häuserfronten kamen die Vorgärten. Erst-, Zweit- und Drittklässler, die von der Schule schon nach Hause gekommen waren, bauten Iglus und Schneemänner. Auf den Gehsteigen und hinter kahlen Hecken und Gartentoren wurde gespielt und mit Schaufeln hantiert, bis die Mütter zum Essen riefen. Eschenbach war, als gleite ein letztes Stück heile Welt schweigend an ihnen vorbei.

Vor Burris Villa hielten sie an. Der Kommissar beglich eilig die Rechnung, dann stiegen sie aus. Das schmiedeeiserne Tor stand offen, und der Weg, der zwischen einem alten Brunnentrog und halbhohen Nadelbäumen zur Haustür führte, war mit Fußspuren übersät.

Keine Geräusche, auch keine Stimmen waren zu hören. Nachdem der Kommissar ein zweites Mal die Klingel gedrückt und dem vertrauten Dreiklang der Glocke gelauscht hatte, gingen sie ums Haus herum in den Garten. Mit Halbschuhen stapften sie durch den kniehohen Schnee. Die weiß gepuderte Fichte spiegelte sich wie eine eitle Dame in der Fensterfront. Sie gingen bis zur Veranda und spähten durch die Glastür ins Innere des Hauses.

Der Kommissar entdeckte seinen Freund. Regungslos hockte er auf der Couch, den Kopf in die Hände gestützt; genau dort, wo Eschenbach vor Kurzem mit Denise Gloor gelegen hatte.

Der Polizeibeamte klopfte an die Scheibe und rief. Ein Moment verstrich, dann öffnete sich die Tür.

Es war Tobias Meiendörfer. »Sie kommen zu spät, Eschenbach.«

Den Kommissar durchlief ein kalter Schauer. Langsam stieg er über die Schwelle, trat hinein ins Wohnzimmer.

Burri saß noch immer da, wie eingefroren auf seinem Platz. Zwei Meter daneben lag Winter auf dem Boden. Blutend, mit aufgeschlagenem Schädel.

»Ein Unfall …«, murmelte der Arzt. »Ich wollte das nicht.«

»Ich war oben«, sagte Meiendörfer. Er deutete fahrig zur Treppe, die in den ersten Stock führte. »Als Winter wütend hereinmarschierte … Ich dachte, es ist besser, ich lasse sie allein. Es sind gebildete Menschen …« Er wusste nicht mehr weiter und fuhr sich linkisch mit der Hand durch sein blondes, strähniges Haar.

Eschenbach kniete sich neben Winter und tastete seinen Hals ab. Nach einer Weile nickte er Jagmetti zu. Die blauen Augen des Professors starrten an der blutverschmierten Eckkante des Couchtisches vorbei in die Ewigkeit.

»Warum, Christoph?« Der Kommissar stand auf. »Sag mir wenigstens, warum.«

Jagmetti flüsterte Eschenbach etwas ins Ohr, deutete mit dem Kinn zum Telefon und meinte: »Soll ich das übernehmen?«

»Ja, mach du das, Claudio.«

Der Kommissar sah auf den hockenden Burri hinunter. Ohne auf seine Frage einzugehen, starrte der Arzt durch seine Beine hindurch auf den Boden.

»Ich wollte Sie gerade anrufen.« Meiendörfer räusperte sich. Für einen Beamten des Strategischen Nachrichtendienstes wirkte er seltsam hilflos und zerstreut.

Plötzlich flog es Eschenbach zu: die Diabetes-Tabelle in Burris Küche und der Insulin-Pen. Der Morgenmantel, den der Arzt ihm zur Verfügung gestellt hatte, und das Rasierzeug im Gästebad. »Sie sind sein Freund, nicht wahr?«

Tobias Meiendörfer nickte. »Ja, wir sind ein Paar. Schon lange ... ich habe Christoph kennengelernt, weil er sich um meine Mutter gekümmert hat. Es ist alles meine Schuld, Christoph hat es meinetwegen getan. Er war es übrigens auch, mit dem ich telefoniert habe, damals im Central ... Sie hatten mich danach gefragt, erinnern Sie sich? Klara Sacher hat mit alldem nichts zu tun ... Christoph ist ein wundervoller Mensch.« Der Blonde fing hemmungslos zu heulen an.

»Hör auf, Tobias«, kam es von der Couch. Burri hob den Kopf, stützte die Hände auf die Knie und blieb eine Weile so sitzen. Dann erhob er sich: »Winter war ein Zauderer ... ein Feigling und ein Zauderer.« Der Arzt kam langsam auf den Kommissar zu. »Weißt du«, sagte er zu Eschenbach. »Dass es überhaupt Medikamente gegen die Schwermut gibt, verdankt die Medizin ein paar glücklichen Zufällen. *Iproniazid* etwa, eines der ersten Antidepressiva. Es wurde Ende der Fünfzigerjahre zuerst gegen Tuberkulose eingesetzt, bis den Ärzten auffiel, dass Lungenkranke nach der Einnahme regelmäßig euphorisch wurden. *Imipramin*, ein anderes frühes Antidepressivum, wurde aus Schizophrenie-Studien übernommen, nachdem Patienten dort energiegeladen reagierten. Es waren die Ärzte ... nicht die Forscher.«

Eschenbach fragte sich, weshalb er die Bitterkeit in Burris Gesicht nie bemerkt hatte.

Meiendörfer schnäuzte sich die Nase.

»Das Geniale an Winter war, dass er Glück hatte«, fuhr Burri fort. »*Prozac* ... das war eine frühe Erfindung. Sie brachte ihm Ruhm und Geld wie Heu. Das Mittel war eine Hängematte für ihn ... unser Professor richtete sich aufs Warten ein. Das Warten auf den Nobelpreis!« Es kam ein heiseres Lachen. »Es wurde langsam zur Groteske.«

»Und das Mittel, das du den Randständigen verfüttert

hast … stammt es denn von dir?« Eschenbach sagte es hart und abschätzig. Dann deutete er mit dem Kinn zu Meiendörfer. »Oder hat es vielleicht dein Freund besorgt?«

»Ja und nein.« Burri wog die Worte gegeneinander ab.

»Geht's etwas genauer?«

»Tobias hatte einen guten Kontakt zu Winter. Vom SND aus … man unterhielt sich über Forschungsergebnisse; eigene und fremde. Das übliche Geben und Nehmen halt. Sie saßen in wissenschaftlichen Gremien … und so ist über die Jahre eine spezielle Art von Vertrauen entstanden. Man brauchte sich eben.«

»Dann wurde Winter vom SND erpresst?«, wollte Eschenbach wissen.

»Nicht direkt.«

»Dann halt indirekt.« Der Kommissar, dem das Gerede um die Geheimdienste langsam auf den Geist ging, wurde ungeduldig. »Wenn er in deinen Augen ein Zauderer ist, wird er wohl nicht von sich aus mitgeholfen haben, oder?«

»Sagen wir so, er hat sich nicht daran gestört.«

»Bis er von den Versuchen Wind bekommen hat, nehme ich an.«

»Ja, durch einen dummen Zufall.« Burri fuhr sich mit der Zunge über die Lippen. »Tobias und Winters Assistent, dieser Konrad Schwinn … sie sind in derselben militärischen Einheit. Gleiche Kompanie, gleiche Aufgaben. Da muss Schwinn an gewisse Unterlagen herangekommen sein.«

»Und damit ist er zum Professor gerannt, nehme ich an.«

Burri nickte. »Jedenfalls ist Winter dann zu uns gekommen und hat angekündigt, Anzeige zu erstatten … wir haben einen Deal gemacht.«

»Aber nicht mit Schwinn«, folgerte Eschenbach. »Der war außen vor …«

Dem Kommissar dämmerte es langsam. Es wurde ihm klar, über welch verschlungene Wege er zu seiner Schützenhilfe gekommen war. »Wo ist Schwinn jetzt?«

»Weiß ich nicht.«

Der Dreiklang der Hausglocke ertönte.

Die Leute von der Spurensicherung kamen und zwei Sanitäter mit einer Bahre. Jagmetti dirigierte sie zum Tatort.

Es wurden Fotos gemacht.

»Leider haben wir dieses Doppelspiel zu spät bemerkt«, fuhr Burri fort und wechselte mit Meiendörfer einen kurzen Blick. »Leider war das so.«

»Deshalb die CIA-Affäre ... der ganze Wirbel in der Presse«, Eschenbach musste husten. »Man wollte Winter unglaubwürdig machen ... isolieren gewissermaßen.«

»Wir wollten verhandeln.« Burri verzog den Mund zu einem müden Lächeln. Der Arzt erzählte weiter, dass sie sich mit Winter geeinigt hatten und die Affäre als Ente wieder platzen ließen. Die CIA-Geschichte war ein alter Hut. »Winter hat sich nicht an unsere Abmachung gehalten, das war's.« Es klang, als fällte der Arzt ein Urteil. Einen Moment hielt Burri inne, überlegte, ob er weitersprechen sollte. »Jedenfalls, nachdem die Presse den Professor rehabilitiert hatte, da meldete er sich heute wieder ... hat nochmals mit der Polizei gedroht.«

»Und dann hast du ihn umgebracht.«

»Es geschah im Streit ... er ist gefallen.«

Eschenbach überlegte einen Augenblick, dann wendete er sich ab. Er rief Jagmetti, bat ihn, Burri und Meiendörfer getrennt abführen zu lassen. »Einzelhaft«, sagte er noch, dann klopfte er Claudio auf die Schulter, nahm Mantel und Wollmütze und ging zur Tür.

Achtundvierzig Stunden allein in einer Zelle, dann würde Meiendörfer die paar Details, die noch fehlten, auskotzen. Da war sich der Kommissar sicher. Bei Burri zweifelte er. Von all den Verbrechern, die er in seiner Laufbahn überführt hatte, waren ihm jene ein Rätsel geblieben, die sich ihrer Schuld nicht bewusst waren. Es schmerzte ihn, dass sein Freund auch dazugehörte.

Als Eschenbach die Haustür hinter sich schloss und Anstalten machte, die paar Stufen hinunter in den Vorgarten zu gehen, stockte er. Einen Moment lang blieb er stehen. Es war ein eigenartiges Gefühl, endlich den Mann zu sehen, den er nur von einem Foto her kannte und der ihn in gewisser Weise durch den Fall begleitet hatte.

Konrad Schwinn stand neben dem Brunnentrog. Sein Haar fiel ihm in dunklen Strähnen in die Stirn und die Hände steckten in den Taschen seines hellen Wintermantels.

Der Kommissar ging auf ihn zu, streckte ihm die Hand entgegen und sagte: »Danke.« Mehr als dieses eine Wort fiel ihm nicht ein. Nicht jetzt.

»Danke auch«, erwiderte Konrad Schwinn. Er hatte große, kalte Hände, und Augen, die in einem seltsamen, hellen Grün leuchteten. Einen Moment lang sahen sie sich an. »Kommen wir zu spät?«

Der Kommissar nickte. Er gab Schwinn seine Visitenkarte und bat ihn, sich in den nächsten Tagen auf dem Präsidium zu melden. »Und rufen Sie vorher kurz an.« Nachdem er noch einen letzten Blick auf das Haus und den Vorgarten geworfen hatte, verließ er Burris Grundstück.

Eschenbach marschierte die Quartierstrasse hoch Richtung Tramhaltestelle. Langsam fühlte er, wie sich eine Leere in ihm breitmachte, wie seine Schritte an Tempo verloren. Er spürte dieses leichte Nachgeben des Schnees unter den Fußsohlen. Das Gehen war mühsam und ihn störte, wie sehr ihm ein fester Tritt fehlte.

Er versuchte sich an ein schönes Erlebnis mit Christoph zu erinnern. Ihm fiel nichts ein. Vielleicht später, dachte er. Sicher gab es ein Gen, das jetzt mit Botenstoffen um sich warf und ihm half, damit fertig zu werden. Vermutlich war dieses Gefühl der Leere eine Art Überlebenshilfe: ein Pausenzeichen in den Synapsen.

Vor seinem geistigen Auge erschien das Bild, das man früher beim Schweizer Fernsehen zu diesem Zweck gezeigt hatte. Farbige Rechtecke, Striche in unterschiedlicher Breite und ein

Kreis. Was den Kreis anging, war er nicht sicher. Es hatte ausgesehen wie die Flagge eines Weit-Weg-Landes.

Die Tram kam angehumpelt und der Kommissar stieg ein.

Zwei Stationen lang dachte er darüber nach, ob man das Pausenzeichen beim Fernsehen wieder einführen sollte. Pausen waren wichtig, fand er.

Eschenbach machte Pause.

Kurz vor dem Bellevue kam ihm der Samstagmorgen vor Weihnachten in den Sinn. Wie er mit rotweinbeflecktem Hemd durch die Menschenmassen heimwärts gestrolcht war. Und wie Kathrin vor seiner Wohnungstür gewartet hatte.

Er stieg um in ein Taxi.

»Spital Horgen«, sagte er und schnäuzte sich.

»Es heißt jetzt Spital Zimmerberg«, berichtigte ihn die Frau am Steuer. Sie zirkelte den Wagen vorsichtig auf die matschige Fahrbahn.

»Dann halt Zimmerberg.« Eschenbach zog den Mantel aus und fand in der Innentasche die Schachtel Brissago, die ihm Kathrin geschenkt hatte. Sie war noch verschlossen; eingeschweißt in dünnes, durchsichtiges Zellophan. Er verwendete die Zähne. Als er es geschafft hatte, zog er fast andächtig einen der Stängel aus der Kartonbox. Feinster Virginia-Tabak!

»Hier ist Rauchverbot!«, kam es unfreundlich von vorne. Die Frau hatte ihn im Rückspiegel beobachtet.

»Ich rieche nur dran«, erwiderte Eschenbach. Er strahlte sie an wie ein Kind, das man auf frischer Tat ertappt hatte.

Über eine halbe Stunde lang schlichen sie auf der verschneiten Seestrasse Richtung Horgen. Immer wieder schnupperte der Kommissar an den Zigarillos. Und hie und da, wenn die Augen der Frau im Spiegel einen prüfenden Blick nach hinten warfen, lächelte er ihnen freundlich zu.

# 40

Der Kommissar hatte den Fall seinem Kollegen Franz Haldimann übergeben; wegen Befangenheit – und weil er nicht mehr konnte und nicht mehr wollte.

Seit der Sitzung, in der Eschenbach den Letten-Fall nochmals neu ins Rollen gebracht hatte, war Haldimann wie ein Terrier auf die Sache losgegangen. Sie hatten sogar herausgefunden, weshalb Koczojewic falsch auf Burris Liste gestanden hatte und auch in Meiendörfers Letten-Bericht falsch geschrieben war. Es war die liederliche Handschrift des Arztes gewesen, die aus dem Allerweltsnamen Serbien und Montenegros einen Müller mit zwei X gemacht hatte. Vielleicht war es verletzter Stolz, der den eher verhaltenen Ermittlungsbeamten zu dieser Höchstleistung antrieb; möglicherweise auch die Chance, in einem politisch brisanten Prozess bei Kobler Punkte zu schinden. Eschenbach war es recht so. Politik war nicht sein Ding.

Ein einziges Mal fuhr er noch in die Rotwandstrasse ins Untersuchungsgefängnis. Er wollte wissen, was Christoph damals in Horgen dazu bewogen hatte, Kathrin auf Tetrodotoxin untersuchen zu lassen.

»Es waren die Symptome«, sagte Burri und beteuerte, dass Kathrin nie Teil des Versuches gewesen sei. Es war kaum eine Regung in seinem Gesicht zu erkennen. »Ich musste diese Möglichkeit prüfen … sichergehen, mehr nicht.«

Eschenbach nickte. Wenigstens in diesem Punkt war Burri Arzt geblieben. Dafür hatte er in Kauf genommen, einen Verdachtsmoment zu schaffen. Als ihm der Kommissar deshalb die Hand reichen wollte, drehte er sich weg, ging zum Aufseher und ließ sich abführen.

Ein versöhnliches Ende gab es nicht.

Eschenbach saß mit Kathrin und seinen Freunden am hintersten Tisch im Schafskopf, einem der angesagtesten Restaurants im Seefeld.

»Muss ich das jetzt wirklich lernen?«, fragte seine Tochter und rollte die Augen. Etwas hilflos sah sie auf die aufgefächerten Karten in ihrer Hand.

»Wir machen's zusammen ... ein paar Runden, dann kannst du's.« Und während er seiner Tochter die Karten neu ordnete, fügte er hinzu: »Jassen ist ein Stück Schweizer Geschichte.«

»Dummes Zeug!«, warf Gregor Allenspach ein. »Der Jass kommt wie die meisten Kartenspiele aus dem Orient. Vermutlich haben's die Sarazenen nach Europa gebracht.« Gregor war seit dreiundzwanzig Jahren Lehrer. Für Deutsch und Latein; und weil sein fünfzehn Jahre jüngerer Kollege an einem Burn-out litt, neuerdings auch für Geschichte. Sein angegrauter Vollbart war so zeitlos wie das Gotthardmassiv.

»Sind wir jetzt deine Probanden für den Geschichtsunterricht?«, maulte Christian Pollack. Er hatte eine Marlboro im Mundwinkel und versuchte Eschenbach und Kathrin anzuzeigen, dass er mit Trümpfen nicht gerade gesegnet war.

Eschenbach kannte die zwei aus der Zeit, als sie gemeinsam in Zürich das Gymnasium besucht hatten. Während Gregor nach dem Studium ans Gymnasium zurückkehrte und seine Brutstätte, wie er sie nannte, nie richtig verließ, trieb es Christian in alle Welt. Den *Master of Laws* holte er sich in Chicago und seine ausgekochte Kaltschnäuzigkeit war ein Überbleibsel aus vier Jahren New York, mit besten Referenzen.

»Wo haben die Randständigen denn das Medikament bekommen?«, wollte der Anwalt wissen.

»In Burris Praxis«, sagte Eschenbach und dachte daran, wie oft er selbst dort gesessen oder gelegen hatte. »Christoph hatte sie alle sorgsam ausgewählt. Einzelgänger ohne Heimat. So wie es scheint, hat ihm sein Freund Meiendörfer dabei geholfen. Geheimdienstler wissen, wie so etwas geht. Und weil er sie regelmäßig mit Geld oder Drogen versorgt hat, sind sie ihm auch nicht davongelaufen. So konnte er eine perfekte Versuchsreihe durchführen.«

»Grauenhaft.« Christian zündete sich eine Marlboro an und inhalierte.

»Ihr bescheißt doch wieder«, sagte Gabriel, der sich von zwei Gästen verabschiedet und wieder an den Tisch gesetzt hatte. Das Schafskopf war sein Restaurant. Es war schon seins gewesen, als es noch eine heruntergekommene Kneipe war und man im Seefeldquartier die Mieten noch bezahlen konnte. »Das war übrigens der Stadtpräsident vorhin ...« Gabriel deutete zum Ausgang. »Ich glaub, der hat jetzt ’ne neue Freundin.«

Kathrin und Eschenbach, die mittlerweile wussten, dass ihr Partner nur einen einzigen Trumpf hatte, stachen Gregors Ass mit einem Kreuz ab, während Christian noch eine Zehn draufschmierte.

Gabriel konnte das Blatt nicht wenden; er hatte wegen der Gäste, die sich ständig verabschiedeten, den Faden verloren. »Ihr könnt einfach nicht verlieren«, beschwerte er sich, als die Sache für ihn gelaufen war.

»Wir haben gewonnen«, sagte Eschenbach zu Kathrin, und Christian drückte zufrieden den Stummel seiner Marlboro in den Aschenbecher.

Als sich Kathrin eine Zigarette schnorren wollte, sah der Anwalt prüfend zu Eschenbach hinüber.

Der Kommissar nickte. »Wir fangen neu an«, sagte er mehr zu sich selbst. Er dachte daran, dass sie in den letzten Tagen viel miteinander geredet hatten, Kathrin und er. Über die Erwartungen, die Väter gegenüber ihren Töchtern haben, und über die Freiheit der Kinder, diese nicht immer erfüllen zu müssen. Sie sprachen von der Liebe und den Schwächen, die man trotzdem haben durfte. Und dass es kein Problem sei, wenn Kathrin nicht so werden wolle wie er.

Trotz der Ernsthaftigkeit ihrer Themen hatten sie viel gelacht. Das war das Schönste gewesen: dass er erkannt hatte, wie lustig es mit seiner Tochter war und dass sie ihren Humor nicht verloren hatte.

Christian ging auf seinem kleinen, schwarzen Gerät die E-Mails durch, die ihn während der letzten zwei Stunden erreicht hatten. In New York war es später Nachmittag. Offenbar lief gerade ein Deal, den Christian betreute. Der Anwalt war nirgends richtig zu Hause. »Theo war ein Genie«, sagte er, als sie auf den Professor zu sprechen kamen. Dann tippte er eine kurze Antwort ins Kästchen. »Ich habe ihn seit der Schule nicht mehr getroffen. Schade, eigentlich.«

Eschenbach erzählte von ihrem Essen in der Kronenhalle. »Dort haben wir dieses japanische Zeugs gegessen, Tschiri oder so ähnlich. Kugelfisch mit Haut und Innereien … zusammen im Topf. So hat er mir es jedenfalls erklärt.«

»Und das hast du gegessen?« Christian sah Eschenbach besorgt an.

»Natürlich nicht. Aber Theo!«

»So ein Blödsinn!«, sagte Gabriel und verzog gequält den Mund. »Chiri in der Kronenhalle …«

»Warum nicht?!«

»Ich erzähl dir gerne mal was über Lebensmittelvorschriften in unserem Land …« Als wieder ein Tisch aufstand, blieb Gabriel sitzen. Er winkte freundlich und sprach weiter: »Tiramisu zum Beispiel, das geht nur noch mit pasteurisierten Eiern, wegen Salmonellen, ist ja klar … Und dann soll einer Chiri kochen, mitten in der Kronenhalle?!«

»Theo hatte schon immer einen Hang zum Absurden«, mischte sich Gregor ein. »Schon früher, wisst ihr noch? Als er der Neuenschwander die tote Maus in den Konzertflügel gelegt hatte.«

»Das war Theo?«, fragte Eschenbach ungläubig.

»Sag nur, das wusstest du nicht.«

»Komm, erzähl!«, sagte Kathrin neugierig zu Christian.

»Alle haben's gewusst, sogar der Kübler.« Der Anwalt kramte das zweite Päckchen Marlboro aus der Jackentasche und lachte. »Die ganze Maturfeier wurde unterbrochen, der Musiksaal bis auf den letzten Platz geräumt. Wir standen draußen im Pausenhof und wussten nicht, gibt's jetzt Diplom oder eins auf den Deckel.«

»Und als die Neuenschwander weiter rumzickte«, sagte Gregor und zupfte sich nachdenklich am Bart, »als die nicht mehr wollte, setzte sich der kleine Theo an den Steinway und spielte den dritten Satz der *Mondscheinsonate*. Rauf und runter. Die ganzen saumäßigen Läufe, ohne einen einzigen Hacker. Finis coronat opus –«

»Das Ende krönt das Werk«, übersetzte Kathrin getreu und Gregor hob anerkennend den Daumen.

»Aber dass er das alles inszeniert hatte«, meinte Eschenbach erstaunt. »Die Geschichte mit der Maus … das habe ich nicht gewusst.«

»Und so einer wird dann Polizist«, witzelte Christian.

»Homines sumus nun dei«, sagte Gregor und hob das Glas. »Auch wenn wir nur Menschen sind: auf Theo!«

Trotz der Gemütlichkeit, die sich breitmachte, hier, mitten im Kreise seiner Freunde: Der Kommissar ertappte sich dabei, dass seine Gedanken hin und wieder ganz woanders waren.

Die Inhaftierung von Meiendörfer und Burri hatte hohe Wellen geschlagen. Sie schwappten von der Zürcher Kantonalpolitik bis ins eidgenössische Justizdepartement, bis nach Bern. Hüben wie drüben gab es Schuldzuweisungen; Rücktritte wurden gefordert und Rücktritte wurden angeboten. Die Sache war noch lange nicht ausgestanden.

Auf ihn kam eine anstrengende Zeit zu, dessen war sich der Kommissar bewusst. Vielleicht genoss er deshalb die Stunden mit seinen Freunden ganz besonders; die dummen Sprüche, die von Herzen kamen, und Kathrin, die schallend darüber lachen konnte.

Gegen zehn kamen Juliet und Claudio vorbei.

Gabriel holte zwei Stühle und die Runde wurde größer.

»Der schnappt dir bestimmt noch die Freundin weg«, zündete Christian und spielte auf Jagmettis Vergangenheit an. »Du wirst dich noch ins Knie beißen, dass du ihn zurückgeholt hast.«

Juliet, die sich die Show nicht stehlen ließ, küsste den Kommissar und der Verdacht verflog in alle Windrichtungen.

Etwas unwohl in seiner Haut und mit Juliet am Hals, schielte Eschenbach zu seiner Tochter. So wie es aussah, war er der Einzige am Tisch, der mit der neuen Situation noch etwas Mühe hatte.

Kurz nach zwölf, nachdem die meisten Gäste gegangen waren, standen auch sie auf. Bei der Garderobe schwatzte man weiter. Mäntel, Schals und Mützen wurden verwechselt und getauscht; Handschuhe verloren geglaubt und wiedergefunden. Es ging eine Weile hin und her, bis jeder das hatte, womit er gekommen war.

Die Freunde umarmten und küssten sich zum Abschied. Und als sie endlich alle draußen standen, sich der rieselnde Schnee langsam auf ihre Köpfe und Schultern setzte, taten sie dasselbe noch einmal. Umarmen und Küssen. Es war ein lautes »Adieu«, das sie sich in der kalten Nacht mit auf den Heimweg gaben.

Einen Moment dachte Eschenbach an Burri, an die Unfähigkeit des Arztes, mit seiner eigenen Durchschnittlichkeit fertig zu werden. Es war dieser Punkt, den er bei seinem Freund übersehen hatte, der Wunsch, bedeutender zu sein, als er war. »Erinnerst du dich an die Geschichte vom kleinen Tannenbaum?«, fragte er Kathrin. »Das Bäumchen, das sich seiner Nadeln schämte und andere Blätter haben wollte?«

Seine Tochter lachte. »Ja, und als dann der Herbst kam und sie alle zu Boden fielen, da wollte es wieder andere …«

»Genau.« Und plötzlich wurde Eschenbach bewusst, dass es nie eine Freundschaft gewesen war. Dass es in Wirklichkeit nichts gab, das ihn mit Burri verband. Sie waren zur selben Zeit geboren und in demselben Quartier aufgewachsen. Aber trotz der vielen Zeit, die sie miteinander verbracht hatten, trotz der geteilten Ängste und Freuden: Am Ende waren sie sich fremd geblieben. So fremd wie am ersten Tag; getrennt durch die Bauchdecken zweier Mütter.

»Es ist spät geworden«, sagte der Kommissar, als sie die Dufourstrasse entlanggingen. Juliet und Kathrin hatten sich bei ihm eingehängt und er versuchte, den kleinen Schirm mal mehr rechts und mal mehr links über ihre Köpfe zu halten.

»Wer ist eigentlich Judith«, fragte Juliet plötzlich und sah Eschenbach von der Seite an.

»Sicher noch eine von Papas Freundinnen«, witzelte Kathrin.

Die beiden Frauen blieben stehen, sodass Eschenbach auch nichts anderes übrig blieb.

»Warum fragst du?«, wollte er wissen.

»Manchmal, wenn der Professor nicht ganz bei der Sache war …« Juliet strich sich eine ihrer rotblonden Strähnen aus der Stirn. »Na, du weißt schon, einfach unkonzentriert halt. Dann hat er mich Judith genannt.«

»Wirklich?« Eschenbach zog die beiden Frauen weiter. Ihm war kalt und die Erkältung steckte ihm noch in den Knochen.

»Ja, Judith.«

Sie fielen wieder in einen Gleichschritt.

»Ich weiß«, sagte Juliet. »Judith – Juliet. Es klingt sehr ähnlich. Erst habe ich gedacht, ich hätte mich vielleicht verhört. Aber es ist ihm immer wieder passiert. Ich wollte dich schon lange einmal danach fragen. Schließlich habt ihr euch gut gekannt … schon von früher.«

Diesmal war es Eschenbach, der stehen blieb. Er sah Juliet an und meinte: »Ja, eine Judith hat es tatsächlich einmal gegeben. Du bist ihr übrigens wie aus dem Gesicht geschnitten. Vermutlich war es das, was den Professor irritierte.«

Während Juliet einen Moment darüber nachzudenken schien, war es Kathrin, die fragte: »War sie denn seine Freundin?«

»Nein«, sagte Eschenbach. Und wieder gingen sie ein paar Schritte. »Judith Winter war Theos jüngere Schwester. Er hat sie geliebt wie sonst nichts auf der Welt.«

»Ist sie denn gestorben?«, fragte Juliet.

»Ja.« Eschenbach nickte. »Das ist jetzt fast dreißig Jahre her.«

Sie machten vor einem hübschen Wohnhaus halt.

»Erzählst du uns die Geschichte, Papa?«

»Nicht heute«, sagte Eschenbach und schaute auf die Uhr.

»Ihr könnt aber ruhig noch raufkommen«, meinte Kathrin und blickte an der Fassade hoch zu den Fenstern im dritten Stock. »Es ist zwar noch nicht alles eingerichtet, aber einen Küchentisch gibt's … und die Espressomaschine, die du Mama geschenkt hast, funktioniert auch.«

»Ein andermal vielleicht.« Der Kommissar hüstelte.

Kathrin schlang ihre Arme fest um seinen Hals, dann verschwand sie im Flur hinter der Eingangstür.

»Gehst du zu ihr zurück?«, fragte Juliet nach einer Weile, nachdem sie schweigend nebeneinander hergegangen waren.

»Du meinst Corina?« Eschenbach zuckte die Achseln. »Sie hat jetzt eine eigene Wohnung … ich glaube, das ist ganz gut so.«

»Und eine Espressomaschine.«

»Die hast du auch«, antwortete er und grinste.

Als sie beim Bellevue auf ein Taxi zusteuerten, hörten sie die Glocken des Großmünsters. Andächtig begrüßten sie die erste Stunde eines noch neuen Tages.

# Dank

Mein tief empfundener Dank geht an: Cédric, Christian, Christiane, Felix, Gabriel, Nathalie, Regine, Siv, Thierry, Uli; an: meine großartige Lektorin Katrin Fieber und meine große Liebe Caroline.
Sie alle haben mit Fachwissen, aufmunternder Hilfsbereitschaft und Liebe wesentlich zum Gelingen dieses Buches beigetragen.

Michael Theurillat
**Sechseläuten**

Kriminalroman. www.list-taschenbuch.de
ISBN 978-3-548-60944-7

Mit dem Sechseläuten treibt man in Zürich den Winter aus. Während der Feierlichkeiten bricht plötzlich eine Frau zusammen und stirbt. Die Todesursache ist unklar. Neben der Leiche steht zitternd ein kleiner Junge. Kommissar Eschenbach, der zu den Ehrengästen gehört, spürt, dass der Junge etwas gesehen hat. Doch er schweigt. Was als spontaner Einsatz beginnt, wird für Eschenbach zu einer erschütternden Reise in die Schweizer Vergangenheit.

»Intelligent und exakt beobachtend spiegelt Michael Theurillat in seiner repräsentativen Zürcher Gesellschaft die Schweiz, Europa und die westliche Welt wider.« *WDR*

# Åke Edwardson
# **Zimmer Nr. 10**

Roman. www.list-taschenbuch.de
ISBN 978-3-548-60761-0

In einem verrufenen Hotel mitten in Göteborg findet die Polizei eine junge Frau, Paula – sie wurde erhängt. Wenig später wird auch Paulas Mutter ermordet und für Kommissar Erik Winter rückt ein Indiz in den Mittelpunkt der Ermittlungen: Beide Leichen haben eine weißbemalte Hand. Als er einen Zusammenhang zu einem Verbrechen herstellt, das 20 Jahre zurückliegt, gerät Winter plötzlich selbst in Gefahr.

»Ein Krimi wie eine Gletscherspalte – da geht es tief runter in eisige Kälte.« *tz München*

»Eine dichte Geschichte, die packt und nicht loslässt. Erik Winter möge leben, mit Glenfarclas, John Coltrane und all seinem Selbstmitleid – mindestens zehn Fälle lang.« *Spiegel Special*

»Beeindruckend sind vor allem Edwardsons Sinn für Details und die seelischen Abgründe seiner Hauptpersonen.« *Brigitte Extra*

List Taschenbuch

L300